SUSAN TRAVERS

Tant que dure le jour

Traduit de l'anglais
par
Hélène Prouteau

PLON

Titre original

Tomorrow to be brave

Cahier d'illustrations : les photos non créditées de Susan Travers et de sa famille appartiennent à la collection personnelle de l'auteur.

ISBN original : 0593 046439, Bantam Press.
ISBN : 2-259-19289-0

RÉPUBLIQUE FRANÇAISE

ORDRE NATIONAL DE LA LÉGION D'HONNEUR

HONNEUR PATRIE

LE PRÉSIDENT DE LA RÉPUBLIQUE FRANÇAISE

TRAVERS

CHEVALIER DE LA LÉGION D'HONNEUR

Méfiez-vous de vous-même et dormez avant la bataille
Demain, il ne sera pas trop tard pour montrer son courage.

Dr. John ARMSTRONG,
De l'art de ménager sa santé, 1744.

En réalité, il y a bien eu une femme qui a appartenu à la Légion, et sans avoir à se travestir. C'était une Anglaise, Miss Susan Travers... aucun écrivain épris de récits d'aventures n'a jamais rien imaginé de comparable à ce qu'a connu Miss Travers avec le 13ᵉ en Europe, en Asie et en Afrique au cours de la Seconde Guerre mondiale.

Charles MERCER, *La Légion étrangère*
(Arthur Barker, 1964)

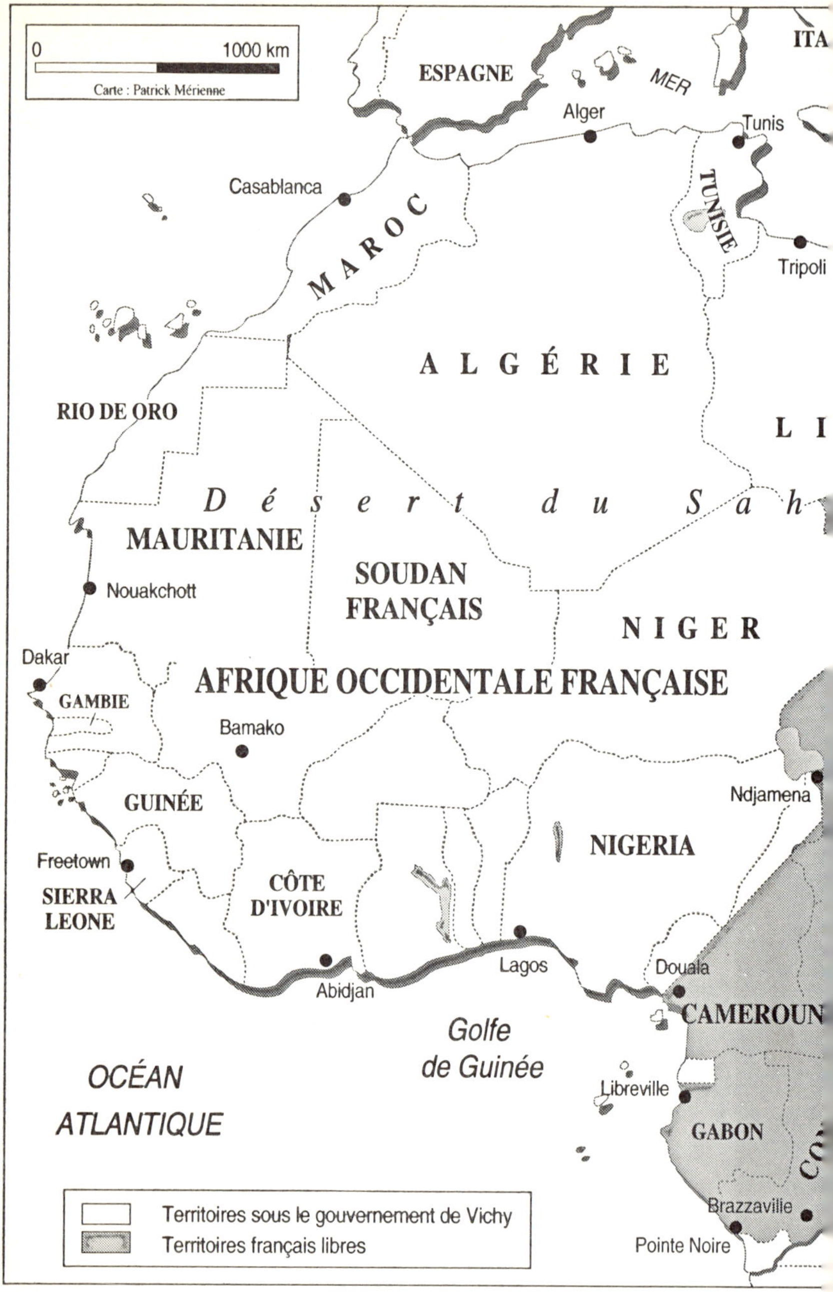

L'Afrique du Nord et le Moyen-Orient

URSS
URSS
TURQUIE
Alep
SYRIE
IRAN
IRAQ
ITERRANÉE
Beyrouth
Acre
Damas
Haïfa
Tel Aviv
Nazareth
Gaza
Jérusalem
Gazala
Tobrouk
ghazi
Alexandrie
El Alamein
Bir Hakeim
Suez
iret el Himeimât
Le Caire
TRANSJORDANIE
Gizeh
Désert du Sinai
Dépression
de Qattara
Nil
E
ARABIE
SAOUDITE
Désert
de Libye
ÉGYPTE
Mer Rouge
a
Port Soudan
CHAD
Kub-Kub
Khartoum
Keren
Asmara
SOUDAN
ANGLO-
ÉGYPTIEN
ÉRYTHRÉE
Aden
Golfe d'Aden
Djibouti
Nil Bleu
Addis Abeda
MOYEN
CONGO
Bangui
ÉTHIOPIE
Nil Blanc
SOMALIE
Congo
Kisangani
KENYA
Mogadiscio
Nairobi
CONGO
BELGE
OCÉAN
INDIEN
Mombasa

Prologue

Assise seule dans un fauteuil dans mon petit appartement parisien, je regarde par la fenêtre. Ma chatte Pinky ronronne sur mes genoux. Je lui avais bien dit qu'ils viendraient un jour, ceux qui veulent recueillir mes secrets.

D'autres les avaient précédés mais je n'étais pas encore prête. Je les ai renvoyés ou leur ai fait des confidences succinctes. Vous comprenez, j'attendais que tous les témoins aient disparu, surtout mon cher Nicholas. Sa mort, en 1995, m'a rendu ma liberté de parole, m'a permis de me libérer des souvenirs de ces temps étonnants qui ne se sont jamais effacés de ma mémoire, en dépit de la destruction de mes journaux de bord de cette époque. Je craignais qu'il ne les lise. Les minces volumes reliés en cuir contenaient le récit manuscrit d'événements qui auraient pu le blesser, trop intimes pour le partage, remontant à une période de ma vie — de nos vies — si différente. De même qu'il m'avait toujours protégée, je les ai brûlés pour l'épargner. J'ai attendu qu'il soit enterré dans le sol français qu'il aimait tant pour m'autoriser à revenir sur cette partie de mon existence.

Dieu merci, l'agitation n'a vraiment commencé qu'avec mon veuvage. D'abord, il y eut la médaille, qui m'est tombée dessus sans prévenir. En vérité, je crois qu'ils étaient un peu surpris de me trouver encore en vie. Au cours de cette cérémonie très simple, en présence de ma famille et des quelques vétérans qu'ils avaient pu rassembler, je me suis avancée d'un pas mal assuré et en m'aidant d'une canne pour recevoir ma récompense. Le général Hugo Geoffrey s'est penché vers moi pour m'embrasser et a accroché l'insigne de la Légion d'honneur, si convoité par ceux qui ont servi la patrie, au revers de mon tailleur en tweed brun. Près de lui, un autre visage familier : celui de Jean Simon, maintenant général cinq étoiles.

Il contemplait fixement mon visage marqué par les rides. De son œil unique, il tentait de faire resurgir du passé « La Miss » au visage lisse qu'il avait rencontrée pour la première fois tant d'années auparavant. Simon sourit poliment à cette étrange vieille Anglaise qui se tenait devant lui. J'eus un haussement d'épaules désinvolte avant l'accolade, qui arrivait avec soixante années de retard. J'ajouterais la Légion d'honneur à mes autres médailles, onze en tout, dont la plus précieuse — la croix de guerre avec étoile — dont on m'avait décorée devant toute la brigade au Caire, et aussi la Médaille militaire, que l'on me remit lors d'une journée déchirante, à Paris.

Je tenais entre mes doigts cette dernière récompense, j'étudiai le ruban vert et blanc et songeai à ce pauvre Nicholas, qui l'avait tellement convoité sans jamais l'obtenir. Je pensai aussi à mon père, l'indomptable capitaine Francis Travers, qui avait reçu la même distinction après la Première Guerre mondiale. Nous étions sans nul doute le seul couple père-fille de l'histoire de France à être décoré de la Légion d'honneur, et pourtant nous étions anglais.

A la petite réception qui se tint ensuite dans la salle de séjour de la maison de retraite où je vis, mes compagnons légionnaires — des hommes que je n'avais pas revus depuis des dizaines d'années — s'avancèrent timidement vers le coin de la pièce où je m'étais installée avec les membres de ma famille. Jamais il n'y eut de moment plus propice à l'évocation de souvenirs propres à vous tirer des larmes... et pourtant rien ne venait. Notre émotion se résuma à de brefs échanges. Sous le regard curieux des vieilles dames françaises résidentes de l'établissement où je dépéris lentement, nous devions former un bien étrange spectacle. Voûtés par l'arthrite et le fardeau douloureux de la mémoire, la fierté d'avoir appartenu à la 13e demi-brigade de la Légion étrangère brûlait toujours en chacun d'entre nous.

Nous étions tous passés par Bir Hakeim. Nous avions partagé la faim, la soif, le soleil et la ferme détermination de ne pas nous rendre. Ils savaient quel rôle j'avais joué et ils en connaissaient les raisons.

C'est seulement après leur départ, alors que je restais seule avec mes médailles, que les autres sont arrivés — ceux qui voulaient que je témoigne. A l'heure où je parle, ils sont justement en face de moi. Ils me demandent de raconter mon histoire, de leur expliquer comment cela s'est passé exactement. Je contemple leurs visages, jeunes, ouverts, qui n'ont jamais connu ni la guerre, ni la hantise de la mort. Je les laisse puiser à la source de mes souvenirs avant qu'elle ne tarisse.

1

A la source de mes souvenirs

Tant que dure le jour, je me souviendrai,
Et quand la nuit viendra, je n'oublierai pas.

SWINBURNE, « Erotion ».

Le pire, c'étaient les Stukas. Je les entendais à des kilomètres de distance, pareils à un gros essaim d'abeilles qui se dirigeait droit sur nous dans le ciel sans fin du désert. A première vue, on aurait dit un fléau, une malédiction, un nuage de sauterelles argent que rien ne pourrait empêcher de s'abattre sur nous pour nous dévorer. Tandis que le bourdonnement se rapprochait, mon cœur battait la chamade, mes jambes tremblaient, la peur montait du fond de mes entrailles, me saisissait à la gorge et je la sentais qui commençait à m'étrangler.

Arme clé de l'impressionnante machine de guerre d'Adolf Hitler dans la campagne d'Afrique du Nord, les Stukas, bombardiers redoutés, étaient équipés de sirènes activées par le vent qui hurlaient tandis qu'ils se laissaient tomber à la verticale. Ils volaient par vagues, jusqu'à une centaine d'appareils à la fois. Sans prévenir, la formation se défaisait, puis les avions fonçaient sur nous, sifflant et rugissant. A l'instant où les trappes des bombes s'ouvraient, le hurlement s'arrêtait et les Stukas s'élevaient gracieux dans le ciel, soulagés de leur chargement.

Au sol, pour leurs cibles pratiquement sans défense, le silence assourdissant qui suivait le tintamarre était terrifiant. Pendant cinq secondes interminables, les bombes tombaient en tournoyant.

Je comptais les secondes dans ma tête, un, deux, trois, quatre, cinq... comme un enfant effrayé par la tempête et tentant de prévoir l'instant du prochain coup de tonnerre. Puis c'était l'éclair aveuglant de lumière blanche et l'horrible déflagration qui me faisait à chaque fois sursauter bien que je l'eusse anticipée. La terre tremblait et les débris remplissaient l'air tandis que les bombes perforantes explosaient sous l'impact, mutilant, brûlant et défigurant tout autour de moi. Mais de nouvelles vagues d'avions arrivaient déjà, leurs carlingues marquées de svastikas noires, volant tranquillement à l'horizon avant de se disposer lentement en cercle. Le bourdonnement se rapprochait insensiblement, montait progressivement jusqu'à pénétrer à l'intérieur de ma tête.

Dans cet endroit oublié de Dieu, c'était le hurlement des sirènes qui me terrifiait le plus. Je les entendais longtemps avant que le sol ne tremble et que la poussière grise de Libye ne s'élève en une immense colonne pour se mêler aux débris mortels. Et je les entendais longtemps après qu'ils avaient cessé. Je murmurais en une litanie fervente « Assez, faites que cela s'arrête, je vous en prie, faites que cela s'arrête », mais le bourdonnement renaissait au loin et je savais qu'ils revenaient.

Assise sur le sol, seule dans mon abri — une tombe étroite, de quatre pieds de profondeur, creusée dans le Désert de l'Ouest, entourée de sacs de sable et recouverte de toile kaki —, je mettais mon casque et j'attendais. Les mains croisées sur la nuque, les genoux sous le menton, je bandais mes muscles et retenais ma respiration. Dans ma tête, j'imaginais que j'étais protégée par un vaste bunker profondément enterré, nettement plus rassurant que cette misérable toile au-dessus de ma tête. Mon casque se transformait en un immense parapluie de métal et je me forçais à croire que si une bombe tombait sur moi, les éclats ricocheraient comme des grêlons inoffensifs.

Mon casque formerait une barrière impénétrable, me

protégerait des Stukas dont j'avais pu constater les dégâts qu'ils provoquaient sur les hommes autour de moi. Les sans-visage, les démembrés, les mourants appelaient tous leur mère dans leur langue maternelle, « Maman ! *Mutter ! Mama !* ». Et moi, la seule femme parmi quatre mille hommes, je me pencherais sur eux, et je jouerais le rôle qu'ils attendaient. Après les raids aériens, je les soignais et aidais à transporter ceux qui avaient survécu vers la tente surpeuplée qui servait d'hôpital de campagne. Je fermais les yeux des trépassés maintenant indifférents. Puis je retournais seule dans mon trou, essayant de ne pas penser, à mon tour je me fermais les yeux, le nez et les oreilles pour me protéger des visions, des sons et des odeurs dont je venais d'être le témoin, et j'attendais l'attaque suivante tandis que quarante mille soldats italiens et allemands se refermaient sur notre position.

Cela faisait trois mois que nous campions dans cet enfer, un point stratégique de la plus haute importance pour les forces de l'Axe qui voulaient envahir l'Afrique du Nord. Le monde retenait son souffle pendant que le légendaire maréchal Erwin Rommel et son Afrika Korps tentaient de nous réduire en poussière, faisant feu de toutes les machines de guerre dont ils disposaient. Chaque jour, au-dessus du *no man's land* de barbelés et des champs de mines antichars, on entendait les plaintes lancinantes des obus d'artillerie qui allaient exploser dans le sable. Des balles de mitrailleuses de gros calibre nous arrosaient pratiquement en permanence. Le soleil brûlant du désert — jusqu'à 51degrés à l'ombre — s'installait sans faiblir pour quatorze heures dans le ciel. On cuisait à petit feu. Les mouches et le sable nous rendaient la vie infernale. Cela faisait deux semaines que nous subissions des attaques continuelles. Pendant ce temps pas d'ombre où s'abriter, très peu d'eau et pratiquement pas de nourriture. Certains des hommes avaient tellement soif qu'ils buvaient l'eau des radiateurs des quelques véhicules en état de fonctionnement qui nous restaient.

Les nuits nous apportaient un répit très temporaire car

dès que le soleil disparaissait à l'horizon, la température tombait en dessous de zéro et le froid nous glaçait les os. On grelottait dans nos abris, et le froid nous privait du peu de sommeil dont on aurait pu profiter entre les incessants raids de nuit.

Malgré tous ses efforts, la RAF ne parvenait pas à endiguer les vagues de bombardiers : Stukas, Messerschmitts, Heinkels et Savoias. Les tanks des Panzers Divisions allemandes et des divisions blindées italiennes Ariete continuaient d'avancer dans la vaste plaine désertique et se rapprochaient dangereusement des tranchées étroites où l'on se terrait. La bataille se livrait à dix contre un. L'étau se refermait.

Rommel avait étourdiment prédit qu'il nous écraserait en un quart d'heure. On lui résistait déjà depuis deux semaines. Peu habitué à des revers de ce genre au cours d'une campagne qui jusqu'à présent s'était révélée glorieuse, il avait juré publiquement de s'occuper de nous. Quittant les troupes qui s'affrontaient plus au nord à la 8e armée anglaise, il s'était déplacé en personne pour organiser notre reddition. Et malgré les efforts courageux de notre général et de ses hommes qui harcelaient constamment l'ennemi à la périphérie de nos campements assiégés, sa détermination se révélait payante.

— Par ici, mon père, cria un officier du nom de Simon au père Mallec, notre aumônier yougoslave, afin qu'il administre l'extrême-onction à un homme mortellement blessé lors du dernier raid de ce soir-là. Un homme a besoin de votre bénédiction.

Simon et ses hommes venaient d'échapper de justesse au tir nourri d'un barrage de tanks. Ils avaient émergé d'un nuage de poussière, trempés de sueur mais souriants dans une chenillette pour fusil-mitrailleur complètement hors d'usage tandis qu'autour d'eux la bataille faisait rage.

L'aumônier, un Slovène solidement charpenté et doté d'une énergie inépuisable, s'agenouilla pour accomplir sa triste tâche et releva la tête.

— Inutile, dit-il d'une voix brisée par la fatigue. D'ici la fin de la nuit, nous serons tous au Paradis.

Il fit le signe de croix sur le casque de l'homme étendu devant lui et bien qu'étant agnostique, je me signai. L'aumônier surprit ce moment de faiblesse et je battis rapidement en retraite dans mon trou.

Bizarrement, je n'avais pas tellement peur de mourir. Si je me retrouvais dans cet endroit insignifiant tiré brusquement de l'anonymat, ce relèvement au compas sur la carte de l'Afrique dont semblait maintenant dépendre l'avenir de tout le continent, j'étais la seule à blâmer.

Cette nuit de juin 1942, le soleil prit la couleur du sang et commença sa lente descente, découpant le drapeau tricolore déchiqueté qui ondulait fièrement au cœur de notre garnison de fortune. Je savais que ce n'était plus qu'une question de temps avant que j'utilise le Beretta que je portais maintenant en permanence sur moi. Avec le même calme étrange qui m'enveloppait depuis que je me terrais jour après jour dans mon refuge sous l'aile de ma toile, j'acceptais tranquillement que ma grande aventure puisse bientôt s'arrêter ici, dans un coin de désert qu'on appelait Bir Hakeim...

2

Les braves sont solitaires

Vos enfants ne sont pas vos enfants.
Ils sont l'appel de la vie à elle-même.

Khalil GIBRAN, *Le Prophète*, 1923.

J'ai toujours regretté de ne pas être un garçon. Je n'avais tout simplement pas la sensibilité d'une fille, préférant les livres aux poupées, la natation à la lecture, les discussions avec le jardinier à l'étude. Bref, j'étais un garçon manqué constamment en quête d'aventures et de frissons. Malheureusement pour moi, on me forçait à porter des chapeaux ridicules et des robes à dentelle, ce qui me contrariait énormément, moi qui ne rêvais que plaies et bosses.

Je suis née le 23 septembre 1909 et mon père, qui avait toujours voulu une fille, était très satisfait. Même s'il n'avait pas la moindre idée de ce qui motivait son désir et de l'avenir qu'il envisageait pour moi. Par contre, je fus une surprise désagréable pour mon frère Laurence, qui aurait nettement préféré rester enfant unique. Il décida dès son plus jeune âge de m'appliquer le même traitement que celui dont mon père usait avec lui, à savoir un mélange de mépris et de répugnance. Cette situation n'évolua jamais.

Mon père, un bel homme et un vrai victorien, était des plus drôle quand il lui en prenait la fantaisie, mais au cours des dernières années de son existence, il se montra irritable et versatile. En mer, il avait bien profité de sa vie de célibataire. Sur son dernier vaisseau, le *Robin Redbreast*, il accosta dans tous les ports du monde où il entretenait des relations galantes avec des dames. Il s'amusait beaucoup. Vers la fin de sa carrière militaire, il se retrouva en poste au Dartmouth College, sur le bateau de Sa Majesté, le *Britannia*, où il rencontra ma mère à une soirée. Il resta là jusqu'à sa retraite. Mais je crois que la vie itinérante, avec ses batailles, ses drames hauts en couleur et ses changements d'horizon, lui manquait terriblement.

Malheureux en ménage, appréciant peu la retraite, il se montrait souvent désagréable, surtout avec ma mère. Il avait dix-huit ans de plus qu'elle, une différence d'âge importante, et il la traitait assez mal. N'ayant pas de fortune personnelle, je suppose qu'il l'avait épousée pour son argent, et une fois qu'il eut assuré son avenir et engendré deux enfants, il estima qu'ils n'avaient plus grand-chose à faire ensemble.

Ils dormaient dans des chambres séparées, menaient des vies indépendantes, ne se rencontraient qu'aux repas et pour des soirées occasionnelles. Je n'ai jamais été proche de ma mère. Quand j'étais enfant, je ne la voyais qu'une ou deux fois par jour — quand elle venait à la nurserie pour me souhaiter une bonne nuit, et aussi parfois au salon, après le thé, pour chanter des chansons avec ma tante Hilda. Cependant, dès l'âge de six ans, je fus autorisée à déjeuner avec mes parents à la condition expresse qu'on ne m'entende pas.

Je les revois, assis chacun à un bout de la table vernie en acajou, buvant leur consommé en n'échangeant que des banalités. Mon frère me faisait face, aussi rigide et silencieux qu'eux-mêmes. Quant à moi, je m'agitais dans ma chaise inconfortable à haut dossier, rêvant d'aspirer ma soupe à grands bruits ou de taper sur la porcelaine avec ma cuillère en argent. Mais je n'ai jamais osé.

Mon enfance disciplinée et étroitement surveillée n'augurait en aucune manière du tour inhabituel que prendrait ma vie par la suite. Mes cinq premières années furent remarquablement ternes. Le 4 août 1914, peu de temps avant mon cinquième anniversaire, je me trouvais chez ma grand-mère à Londres quand les troupes du Kaiser se mirent en marche vers la Belgique, enfonçant les lignes françaises. La Première Guerre mondiale avait commencé.

Mon père sortit aussitôt de sa retraite pour se montrer à la hauteur de l'occasion et de la devise de la famille Travers : *Nec Temere nec Timide* — Sans peur ni timidité. Il s'engagea pour reprendre du service et fut peu de temps après envoyé à Salonique, dans le nord de la Grèce, pour aider à superviser la flotte de bateaux de guerre prêts à bombarder les Turcs. Ma mère et ma grand-mère, craignant les raids des Zeppelins sur Londres, rejoignirent la maison de ma grand-mère à Torquay, une station balnéaire de la côte anglaise. Elles m'emmenaient avec mon frère, les employés de maison et les animaux domestiques.

A cette époque, à Torquay, située au cœur de la « Riviera anglaise », on trouvait des palmiers, des parcs, des jardins et une végétation luxuriante. La petite ville était essentiellement peuplée de vieilles dames comme ma grand-mère, vêtues de noir et vivant dans de grandes demeures. Certaines entretenaient encore des voitures à deux chevaux. Ma grand-mère avait choisi la modernité car elle possédait une automobile dont on n'eut plus l'usage quand le chauffeur fut mobilisé pour se rendre sur le continent.

Le Priory, la villa victorienne de ma grand-mère sur Parkhill Road, à Daddyhole Plain, une des sept collines dominant Tor Bay, avait une certaine allure mais n'était pas très bien entretenue. Recouverte de lierre et de vigne vierge qui semblaient la maintenir debout, elle n'en demeurait pas moins un paradis sur terre pour les enfants. Ma grand-mère, qui ne jetait jamais rien, avait des malles entières de vêtements qui nous servaient de déguisements, de grandes armoires remplies d'objets bizarres et hétéroclites, et des tonnes de livres, surtout des livres pour enfants, qui avaient appartenu à ma mère et à sa sœur aînée, ma tante Hilda, une célibataire très à l'aise financièrement, menant une vie sociale animée à Londres dans sa maison d'Abingdon Court, du côté de Kensington High Street.

La maison abritait une vaste bibliothèque poussiéreuse ayant appartenu à mon arrière-grand-oncle, Thomas Turnbull, où personne n'entrait à part nous. Thomas, pasteur et voyageur excentrique, collectionnait tout et n'importe quoi. Cela allait des livres aux coquillages du monde entier, et on était fasciné par ses objets précieux dont chacun avait une histoire.

« Ceci a une grande valeur », nous disait ma grand-mère en déroulant le papier de soie qui enveloppait un fossile africain ou un objet très ancien. J'ouvrais de grands yeux et examinais attentivement ces reliques provenant de terres lointaines tout en me concentrant pour faire surgir des images d'explorateurs intrépides et de merveilleux voyages. Je rêvais de casques coloniaux sous des cieux inconnus, dans des endroits où vous attendaient des expériences uniques.

Ma grand-mère, une vieille dame charmante qui nous adorait, était la bonté même. Elle remplissait le vide émotionnel laissé par mes parents. Douloureusement conscientes de la tristesse de ma mère et du peu d'intérêt qu'elle prenait à l'existence, ma tante Hilda et ma grand-mère s'efforçaient de combler nos manques. Cependant, ma grand-mère avait une préférence marquée pour mon frère, qu'elle appelait Larry. C'était tout aussi bien car, à part elle, personne ne semblait beaucoup s'intéresser à lui, mon père et moi encore moins que les autres. Je préférais notre labrador noir, Duchess, que mon père avait achetée pour aller chasser, mais quand il s'avéra qu'elle était terrifiée par les coups de feu, elle fut reléguée à la nurserie.

Le grand jardin de la maison de ma grand-mère, tout en longueur, était essentiellement planté d'une pelouse et de haies de laurier, mais j'y passais le plus clair de mon temps, me livrant à des jeux interminables, salissant sans remords mes jupons et mes robes à volants. Encore aujourd'hui, l'odeur des lauriers mouillés me ramène aussitôt à cette époque. Vinnicombe, le vieux jardinier qui venait deux fois par semaine, allumait des feux pour brûler du bois et me laissait cuire des pommes de terre sous la cendre. Je les mangeais à moitié crues, enchantée de mes talents de cuisinière. Quand il m'avait assez vue et estimait avoir suffisamment travaillé, Vinnicombe se retirait dans une vieille serre de bouturage pour fumer sa pipe et piquer un somme. J'étais très attachée à ce vieil homme.

On passait nos journées à Meadfoot Beach, une jolie plage abritée au pied des falaises. J'y apprenais à nager et j'y jouais gaiement, toujours seule. Au grand désespoir de mes nurses, je grimpais aux arbres et glissais sur les grosses pierres, déchirant mes jupons. La plage était un endroit délicieux avec des galets et des trous d'eau dans les rochers. Et puis il y avait les baigneurs. A cette époque, on connaissait encore les cabines de bain victoriennes montées sur roues que de malheureux domestiques mâles tiraient jusqu'au bord de l'eau. Ainsi, les dames de la bourgeoisie du cru pouvaient prendre un bain discret, attifées de costumes à ruches et à volants et de bonnets à fronces. Je les observais avec un mélange d'excitation et de fascination, car même moi, dans mon très jeune âge, je comprenais que j'étais le témoin des dernières manifestations d'un âge révolu.

Mon éducation fut tout d'abord prise en charge par des gouvernantes. Dans la nurserie, assis côte à côte à nos petits bureaux de bois, Laurence et moi apprenions le calcul, la lecture et l'écriture sur des ardoises. On nous enseigna également très tôt le français, une pratique très répandue pour les enfants de ma génération. Celle de ma mère avait appris l'allemand. Ensuite, on m'envoya dans une école primaire locale, à Babbacombe. Je m'y rendais en tram avec les trois frères Payne qui vivaient non loin de là. Ils devinrent mes compagnons de jeux les plus enthousiastes car je dois signaler que mes amis d'enfance étaient toujours des garçons, jamais des filles.

J'ai vu défiler un bon nombre de nurses qui me lavaient, m'habillaient et me nourrissaient. Ma préférée, Bessie, jouait aussi avec moi et me faisait de merveilleux vêtements pour mon singe Münch, une peluche gris foncé que ma tante Hilda m'avait donnée quand j'avais quatre ans. Il appartenait à la série de mes six singes que je considérais comme « ma petite famille ». Pour remercier Bessie de sa gentillesse envers mes « animaux domestiques », j'entrepris de lui apprendre le français, mais sans grand succès. Malgré tous ses efforts, son accent du sud de Londres faisait obstacle à l'acquisition d'une langue étrangère. « G-er m-a-r-pelle Bessie », récitait-elle, et je levais les yeux au ciel en soupirant.

Elle et moi allions nous promener avec Duchess et une autre nanny, ses deux chiens et les enfants dont elle avait la charge. Nous bavardions à perdre haleine, on couvrait d'énormes distances, allant par monts et par vaux sans jamais nous lasser. Pendant une bonne partie de ma petite enfance, elle fut la première personne que je saluais en me réveillant le matin et la dernière que j'embrassais avant de m'endormir. J'adorais Bessie et éprouvai un chagrin terrible quand elle fut congédiée. Je ne fus même pas autorisée à lui dire adieu et on ne me donna aucune explication sur les raisons de son départ. J'appris son renvoi en voyant arriver la nouvelle nurse, une jeune mademoiselle dont on estimait qu'elle m'aiderait à améliorer mon français. Je n'ai jamais revu Bessie.

Si j'ai passé la plus grande partie de mon enfance dans le Devon, je me rendais cependant régulièrement à Londres. Ma grand-mère refusait qu'un événement aussi inconséquent que la Première Guerre mondiale modifie ses habitudes de quelque manière que ce soit et chaque hiver, elle continuait de louer une maison dans la capitale pour la « saison », toujours escortée de moi, mon frère et ma mère. Je me souviens des grandes maisons londoniennes sombres qui sentaient le moisi, et comptaient de nombreux escaliers. Je me rappelle aussi que je me suis trouvée prise dans un brouillard jaune, si opaque que je ne distinguais même pas ma main. Je n'ai retrouvé mon chemin que grâce aux grilles de fer forgé qui m'ont servi de point de repère. Quand il faisait beau, mademoiselle m'emmenait me promener dans les jardins de Kensington où nous retrouvions des nurses accompagnées d'enfants confiés à leur charge. Ma mauvaise habitude de courir devant les autres me valait de constantes réprimandes.

Cependant, notre vie n'était en rien affectée par la guerre. Il y eut bien quelques raids de Zeppelins en amont de la Tamise, et les premières attaques aériennes allemandes tuèrent une centaine de personnes et en blessèrent quatre cents dans l'East End, mais nous n'étions privés de rien et nous vivions comme nous avions toujours vécu, avec des draps de fil, de beaux vêtements, des domestiques et trois repas par jour. Ma grand-mère narguait-elle le gouvernement qui appelait les riches à la frugalité et à un train de vie plus austère ? Je l'ignore. Plus probablement, estimait-elle que ces recommandations ne pouvaient pas s'appliquer à une personne de son âge et de sa qualité.

Au cours des quatre années d'absence de mon père, je n'entendis pratiquement jamais parler de lui. Les seules à me fournir quelques renseignements étaient Bessie et ma tante Hilda, qui m'assuraient qu'il accomplissait un travail formidable. Après quelques années passées au Moyen-Orient, on l'envoya à Marseille où il occupa le poste de commandant du transport maritime, et ce jusqu'à la fin des hostilités en novembre 1918. Ce fut pour services rendus à la France à Marseille qu'on le décora de la Légion d'honneur. Mon grand-père avait occupé vers les années 1850 le poste de consul dans cette même ville. Il avait par la suite entretenu des relations suivies avec certains des habitants et des officiels de Marseille. Mon père devait donc s'y sentir un peu chez lui. Mon grand-père était rentré en Angleterre avec une paire de statues de légionnaires en bronze portant le traditionnel képi, d'élégantes figurines très reconnaissables grâce à leur couvre-chef particulièrement original. Mon père en avait hérité et elles m'avaient accompagnée toute mon enfance.

Quand la guerre prit fin, j'avais neuf ans. Je me souviens qu'à l'école on m'avait annoncé d'un air grave que dix millions de personnes avaient trouvé la mort au cours d'une campagne de quatre longues années, ce qui représentait un des affrontements les plus sanglants de l'histoire. Mais ma perception de ces événements était celle d'un enfant. Les pères de plusieurs de mes camarades d'école n'étaient pas revenus, un de mes anciens instituteurs était porté disparu, et le chauffeur de ma grand-mère revint aveugle et à moitié fou après avoir été gazé.

Mon père avait eu de la chance. Son âge et son expérience dans le domaine militaire l'avaient éloigné des champs de bataille, ce qui ne l'empêcha pas de servir honorablement son pays et lui valut d'être décoré de la médaille qu'il convoitait. A son retour, il reprit sa vie de retraité, vivant de la pension qui lui était allouée, et on déménagea en famille dans une grande maison victorienne, Little Hill, à l'extérieur de la petite ville de Chudleigh, dans le Devon. C'était une propriété froide et austère qui donnait sur la mer, percée d'immenses fenêtres avec vue sur Exmoor. A l'intérieur, il y régnait une atmosphère tout aussi glaciale. On envoya Laurence en pension dans le Norfolk et je voyais à peine ma mère qui, quand elle n'était pas en visite chez ma grand-mère ou sa sœur Hilda, s'isolait dans sa chambre.

Mon père occupait le rez-de-chaussée. Assis dans un fauteuil auprès du feu, il passait une grande partie de son temps à lire et on entendait rarement le son de sa voix. Il se montrait beaucoup plus gentil avec les animaux qu'avec ma mère et mon frère qu'il traitait de façon particulièrement désagréable, piquant des colères pour des riens. J'avais souvent peur de lui.

Mais en tant que fille, je lui étais aussi très attachée et il devint mon seul modèle parental. Dans ma vie, il n'y avait pas d'héroïnes, rien que des héros, et il était le plus grand héros de tous puisqu'il s'était porté volontaire pour aller à la guerre. Je rêvais de champ d'honneur, d'aventures, et de lui ressembler un jour. Ma plus grande ambition : marcher sur ses pas pour susciter sa fierté et son admiration.

Quand j'étais l'objet de ses attentions ou qu'il me permettait de partager un moment sa compagnie, le roi n'était pas mon cousin.

— Viens ici, Susan, disait-il en tapotant à ses pieds un

petit tabouret recouvert de tapisserie. Et si tu me lisais quelque chose ?

Il adorait la lecture, revenait souvent de la bibliothèque avec des livres plein les bras, et il m'encourageait dans la même voie. Prête à tout pour lui plaire, je dévorais tout ce qui me tombait sous la main, surtout les classiques et les romans comme *Beau Geste*, de Perceval Christopher Wren, qui avait lui-même été soldat. J'ai un souvenir très vif de ce conte exotique qui narrait le vol d'un bijou et mettait en scène la Légion étrangère. Je me disais que ce serait merveilleux de vivre un jour de telles aventures.

— Ça t'a plu de voyager dans le monde entier, papa ? Raconte-moi, demandais-je dans l'espoir de le voir esquisser un de ses rares sourires.

Le regard vague et perdu au loin, il levait parfois le voile sur les merveilles qu'il avait vues, les rivages et les terres magiques qu'il avait visités. Puis il s'arrêtait et sa froideur coutumière reprenait le dessus. Il faisait claquer impatiemment son journal et me renvoyait avec brusquerie avant de se replonger dans un article sur la crise en Russie ou la guerre civile en Irlande.

— Va te promener et laisse-moi lire tranquille, disait-il d'un ton agacé.

Il se levait pour donner de grands coups de tisonnier dans le feu.

— Et demande à la bonne d'aller chercher du charbon.

Je suppose que je représentais pour lui un motif d'irritation, car au cours des quatre années qu'avait duré la guerre, il avait perdu l'habitude des enfants. Je m'efforçais de me tenir tranquille et de ne pas le déranger, mais je le surprenais souvent à une fenêtre qui m'observait d'un air furibond alors que je jouais dans le jardin. Il tapait impatiemment sur le carreau avec sa pipe, m'enjoignant de me conduire de façon un peu plus adulte, « comme une lady ». De toute façon, nos retrouvailles furent de courte durée car peu de temps après son retour, une épidémie de grippe balaya la Grande-Bretagne, tuant des milliers de personnes. Du jour au lendemain, on m'envoya dans une pension en briques rouges, St Mary's, à Wantage, dans l'Oxfordshire. Ce fut une expérience qui me déplut fortement.

Depuis toujours, j'étais une enfant solitaire et je ne savais pas comment me comporter avec des enfants de mon âge. A St Mary's, je ne connaissais personne, les pensionnaires étaient épouvantables, les enseignants se montraient peu aimables et la directrice, Mme Buckle, un vrai dragon, nous avait prévenues dès le premier jour qu'elle n'aimait que les petites filles « qui savaient se coiffer et prendre soin d'elles ». Je n'avais jamais fait ni l'un ni l'autre, j'étais perdue, autant de raisons de me détester. Le pensionnat n'avait rien à voir avec ce que j'avais lu dans les livres d'Angela Brazil où les garçons manqués du dortoir des grandes s'amusent comme des folles. Le sport, où j'avais toujours excellé, représentait ma seule consolation.

En dehors des terrains de sport, j'étais malheureuse et pleurais souvent dans mon lit avant de m'endormir. Je n'avais personne vers qui me tourner — ma mère et mon père étaient loin et indifférents, et je me doutais bien qu'ils seraient furieux si j'écrivais à ma grand-mère pour me plaindre. Elle et ma tante Hilda m'écrivaient une lettre de temps à autre pour me remonter le moral, mais elles ne m'étaient pas d'un grand réconfort. En réalité, je m'endurcissais chaque jour davantage tout en serrant chaque nuit Münch dans mes bras. Je priais pour quitter cet endroit le plus tôt possible afin d'être enfin en mesure d'exercer un contrôle sur ma destinée.

Il s'écoula trois années avant que je ne sois exaucée, trois longues années où je ne retournais dans le Devon que pour Noël et les vacances d'été. Laurence était tout aussi malheureux dans le Norfolk mais, plus tard, il gagna une bourse de musique pour le collège de Lancing dans le Sussex, un endroit qu'il adorait et où il s'épanouit tout à fait. Quand il revenait à Chudleigh, sa tristesse de se retrouver avec nous crevait les yeux, de même que la mienne de retourner à ma vie solitaire à Wantage. Laurence finit par persuader ma mère de lui permettre de passer ses vacances avec ma grand-mère à Torquay, située non loin du collège de Lancing, un arrangement qui convenait à tout le monde.

Le temps que je fête mes douze ans, je m'étais résignée à mon sort et plus ou moins intégrée à la vie du pensionnat, je m'étais même fait quelques amies, mais la perspective d'une interminable vie de pensionnaire s'étendait devant moi. Et puis il se produisit un événement tout à fait remarquable. Mon père déclara soudain qu'on allait me retirer définitivement du pensionnat.

— Ta mère et moi allons nous installer en France, annonça-t-il. Nous avons pensé que l'emmener avec nous ne serait pas mauvais pour ton éducation.

Personne ne parla de Laurence.

Mes parents avaient choisi d'émigrer à Cannes, sur la Côte d'Azur. Ils mûrissaient cette décision depuis un certain temps déjà. Après la guerre, la situation en Angleterre n'était pas florissante. Les grèves de mineurs se succédaient, on souffrait d'un taux de chômage élevé, et l'atmosphère était plutôt morose. Par comparaison, en France, la vie était plus facile, et meilleur marché. Mon père, qui y avait passé les plus heureuses années de sa vie, soupirait après la chaleur du Sud pour soulager son arthrite et égayer son humeur morose. L'opinion de ma mère ne comptait pas vraiment.

C'est donc en 1921 que je dis adieu à l'Angleterre sans tristesse excessive et embarquai pour la première fois pour le pays qui deviendrait le mien, spirituellement et physiquement parlant, et où je vis toujours.

3

Rêves de liberté

Le désir de la phalène pour l'étoile,
De la nuit pour le matin,
La ferveur pour l'au-delà,
Depuis la sphère de notre chagrin.

SHELLEY, « Un mot est trop souvent profané ».

On prit le bateau, puis le train pour arriver dans le Midi tard dans la nuit. On s'installa à l'hôtel des Orangers au Suquet, dans la vieille ville, à cinq minutes du Vieux Port et de la Croisette, le grand boulevard longeant la mer. Les jardins de l'hôtel construit dans le style provençal débordaient de lauriers-roses, d'oliviers et de lavande. Au premier matin je me suis réveillée, j'ai repoussé les volets rouges de ma fenêtre et là j'ai eu comme un éblouissement. Mes yeux s'ouvraient pour la première fois. Mes sens étaient assaillis de toutes parts. Une vue exquise s'offrait à ma vue — des voiliers voguaient sur une mer Méditerranée du bleu azur le plus profond, l'odeur des pins, du thym et de la lavande imprégnaient l'air. Au loin, se dressait le massif de l'Esterel, d'un rose mauve dans les brumes matinales. La cuisine à l'huile d'olive, à l'ail, aux tomates et aux herbes était délicieuse. Tout semblait si différent du Devonshire, plus vif, plus lumineux, et tellement plus savoureux. Si c'était ça la

France, alors j'étais totalement sous le charme et voulais y passer le reste de ma vie.

Mes parents louèrent la Casa Longa, une jolie villa peinte en vert sur le chemin Bella Isola, non loin du boulevard Carnot, perchée sur la colline derrière le Vieux Port. Elle comptait six chambres et plusieurs pièces de réception, plus une charmante employée de maison, Jeanne Martin, qui fit aussitôt ma conquête. Peu de temps après notre arrivée, elle me donna un chaton que je baptisai Chipmunk, Écureuil rayé.

— C'est pour vous, ma chérie, comme ça vous aurez toujours un compagnon de jeu, déclara Jeanne.

J'étais très touchée. Depuis l'époque de Bessie, on ne m'avait jamais rien dit d'aussi gentil.

On m'inscrivit dans une école privée, le Cours Fénelon, baptisé d'après François Fénelon, un prêtre et écrivain qui officia sous le règne de Louis XIV. Là, je découvris des lycéennes beaucoup plus chaleureuses que dans mon pensionnat anglais. Bien sûr, je me sentais un peu perdue, car je ne connaissais personne et tombais un peu du ciel. Mais cette fois, je jouissais aussi d'un statut privilégié dû à ma nationalité. Mes camarades m'accordaient une attention particulière et se montraient très gentilles. Ma connaissance de la langue s'améliora très vite et je me fis beaucoup d'amies, embrassant de tout mon cœur la vie des écolières françaises, nattes comprises.

Entre l'âge de douze et seize ans, je fus une petite fille modèle. J'obtenais de bons résultats à l'école et m'habituais à vivre seule avec mes parents en prenant bien soin de ne pas les déranger. Le climat semblait améliorer le caractère de mon père. Il passait le plus clair de son temps dehors, dans divers clubs, avec ses nouveaux amis. Malheureusement, ma mère souffrait de l'absence de ma tante et de ma grand-mère. Loin de chez elle, elle s'enfonça dans la mélancolie. Elle qui n'avait jamais été très sociable et n'appréciait guère la vie mondaine se replia sur elle-même.

Son isolement redoubla mes problèmes d'identité. Etais-je française ou anglaise ? Elevée en Angleterre, j'allais au lycée en France et même si mes amies me percevaient comme une étrangère, je vivais la vie d'une adolescente cannoise. Mes parents n'intervenaient que très peu dans ma vie quotidienne, je me considérais comme une personne à part et ce sentiment ne devait plus me quitter. J'étais une outsider, destinée à demeurer en marge de la société, je n'avais pas vraiment de foyer ni de pays. Je m'intégrerais là où les aléas de l'existence me conduiraient.

Sur le plan affectif, mon père entretenait fort peu de relations avec moi et ma mère. Je le voyais rarement. Puis, un beau jour, j'avais treize ans, il décida pour mon plus grand plaisir de faire de moi une athlète de compétition. Le tennis était un des rares sports tolérés pour une fille de mon milieu et, en son temps, mon père avait été un excellent joueur. A cette époque, Suzanne Lenglen, la plus grande joueuse de tennis de tous les temps, se trouvant au sommet de sa gloire. Dans le monde entier, la championne olympique fascinait non seulement les jeunes filles férues de tennis mais aussi leurs parents. Trois ans auparavant, Mlle Lenglen avait causé un grand émoi en Angleterre en devenant la première femme d'un pays non anglophone à remporter Wimbledon après la guerre. Elle officiait les bras nus et vêtue d'une robe courte. C'est alors que tous les pères se mirent en secret à entretenir des rêves de gloire pour leur fille. Le mien ne faisait pas exception à la règle.

Mlle Lenglen ayant élu domicile à Cannes, j'eus l'honneur d'assister à plusieurs de ses matchs. Cette femme laide — nez en bec d'aigle mais silhouette magnifique — vous hypnotisait. Vêtue de tenues immaculées, sa grâce naturelle exerçait un charme irrésistible. Quand elle s'avançait sur la pelouse, elle produisait autant d'effet qu'une grande danseuse apparaissant sur la scène. Sa présence à un tournoi de tennis en rehaussait aussitôt l'intérêt. Les clubs se battaient pour obtenir ses faveurs et ses désirs avaient force de loi. Elle réservait les simples à son propre club, le Tennis Club sur gazon de Nice, qui appartenait à son père. Quant à nous, nous étions inscrits au Tennis Club sur gazon de Cannes, le plus chic de tous, qui appartenait à un cousin de ma mère, Henry Atkinson. Ce dernier employait deux professionnels à temps plein pour lui servir d'entraîneurs. La secrétaire, une personne plutôt sévère, insistait pour que les jeunes filles jouent en bas de laine blanche et en robes courtes. Sur ce dernier point, Dieu merci, Suzanne Lenglen avait réglé le problème. J'ai gardé un souvenir ébloui de cette époque.

J'adorais le tennis, surtout mes leçons quotidiennes avec des professionnels particulièrement séduisants. Ils représentaient mes premiers vrais contacts avec des personnes du sexe opposé et me permettaient d'améliorer mon jeu. Ce que j'appréciais beaucoup moins, c'étaient les interminables séances d'entraînements avec mon père. J'avais beau m'appliquer en sa présence je me montrais d'une maladresse effrayante, je m'énervais, manquais des coups que j'aurais normalement dû réussir et accumulais les doubles fautes. Du fond du court, je l'entendais hurler : « Tu le fais exprès ou quoi ? », ou bien : « Tu appelles ça un revers ? » Il me battait invariablement puis, alors qu'on rentrait à la maison, ne cessait de fulminer sur mes mauvais retours de service ou mon manque de concentration. Ses brimades et ses remontrances me laissaient physiquement épuisée. Le tennis était le seul domaine où je pouvais espérer l'impressionner, l'amener à me voir sous un autre jour. Mais je compris assez vite la vanité de mes efforts : jamais je n'obtiendrais le moindre compliment de la part de mon père.

Au début des années vingt, la Côte d'Azur symbolisait le summum de l'élégance. Tout ce que le monde comptait de personnages importants et de célébrités venait à Cannes passer l'hiver. Le Tout-Paris, le Tout-Londres, les riches Américains, les princes destitués, le grand monde et le demi-monde, sans compter les incontournables retraités anglais comme mes parents. C'était l'époque de Charlie Chaplin, Noel Coward, Rudolph Valentino, Josephine Baker. Le jazz enflammait les esprits et le charleston faisait rage. Coco Chanel changeait radicalement les habitudes vestimentaires et accordait aux femmes une nouvelle liberté avec son style aux lignes épurées pour des créatures ambiguës. L'Eglise catholique déclara que cette nouvelle mode scandaleuse annonçait un déclin de la morale.

Les médecins affirmaient que les nuits blanches passées à s'amuser, les journées d'excitation permanente, la consommation d'alcool et de tabac mettaient en danger la santé des jeunes femmes « modernes » dont le système nerveux ne résisterait pas à un pareil traitement. Bien décidées à secouer leurs corsets à baleines, les femmes mincirent encore un peu et adoptèrent ces changements avec enthousiasme, sacrifiant leur chevelure et raccourcissant leurs robes. Je ne faisais pas exception à la règle. Dans ma petite enfance, ma grand-mère adorait brosser mes longs cheveux bruns avant de les attacher avec de gros nœuds de satin, puis, quand on m'envoya à l'école, elle me fit des tresses. Je ramenai tout ça à une sévère coupe au carré que je fis onduler un peu plus tard pour l'adoucir. J'avais à peu de chose près trouvé mon style qui n'évolua que fort peu.

Avec le recul, je compris que Cannes représentait un environnement mal adapté pour une enfant de mon âge. Entourée d'adultes riches et blasés, je ne profitais même pas de la présence de mon frère qui aurait pu faire diversion. Ma cousine Diana, que j'aimais beaucoup, était de trois ans plus âgée que moi, une brèche, à cet âge, impossible à combler. Passablement frustrée, je restais donc prisonnière de mes parents. Ils avaient une conception assez vieux jeu de mon éducation. A part l'école et le tennis, on ne m'autorisait aucune sortie le soir et j'étais privée de liberté. Mon adolescence fut marquée par la solitude, un sentiment d'abandon qui semblaient me poursuivre partout où j'allais.

Je fus grandement affectée par les déchirements de l'adolescence. Je me transformais en une belle jeune fille, mince et brune, avec des yeux très bleus, un visage assez frappant, et pourtant on me traitait toujours comme une enfant. Plutôt que d'affronter l'atmosphère étouffante du rez-de-chaussée, je préférais me retirer dans ma chambre pour lire.

Une fois de plus, la fiction me servait de tapis volant

pour des pays lointains. Des livres empruntés à des amies de lycée ou à la bibliothèque de Cannes m'amenèrent à comprendre qu'il existait une autre vie en dehors de Casa Longa, un monde où l'on tuait les dragons, sauvait la vie de sa dame et vivait de grandes aventures. Peu m'importait que les livres soient en anglais ou en français — je parlais maintenant le français couramment —, mais les auteurs français étaient bien plus explicites et je dévorais leurs ouvrages à la lampe de poche sous mes couvertures. S'ils les avaient trouvés, mes parents me les auraient arrachés, horrifiés. Je me souviens de l'un d'eux intitulé *La Garçonne,* de l'écrivain franco-algérien Victor Margueritte. Il y mettait en scène une jeune fille qui prenait des amants et essayait de vivre comme un homme. Cet ouvrage était rempli de dessins explicites, mon imagination s'emballait et j'étais folle d'impatience de mettre à profit tous ces enseignements.

En dehors des intenses moments d'émotion ressentis grâce aux professionnels du tennis qui mettaient leurs bras autour de moi pour me montrer comment placer ma raquette ou améliorer mon service, ma première chance de passer à des expériences directes sur le plan sexuel me fut offerte par Max, mon maître de « danse de salon » dont j'étais follement éprise. Ce gigolo d'une trentaine d'années — j'en avais quinze — s'intéressait à moi, ce qui me flattait. Au cours d'une de nos premières valses il m'attira à lui et me souffla que j'étais ravissante. Au bout d'un certain temps, je l'autorisai à m'embrasser, mais rien de plus, bien sûr, et je m'émerveillais ensuite de la sensation de mes lèvres qui me brûlaient et me chatouillaient.

— Oh, Suzanne, Suzanne, gémissait-il.

Son haleine dans mon cou me donnait la chair de poule.

J'avais l'impression de mourir et de me réveiller au ciel. Il était grec, très beau, et couchait avec des femmes pour de l'argent tout en apprenant à des jeunes filles à danser le tango et le fox-trot. Ce qu'il attendait de moi, j'aurais bien aimé le lui donner, mais j'avais trop peur de lui céder alors que nous vivions dans une petite communauté où tout le monde se connaissait. D'autre part, si mon père avait découvert que j'avais une liaison, avec Max, je n'osais pas imaginer sa réaction. Il nous l'aurait fait payer très cher. Cette dernière considération joua un rôle essentiel dans mon refus de succomber aux avances persistantes du beau Grec.

Inutile de dire qu'à l'âge de seize ans, alors que j'approchais de la fin de ma scolarité, je me sentais comme un animal en cage. Je n'attendais que la première occasion pour m'échapper. Assoiffée d'aventures et d'histoires romantiques, je souhaitais voyager de par le monde et rencontrer l'âme sœur. Il me semblait avoir passé toute mon enfance à attendre le jour où je serais libre. L'oiseau voulait déployer ses ailes. A cette époque, mon goût de garçon manqué pour les voyages fantastiques et les exploits héroïques était supplanté par de mirifiques projets d'amour, de sexe et de mariage. Maintenant, dans mes fantasmes d'écolière je ne désirais rien d'autre que d'être remarquée par quelque riche industriel. On se fiancerait, il financerait mes aventures et me couvrirait de bijoux tandis que j'entretiendrais de tumultueuses liaisons avec des hommes peu recommandables et me pâmerais sous leurs baisers.

Avant toute chose, j'ambitionnais d'être volage. Je me voyais très bien en vilaine fille flirtant avec le danger et le scandale, comme les héroïnes audacieuses des livres que je dévorais avec ravissement. Ces conceptions divergeaient radicalement de ma vie monotone et strictement réglée, avec ses conventions implacables. Mais si on considère que j'étais entourée, au cœur des Années folles, par les belles dames de Cannes ruisselantes de bijoux et pendues aux bras de millionnaires vieillissants, on me pardonnera facilement mes fantasmes sans intérêt. Les seules choses auxquelles on accordait de l'importance à Cannes étaient l'argent et le sexe. Personne ne semblait travailler, tout le monde jouait et se divertissait. Il me fallut des années pour comprendre que cela ne reflétait en rien la réalité. Ce fut un choc terrible. Mais il faut bien avouer que c'était un environnement assez intoxiquant et j'attendais avec impatience de m'y plonger.

Pour mon plus grand soulagement, ma vie allait bientôt prendre une nouvelle orientation. Succédant à d'interminables discussions auxquelles je n'étais pas conviée, mes parents me convoquèrent un beau soir dans le salon pour m'informer de leurs décisions concernant mon avenir.

— Dès que tu auras fini tes études tu vas quitter Cannes, m'annonça mon père.

Je le revois comme si c'était hier, avec ses beaux cheveux blancs, droit comme un *i* près du manteau de la cheminée en marbre sculpté, tirant sur le tuyau de sa pipe de bruyère tout en tripotant sa montre de gousset en or.

Au garde-à-vous devant lui, les bras plaqués le long du corps, une attitude que me commandaient des années de respect, mon cœur chavira et je me demandai si j'allais être renvoyée en Angleterre avant d'intégrer un nouveau pensionnat. Mais mon père avait pour moi d'autres ambitions.

— Nous avons décidé de t'envoyer dans une *finishing school* à Florence, afin que tu te familiarises avec certains raffinements de la haute société. Nous avons choisi un établissement très réputé, dirigé par une certaine Mlle Penrose. Elle nous a été recommandée par le proviseur de ton lycée. Tu partiras d'ici un mois, déclara-t-il, très satisfait de sa tirade.

Je retenais mon souffle. La Florence des Médicis, la plus belle ville d'Italie, me semblait le parfait antidote à la stérilité de mon existence. Une *finishing school,* un endroit où je compléterais mon éducation avant de me marier et de me plier aux conventions sociales, était une perspective fort agréable.

— Merci, père, lui dis-je les yeux brillants.

Ma mère leva à peine les yeux de son ouvrage de couture.

Renvoyée de la pièce par un bref hochement de tête de mon père, je refermai doucement la porte derrière moi avant de m'y appuyer, hors d'haleine, et de porter la main à mon cœur, le souffle coupé par la joie que me procurait cette nouvelle inattendue. J'attrapai Chipmunk qui passait par là et dansai dans le hall avec la pauvre bête, surprise de cet accès d'affection.

Les quelques jours qui précédèrent mon départ, tandis que Jeanne m'aidait à faire mes valises, je réprimai l'envie de dévaler les escaliers et de me précipiter dehors de crainte que mes parents ne changent d'avis. Brusquement, une porte s'était ouverte, et je voyais mon avenir se dérouler devant moi comme un grand tapis persan orné d'innombrables motifs multicolores. Il ne me restait plus qu'à faire le premier pas.

4

La vilaine fille

L'amour blesse l'esprit et le corps s'efforce de mettre à jour ce qui a blessé l'esprit.

LUCRÈCE, *De la nature.*

L'Italie m'offrit enfin la liberté dont je rêvais. Florence, et plus tard Rome, m'ont révélée à moi-même. Je n'étais plus la fille soumise ou la future débutante. Totalement sous le charme, intoxiquée par ce pays, la tête me tournait. On était loin des rues soignées et bien entretenues de Cannes. Dans la ville que les Italiens appelaient Firenze, les images, les sons et les odeurs exerçaient sur moi une véritable fascination. Les gens étaient partout. A pied, dans des voitures à cheval, en automobile ou à bicyclette, ils mangeaient, buvaient, fumaient, riaient et se querellaient. Les ménagères italiennes étendaient tranquillement leur linge sur des fils allant d'un immeuble à l'autre, des volets se refermaient brusquement sur des amants dont on entendait les râles de plaisir, et des hommes en sueur se bagarraient ouvertement dans la rue. Les odeurs de cuisine s'infiltraient partout. La façon dont on mangeait la nourriture avec voracité avait quelque chose de sexuel. On utilisait ses doigts — ou du pain pour essuyer son assiette. L'atmosphère regorgeait de vie. Les gens ordinaires travaillaient et se distrayaient au rythme du cœur battant de leur cité.

Mais aux Florentins s'ajoutaient les touristes qui s'arrêtaient par milliers à Florence, étape obligée de leur grand tour d'Europe. Des Anglais, des Américains, des Français et des Allemands se déversaient dans les rues étroites. Quant aux jeunes filles fraîchement débarquées chez Miss Penrose, elles faisaient la queue avec les autres pour admirer *Le Printemps* de Botticelli au musée des Offices, grimpaient la colline du Belvédère et de San Miniato al Monte. Miss Penrose nous servait de guide. Cette vieille fille redoutable, experte en discipline, avait une grande expérience pour rogner les ailes des jeunes oiselles frivoles qui n'attendaient qu'une occasion pour se lancer hors du nid. Nous ne nous rendions jamais dans un lieu public sans escorte et on nous laissait rarement seules — pour veiller sur notre vertu bien sûr, mais aussi parce que nos parents s'inquiétaient devant les manifestations des Chemises noires qui deviendraient une des caractéristiques alarmantes de l'Italie de cette époque.

D'un âge indéterminé, les cheveux gris coupés court, Miss Penrose nous emmenait au pas de charge et en formation serrée par les petites rues latérales, signalant à notre attention les vieilles églises et les sites historiques. Nous murmurions dans le Duomo, admirions les portes du Baptistère, contemplions les eaux brunes et tourbillonnantes de l'Arno sous le Ponte Vecchio, puis nous nous promenions avec nos ombrelles fleuries dans les jardins Boboli. On voyait des artisans au travail qui soufflaient le verre ou fabriquaient des cadres dorés surchargés d'ornements, on visitait les locaux des chefs pâtissiers et des fabricants de fromages, on buvait des expressos dans des trattorias et avalions gaiement des rubans de pâtes fraîches.

— Et voici le fameux Campanile de Giotto, nous annonçait notre préceptrice, les yeux brillants, et onze des douze jeunes filles chapeautées qui la suivaient levaient sagement la tête.

— Vous remarquerez l'extrême élégance des sculptures et la précision des détails.

En ce qui me concernait, je me détournais délibérément des œuvres d'art pour mieux me concentrer sur ce qui se passait autour de moi. J'étais tout spécialement fascinée par les jeunes Italiens à casquette et bretelles que nous attirions dans notre sillage. Ils nous sifflaient pour nous manifester leur admiration et leurs yeux noirs nous adressaient des œillades assorties de gestes explicites pour nous encourager à les suivre. Je n'avais jamais rien expérimenté de pareil auparavant. Je gloussais avec mes nouvelles camarades d'un air faussement embarrassé tout en faisant tourner mon ombrelle et en envoyant des signes qui signifiaient clairement que je n'avais aucune envie qu'ils renoncent. Je dois bien reconnaître que je n'ai pas retenu grand-chose des cours d'histoire de l'art de Miss Penrose.

Après la promenade, une fois de retour dans les grandes pièces aux volets clos de la villa dont la façade s'écaillait lentement et qui formait le bâtiment principal de la pension, mon ardeur pour les attraits défendus de Florence finissait tout de même par se calmer. Miss Penrose et ses demoiselles nous apprenaient à nous asseoir, à parler, à marcher, à tenir un couteau et une fourchette, à boire dans un verre, à gérer notre argent hebdomadaire et à prévoir un budget. Je trouvais ces cours épouvantablement ennuyeux. Non seulement je connaissais déjà les usages ou les appliquais sans y réfléchir parce qu'ils tombaient sous le sens, mais les promenades dans les rues passées à rougir sous les yeux brûlants des jeunes Italiens me manquaient.

On nous emmenait aussi régulièrement prendre des cours de dessin et de peinture dans un atelier, sous les auspices d'un vieux Français bossu mais un beau jour on autorisa un jeune Italien séduisant du nom d'Eugenio à se joindre à nous. Malgré le déploiement fascinant d'hommes et de femmes nus que nous étions supposées dessiner, j'avait personnellement du mal à m'arracher à la contemplation d'Eugenio dont les longs cils noirs et les sourires timides me transportaient. Je n'arrivais jamais à finir mes travaux. Il réussit même une fois ou deux à me voler un baiser en cachette. Ses lèvres avaient un goût de vanille.

Un jour, entre autres occasions mémorables, Miss Penrose donna une réception à la villa et convia quelques jeunes gens du cru, bien nés et bien élevés, à nous servir de cavaliers et à nous faire la conversation en italien. Elle et ses demoiselles nous surveillaient d'un œil exercé, prêtes à corriger nos manières, nos mauvaises postures ou nos faux pas quand nous dansions. Eugenio comptait parmi les jeunes gens invités. Nous bourdonnions autour de ces pauvres garçons comme des abeilles autour d'un pot de miel. Ils devaient être bien embarrassés devant cet aréopage d'adolescentes étrangères mourant d'envie qu'on leur fixe des rendez-vous secrets.

La nuit, enfermées dans la villa, nous ne parvenions pas à dormir dans les dortoirs pleins d'échos, et mes souvenirs des fameux romans d'Angela Brazil que je lisais dans ma jeunesse finirent enfin par s'incarner. Mes nouvelles amies et moi-même nous employions à faire de notre séjour à Florence un moment inoubliable. Je me souviens d'une Américaine, Carol, et d'une charmante Anglaise, Lois Robinson, originaire d'Oxford. On se livra à des batailles d'oreillers, à des fêtes en pleine nuit, on se raconta des histoires de fantômes particulièrement effrayantes, sans compter les fous rires sous les draps. Mais c'est également à cette époque que je réalisai que mes frustrations sexuelles étaient partagées par la majorité des jeunes filles de mon âge. On ne parlait que de garçons. J'ai entendu dans cette *finishing school* plus d'histoires salaces que partout ailleurs. Un bon nombre de mes camarades étaient tout aussi impatientes que moi de mordre la vie à pleines dents et de faire l'expérience du sexe. Et on passa tout de suite aux travaux pratiques.

Je n'étais pas la seule à vouloir me dévergonder, et je profitai de l'occasion pour satisfaire ma curiosité. Dans notre impatience à grandir, on rassemblait notre courage pour examiner nos corps respectifs et en explorer les zones érogènes avec une fascination quasiment médicale. Je suis certaine que bien des jeunes pensionnaires confiées aux bons soins de Miss Penrose quittèrent sa pension transformées en lesbiennes accomplies. Une fois initiées aux plaisirs lesbiens, elles ne purent jamais revenir en arrière. Mais en ce qui me concerne, cette expérience ne fit qu'accroître mon insatisfaction. Je désirais de tout mon corps une compagnie masculine. Pour moi, l'amour d'un homme était devenu obsessionnel, sans doute à cause du peu d'intérêt que mon père et mon frère m'avaient manifesté. Je compris plus tard que je désirais surtout me retrouver dans les bras d'un homme qui me séduirait corps et âme. Je ne me doutais pas que l'occasion se présenterait sans tarder.

Un beau matin après le déjeuner, à la fin du premier trimestre, Miss Penrose nous annonça d'une voix stridente :

— Demain vous partirez pour Rome. Vous y resterez une semaine et en profiterez pour parfaire vos connaissances sur le grand Empire romain. De là, vous rejoindrez vos foyers respectifs pour les vacances de Noël. Les liaisons ferroviaires sont de toute façon plus faciles depuis la capitale. Je ne vous accompagnerai pas, Miss Hartley vous servira de chaperon à ma place.

Avais-je rêvé ou son regard glacial derrière ses lunettes s'était-il vraiment arrêté sur moi alors qu'elle prononçait le mot de chaperon ?

Je me rendais à Rome, la ville des empereurs, fondée par Romulus et Rémus, et Miss Penrose restait à Florence. Tout en faisant ma valise, je frissonnais en anticipant de nouvelles aventures.

On arriva à la gare tentaculaire de Termini au milieu de l'après-midi. On descendit du train sous la surveillance de notre vieux chaperon et le petit groupe s'avança vers la station de taxis. Je n'avais pas plus tôt posé le pied sur le sol romain que me parvenait le premier sifflement d'un admirateur, et je rosis à ce signe de reconnaissance maintenant familier.

Je surpris mon reflet dans une baie vitrée et étudiai l'image qu'elle me renvoyait d'un œil critique. J'étais une jeune fille élancée à la beauté ambiguë. Avant que je parte pour l'Italie, ma mère et ma tante m'avaient emmenée à Paris et chez Eve Valère à Knightsbridge pour m'y acheter une nouvelle garde-robe. Mes toilettes me mettaient particulièrement en valeur. Je venais d'avoir dix-sept ans et portais ma tenue préférée, une robe blanche, une cape et un chapeau-cloche. Je mesurais alors six centimètres de plus que mes camarades. Je paraissais et me sentais une adulte dans tous les sens du terme.

Alors que nous arrivions dans l'hôtel situé dans les rues derrière le Forum où on nous avait réservé des chambres, le directeur de l'établissement, un homme à la sombre beauté latine d'une quarantaine d'années qui répondait au nom incongru d'Hannibal, croisa mon regard. Mes joues s'enflammèrent quand il rejeta sa chevelure en arrière et m'adressa un clin d'œil insolent.

Je partageais ma chambre avec une Américaine du nom d'Amy, et nous passâmes la plus grande partie de cette première nuit à rire et à chuchoter en échangeant nos petits secrets et nos impressions sur les hommes italiens. Le lendemain, on s'habilla chaudement et on partit visiter le Vatican, le Musée National, la Piazza Venezia, le Capitole et les sept collines de Rome, prenant nos repas dans des cafés où notre chaperon, une vieille fille indulgente, nous autorisa à goûter au *vino da tavola*. Jour après jour, on arpentait la ville, les yeux écarquillés devant tout ce que Rome avait à nous offrir. Chaque soir, après le dîner, nous rentrions épuisées à l'hôtel, prenions nos clés des mains d'Hannibal — l'homme au regard vif — et nous nous retirions dans nos chambres respectives.

Une des dernières nuits, vers 1 heure du matin, ma vie bascula. Je fus réveillée par un léger bruit répété et insistant à ma porte. Je sortis de mon lit, enfilai ma robe de chambre en soie et entrouvris la porte. Là se tenait Hannibal, le sourire aux lèvres, une bouteille de champagne et deux verres à la main.

— *Signorina* Travers, dit-il d'une voix douce avec une lueur coquine dans le regard, le veston posé sur les épaules, le col de sa chemise ouvert et le nœud de cravate descendu au milieu de la poitrine. *Suzanna, bella Inglese*, voulez-vous trinquer avec moi ?

J'étais flattée et impressionnée par son audace. Je

n'avais jamais bu de champagne auparavant et je pensais que c'était une excellente occasion d'y goûter. Je lui chuchotai de ne pas faire de bruit à cause d'Amy, le fis entrer et on s'assit sur mon lit dans la pénombre. Hannibal fit sauter le bouchon de la bouteille, ce qui fit un bruit épouvantable, et versa le champagne qui déborda de la coupe. Je le portai à mes lèvres et pouffai de rire tandis que les bulles me chatouillaient le nez.

Hannibal m'encouragea à boire. Ses yeux sombres brillaient dans le clair de lune qui se déversait dans la pièce par la fenêtre dont les volets n'avaient pas été fermés. Deux verres plus tard, l'alcool m'était monté directement à la tête. Je riais sans pouvoir m'arrêter et j'avais envie de danser, de chanter et de courir dans les rues de Rome dans ma robe de chambre en soie. La tête me tournait, j'étais grisée, excitée par le regard brûlant d'Hannibal et je me languissais de ses baisers. A un moment donné, mon verre se renversa et je me retrouvai emportée par une étreinte passionnée, goûtant le champagne sur ses lèvres. Le temps que la bouteille soit vide, j'avais perdu ma virginité.

Faire l'amour avec un homme n'avait rien à voir avec l'expérience bouleversante que j'avais imaginée. En réalité, cela n'avait rien de mémorable, j'étais terriblement déçue. Il n'y eut pas d'étreintes prolongées ni d'attente languissante de l'aube comme je l'avais lu dans les romans. En un rien de temps, Hannibal s'était relevé, remettait de l'ordre dans ses vêtements et s'enfuyait avec un baiser rapide et un *buona notte* assez déplaisants. En le regardant sortir de ma chambre, je me sentais assez frustrée. Etre une vilaine fille ne comportait vraiment rien de plus excitant ? Les brefs instants de passion seraient-ils donc toujours suivis de ce sentiment de désolation et de vide ? Pour la première fois de ma vie, je commençais à entretenir de sérieux doutes sur les conceptions follement romantiques que je considérais jusqu'alors comme évidentes et fondamentales. Dans le monde fantasmatique que je m'étais créé, basé sur tous les livres que j'avais dévorés, je croyais fermement que le moment d'intimité que j'avais partagé avec Hannibal devait conduire à l'amour éternel. Mes espoirs réduits à néant, je reçus un choc en comprenant que je n'avais cessé de me raconter des histoires.

Amy n'avait rien entendu. Elle avait dormi tout au long de cet épisode regrettable. Je restai éveillée jusqu'à l'aube, écoutant sa respiration régulière. Je souhaitais vivement pouvoir revenir en arrière. Je me dis que si je revoyais Hannibal, il s'excuserait peut-être pour sa fuite et me promettrait de passer plus de temps avec moi au cours des derniers jours de mon séjour romain. Je nous imaginais nous promenant main dans la main à la fontaine de Trevi ou dans le charmant Campo dei Fiori où j'avais croisé tant de jeunes amoureux.

Mais quand j'allai le retrouver à la réception le lendemain matin pour lui demander un rendez-vous, il garda ses distances et prétendit être trop occupé pour me parler.

— Je ne peux pas te voir maintenant, me murmura-t-il d'un air gêné, craignant sans doute que quelqu'un nous surprenne. Peut-être plus tard.

Il ne trouva jamais le temps. Quant à moi, je me sentais ridicule et gardais mes distances. Je crois qu'il fut soulagé en me faisant ses adieux deux jours plus tard quand on quitta l'hôtel.

Depuis Rome, je pris le train pour Cannes. Assise dans mon compartiment, je regardais par la fenêtre les paysages désolés de l'hiver. Je réfléchis longuement sur ce qui s'était passé et compris qu'en quelques minutes j'avais laissé mon enfance derrière moi. J'avais perdu mes illusions avec ma virginité, je ne pouvais pas revenir en arrière, ni rester à Casa Longa avec mes parents. En goûtant au fruit défendu, je m'étais séparée du groupe des autres filles. Dans les années vingt, si une femme n'était pas établie dans le mariage avec un parti respectable, les seuls emplois auxquels elle pouvait prétendre étaient ceux de gouvernante, secrétaire ou infirmière. Cela ne me disait vraiment rien et je n'avais aucune envie de me retrouver piégée dans un mariage de raison, comme ma mère.

Comme on fait son lit on se couche, me disais-je. Moi qui désirais tant me conduire comme une vilaine fille, j'y étais parvenue de façon assez inattendue. Au cours des années à venir, il ne me resterait plus qu'à poursuivre dans la même direction et saisir toutes les occasions qui se présenteraient pour accumuler les expériences. Ma jeunesse serait celle de tous les dangers. Ainsi, plus tard, je pourrais me ranger, heureuse d'avoir profité de la vie, contrairement à ma mère qui avait gâché la sienne pour un homme qu'elle n'aimait pas. Je décidai que les hommes seraient ma bouée de secours, mon passeport pour les voyages, la richesse et le bonheur. Comme je ne possédais pas de fortune personnelle et que les femmes étaient considérées comme des citoyennes de deuxième catégorie, je suivrais l'exemple des riches dames de Cannes et utiliserais mes charmes pour en tirer tous les avantages possibles. Cela me mènerait directement à l'autodestruction née d'une enfance solitaire, je n'en tirerais que chagrin et larmes, mais j'étais beaucoup trop jeune pour le comprendre.

Je persuadai tout d'abord mes parents de me payer des leçons de conduite automobile. Mon frère Laurence n'était pas le genre à conduire, ma mère avait toujours refusé de passer son permis, quant à mon père il vieillissait et trouvait les routes trop encombrées. A cette époque, seuls les garçons avaient des voitures. Je ne connaissais qu'une seule fille qui en possédait une et elle était très riche. Mais à l'âge de dix-huit ans, j'appartenais déjà à ce club très restreint. Je conduisais la vieille Cottin-Desgouttes que mon père adorait et qu'il n'arrêtait pas de bricoler. Il m'apprit quelques réparations et vérifications de base, concernant par exemple la suspension, le changement d'une roue, le niveau l'huile — des leçons dont plus tard je lui fus très reconnaissante — et il m'autorisa à utiliser la Cottin-Desgouttes aussi souvent que je voulais.

Je leur servais de chauffeur lors de voyages occasionnels en Angleterre pour rendre visite à ma grand-mère. La voiture était transportée par bateau. On revenait toujours par Le Touquet pour reprendre les bull-terriers de mon père qui y passaient l'été : à Cannes, ils ne supportaient pas la chaleur.

Le simple fait de conduire me rendit plus indépendante que je ne l'avais jamais été jusqu'alors, j'en profitais largement et en fis profiter mes amis. Je me liai alors avec une Anglaise qui eut une très mauvaise influence sur moi. Elle s'appelait Hersey Piggott et ressemblait un peu à un bouledogue anglais. Elle venait d'une famille fortunée, et je passais souvent la prendre pour aller rejoindre un couple d'Américains avec lesquels nous buvions beaucoup trop. Hersey consommait du whisky — à l'époque considéré comme une boisson d'homme — sec ou dans des cocktails Manhattan. Cette fille révoltée avait pour ambition d'être encore plus vilaine que moi. On se rendait dans des night-clubs qui n'ouvraient pas avant 11 heures du soir. Puis on dansait le charleston, le fox-trot, la valse et le tango. A cette époque, la mode était aux très jolies robes à la taille basse et la jupe plissée descendant juste au-dessus du genou. Je portais presque toujours un chapeau.

Les années trente représentèrent pour moi une décade enivrante passée à aller dans le monde et à jouer au tennis dans toute l'Europe. Je partageais mon temps entre Vienne, Belgrade et Budapest, sans pratiquement rien débourser. Il s'agissait d'une époque où l'on présentait sa carte de visite et où l'on recevait des cartons d'invitation. Si on était une bonne joueuse de tennis, on vous invitait à prendre part à des compétitions dans toute l'Europe, organisées par des clubs. Les autres concurrents payaient leur voyage et les frais de séjour. Il n'y avait pas de professionnels et les prix se limitaient généralement à une coupe en argent. J'en gagnai plusieurs. La plupart du temps, je voyageais seule, mais je disputais souvent les doubles avec mon amie Lily. A Budapest, j'habitais chez sa mère et mon amitié avec Lily se prolongea jusqu'au jour de son mariage, à la fin des années trente.

A part ça, je connus plusieurs liaisons avec des hommes peu recommandables, qui s'achevaient généralement dans des crises de larmes. A mon grand désespoir, les hommes dont je tombais amoureuse ne me demandaient jamais en mariage, sans doute parce que je couchais avec eux. Pourtant, j'aurais volontiers accepté de me marier, ne serait-ce que pour la sécurité financière et l'indépendance que ce nouveau statut m'aurait procurées. Mais sans doute percevaient-ils aussi chez moi un fond de désespoir. En tout cas, ils faisaient très attention à ne pas m'engrosser, de crainte que je ne passe à des exigences plus concrètes.

Je développai un penchant pour le champagne et les cigarettes turques (que l'on fumait avec un porte-cigarettes) et je trouvais toujours le moyen de détourner la permission de minuit de mes parents en prétextant que la vieille voiture était peu fiable et n'arrêtait pas de tomber en panne. Ils désapprouvaient énergiquement mon mode de vie et s'évertuèrent en vain à me dissuader de poursuivre la route que je m'étais choisie. Mon père, en particulier, essaya de mettre un frein à mes excès. Un beau jour, il m'annonça gravement que j'étais en passe de devenir « une fille facile », mais j'étais aussi têtue et autoritaire à cette époque que je m'étais montrée docile et conciliante au cours de mon enfance. Je me moquais éperdument de ses réprimandes et de ses conseils. Exaspérés, ils résolurent de m'éloigner de Cannes et de son atmosphère délétère, espérant que je finirais par me calmer et trouver enfin chaussure à mon pied. Je crois qu'ils étaient ravis de se débarrasser de moi quand ils m'envoyèrent chez ma tante Hilda, dont la compagnie me plaisait fort à une époque où ma vie était devenue assez solitaire.

A Londres, nous étions continuellement invitées à dîner chez ses nombreux amis de la haute société et nous passâmes de merveilleuses soirées. Tante Hilda menait un train de vie agréable dans une maison très chic du côté de Kensington High Street. Elle adorait la musique et jouait du violon dans un orchestre local. Elle peignait aussi très bien. Des aquarelles. Un soir, elle m'emmena voir une opérette, *Bitter Sweet,* dont le texte avait été écrit par un jeune dramaturge du nom de Noel Coward, un spectacle avec de charmantes mélodies et des tableaux colorés. Cette représentation changea ma vie. Dolly

Chamberlain, le personnage principal, menait une existence aussi compliquée que la mienne. Le thème tournait autour de ses difficultés à s'échapper de la haute société. Elle partait avec un musicien et toute l'histoire se déroulait au milieu de bals viennois où tout ce beau monde virevoltait. J'encourageai la libération de Dolly, applaudissai son courage et pleurai à son désespoir. Ma tante apprécia elle aussi beaucoup la pièce et pour la première fois, je commençai à comprendre à quel point cette femme était large d'esprit.

— Pourquoi ne t'es-tu jamais mariée, tante Hilda ? lui demandai-je un jour en me rappelant vaguement qu'elle avait eu un prétendant qui avait été tué à la bataille de la Somme pendant la guerre de 14.

— J'ai perdu l'homme avec lequel je voulais passer le reste de ma vie et je n'en ai jamais trouvé d'autre, soupira-t-elle.

Puis, avec une lueur malicieuse dans le regard, elle ajouta :

— Mais je ne désespère pas de le trouver.

Après un bref et heureux séjour à Londres avec ma tante, je décidai qu'il était temps pour moi de poursuivre ma route. Je refusais de retourner à Cannes où je savais que mes relations avec mes parents ne risquaient guère de s'améliorer car ils tenteraient d'étouffer mon goût croissant pour les aventures, et décidai de me rendre en Autriche, où ma tante avait des amis.

— J'ai reçu une lettre des mes amis à Vienne, annonça-t-elle gaiement un beau matin alors que nous prenions le petit déjeuner. Ils seront très heureux de te recevoir. Je sais que tu as envie d'apprendre l'allemand. Dieu nous épargne, dans un avenir proche, d'avoir tous à en passer par là.

Adolf Hitler, le nouveau chancelier du Reich, nous promettait un immense empire germanique. Sans compter qu'en Italie le mouvement des Chemises noires prenait de plus en plus d'ampleur. Ma tante craignait que, en dehors de l'Angleterre, l'Europe ne soit un endroit peu sûr et, dans un certain sens, elle n'était pas ravie de me renvoyer sur le continent.

Elle m'accompagna au train à la gare de Waterloo et quand on se sépara, je la sentis émue.

— Adieu, ma petite chérie, adieu, me dit-elle, les larmes aux yeux, tandis que je la remerciais pour toutes ses gentillesses.

Quelques jours auparavant, elle m'avait annoncé qu'elle s'était arrangée pour que je reçoive une rente mensuelle qui me permettrait de me libérer de la tutelle de mes parents et de vivre à ma guise. Je lui souris derrière les nuages de fumée qui montaient de dessous les wagons et lui envoyai un baiser de ma main gantée tandis que le train démarrait.

Mes parents, en recevant les lettres que je leur envoyais de toute l'Europe, abandonnèrent bientôt l'espoir de me voir mener une vie conventionnelle. Laurence leur avait également échappé, il était devenu pianiste et vivait à Vienne où il donnait des concerts, mais on se rencontra rarement quand je me trouvais en Autriche. Il demeura célibataire toute sa vie, je ne l'ai jamais vu avec une fille, et je le soupçonne d'avoir eu des liaisons masculines. En ce qui concernait leurs enfants, mes parents finirent par se résigner, considérant que ce qu'ils ignoraient ne pouvait les blesser. Ils vieillissaient et s'étaient lassés de la vie à l'étranger. Ma grand-mère mourut dans son lit à l'âge de quatre-vingts ans, à Torquay, parfaitement lucide et hurlant des ordres à l'infirmière, puis la livre plongea du nez et, au bout du compte, vivre en France ne présentait plus grand intérêt. Mes parents quittèrent Cannes, emménagèrent à Seal, près de Sevenoaks dans le Kent, tandis que Laurence et moi demeurions sur le continent.

Je retournais toujours en Angleterre pour Noël où je passais des fêtes sinistres avec mes parents. Cela me permettait cependant de dormir, de lire et de me mettre au courant des derniers événements de leur existence où il ne se passait pas grand-chose. Nos relations s'étaient améliorées dans la mesure où maintenant ils me considéraient comme une adulte. D'autre part, ils avaient fini, sur la fin de leur vie, par trouver un *modus vivendi* et ils s'entendaient beaucoup mieux. Quant à Laurence, il s'était résigné à rentrer à Londres où il travaillait comme avocat spécialisé dans les divorces. Je ne le voyais que si ses vacances correspondaient avec les miennes.

Puis je repartais pour mes incessants voyages : à Hausbrück dans le haut Tyrol au soleil de mars pour six délicieuses semaines de sports d'hiver, à Budapest au printemps pour y jouer au tennis, peut-être quelques semaines à Saint-Moritz, puis un séjour à Vienne où mes amis m'attendaient au Tennis club et m'informaient des prochains tournois de la saison qui s'annonçait. Je voyageais essentiellement en train, mais de Belgrade je pris une fois l'avion pour Budapest, juste pour le plaisir du baptême de l'air. Il s'agissait d'un vol Air France, j'étais la seule passagère et le personnel m'était entièrement dévoué. Ce vol me plut beaucoup. Je trouvai que c'était une façon très efficace d'aller au plus vite retrouver ses amis. Les turbulences et les trous d'air présentaient quelques désagréments mais je me dis que la lubie des transports aériens risquait de prendre de l'ampleur.

A aller de châteaux en manoirs en passant par les stations balnéaires et sportives chics de toute l'Europe, je m'acquis un genre de réputation. Si j'avais été un homme, on m'aurait fêté comme un invité plaisant et sophistiqué, qui avait voyagé de par le monde et aimait profiter de la vie. Mais en tant que femme, je suppose que j'éveillais quelques soupçons, on me considérait comme une source de problèmes pour ma famille et une bohémienne peu recommandable vu le peu d'importance que j'accordais au rang social et à la fortune. A part ma tante Hilda, dont je pense qu'elle admirait en secret mon côté peu conventionnel, je n'étais vraiment appréciée que des riches divorcées qui se moquaient de l'opinion des autres.

C'était l'époque de Mae West, Virginia Woolf, Amelia Earhart, Greta Garbo, Marlene Dietrich et Isadora Duncan. Les femmes se libéraient des entraves du XIXe siècle, surtout en France, le pays de la haute couture, où les nouvelles modes audacieuses dénudaient le dos, allongeaient la ligne, raccourcissaient les robes. Porter des vêtements d'homme connut même une certaine vogue. Evidemment, peu soucieuse de ma réputation, je comptais parmi les jeunes femmes défiant les lois du continent qui condamnaient celles qui « attiraient l'attention en se promenant dans les rues vêtues de vêtements masculins ».

Jeune femme gâtée et protégée du monde réel, je trouvais les hommes de mon milieu ternes, peu attirants et peu excitants. Ils promettaient le ciel et se révélaient fort décevants. Je m'imaginais que chacun de ceux qui me plaisaient serait le bon, que je finirais par l'épouser et l'aimer pour le restant de mes jours. Comme ma tante Hilda, je n'avais pas renoncé. Puis je commençai à comprendre avec une certaine amertume que j'ignorais quel effet cela faisait d'être aimé uniquement pour soi-même. Depuis qu'Hannibal avait fait ma conquête à Rome, j'avais été incapable de dire non à un homme de crainte qu'il ne me rejette, ce qu'il s'empressait de faire de toute manière.

J'avais une façon de tomber régulièrement amoureuse en espérant que cette fois cela se passerait différemment qui m'exaspérait. Passé l'excitation des premiers jours de la passion, on se séparait immanquablement, pour ma plus grande tristesse, et je me jurais une fois de plus de ne pas succomber aussi facilement. Mais bien sûr, je retombais toujours dans les mêmes erreurs.

Il ne me restait qu'une seule solution : les hommes supérieurs, audacieux, originaux avec qui je connaîtrais de grandes aventures et qui ne se lasseraient jamais de moi. Un officier, peut-être, ou un aristocrate qui aimait voyager ? Je le reconnaîtrais quand je le rencontrerais, me disais-je, mais en attendant, je n'avais pas d'autre solution que de continuer à chercher.

Au cours de l'été de 1939, des changements étaient dans l'air. Les réservistes furent appelés dans toute l'Europe, les chemins de fer réquisitionnés et on comprit que la guerre ne tarderait plus. On ressentit un frisson d'excitation, enfin il se passait quelque chose, il était temps que ça bouge. Nous étions peu nombreux à imaginer que, après les épouvantables massacres de la guerre précédente, un nouveau conflit pourrait dégénérer en une boucherie du même genre. Ou qu'il nous affecterait directement. Nous étions aveugles.

Je séjournais chez une excellente amie, une riche divorcée américaine, Gladys Ashe, dans son château de Beaudiment à Châtellerault, près de Poitiers dans l'ouest de la France. J'avais fait la connaissance de Gladys par le biais de mes parents à Cannes, il y avait bien des années de cela. Ils voulaient acheter un bull-terrier et Gladys élevait ces petits chiens pleins d'entrain. Elle entretenait aussi d'énormes serres où elle faisait pousser toutes sortes de fleurs exotiques. Gladys s'était prise d'amitié pour mes parents, puis pour moi, et depuis lors on se voyait régulièrement. Elle s'était mariée à trois reprises mais ses maris en voulaient toujours à son argent et elle s'apprêtait à divorcer pour la troisième fois. Son nom de jeune fille était Crocker et elle avait un sens de l'humour très pince-sans-rire, typique de certains Américains. Beaucoup plus âgée que moi, elle n'en appréciait pas moins ma compagnie et m'invitait souvent à la rejoindre dans une de ses nombreuses propriétés ou dans les suites qu'elle réservait dans les palaces. Sa mère menait grand train à Paris et son fils Gerald, un garçon aux cheveux d'un roux flamboyant qui avait le même âge que moi, se joignait souvent à nous.

Je passai le dernier été avant la guerre avec Gladys à Beaudiment. Elle habitait un château tout à fait charmant, flanqué de tourelles et entouré de douves. La plupart du temps, il était fermé mais cet été-là, en juillet, quand Gladys s'y rendit avec quelques amis, il se retrouva au cœur des activités mondaines de la région. On y jouait au tennis, on y chassait, et le soir Gladys donnait des dîners somptueux et des bals. Des amis arrivaient sans s'annoncer de tous les pays d'Europe et moi j'aimais la vie de château. Elle me convenait parfaitement.

Là aussi, on ne parlait plus que de la guerre qui s'annonçait. Mes amis à Vienne et Budapest me pressèrent de ne pas venir cette année. Dans leurs télégrammes et leurs lettres, ils semblaient très effrayés, surtout ceux qui étaient d'origine juive. Je changeai donc mes plans à regret et demeurai en France. A l'époque, mes amis m'assuraient que tout serait terminé en un rien de temps et que, de toute façon, à Poitiers, les événements ne nous affecteraient en rien. Je n'avais aucune raison de ne pas les croire.

Quant à Gladys, elle m'annonça avec son accent traînant typiquement américain :

— Ma chérie, si moi je ne bouge pas, tu peux parier jusqu'à ton dernier dollar que nous sommes ici en sécurité, même si, apparemment, je suis la dernière Américaine qui n'ait pas encore fait ses valises depuis la suppression de la prohibition.

Elle s'était imaginée à tort que je m'inquiétais mais elle se trompait. J'étais saisie d'une certaine excitation.

En attendant, je m'occupais en entretenant une liaison avec le fils de Gladys, Gerald, un garçon charmant et plein d'attentions. Quand il décida de retourner à Paris, lassé de ma compagnie, je restai au château avec Gladys. On jouait aux cartes, on montait à cheval, on se livrait à toutes sortes d'activités distrayantes. Elle m'apprit les règles du baccarat et je lui donnai des leçons de tir au fusil. Malgré l'ombre menaçante de la guerre, la vie continuait, sans grand changement. Puis le 1er septembre, trois semaines avant mon trentième anniversaire, l'Allemagne et la Russie envahirent la Pologne. Au cours des deux jours qui suivirent et malgré une activité diplomatique intense, Hitler refusa de répondre à l'ultimatum de la Grande-Bretagne et de la France qui le sommaient de se retirer.

Le 3 septembre 1939 en début de soirée, j'étais étendue sur mon lit quand quelqu'un frappa doucement à ma porte. Gladys entra dans ma chambre dans un état d'agitation extrême.

— Ma chérie, je viens d'entendre un bulletin d'informations à la radio, me dit-elle en s'asseyant sur mon lit, enveloppée d'un nuage de parfum et de fumée de cigarette.

Elle plongea son regard dans le mien.

— C'est parti, Susan. Nous sommes en guerre.

5

La dame d'honneur

Des milliers à son signal se précipitent
Parcourant les mers et les océans sans relâche
Ils servent aussi ceux qui attendent, immobiles.

John MILTON, « Comment j'ai brûlé
ma lumière », sonnet 16.

Ce dimanche soir, l'oreille collée au poste de radio tout en buvant des Manhattans, Gladys et moi écoutions le bulletin d'informations d'un air grave. Le Premier ministre français, Edouard Daladier, annonça à contrecœur qu'il déclarait la guerre. Quelques heures auparavant, à Londres, le Premier ministre anglais, Neville Chamberlain, s'était rendu à la Chambre des Communes pour y faire un discours solennel.

— Ce pays est maintenant en guerre avec l'Allemagne. Nous sommes prêts.

Les deux gouvernements avaient ensuite mis au point une déclaration commune stipulant qu'ils n'avaient pas l'intention d'utiliser des gaz chimiques ou des armes bactériologiques.

Au cours des premières semaines du conflit, Gladys et moi sommes restées au château, attendant les nouvelles. A part ça, pas grand-chose ne nous rappelait que nous étions en guerre. Nous manquions un peu de savon et de bonnes cigarettes, il fallait tirer les rideaux pendant la nuit pour respecter les règles très strictes du couvre-feu, et nos phares de voitures étaient maintenant équipés de déflecteurs pour en réduire la lumière. Mais le vin coulait à flots (bien qu'il fût très cher au marché noir), chaque soir les invités habituels, les femmes parées de bijoux et enveloppées de fourrures accouraient au château où le dîner était toujours somptueux, même si le gibier à plumes chassé sur les terres de Gladys tendait à remplacer les bons morceaux du boucher.

Les lettres de mes parents m'informaient régulièrement de ce qui se passait dans le Kent. Ils vivaient au rythme d'une myriade de contraintes et de règlements — par exemple l'évacuation massive des enfants des villes, le rationnement de la nourriture, les bons d'essence, les abris à creuser, l'encouragement à acheter des bons de guerre, à se déplacer le moins possible, à ne rien gâcher, à s'abstenir de cancaner et d'ajouter foi aux rumeurs. Trébuchant et avançant à tâtons dans leurs villes et leurs villages plongés dans l'obscurité, les Anglais semblaient beaucoup plus avertis des conséquences de la guerre que les Français.

Bien sûr, mon père avait immédiatement proposé ses services. On l'avait refusé dans l'armée active. À bientôt soixante-quinze ans, on considérait qu'il était trop vieux. Mais il se retrouvait dans son élément car il organisait la défense locale des volontaires. Ma mère — qui s'était rendue à Londres chez ma tante Hilda — m'écrivait que les véhicules militaires défilaient dans les rues et le ciel au-dessus des villes, des ports et des quais était rempli de ballons de protection destinés à repérer les bombardements aériens. Elle passait tout son temps libre à préparer des pansements et des colis de nourriture et de vêtements pour les hommes au front.

Mes parents ne semblaient pas vraiment s'inquiéter de mon absence. « Tiens-nous au courant, ma chérie », me disaient-ils dans leurs lettres, mais je suis à peu près certaine que ces recommandations leur étaient davantage dictées par le sens du devoir que par l'amour. En ce qui concernait ma famille, j'étais devenue mon pire ennemi. Mes parents s'étaient habitués à mon indépendance, à mes caprices et à mon obstination à imposer ma volonté. En bref, ils savaient que rien ne pouvait me faire changer d'avis quand je m'étais mis une idée dans la tête.

J'avais quitté l'Angleterre dix-huit ans auparavant et passé plus de la moitié de ma vie en France. D'une certaine façon, je me sentais française, même si mon accent et mon éducation trahissaient mes origines britanniques. Craignant de perdre ma liberté si je retournais chez mes parents, je décidai de rester dans le pays qui me convenait le mieux, mais je n'avais pas une idée bien définie de la façon dont je pouvais me rendre utile. La vie sociale s'était maintenant interrompue. Les hommes avaient été mobilisés, les employés du château s'en allaient à la guerre et la plupart de mes jeunes amis étaient partis. Après avoir mené mon enquête, je découvris rapidement que la chose la plus convenable pour une jeune femme bien née était de s'engager dans la Croix-Rouge française. Toutes les jeunes filles de bonne famille m'avaient imitée.

— Les uniformes sont tellement seyants, me dit une amie, les yeux brillants. Et songe à tous ces jeunes gens reconnaissants...

J'aurais de beaucoup préféré servir la France sur le front — après tout je savais conduire une voiture et tirer au fusil — mais en tant que femme de la haute bourgeoisie qui n'avait jamais ni travaillé ni suivi aucun entraînement militaire, mon choix était limité. Je me disais cependant qu'il n'était pas absolument nécessaire que je devienne infirmière puisque je pouvais conduire une ambulance. Je me rendis immédiatement au poste de la Croix-Rouge le plus proche pour me porter volontaire. A ma grande consternation, je découvris qu'un chauffeur d'ambulance devait d'abord passer un diplôme d'infirmier.

— Vous pouvez être amenée à apporter des soins de première urgence à des soldats blessés, me déclara une secrétaire inflexible à la mairie quand je tentai de protester. Dans de telles circonstances, vos seules qualités de chauffeur ne vous seront pas d'une grande utilité.

Sous son regard insistant, je signai à contrecœur un

papier pour suivre un stage de trois mois afin d'acquérir les bases du métier d'infirmière. J'étais la seule Anglaise parmi les trente volontaires.

Poitiers, une ville médiévale traversée par deux rivières, a été édifiée sur une élévation au cœur d'une vaste plaine où poussent le blé et les tournesols. Au cœur de son réseau de rues étroites habitait une Anglaise, mariée à un officier de l'armée française. Seule pour élever ses enfants, elle devait se débrouiller avec l'argent qu'il lui envoyait. Je pris pension chez elle, ce qui nous arrangeait toutes les deux. En défaisant mes bagages, je dépliai le nouvel uniforme que je venais d'acquérir. Il consistait en une blouse, un tablier et une toque d'un blanc éblouissant. Très seyant, en effet. Je les rangeai dans la petite armoire en chêne de ma chambre tout en me demandant si j'avais fait le bon choix.

Je commençai le stage pleine de réticence. J'appris les règles élémentaires de l'hygiène dans les conditions austères de l'hôpital de Poitiers. Les salles sentaient le désinfectant, le savon au phénol, et je m'acquittais de petites tâches humiliantes. Mes mains, qui n'étaient pas habituées aux travaux manuels, devinrent rêches et crevassées, mes ongles parfaitement manucurés se fendirent et se cassèrent. Après un mois passé à frotter les parquets, laver les draps et faire de petits pansements, on me permit enfin de mettre ce que j'avais appris en pratique, et je passai quinze jours dans une salle commune à soigner des malades gravement atteints, et quinze jours à m'occuper de patients dont l'état était moins préoccupant.

Les cours de médecine n'en finissaient pas et ce qui me dérangeait le plus, c'était d'employer mon temps à des travaux si ennuyeux alors que j'aurais pu toute la journée conduire des ambulances. Cela me semblait ridicule, une perte de temps et d'argent, surtout que j'étais une infirmière totalement inefficace avec de réelles qualité de chauffeur. Je manquais de patience avec les malades, ce métier me déplaisait. J'étais aussi particulièrement maladroite en ce qui concernait les actes médicaux. Au cours de mon apprentissage, je dus une fois pratiquer une anesthésie sur un homme qui souffrait d'une hernie. Les chirurgiens adoraient opérer, l'oisiveté les rendait très malheureux, j'en ai même connu un qui s'exerçait régulièrement sur un chien en parfaite santé, juste pour se maintenir en forme. La guerre, éprouvante pour les nerfs, rendait les gens bizarres.

Au cours de l'opération de la hernie, j'étais chargée d'administrer un mélange de chloroforme et d'éther connecté à un masque par le biais d'une seringue à piston que je devais enfoncer lentement. L'infirmière en chef, une femme aussi impressionnante que la directrice de Wantage qui me terrorisait quand j'étais pensionnaire, me lança d'un ton sévère :

— Travers, au nom du ciel, faites attention. Respectez la dose ou vous risquez de tuer le pauvre patient.

Craignant de me retrouver avec un mort sur la conscience, j'appuyai à peine sur le piston. Inutile de dire que le pauvre homme se réveilla au milieu de l'opération et voulut arracher le masque en poussant des gémissements horribles. Interdite, je reculai, amorçant instinctivement un mouvement de fuite devant la tournure que prenaient les événements.

Heureusement pour le patient qui maintenant s'agitait et tentait de se lever, le chirurgien réagit immédiatement. Il tendit le bras par-dessus la table d'opération, les yeux rétrécis par la fureur derrière son masque vert, enfonça le piston de sa main ensanglantée et le patient se rejeta en arrière, à nouveau inconscient. L'infirmière chef ne se priva pas de faire connaître son opinion sur mes talents d'aide-soignante. Elle me traita de danger public.

Je n'avais rien d'une Florence Nightingale et malgré ma terrible erreur, je fus très surprise, mais moins que mes camarades, d'obtenir mon diplôme. Ils avaient désespérément besoin d'infirmières.

Le mois de février 1940 fut particulièrement froid, un des hivers les plus rigoureux jamais enregistrés. Un bateau de croisière avec 152 personnes à bord fut coulé par une mine au large de la côte sud-est de l'Angleterre et à Munich, Hitler survécut à un bombardement destiné à l'éliminer. L'Angleterre appela deux millions d'hommes de dix-neuf à vingt-sept ans sous les drapeaux, et en expédia 158 000 en France pour aider à renforcer la défense française contre une possible invasion des Allemands. L'Australie envoya des avions et 3 000 aviateurs. En Finlande, la vaillante petite armée finlandaise se battait à des températures très en dessous de zéro, harcelait l'armée soviétique et l'humiliait en l'empêchant par tous les moyens de passer. Les Finlandais ne reculèrent que lorsqu'ils furent totalement débordés par le nombre et les armes. En février, alors qu'ils jetaient leurs dernières forces dans la bataille, ils lancèrent un appel désespéré pour qu'on leur vienne en aide.

Fraîchement émoulue de mon stage et impatiente de passer à l'action, je saisis immédiatement l'occasion de me rendre sur le front. Je contactai la section des ambulances de la Croix-Rouge pour leur proposer mes services en tant que chauffeur.

La réponse fut décevante.

— Les chauffeurs volontaires sont plus nombreux que les soldats de l'armée finlandaise, me répondit un employé.

On me fit remplir un questionnaire, mais l'homme que je rencontrai à cette occasion me laissa peu d'espoir. Apparemment, un grand nombre de femmes de la haute bourgeoisie offraient leurs services comme infirmière et chauffeur — se porter volontaire était à la mode. Mais quand on les contacta pour passer à l'action, elle découvrirent brusquement qu'elles avaient d'autres priorités. Quitter Paris ? Abandonner leur maris, leurs amants, leurs enfants et leurs amis pour partir à des milliers de kilomètres dans un pays où il faisait un froid de chien ? Cette perspective ne les enchantait guère. On donna donc une chance à celles d'entre nous dont l'engagement était sincère mais malheureusement pour moi, ils s'intéressaient davantage à mon diplôme d'infirmière qu'à mes aptitudes de chauffeur automobile.

Et donc, le 3 mars 1940 à Paris, je m'embarquai pour la Finlande avec un corps expéditionnaire qui comprenait six ambulances, plusieurs chauffeurs et dix infirmières. Nous appartenions à l'opération Petsamo, menée sous les auspices des Croix-Rouges française et finlandaise afin de porter assistance aux Finlandais dans la guerre qui les opposait à l'armée russe. Des forces armées françaises nous avaient précédés huit semaines auparavant. On prit le train jusqu'à Amsterdam, on y passa la nuit, on monta à bord d'un avion pour Copenhague, puis d'un autre pour Stockholm en évitant l'espace aérien allemand. J'avais trente ans, je portais un genre d'uniforme et je me dirigeais vers le front à une époque où la majeure partie des gens s'en éloignait. L'irréalité de cette situation me donnait envie de me pincer. J'avais rejeté avec soulagement la vie de papillon mondain qui commençait à m'exaspérer pour faire un saut dans l'inconnu. Après tout, peut-être parviendrais-je un jour à me montrer à la hauteur de la devise des Travers.

Mais mes rêves d'aventures héroïques dans des pays lointains se brisèrent rapidement. On n'avait pas plus tôt atterri à Stockholm qu'on nous informa que la bataille acharnée qui se livrait depuis quatorze semaines avait pris fin. Le 13 mars, écrasés par le nombre, les Finlandais avaient été forcés de capituler, cédant une bonne partie de leur territoire. Environ un million de soldats russes étaient morts, ainsi que des milliers de Finlandais. Cinq cent mille personnes furent évacuées de l'isthme de Karélie, là où la bataille avait été la plus meurtrière.

Les Suédois ne savaient pas quoi faire de nous. Des négociations s'engagèrent. Notre petite bande enthousiaste attendait que l'on statue sur son sort. Mon désir de passer à l'action était terriblement frustré. J'étais venue en Scandinavie pour jouer mon rôle dans un drame, pas pour y passer des vacances. Mais nous n'avions pas d'autre choix que de rester en Suède en attendant que des décisions soient prises. Située au cœur d'une vingtaines d'îles sur la mer Baltique, la capitale suédoise, avec ses rues médiévales et ses maisons bourgeoises du XVIIe siècle, ne manquait pas de charme mais je m'ennuyais passablement. Quand on vous invitait dans des soirées, une étrange coutume exigeait que quelqu'un croise votre regard et vous porte un toast avant que vous puissiez boire. Je mourais de soif.

Je vivais chez des gens charmants, les Lindfors. Le père, maire de Stockholm, avait une fille ravissante, Margo, fascinée par les infirmières en uniforme. Elle affirmait sur un ton passionné qu'elle viendrait avec nous en Finlande pour assister les blessés.

« Il faut absolument que je serve à quelque chose, insistait-elle », les yeux brillants.

L'expression du visage de son père me disait qu'il ne lui en donnerait jamais l'autorisation. Pour mettre un peu d'excitation dans sa vie, je l'emmenai dans une ambulance sur un sol verglacé pour apprendre le dérapage contrôlé. Avec un véhicule aussi lourd et aussi peu maniable, le résultat était tout à fait terrifiant et ses cris de plaisir et d'effroi tandis que nous nous déportions à droite, puis à gauche, en ayant perdu tout contrôle du véhicule me perçaient les oreilles.

Les autorités scandinaves décidèrent finalement de nous laisser entrer en Finlande. La pauvre Margo fut horriblement déçue car son père lui refusa la permission de se joindre à nous. Quand elle me fit ses adieux, elle était en larmes. Je me revoyais adolescente, cherchant par tous les moyens à échapper à la tutelle de mes parents. Je lui pressai la main.

— Ne t'inquiète pas, quelque chose ou quelqu'un viendra un jour te libérer, lui murmurai-je.

On monta à bord d'un bateau de pêche à destination du principal port finnois, Abo. Il faisait un froid terrible. A quelques kilomètres de la côte, notre petit bateau resta coincé dans les glaces et il fallut envoyer un brise-glace pour le dégager. Ce printemps-là, un 3 avril, nous étions le premier bateau à affronter la banquise de la mer Baltique.

Abo, la troisième ville de Finlande située dans le golf de Bothnie, à l'ouest d'Helsinki, avait été la capitale du pays avant d'être détruite par le feu en 1827. On y séjourna quelques jours puis on nous expédia à l'hôpital d'Helsinki où on nous s'installa dans des dortoirs spartiates en attendant de plus amples instructions. Helsinki, sinistre et glacée, offrait peu de distractions. C'était également une des villes les plus bruyantes que je connaisse, avec ses mouettes qui tournoyaient et criaient au-dessus de nos têtes, les bateaux de pêche qui rentraient au port et les tramways tintinnabulant sur les rues pavées. La nuit, cela ne s'arrangeait pas car notre infirmière-chef, une femme du nom de Docpress, ronflait comme un sonneur.

— Il faut absolument que tu t'endormes avant qu'elle ne démarre, m'avertit une amie infirmière, sinon c'est l'insomnie.

Je réglai le problème avec une rasade de cognac.

Six jours plus tard, le 9 avril, à quelques centaines de kilomètres d'Helsinki, les Allemands envahissaient le Danemark et la Norvège afin d'aller attaquer la flotte britannique dans l'Atlantique Nord. La « drôle de guerre » avait vécu. Les eaux norvégiennes étaient minées et toutes les communications avec l'Angleterre coupées. On entendit parler de plusieurs batailles navales importantes et à Narvik, en Norvège, les forces de la Légion étrangère française, se joignant aux Britanniques, coulèrent dix contre-torpilleurs allemands et repoussèrent les Allemands dans les montagnes enneigées. Morte d'ennui, toujours aussi frustrée, je me retrouvais coincée au pays de l'aurore boréale tandis que des nuages annonciateurs de violentes tempêtes s'amoncelaient au-dessus de l'Europe.

Envoyés dans une petite ville du nom de Norrmark, on mit sur pied un hôpital de fortune pour les soldats finlandais en convalescence. Bon nombre d'entre eux souffraient d'engelures et avaient perdu des doigts ou des orteils. D'autres se plaignaient de troubles en relation avec le froid, sans compter ceux qui avaient été blessés par balle ou par des éclats d'obus. Les hommes parlaient parfaitement l'anglais et rapportaient des histoires terrifiantes sur leurs combats contre les Russes à des températures inimaginables. Au cours des batailles, beaucoup de leurs camarades étaient morts de froid. J'avais du mal à imaginer par quelles épreuves ils étaient passés.

Le 10 mai 1940, la guerre prit un tournant dramatique. L'Allemagne envahit la Hollande et la Belgique « pour protéger leur neutralité contre toute attaque anglaise ». La France se retrouvait maintenant en grand danger et l'ordre de nos priorités avait changé. Si les Allemands pouvaient envahir aussi facilement la Hollande et la Belgique, rien ne les arrêterait plus sur la route de Paris. Des bombardements aériens avaient réduit en miettes le grand port de Rotterdam, tuant huit cents personnes, et détruit des terrains d'aviation, des moyens de communications et des points stratégiques sur le plan militaire. En Angleterre, un Neville Chamberlain discrédité donnait sa démission et Winston Churchill arrivait au pouvoir, promettant « du sang, du travail, de la sueur et des larmes ».

Pressés de rentrer en France, on dut attendre plusieurs semaines de négociations et de faux départs avant de parvenir à une solution. Les soldats finlandais donnèrent une soirée en notre honneur et nous offrirent à chacun un recueil de poèmes. Leurs adieux étaient chargés d'émotion et certains des blessés en larmes. Ils chantèrent la *Marseillaise* alors que nous prenions congé, leurs voix graves résonnant dans le hall de l'hôpital où nous logions.

Je savais qu'il fallait que je retourne dès que possible sur le front. L'Italie avait rejoint l'Allemagne et déclaré la guerre aux Alliés. Une semaine plus tard, le gouvernement français, conduit par le Premier ministre Paul Reynaud, capitulait après avoir fourni à son nouveau sous-secrétaire d'Etat à la guerre, un jeune général de brigade du nom de Charles de Gaulle, des documents et des fonds pour s'enfuir en Angleterre dans l'espoir de mettre sur pied une alliance anglo-française. Après la démission de Reynaud, le maréchal Philippe Pétain, le très vieux commandant en chef des armées françaises et héros de la Première Guerre mondiale, fut invité par les Allemands à former un gouvernement dans la ville d'eaux de Vichy. Pour commencer, les Français furent nombreux à apporter leur soutien au nouveau gouvernement. Ils estimaient suicidaire de poursuivre la lutte et préféraient s'allier aux Allemands plutôt qu'à leur vieil ennemi, l'Angleterre.

Les premières graines de ce qui deviendrait une guerre civile étaient semées.

Mes amies infirmières et moi-même écoutions la radio et l'on capta l'appel très poignant et dramatique du général de Gaulle, qui avait reçu l'appui de M. Churchill. Défiant le nouveau gouvernement de Vichy, il invitait les soldats français, les techniciens, les ingénieurs, tous ceux qui désiraient aider la France dans son combat, à les rejoindre, lui et la « France libre », pour s'unir contre les Allemands et le gouvernement de Vichy. « [...] Car la France n'est pas seule. Elle n'est pas seule ! Elle n'est pas seule ! Elle a un vaste Empire derrière elle. Elle peut faire bloc avec l'Empire britannique qui tient la mer et continue la lutte. Elle peut, comme l'Angleterre, utiliser sans limites l'immense industrie des Etats-Unis. Cette guerre n'est pas limitée au territoire malheureux de notre pays. Cette guerre n'est pas tranchée par la bataille de France. Cette guerre est une guerre mondiale, déclara-t-il. Quoi qu'il arrive, la flamme de la résistance française ne doit pas s'éteindre et elle ne s'éteindra pas. » C'étaient des paroles bouleversantes.

J'avais passé la plus grande partie de ma vie d'adulte en France et maintenant que mon pays adoptif était tombé dans des mains ennemies, je me sentais tout aussi humiliée que n'importe quel citoyen français. Une croix gammée allemande flottait sur la tour Eiffel, les troupes nazies remontaient les Champs-Elysées, et j'étais toujours bloquée en Scandinavie.

Au début de notre longue traversée vers l'Angleterre, on navigua sur une mer d'huile, d'un vert argenté. Mais on remonta tellement vers le nord qu'on se retrouva dans les glaces, le bateau dut changer de cap et passer par des eaux minées. Non seulement nous risquions de heurter une mine ou de nous faire torpiller par les Allemands, mais une tempête se leva, le bateau tanguait de façon inquiétante et les sirènes d'alarme pour les bombardements aériens se déclenchèrent par accident. Une expérience des plus pénible. On se précipita tous sur le pont en robe de chambre pour se rassembler près des canots, avec nos seuls gilets de sauvetage pour nous protéger des vents glacés, et on attendit, terrorisés à l'idée de descendre dans des embarcations de fortune sur une mer déchaînée. Le 6 juillet 1940, on accostait aux énormes chantiers navals de Greenock-on-the-Clyde.

J'arrivai épuisée et fourbue chez ma tante à Abingdon Court, dans le quartier de Kensington, vêtue de mon uniforme d'infirmière tout froissé, ma valise à la main.

— Salut, ma petite tante, lançai-je d'un air las quand elle ouvrit la porte. Tu crois que je pourrais prendre un bain pendant que tu me prépares un bon gin tonic ?

Elle en resta bouché bée. Puis elle se jeta dans mes bras et me tira à l'intérieur, impatiente d'entendre le récit de mes aventures et de s'enquérir de mes projets.

Londres était bien le dernier endroit où j'avais envie de rester. Plus déterminée que jamais à m'ouvrir un chemin jusqu'au front, j'espérais de tout cœur retourner en France. Mais mes espoirs furent réduits à néant quand ma tante me mit au courant des derniers événements. Les armées britanniques, françaises et belges avaient été repoussées jusqu'à Dunkerque. Quotidiennement bombardées, menacées d'anéantissement, elles avaient été évacuées par une incroyable flotte de bateaux de pêche, yachts de croisière, ferries et bateaux de plaisance. Je songeai aux plages de la côte où j'avais joué quand j'étais enfant, accablée par la folie du monde dans lequel nous vivions. Les désastres s'accumulaient. Maintenant que la Scandinavie, la Hollande et la France étaient tombées aux mains de l'ennemi et que les Russes et les Italiens avaient fait alliance avec lui, la Grande-Bretagne se retrouvait seule dans la bataille. Apparemment, il ne s'agissait plus que d'une question de temps avant que les îles Britanniques ne soient envahies par les Allemands.

La menace d'une invasion prochaine me poussa à agir. Je contactai toutes les personnes que je connaissais à Londres pour leur demander de me venir en aide, mais personne ne s'intéressait le moins du monde aux ambitions personnelles d'une gosse de riches. C'est alors que ma chère cousine Diana m'apprit que le général de Gaulle avait établi son quartier général dans d'anciens bureaux du gouvernement à Carlton Gardens, à St James, au cœur de Londres. Les Français libres recherchaient désespérément des infirmières, des chauffeurs et des soldats volontaires. Ils espéraient déplacer leur campagne en Afrique française et ailleurs où ils recruteraient des volontaires.

— Pourquoi ne pas aller là-bas voir s'ils ont besoin de toi ? suggéra-t-elle. Ils te proposeront peut-être un emploi.

Je lui donnai un baiser rapide avant de sauter dans un bus à impériale qui se rendait à Pall Mall.

Je grimpai les marches d'un bâtiment impressionnant, brusquement ragaillardie à l'idée que je pourrais servir à quelque chose. A l'intérieur, une foule de gens s'agitait. On y croisait des secrétaires qui couraient sur le lino ciré, chargées de piles de documents, des soldats portant des capotes, des femmes coiffées de chapeaux à plumes. La police militaire surveillait la porte d'entrée, redoublant de vigilance depuis que de Gaulle avait été accusé de haute trahison et condamné à mort par contumace par le gouvernement de Vichy.

Quand je demandai à quelqu'un de m'orienter, on me dirigea sur Miss Ford, une femme que j'avais vaguement connue à Paris et qui organisait les services d'infirmières. Il s'ensuivit un des plus rapides entretiens d'embauche des annales du monde du travail.

— Oui, miss Travers, me dit-elle d'un ton brusque. Le général de Gaulle s'est vu accorder une vingtaine d'ambulances et nous avons besoin d'infirmières, donc vous pouvez effectivement nous être utile. Il vous faudra passer un examen médical complet et vous trouver un uniforme et des vêtements convenables pour le travail qui vous attend. Voilà des formulaires à remplir et la liste des vaccins dont vous aurez besoin. Si la visite médicale se passe bien, on vous accordera le grade de sergent et les deux tiers d'une paye de sergent. Présentez-vous au quartier général le 30 août.

Je remplis les formulaires, la visite médicale ne posa pas de problèmes particuliers, et maintenant il me restait deux semaines à tuer. Je pris donc le train pour Folkestone où résidaient mes parents. La guerre n'avait en rien changé ma famille. Ils me reçurent comme si je revenais d'un tournoi de tennis ou d'un voyage au Cercle polaire. Ma mère était plus distante que jamais. Visiblement, nos relations ne s'étaient pas améliorées. Au cours de ma visite, elle ne s'intéressa pas une seule seconde à mes aventures en Scandinavie, elle s'inquiéta simplement de l'état de santé de ma tante Hilda puisque j'étais la dernière à l'avoir rencontrée.

En revanche, elle se montra très fière de Laurence et m'annonça sur le ton de la confidence qu'il travaillait pour les services secrets.

— Bien sûr, il est très discret sur ses occupations, annonça-t-elle avec des airs de conspirateur. A cause de la sécurité nationale.

Mon père ne voyait pas les choses du même œil. Selon lui, Laurence occupait un poste plus ou moins assimilable à celui d'un secrétaire et il considérait sa décision de ne pas rejoindre le front comme frisant l'objection de conscience. Bien entendu, mon père avait été promu commandant de la milice locale et il prenait son travail très au sérieux. Il parada fièrement devant moi dans son uniforme kaki et me raconta toutes sortes d'histoires sur la façon dont il initiait les volontaires à la discipline militaire afin qu'ils puissent repousser les envahisseurs et protéger les installations clés. Ils avaient bricolé des armes de fortune avec des outils agricoles et des couteaux de cuisine. Sans compter quelques vieux fusils Lee Enfield et le pistolet de mon père remontant à la dernière guerre.

— Les Huns ne passeront pas, se vantait-il. Je m'en suis assuré.

Je ne l'avais jamais vu aussi en forme et aussi expansif.

Dans le petit jardin de la maison, mon père et moi regardions les combats aériens des premiers jours de la bataille d'Angleterre, au-dessus du port. J'éprouvais un sentiment de détachement fasciné tandis que j'observais les petits avions qui tournoyaient au-dessus de nos têtes. Au cours des semaines qui suivirent, on estima à un millier le nombre d'avions allemands envoyés quotidiennement vers l'Angleterre et à sept cents le nombre d'avions de la Luftwaffe abattus. Churchill salua la RAF d'un discours légendaire au Parlement. « C'est la première fois dans l'histoire des conflits humains qu'un si grand nombre de personnes doit autant à un si petit nombre », déclara-t-il. Bien évidemment, quand j'étais là il y eut de nombreuses alertes. La famille Travers et ses chiens courait alors se réfugier dans un minuscule abri Anderson en métal ondulé dans le jardin.

Je revins à Londres par le train lors du premier bombardement intense de la ville. Des édifices flambaient, des hommes, des femmes et des enfants couraient dans tous les sens et l'air sentait le feu de bois et le caoutchouc brûlé. Les rues étaient remplies de décombres, les fenêtres recouvertes de sparadrap, des centaines de personnes se retrouvaient sans abri et la plupart passaient la nuit dans le métro ou sous des tunnels, attendant que les bombardements s'arrêtent. Et pourtant la vie suivait son cours. Les bus à impériale se frayaient un chemin dans le grabuge, prenant des passagers impatients de se rendre à leur travail, les laitiers continuaient à livrer les bouteilles de lait et les postiers le courrier. Les taxis attendaient patiemment aux stations, même pendant les alertes.

Après une visite dans la boutique de l'Armée et de la Marine à Victoria pour m'acheter une baignoire en toile, un lit pliant et des vêtements convenables pour la vie qui m'attendait, je me présentai au quartier général et fis enregistrer mes bagages. Puis je pris un bus pour Euston et un train pour Liverpool. Alors que je regardais les banlieues de la ville défiler derrière la vitre par une soirée du mois d'août, les petites maisons côte à côte aux jardins pleins de fleurs, je m'émerveillai devant l'indomptable courage des Anglais et me demandais si moi aussi j'en étais la dépositaire.

Malgré mon accent oh combien distinctif — acquis à la maison et en pension — je ne m'étais jamais sentie très anglaise. Après une vingtaine d'années passées à l'étranger, je ne possédais aucune racine. Quand j'allais au lycée à Cannes, on m'apprenait les exploits de la Légion étrangère française, au Mexique et ailleurs. La devise de la

Légion, je m'en souvenais, était *Legio Patria Nostra,* La Légion est notre patrie. A l'époque de mon adolescence itinérante et incertaine, cette devise avait trouvé en moi une profonde résonance.

En surprenant mon reflet dans la vitre, je vis une jeune femme mince avec des cheveux bruns coupés court et des yeux très bleus, vêtue d'un simple chapeau noir en feutre et d'une veste grise. Je m'étais débarrassée des oripeaux de mon ancienne existence, des chapeaux extravagants, des soieries luxueuses et des tailleurs chics de Paris. Abandonnant les dépouilles de ma vie oisive dans une Europe qui avait cessé d'exister, je compris avec un étrange sentiment de satisfaction à quel point ma nouvelle tenue convenait mieux à la personne que j'étais devenue et que j'avais peut-être toujours été.

6

Le rêve africain

Au détour du cap soudain vint la mer,
Le soleil guigna par-dessus la crête de la montagne,
Et pour lui, il ouvrit une voie d'or et pour moi,
Le désir d'un monde d'hommes.

Robert BROWNING, « Départ à l'aube ».

Je n'oublierai jamais cette nuit d'été sans lune, alors que nous sortions de la masse sombre et compacte du port de Liverpool. Les lumières du bateau s'éteignirent tandis que les avions allemands tournoyaient au-dessus de nos têtes, prêts à nous mitrailler. Nous étions cantonnés dans l'entrepont, plongés pour des raisons de sécurité dans une obscurité totale. On m'avait attribué une place sur un paquebot, le SS *Westernland*, réplique exacte du SS *Pennland* où s'étaient embarqués un millier d'hommes de la 13e demi-brigade de la Légion étrangère (DBLE) nouvellement formée. Mon destin serait bientôt inextricablement lié à celui de ces hommes.

Notre bateau arborait la Croix de Lorraine (l'emblème adopté par les Français libres) ainsi que le drapeau tricolore et le drapeau hollandais. Le général de Gaulle était à bord, ainsi que ses conseillers, les chefs d'état-major et plusieurs officiers de liaison sous les ordres du général de division Sir Edward Spears, le représentant personnel de Churchill. Devant nous et derrière nous, une flotte d'une trentaine de bateaux dont trois sloops français, deux chalutiers armés et quatre cargos français, qui transportaient les pilotes de deux escadrilles.

Les navires britanniques avaient pour tâche de nous escorter jusqu'en Afrique pour assurer notre sécurité avant de rebrousser chemin. Ils comptaient deux cuirassés, le *Barham* et le *Resolution*, quatre croiseurs de bataille, le porte-avions tout neuf *Ark Royal*, quelques contre-torpilleurs et un bateau-citerne, placés sous les ordres de l'amiral Sir John Cunningham. L'ensemble des troupes comprenait plus de quinze cents hommes. Nous avions la bénédiction de Winston Churchill, la protection de la Royal Air Force et nous allions tenter de convaincre les officiels de Vichy de se joindre à nous.

Nous étions conscients de la gravité de notre mission. Le 31 août, quand on prit le large pour ce que de Gaulle appelait « nos beaux voyages », nous laissions derrière nous des îles Britanniques pratiquement assiégées et nous allions jouer la fortune de la France dans des pays lointains. Le jour de notre départ, on nous apprit que les colonies françaises du Tchad, du Cameroun, de l'Afrique équatoriale et de Tahiti s'étaient rangées de notre côté. D'excellentes nouvelles.

J'appartenais à un groupe de dix infirmières, dont six Anglaises, quatre Belges et Françaises, placées sous la surveillance attentive de Miss Ford qui nous martela :

— Vous ne devez jamais quitter vos tuniques et vos chapeaux. Vous dînerez dans une salle à manger séparée et il vous est strictement interdit de sympathiser avec les hommes.

Ce dernier avertissement nous impressionna assez peu car on estimait que d'ici un jour ou deux, il ne serait déjà plus d'actualité.

Les trois infirmières dont je me sentais la plus proche étaient May Kelsey, l'infirmière en chef anglaise, Nadine Cane, une jolie jeune fille française et son amie belge, Simone. Je partageais une cabine avec Rosie Curtis et Elizabeth Burchall. Kelsey régnait sur notre groupe. Cette femme mince et brune nous en imposait. Elle avait beaucoup d'autorité, et un cœur d'or quand on apprenait à la connaître. Nadine était une blonde bien en chair et très séduisante, Simone, une femme assez corpulente, plus âgée que moi et au visage plutôt ordinaire.

Nos forces armées hétéroclites rassemblées par de Gaulle comprenaient des troupes anglaises qui se remettaient de leurs aventures à Dunkerque, des appelés français de l'étranger et même des Allemands antifascistes qui avaient préféré se porter volontaires plutôt que de passer la guerre dans des camps de prisonniers anglais. Nous comptions aussi parmi nous des officiers de la Royal Navy et deux bataillons de la 13e DBLE de la Légion étrangère. On ne nous avait pas tenues informées de notre destination mais on nous avait cependant demandé de nous préparer à vivre dans un pays tropical et on supposait que l'on s'acheminait vers les colonies françaises de l'Afrique occidentale. Et comme le soleil sur le bateau se couchait jour après jour à tribord, nos soupçons semblaient se confirmer.

Le voyage allait durer plusieurs semaines, car il nous fallait faire un grand détour pour éviter les sous-marins et les bateaux allemands. Le deuxième jour, on nous autorisa pour la première fois à monter sur le pont. La mer était littéralement couverte de bateaux dont trois ouvraient la marche, avec des contre-torpilleurs accomplissant de larges mouvements circulaires autour d'eux.

Le commandant de notre bateau, le charmant capitaine hollandais, Lagaay, nous aligna sur le pont et nous présenta au général de Gaulle qui s'avança et serra la main à chacune d'entre nous. Il nous dominait de deux têtes, imposant dans ses façons tout comme dans son apparence. Avec son grand nez déjà célèbre, il avait tout d'un général.

— Bonjour, merci de votre assistance, répétait-il d'un ton monocorde, avec un sourire contraint mais courtois.

Sa poignée de main était ferme, son regard acéré. Le peu de goût de Charles de Gaulle pour les Anglais était bien connu. Il avait besoin d'infirmières, peu lui importait leur nationalité, mais il ne prit pas la peine de se montrer amical. En revanche, un de ses aides de camp, Tony Drake, palliait volontiers cette lacune.

Ce jeune lieutenant de vaisseau travaillait comme officier de liaison pour la mission militaire Spears. Originaire de Jersey, une des îles Anglo-Normandes, un peu plus jeune que moi et issu du même milieu social, il était toujours souriant, vêtu d'un uniforme impeccable et j'appréciais son regard bienveillant. Je ne me rappelle même pas comment nos relations ont commencé, mais je sais que c'est lui qui a fait le premier pas, et cela dès le premier jour de notre voyage. Ma politique avec les hommes consistait à regarder et à laisser venir, à ne parler que si j'avais quelque chose d'intéressant à dire sans jamais attirer l'attention sur moi. Mes yeux, très bleus dans ma jeunesse, étaient mon point fort. Ils me permettaient de communiquer discrètement et en silence. Quand le contact était établi et le premier signal reçu, je m'autorisais alors à manifester mon intérêt. Les hommes en général, et Tony en particulier, appréciaient ma méthode. Selon lui, j'étais la femme la plus sérieuse qu'il ait jamais rencontrée mais il m'appelait aussi son feu follet.

Comme nous partagions tous les deux nos cabines avec d'autres camarades, notre relation fut aussi fougueuse que possible vu les circonstances. Elle se résumait à de rares instants volés, en baisers à la dérobée, en étreintes rapides et regards suggestifs. Pour donner libre cours à notre passion, il fallut attendre que nous ayons atteint la terre ferme. Notre attirance mutuelle nous permit cependant de passer quelques semaines très heureuses, d'oublier que nous nous trouvions pris dans une guerre et à tout instant à la merci d'une attaque de l'ennemi. Sans doute les jeunes générations auront-elles du mal à nous comprendre mais à cette époque tourmentée, nous saisissions toutes les occasions de bonheur qui nous étaient offertes. Le monde que nous connaissions s'effondrait, la paix et la sécurité n'étaient plus qu'un souvenir.

C'est Tony qui le premier me confia l'objectif secret de notre expédition :

— On se dirige vers Dakar, située dans la presqu'île du Cap-Vert au Sénégal et tenue par les forces du gouvernement de Vichy. Il s'agit d'un endroit stratégique, une base navale qui nous permettrait d'aller bombarder les routes de navigation de l'Atlantique. Les Allemands feront tout pour que leurs nouveaux alliés en gardent le contrôle.

Il me pressa la main pour me rassurer.

— N'ayez pas peur, Susan, je prendrai soin de vous.

Mais il avait mal interprété l'expression de mon visage. Loin d'être effrayée, cette perspective m'excitait : l'Afrique occidentale et une confrontation épique dans la capitale sénégalaise satisfaisaient toutes mes exigences d'aventure.

Après une escale d'une semaine à la base navale britannique de Freetown au Sierra Leone, le convoi appareilla pour Dakar le 21 septembre. A l'aube du deuxième jour et dans un épais brouillard, on jeta l'ancre à quatre cents mètres de notre objectif.

Les événements des trois jours qui suivirent appartiennent à l'histoire. On nous avertit de nous tenir prêts à débarquer mais pour notre sécurité, on nous confina dans l'entrepont. Des nappes de brouillard passaient devant les hublots. On ne voyait rien. On n'entendait que les cornes de brume qui résonnaient mélancoliquement dans la baie. Tony m'avait confié que Churchill espérait qu'en voyant la flotte franco-alliée à l'horizon, les Français indécis de Dakar capituleraient et nous permettraient d'entrer, de crainte d'être écrasés. Dans la réalité, notre fragile petite flotte — bien moins importante que ce qui avait tout d'abord été envisagé — disparaissait dans le brouillard. D'autre part, les troupes de Vichy avaient reçu de nouveaux renforts et ces hommes n'avaient toujours pas digéré la perte de leur flotte à Mers el-Kébir. Ce qu'il en restait était maintenant aux mains des Anglais après une bataille qui avait vu la mort de 1 300 marins français. La proximité de l'*Ark Royal* et du *Resolution* ne fit qu'alimenter leur fureur.

Ce soir-là, de Gaulle diffusa depuis le pont du *Westernland* un appel aux personnes de langue française de Dakar, tandis que des avions français et anglais lâchaient des tracts de propagande à leur intention. Puis de Gaulle envoya une délégation de trois officiers dans deux petits avions désarmés. On attendit des nouvelles, mais rien ne se passa. Soudain, des tirs antiaériens résonnèrent dans la baie tandis que le cuirassé *Richelieu* de Vichy et les canons de la forteresse nous donnaient leur réponse. Plus tard, la rumeur se répandit que les avions avaient été saisis à l'atterrissage et les hommes arrêtés.

Nullement découragé, de Gaulle ordonna que le *Westernland* et le *Pennland* ainsi que les sloops des Français libres se rapprochent du port, toujours dans le brouillard. Une deuxième délégation de cinq officiers fut envoyée, cette fois à bord d'une vedette ayant hissé un drapeau blanc, avec pour instruction de remettre une lettre de De Gaulle au nouveau gouverneur général de Dakar, un homme du nom de Boisson. Mais Boisson, nommé par le gouvernement de Vichy, avait reçu des instructions très claires de ne pas capituler ; n'ayant aucune intention de se rallier à la cause des Français libres, il s'employa à le faire savoir. Quand ils accostèrent, les cinq officiers furent menacés d'arrestation pour haute trahison, un crime passible de la peine de mort. On leur tira dessus à la mitrailleuse et ils prirent la fuite.

Deux des officiers, le capitaine d'Argenlieu et le commandant Perrin, regagnèrent le *Westernland* sérieusement blessés et furent transportés dans la salle à manger qui nous servait d'infirmerie. Tandis que l'eau autour de notre navire explosait en écume blanche, on se mit au travail, soignant et pansant leurs blessures.

— Comment vous appelez-vous ? me demanda le commandant Perrin en me prenant la main, le visage pâle et cireux.

— Susan.

J'épongeai son front moite en jetant de fréquents coups d'œil vers les hublots.

— Ne craignez rien, Susan, ils bluffent, souffla-t-il.

Le bluff n'en finissait pas. Pendant plusieurs heures, on entendit des canonnades intermittentes, mais jamais nos canons ne répliquèrent. Le croiseur de bataille *Cumberland,* sérieusement touché à quelques centaines de mètres devant nous, ordonna à certains de ses hommes d'abandonner le navire. Le commandant envoya un message radio aux autorités de Dakar leur demandant de réviser leur position.

La réponse fut très sèche.

— Ecartez-vous à vingt milles de la côte !

Et il s'ensuivit de nouvelles canonnades. Le bluff avait fait long feu.

Vers 5 heures du soir, contraints et forcés, les Français libres ripostèrent à coups de canons. On me rapporta que des hommes sur le pont chargeaient leurs armes en pleurant.

De Gaulle et l'amiral Cunningham étaient convaincus que si on employait des arguments musclés, le gouverneur de Dakar pouvait encore revenir sur sa décision. Le sloop français *Commandant Duboc,* un détachement de fusiliers marins à bord, reçut pour mission de se frayer un chemin dans le brouillard jusqu'au petit port de Rufisque, juste hors de portée des canons de Dakar. Ils devaient accoster et tenter de persuader les habitants de se joindre à eux. On leva l'ancre pour les couvrir. Quand je sentis le navire bouger et que je constatai qu'on approchait du rivage — et des canons —, je rapportai notre progression au commandant Perrin, toujours à l'infirmerie.

— Que se passe-t-il ? demanda-t-il en essayant de se redresser.

— Ça commence à chauffer, répliquai-je, le cœur battant.

A cet instant, on entendit des bombardements. Cette fois-ci, cela venait du ciel. Les avions de Vichy visaient le sloop. Ils tuèrent plusieurs hommes et en blessèrent un bon nombre. Impuissants, nous observions la scène depuis notre bateau.

— Et maintenant on en est où ? interrogea le commandant Perrin.

— On dirait qu'on va avoir de la compagnie, lui répondis-je tristement. On ferait bien de préparer de nouveaux lits.

Le sloop nous revint en triste état et une fois de plus, on se mit au travail. Les hommes qui avaient survécu souffraient essentiellement de blessures superficielles et d'un affront à leur dignité. Quant au général de Gaulle, il n'avait pas d'autre choix que de regagner la haute mer pour protéger la flotte. On passa la nuit suivante sur des charbons ardents. Comment tout cela allait-il finir ?

Le lendemain, on se trouvait toujours dans la même impasse. On échangeait de nouveaux ultimatums. Les bombardements continuaient, mais cette fois-ci en aveugle, dans le brouillard. Cette nuit-là, le *Barham* nous rejoignit. De Gaulle et Spears montèrent dans une barque et on les conduisit à la rame chez l'amiral Cunningham. Pour nous, l'attente se prolongeait. Ce qui me troublait le plus, ce n'était pas la peur mais la stupéfaction. De mon point de vue anglo-français, il me semblait totalement absurde que les Français soient si acharnés à se détruire et si réticents à s'unir contre les Allemands et les Italiens.

Poussés par Churchill, de Gaulle et Cunningham tentèrent de poursuivre la mise en œuvre du plan initial, de crainte que l'impulsion donnée à la campagne des Français libres ne s'arrête net. Au cours des deux jours suivants, on passa notre temps, à la lisière de la ligne de feu, à regarder les bateaux se succéder pour tenter d'accoster sous la canonnade. On aurait cru un grand jeu d'échecs, avec des pions pris par les fous. Mais les pions étaient en chair et en os et les fous se trouvaient tous du même côté de l'échiquier, entraînant la mort et la destruction. Le *Resolution* torpillé faillit couler, on perdit quatre avions, un contre-torpilleur et deux sous-marins. Un carnage absurde.

Le cœur lourd, de Gaulle et ses conseillers britanniques finirent par abandonner la partie. On quitta Dakar et on appareilla en direction de Freetown. Tony me confia que le général s'était enfermé dans sa cabine.

— Il est désespéré, me dit-il d'un air sombre.

Cela n'avait rien de surprenant. Les médias du monde entier le blâmaient pour cette « aventure absurde » et en rejetaient entièrement la faute sur lui. Ils accusèrent Churchill de se laisser mener par le bout du nez. On parla même de remplacer de Gaulle. Le nom du vieux général Catroux commença à circuler.

Mais la réaction des hommes de notre flotte fut remarquable. Ils s'indignèrent devant les articles de presse, et assurèrent de Gaulle de leur soutien inconditionnel. De retour à Freetown, un légionnaire me dit :

— Il est notre seul espoir. Il faut absolument s'accrocher à lui, surtout maintenant qu'on sait ce dont ces salopards de vichystes sont capables pour prêter main-forte aux Allemands.

Freetown est une petite ville située sur une presqu'île et protégée par une montagne boisée en forme de lion d'où le Sierra Leone tire son nom. Elle ne possédait qu'un seul hôtel peu confortable, où l'on mangeait mal et uniquement des plats à base de riz. Il faisait une chaleur humide intolérable. Seuls les bains de mer sur une des plages bordées de palmiers de la baie de Freetown nous rafraîchissaient un peu.

Quant à moi, au début de cette guerre, je faisais non seulement l'expérience des dangers physiques mais aussi des privations quotidiennes. Vivre dans une case minuscule avec deux autres femmes dans une chaleur étouffante, toujours vêtue du même uniforme et privée du confort auquel j'étais habituée, m'était pénible. La ville offrait peu de distractions et à chaque fois que je mettais le pied dehors, j'étais assaillie par la chaleur, la foule et les multitudes de mouches. Pour une jeune fille élevée à Cannes et qui avait passé sa vie dans l'atmosphère raréfiée de la haute société, je vivais vraiment dangereusement.

L'ambiance triste et pesante n'arrangeait rien. Les légionnaires, coiffés de leur képi, discutaient sans fin, par petits groupes. Ils se demandaient comment de Gaulle allait réagir, envisageaient les répercussions sur la France des différentes options possibles. Je ne pouvais m'empêcher d'admirer la beauté physique de nos soldats. Ils avaient un comportement, des attitudes qui n'appartenaient qu'à eux, une confiance en eux et une décontraction inimitables, et chacun se considérait comme son propre maître. J'apprendrais bientôt que les légionnaires étaient des mercenaires obstinés qui respectaient leurs serments. Je me promenais au milieu d'eux, leur proposais des mangues, écoutais leurs conversations franches et honnêtes, admirais leur détermination. Ces hommes n'étaient pas du genre à se laisser décourager par un échec. Rien ne les ferait dévier de leur course. L'avenir de la France et du monde libre était en jeu, leur solide patriotisme face à un revers avait quelque chose de réconfortant et d'exemplaire. Pour la première fois de ma vie, je me sentais vraiment vivante, j'appartenais à un mouvement qui me dépassait et mon horizon s'élargissait.

Heureusement pour de Gaulle, Churchill ne lui retira pas son appui et il le fit savoir publiquement. Il fut décidé que notre flotte se rendrait ailleurs pour essayer de faire oublier que nous n'avions pas réussi à amener l'Afrique française à se rallier aux Français libres. Notre cause reçut un coup de pouce involontaire du maréchal Pétain, à Vichy, qui venait de prendre la décision de chasser les Juifs de la fonction publique, des médias et de l'industrie. Le monde reçut un choc en comprenant que le gouvernement de Vichy ne s'était pas allié à l'Allemagne nazie uniquement pour se protéger mais participait activement à l'application de la politique d'aryanisation.

Notre prochaine destination était le port de Douala, au Cameroun français, où la flotte britannique nous laisserait poursuivre seuls notre route. Churchill veillerait à ne plus jamais partager les responsabilités d'un échec des Français libres. Mais il n'avait aucun souci à se faire. Quand le 8 octobre on arriva au Cameroun, on reçut un accueil délirant de la part des soldats, des colons français et des populations locales. De Gaulle, rasséréné par leur enthousiasme, partit immédiatement pour le Tchad et les autres territoires français qui avaient choisi son camp.

A Douala, principal port du pays et important centre commercial sur l'estuaire du Wauri, ceux qui s'étaient engagés dans cette aventure reçurent de nouvelles instructions. J'espérais qu'on m'enverrait là où se rendaient les légionnaires. Malheureusement, on les expédia à Yaoundé, au Cameroun, et à Libreville, au Gabon, pour en finir avec les troupes de Vichy qui résistaient encore. Ce fut un combat fratricide entrepris le cœur lourd car, des deux côtés, personne n'avait envie de blesser des compatriotes. Mais après quelques échanges prudents de coups de feu, la bataille s'engagea pour de bon. Il y eut vingt morts et de nombreux blessés. Un jeune capitaine français très prometteur, Marie-Pierre Koenig, mena l'assaut dans le port de Libreville qui faisait le commerce du caoutchouc. Il s'en rendit maître en quelques heures, se gagnant l'admiration de ses hommes et les compliments de ses supérieurs.

Au cours de cet automne de l'année 1940, les Français traversaient des temps difficiles et incertains. Une partie de ceux qui nous avaient accompagnés jusque-là s'en retournèrent en Angleterre, découragés. Les autres ne savaient pas à quoi ils serviraient. De Gaulle resterait quelque temps à Douala avant de retourner en Angleterre pour s'y entretenir avec Churchill. Kelsey demeurerait elle aussi à Douala pour y mettre sur pied un hôpital avec quelques infirmières, tandis que le reste des troupes serait dirigé sur Pointe-Noire, le principal port du Congo. Quant à moi, on m'envoyait à Brazzaville, toujours dans la République du Congo, en compagnie de cinq infirmières, du général Spears et de la mission britannique de liaison dont Tony faisait partie.

On n'était pas ravis de se rendre à Brazzaville. Personnellement, j'étais très déçue. Je savais que, dans des territoires acquis d'avance, je ne serais pas au cœur de l'action et je craignais d'être immobilisée dans un trou perdu. Quand je montai à bord du *Westernland* pour la traversée qui nous emmènerait jusqu'au Congo, je décidai de me remonter le moral en organisant un cocktail dans la cabine du commandant. Le général Spears et tous les officiers de liaison s'y rendirent et ce fut un franc succès. Pendant un instant, tout en sirotant du champagne et en mangeant des canapés, j'oubliai presque que je me rendais au milieu de nulle part. Quelques jours plus tard, nous traversions l'équateur.

A Brazzaville, bourgade déprimante située sur un plateau, les bungalows blancs et leurs jardins présentaient un aspect désolé, négligé. Essentiellement pro-Vichy et anti-Anglais, les colons divisés en cliques sociales rigides vivaient dans le vieux quartier français et s'entendaient assez mal. La ville ne comptait que trois restaurants, aucune boutique et un marché local, tenu par des Portugais et des Syriens. Derrière de petits éventaires en bois, ils vendaient pour les tribus Kongo et Vili du poisson-chat fumé, des citrons, des oranges, des bananes et toutes sortes de produits exotiques étranges.

Les routes étaient inexistantes. Si vous vouliez faire un peu de tourisme dans le pays, vous vous déplaciez en train ou en bateau à moteur dans des rivières bordées de mangroves et de cotonniers géants. Invariablement, le bateau tombait en panne sèche, vous abandonnant à la merci des tourbillons et des rapides, jusqu'à ce que quelqu'un vienne à la rescousse, à moins que les courants ne vous entraînent vers de larges bancs de sable recouverts de roseaux.

A ma grande consternation, je découvris que le seul endroit où je pouvais travailler était un humble dispensaire à Poto-Poto, le quartier pauvre de la capitale, destiné aux mères et à leurs enfants. Ce dispensaire était infiniment plus modeste que celui réservé aux Blancs et je fus choquée de découvrir que chez les colons, cet état de fait ne dérangeait personne. Je partageais un bungalow avec mes amies Nadine et Rosie et nous avions un boy, John. Je crois que sans notre amitié, nous n'aurions jamais tenu le coup.

Lors de la première nuit, alors que nous étions couchées dans nos chambres respectives, portes et fenêtres grandes ouvertes sans parvenir à trouver le sommeil, on entendit la voix de Rosie qui lança d'un ton lugubre du fond de son lit :

— Je n'aurais jamais cru que je viendrais tenir la chandelle au fin fond de l'Afrique.

Ces paroles résumaient très bien ce que nous ressentions. Nous avions quitté l'Angleterre en entretenant l'espoir de soigner des soldats blessés au front et on se retrouvait dans une petite ville coloniale miteuse, loin de l'action. Et nous n'étions même pas de vraies infirmières capables de venir en aide à la population locale.

Lors de notre deuxième journée de travail au dispensaire, une vieille femme, pliée en deux par l'arthrite et l'âge, ôta son boubou coloré pour nous montrer les taches blanches qui lui couvraient tout le corps. Partout, sa peau brune présentait les mêmes marbrures. Elle nous regardait de ses yeux larmoyants, effrayée et inquiète. Nadine et moi étions désemparées.

Mme Pichaud, le médecin-chef de la clinique, s'avança. Elle prit une épingle, piqua la femme sur les marques plus claires et demanda en bantou :

— Vous sentez quelque chose ?

— Non, répliqua la femme.

— Eh bien, mesdames, voilà votre premier cas de lèpre, lança Mme Pichaud avec un petit sourire ironique.

On recula, horrifiées.

Je n'avais jamais connu de chaleur aussi étouffante qu'au Congo. Jour et nuit, l'humidité ne nous laissait aucun répit. Notre arrivée correspondait au début de la saison des pluies et tandis que la température ne cessait d'augmenter, de lourds nuages se rassemblaient au-dessus de nos têtes. Une tempête se préparait. Je jetais des regards suppliants vers le ciel, je priais pour que l'orage éclate et apporte un soulagement à cette chaleur intolérable. Les sorciers invoquaient les esprits africains avec la même ardeur. Mais aucun répit ne nous était accordé. On entendait le roulement du tonnerre, les nuages s'éloignaient à nouveau, et de violents orages électriques striaient le ciel noir.

Parfois, dans la lumière oblique du soir, Nadine, Rosie et moi allions nous baigner dans le fleuve Congo, parmi les jacinthes d'eau, évitant les hippopotames qui se tenaient sur l'autre rive et clignaient des yeux en nous observant sur notre petite plage à moitié immergée. Le grand fleuve roulait une eau couleur de bière. Il était soumis à des marées surprenantes qui ne cessaient de monter et de descendre à intervalles très rapides. Nager nous soulageait et nous rafraîchissait, mais le prix à payer était élevé. Dès que nous exposions le moindre centimètre carré de peau, les nuages de moustiques qui s'élevaient et s'abaissaient à la surface de l'eau fondaient sur nous. La nuit, nous devions lutter non seulement contre la chaleur mais aussi contre les démangeaisons. Finalement, on décida que cela n'en valait pas la peine.

Quand les pluies se décidèrent enfin à tomber, l'eau tambourina jour et nuit sur le toit en tôle de notre bungalow. Et il faisait toujours aussi chaud. Impossible de dormir, de travailler ou de penser. Des chèvres égarées et des poules trempées cherchaient refuge sous nos auvents ou s'abritaient sous les manguiers et les bananiers. A la lumière des lampes, les geckos, petits reptiles sauriens, formaient des dessins géométriques complexes sur les murs de notre maison. Les serpents et toutes sortes de bestioles rampantes emménagèrent dans nos chambres. Au dispensaire, les enfants souffraient de morsures d'insectes qui s'infectaient et suppuraient.

Au bout de deux semaines, Nadine et Rosie n'en pouvaient plus. Découragées par notre travail, le jour où un officiel du consulat britannique vint nous voir pour demander « des filles qui savaient taper à la machine », elle sautèrent sur l'occasion. Elles préféraient un travail de secrétariat dans un bureau avec un ventilateur qui tournait au-dessus de leur tête plutôt que de servir de nurse au milieu de la jungle africaine. Quant à moi, qui n'avais jamais utilisé de machine à écrire de ma vie, on m'abandonna à mon triste sort.

Mes seules distractions étaient mon perroquet gris, affectueusement surnommé « général Spears », et la présence de Tony Drake qui me plaisait toujours beaucoup. J'avais été ravie de le retrouver ici. Mes amies fréquentaient toutes les deux des garçons qui appartenaient à la mission de liaison, et rester seule m'aurait passablement déprimée. Mais l'impitoyable climat tropical et les conditions de travail lamentables n'étaient guère favorables à l'épanouissement d'une relation initiée de fraîche date. On se voyait de moins en moins et pour finir, Tony m'apprit qu'il y avait quelqu'un d'autre dans sa vie. Cela n'aurait pas dû me surprendre, ou me blesser, et pourtant...

Exaspérée par ma réaction plus que par son comportement, je compris qu'il fallait que je m'éloigne. Je demandai donc une entrevue à l'inspecteur général de Brazzaville, le général français Sisse, pour savoir dans quelle mesure je pourrais rejoindre les Français libres. Je lui déclarai sur un ton emphatique :

— J'ignore tout de leurs projets et des endroits où ils désirent se rendre, mais je veux les accompagner là où l'action fait rage.

Il finit par se laisser convaincre. Je voyagerais sur un bateau qu'on attendait d'un jour à l'autre à Pointe-Noire et qui devait ravitailler la brigade.

— Je n'ai aucune idée de l'endroit où il va vous emmener, ni de ce qui se prépare, me dit gravement le général Sisse. Mais je vois bien que vous êtes une femme déterminée. Je ne m'opposerai pas à votre volonté.

Il signa les papiers nécessaires et me congédia avec un grand sourire. Je crois qu'il n'étais pas mécontent de se débarrasser de moi. Contre l'avis de Tony et au grand désespoir de mes amies infirmières, je m'étais débrouillée pour m'assurer une place auprès des Français libres en partance pour l'Afrique du Nord.

Je n'étais pas plus tôt arrivée à Durban après un mois d'un voyage hasardeux sur un cargo d'une saleté repoussante qui donnait dangereusement de la bande, que je regardais le *Neuralia*, un navire réquisitionné pour les troupes, arriver dans le port avec le gros des légionnaires. Ils arrivaient du Gabon et du Cameroun. On me donna l'autorisation de monter à bord et de voyager avec ces hommes que j'avais connus à Dakar et ailleurs. Par bonheur, Kelsey les accompagnait. Je la trouvai dans la salle d'opération.

— Tout est en place, m'annonça-t-elle d'un air rayonnant, les manches retroussées jusqu'au coude, son large sourire découvrant ses dents un peu trop espacées. Travers, vous resterez ici avec moi, vous me servirez d'interprète et d'intermédiaire.

Je hochai la tête, saisie d'une violente émotion en voyant l'appareil à anesthésie qui me remettait en mémoire l'épisode désastreux du bloc opératoire de l'hôpital de Poitiers.

Pour mon plus grand plaisir, Simone, l'infirmière belge du *Westernland,* était également à bord, de même qu'un officier de liaison britannique, Henry Enriques, un collègue de Tony Drake sur le *Westernland* et à Brazzaville, sans oublier Mme Mescier, une femme ravissante et charmante, mariée à un planteur du Cameroun, qui s'était engagée comme ambulancière après l'appel de De Gaulle. Marie-Pierre Koenig, le capitaine qui les avait si bien commandés à Narvik et au Gabon, était maintenant passé colonel. Il n'était pas à bord car à la suite d'une mauvaise grippe on l'avait envoyé passer sa convalescence au Caire.

Le *Neuralia* appareilla le 29 janvier 1941. On se trouvait à un tournant de la guerre. Les Australiens et les Britanniques venaient de reprendre Tobrouk aux Italiens après une campagne courageuse qui avait amené l'armée du général Wavell depuis le Nil jusqu'en Libye. Assiégées, les troupes italiennes de Mussolini — les Britanniques venaient de leur infliger une série de défaites humiliantes — se rendirent en masse. Wavell remonterait-il jusqu'à Benghazi ? La question était sur toutes les lèvres.

Une rumeur courait : les Allemands rassemblaient une armée considérable pour appuyer les Italiens. En réalité, la garde avancée de l'Afrika Korps était sur le point d'arriver à Tripoli. Spécialement entraîné pour la guerre du désert et avec une division blindée commandée par le légendaire maréchal Rommel, le corps d'élite serait appuyé par des escadrons d'avions de la Luftwaffe. Cette tactique spectaculaire allait changer le cours de la guerre.

7

Le saut dans l'inconnu

Aucun œil mortel n'aurait pu déceler
La fusion intime de leur histoire récente
Ou le signe qu'ils suivaient la pente
De chemins concordants et qu'ils seraient bientôt
Les deux moitiés soudées d'un événement glorieux.

Thomas HARDY, « L'un vers l'autre ont convergé ».

La première fois que je posai les yeux sur le commandant Dimitri Amilakvari qui arpentait le pont du *Neuralia* sanglé dans son uniforme militaire, je sus que j'avais un problème. Ce prince russe était grand, athlétique et incroyablement beau, avec une mâchoire carrée et un visage viril. Ses hommes l'adoraient et les femmes le trouvaient irrésistible. Membre très respecté de la Légion étrangère, arrivé en exil à l'âge de quatorze ans avec la révolution bolchevik, Amilakvari était marié à l'une des trois princesses Dadiani, qui avaient la réputation d'être les trois sœurs les plus ravissantes de toute l'Europe.

Il était sorti de Saint-Cyr avec les honneurs, s'était distingué au Maroc et en Norvège et avait rejoint le général de Gaulle en 1940, entraînant à sa suite un grand nombre de ses soldats qui lui étaient dévoués corps et âme. Il ne se déplaçait jamais sans son manteau vert, trouvé en Norvège et transpercé par une balle qui avait manqué de peu une artère. Il inspirait le courage, l'amour et la loyauté. Agé de trente-cinq ans, il se trouvait à la tête d'un bataillon de la 13e DBLE et préparait ses hommes à s'engager dans ce qui s'annonçait comme un conflit long et sanglant contre les forces de l'Axe sur le sol nord-africain.

Je n'ai jamais rencontré quelqu'un d'aussi charismatique qu'Amilakvari (Amilak pour ses amis). Il était le charme personnifié. Ses yeux d'un bleu cristallin étincelaient et quand il croisa mon regard, j'eus l'impression qu'il me transperçait jusqu'à l'âme. Séducteur patenté, son léger accent russe ne faisait qu'ajouter à son charme. Quand il s'approcha de moi pour la première fois, j'étais sur le pont, accoudée à la rambarde, le regard tourné vers la mer et le vent me soufflait dans la figure. Il effleura mon bras du bout des doigts, un geste si sensuel que j'en eus le souffle coupé.

— On dit que si vous regardez trop longtemps la mer, elle vous vole une partie de votre âme, me lança-t-il.

Amilak appartenait à cette catégorie d'hommes qui s'imagine que les femmes ont été créées pour leur plaisir. Je n'étais pas la seule femme à bord, puisque nos troupes comptaient cinq infirmières et l'épouse d'un officier, mais il jeta son dévolu sur moi. En vérité, il me voyait certainement comme une simple conquête à ajouter à son palmarès, une diversion amusante pour les six semaines de voyage qui nous attendaient. A trente ans passés et après les épreuves traversées, j'avais un physique quelconque. D'ailleurs, depuis que je me trouvais en Afrique, je ne me préoccupais plus du tout de mon apparence. Je ne me maquillais plus et je portais un uniforme kaki qui me distinguait à peine des hommes.

Mais Amilak repérait une femme à un kilomètre à la ronde. Je ne me serais jamais permis de tomber amoureuse de lui. Malgré cela, je savais qu'il était le genre d'homme que j'avais recherché toute ma vie et j'adorais sa compagnie. Il me servit de cavalier le temps de notre voyage vers la Corne de l'Afrique. Tout au long de cette ancienne route maritime, je connus une succession inoubliable de rencontres sexuelles intenses et de rendez-vous secrets. Son contact me faisait chavirer et quand il n'était pas là, je ne pensais plus qu'à lui. Jamais aucun homme n'avait suscité chez moi une telle fascination. Marié, père de deux enfants, il était bien au-dessus de moi, socialement et intellectuellement, mais tout cela n'avait plus aucune importance. Marquée par une enfance solitaire et des relations amoureuses où j'avais été passablement maltraitée, j'étais structurée autour de la terreur de l'abandon. Amilak entretenait cette peur mais d'un autre côté je le désirais, son désir me rassurait et j'étais ravie qu'il m'ait choisie.

Au cours de notre voyage, on passa par le canal du Mozambique qui nous amena dans l'océan Indien, puis on contourna la Corne de l'Afrique avant d'arriver dans le golfe d'Aden et la mer Rouge. Les seuls patients réclamant nos soins souffraient du mal de mer. Je commençai par partager une cabine avec Mme Mescier. Il faisait une chaleur épouvantable à cause du black-out qui entraînait la fermeture permanente du hublot. Après deux semaines d'un sommeil très pénible sur le cargo qui nous emmenait à Durban, je décidai que je ne pouvais plus supporter une nuit de plus à étouffer sur ma couchette et je montai dormir sur le pont, là où soufflait un vent frais... et où je retrouvais mon amoureux. Malheureusement, dès 6 h 30 on lavait les ponts à grande eau. Le tintement des seaux sur le plancher en bois me servait de réveil-matin. Je me redressais alors péniblement et à moitié endormie, j'attrapais mon sac de couchage et descendais prendre une douche et mon petit déjeuner.

Les passagers comprenaient la 13e demi-brigade, les membres de l'hôpital de campagne ACL qui nous accompagnaient, les troupes marocaines, Henry Enriques (l'officier de liaison, ami de Tony Drake) et quelques autres officiers de ma connaissance dont le capitaine Paul Arnault, un homme assez maigre, cordial, une figure paternelle rassurante ; le séduisant capitaine Gabriel de Sairigné, jovial et plein d'humour, le capitaine Jacques de Bollardière, un Russe blanc du nom de Boris Nazarov et un sympathique officier de liaison, Renard.

Le capitaine Gabriel de Sairigné avait un visage ouvert

et un bon regard. Dévoué à la Légion et à Amilakvari, Gabriel était un homme sociable et amusant.

— Je pense qu'avec Amilak vous vous êtes bien trouvés, me dit-il un jour avec une lueur ironique dans le regard. Vous êtes aussi têtus l'un que l'autre.

Il me plut tout de suite et je sentis instinctivement que nous serions toujours amis.

Le capitaine de Bollardière correspondait très exactement à l'idée qu'on se fait d'un officier français — beau, poli, aimable et toujours élégant. Je le rencontrai pour la première fois sur le *Westernland*. Il portait toujours des gants, ce qui m'impressionnait beaucoup. Par comparaison, nous étions très négligés.

Boris, lui aussi toujours impeccable même sous les climats les plus brûlants, arborait un crâne lisse qu'il rasait tous les matins. Il appartenait à cette catégorie d'hommes qui pouvaient se permettre de boire toute la nuit et se réveiller le lendemain, frais comme la rose. Sur ce terrain-là, nous étions peu nombreux à rivaliser avec lui. Renard était une personnalité d'un tout autre genre. Il adorait raconter des histoires et Simone était tombée raide amoureuse de Renard sur le *Westernland*. Depuis, elle se demandait toujours où il se trouvait, s'inquiétait de ce qu'il faisait et lui vouait une adoration sans limites. Maintenant, ils étaient enfin réunis et très heureux. Ce fut le début d'une longue relation qui se termina par un mariage.

Kelsey était une femme remarquable, une infirmière hors pair, et le bon fonctionnement de la salle d'opération reposait sur ses seules épaules. Dieu seul sait ce que nous serions devenus sans elle. Elle prenait toujours les bonnes décisions et ne s'affolait jamais. Sous son autorité exigeante, je travaillais le matin et l'après-midi à l'hôpital, avec une heure de repos pour le déjeuner. En fin de journée, j'allais la plupart du temps boire des verres avec Henry et le commissaire du bord, puis je rejoignais les infirmières dans notre salle à manger (les femmes avaient une salle à manger à part). Après le dîner, on allait boire un verre ou deux dans le salon où les hommes jouaient aux cartes.

Amilak — un prodigieux bridgeur — déployait toute la ruse, le charme et l'habileté nécessaires pour remporter la partie sur ses adversaires. C'était un plaisir de le regarder. Je voulus une fois me mesurer à lui et pris la pleine mesure de mon incompétence. Chez les gens que je fréquentais autrefois, le bridge était moins apprécié que le baccarat.

— Désolée, lui dis-je pour m'excuser, mais je suis bien meilleure au baccarat.

Après ça, Amilak me donna régulièrement de l'argent pour jouer — j'étais trop pauvre et trop avare pour utiliser le mien — et il se réjouissait pour moi quand je gagnais.

A la table de baccarat, je me retrouvais souvent avec un charmant garçon américain, John Hasey, âgé d'à peine plus de vingt ans. En rejoignant la Légion étrangère en tant que sous-lieutenant, il avait réalisé le rêve de sa vie. Gai et généreux, il avait dans le civil travaillé chez Cartier, à Paris. Tout le monde l'aimait. Tout comme moi, il avait fui Paris quand la France était tombée et avait rejoint de Gaulle et les Français libres à Londres. Un soir que nous jouions avec des officiers, John ne cessait de gagner et il jubilait. Mais à ma grande consternation, les officiers refusaient de s'arrêter et perdaient des sommes considérables, une situation qui à mon avis mettait John dans une position très délicate. Je me penchai vers lui et aussi discrètement que possible, lui murmurai à l'oreille :

— John, maintenant, il faut que vous perdiez.

Il se tourna vers moi d'un air surpris.

— Perdez ! sifflai-je entre mes dents avant d'abattre mes cartes.

John comprit où je voulais en venir et m'obéit docilement afin que les officiers puissent récupérer une partie de leur mise. Peu de temps après, le baccarat fut interdit.

Amilak était l'adjoint du lieutenant colonel Magrin-Vernerey (nom de guerre « Monclar »). Monclar, un homme robuste aux cheveux gris plaqués vers l'arrière, affichait un air fanfaron assez déconcertant. Un Français typique. Son rôle était d'initier les hommes aux grandes traditions de la Légion, de veiller à son honneur et à celui des Français libres, même si cela impliquait de se battre contre des compatriotes et de les tuer. Bien sûr, il s'agissait d'une perspective qui ne plaisait guère aux légionnaires mais on comptait sur Amilak pour les mener à la bataille, sachant qu'il saurait leur insuffler du courage.

Monclar était un petit homme terrifiant. Tout le monde essayait de l'éviter, surtout les femmes. Il souffrait de terribles crises de hoquet qui risquaient à tout moment de déclencher le fou rire chez ses interlocuteurs. Malheureusement pour moi, lors de notre dernière nuit en mer, il donna un cocktail pour les officiers. Alors que tout le monde s'amusait autour de nous, on me plaça à sa droite afin que je lui serve d'interprète dans ses entretiens avec le capitaine du navire. Mon humeur ne s'améliora guère quand il m'apprit qu'on lui avait conseillé de ne pas m'autoriser de poursuivre mon voyage avec les légionnaires. Je passai une nuit agitée à me demander comment je pourrais bien me débrouiller pour m'échapper du bateau.

Le 14 février 1941, on accosta à Port-Soudan, sur la mer Rouge, et je fus infiniment soulagée en constatant que personne ne donnait l'ordre aux femmes de remonter à bord. Une des infirmières m'apprit que Tony Drake était déjà là. Je déjeunai avec lui à terre. Depuis notre dernière rencontre, nous avions tous les deux fait du chemin et nos relations s'étaient décidément rafraîchies.

— A bientôt, me dit-il en me donnant un baiser affectueux sur la joue avant de me quitter.

Je hochai la tête d'un air sceptique.

On débarqua avec tous nos bagages et on prit un train pour Suakin, au sud de Port-Soudan, un village arabe typique avec un seul restaurant qui servait de la cuisine grecque. Notre campement était situé sur le plateau, au-dessus du camp lui-même. Dans la ville abandonnée, non loin d'ici, il ne restait qu'un Anglais solitaire vivant dans une maison au bord de la mer. Les autres habitations, avec leurs murs en bois ajouré qui servaient aux musulmanes à regarder sans être vues, tombaient en ruine et les volets claquaient au vent.

Les jours s'écoulaient dans une brume somnolente. Il n'y avait rien à faire, personne à soigner, je passais mon temps avec la Légion et Henry Enriques qui m'emmenait chaque jour sur sa petite moto déjeuner au restaurant grec. Tony Drake s'attarda quelque temps. Il travaillait comme officier de liaison pour le général Le Gentilhomme. Puis ils partirent pour la colonie italienne de l'Erythrée, non loin de là. Nous vivions dans des conditions sommaires, sous la tente, nos toilettes se limitaient à un trou dans le sol et la mer, infestée de requins dont nous devions nous méfier, nous servait de salle de bains. A cause des contraintes de notre nouvelle situation, Amilak et moi nous retrouvions rarement seuls. Mais à chaque fois que nos chemins se croisaient, un simple clin d'œil ou un sourire de sa part suffisaient à me remonter le moral et je me sentais moins isolée.

Au Soudan, je réalisai pour la première fois que la Légion n'avait pas très bonne réputation auprès des autorités militaires alliées. L'accueil que nous réservèrent nos camarades anglais à Port-Soudan allait d'un enthousiasme débordant à une franche hostilité. En tant que forces mercenaires, composées d'étrangers aux noms d'emprunt qui s'étaient engagés pour un minimum de cinq ans afin de fuir un passé troublé, les légionnaires semblaient jouir d'un statut quasiment mythique. Bien que la Légion soit une création française commandée par des officiers parfaitement dévoués à la France, ses simples soldats — dont un grand nombre d'étrangers — prenaient leur devise au pied de la lettre. Ils ne prêtaient allégeance qu'à leur corps d'armée.

Je me souviens que l'on décrivait les légionnaires comme un rassemblement de « cavaliers cosaques au caractère impossible, d'officiers allemands, de Turcs mal élevés, d'aristocrates russes et de jolis cœurs hongrois ». En tout cas ces hommes, encadrés par une stricte discipline dont ils avaient sérieusement besoin, étaient entraînés à obéir aveuglément. Quant à moi, je les trouvais formidablement attachants, j'admirais leur courage et leur sens de l'honneur. « Honneur et fidélité » leur servait d'ailleurs de cri de ralliement et leur fidélité ne se limitait pas à leur seule corporation, ils y incluaient tous ceux qui gravitaient à la périphérie. Je les accompagnais depuis peu de temps mais à chaque fois que l'on jouait l'hymne de la Légion, *Le Boudin*, mes orteils s'agitaient en mesure, c'était irrésistible.

Cependant, les suspicions des Anglais concernant les légionnaires n'étaient pas tout à fait infondées. Voleurs très habiles, ils étaient les grands spécialistes de l'« appropriation » des véhicules, des munitions et des équipements militaires de ceux qui se trouvaient dans les parages. Le pillage et le chapardage — dont souvent dépendait la survie — étaient chez eux monnaie courante. En conséquence de quoi les Anglais veillaient jalousement sur leurs possessions, se méfiaient de ces moutons noirs et fronçaient les sourcils dès qu'ils apparaissaient à l'horizon. Et comme j'appartenais au groupe français, je n'étais pas traitée différemment. Après tout, je ressemblais à un légionnaire, je m'habillais comme eux et je m'exprimais rarement en anglais. Mais cela m'amusait assez de penser que, en d'autres circonstances et à une autre époque, ces prétentieux officiers britanniques qui se conduisaient avec moi avec une telle désinvolture m'auraient fait des ronds de jambe s'ils avaient été invités aux fameux dîners aux chandelles de Gladys, dans son beau château près de Poitiers.

La vie au camp devint assez rapidement ennuyeuse et on attendait avec impatience que la situation évolue. Mais à cause de l'hostilité des Alliés, la Légion et les Français libres se retrouvaient mis à l'écart. Sous les ordres du général O'Connor, les Anglais avaient accompli un excellent travail dans la région et porté de sérieux coups aux Italiens. Ils tenaient à garder le contrôle de l'action sur le lieu de leurs exploits. D'autre part, ils ressentaient une nervosité bien compréhensible à l'idée d'utiliser des soldats dont les concitoyens avaient signé un armistice avec les forces de l'Axe.

Quand les Anglais quittèrent Suakin pour prendre la route de l'Erythrée, située entre le Soudan et l'Ethiopie, on reçut l'ordre d'attendre le bataillon français qui arrivait du Tchad en traversant l'Afrique, essentiellement à pied. Les Tchadiens arrivèrent en temps et heure, des hommes remarquables appartenant à la tribu des Oubangui-Chari. Ils amenaient avec eux leurs prostituées et même leurs guérisseurs. Leur arrivée dans le vacarme et la poussière faisait penser à une tribu de guerriers attaquant un fort. Le Dr André Lotte, leur médecin divisionnaire de l'armée, « le commandant médecin » comme ils l'appelaient, les accompagnait. Le commandant Lotte, un colon français rondouillard et de petite taille aux cheveux blonds et au regard vif, une personne très joyeuse qui s'amusait de tout, dégageait une terrible énergie. C'était tant mieux car il était chargé d'organiser l'évacuation des hommes les plus sérieusement blessés en première ligne et de les amener aux postes de secours ou aux hôpitaux de campagne les plus proches.

Lotte arriva du Tchad par voie de terre accompagné de son boy indigène, du nom d'Assab. Assab, un vieux Noir de stature impressionnante, très laid et d'humeur morose, était totalement dévoué à son maître. Comme la plupart des boys indigènes, il ne se déplaçait jamais sans ses casseroles et ses poêles à frire attachées à une ficelle qu'il portait autour de la taille. Inutile de préciser que cela faisait un boucan du diable. Lotte nous raconta que le voyage en train depuis le Tchad avait été épique : Assab, qui refusait de se séparer de son attirail, avait toutes les peines du monde à passer par la portière du wagon.

Le jour de l'arrivée de Lotte, ma situation changea du tout au tout. Il ne savait pas conduire et comme tous les chauffeurs hommes avaient été réquisitionnés par les camions et les camionnettes, je fus désignée pour lui servir de chauffeur. J'étais ravie. Cela m'éloignait des horreurs de l'hôpital et me permettait d'occuper l'emploi que je convoitais depuis toujours. Je me retrouvais au cœur de l'action, le cœur gonflé de reconnaissance. Je remplissais une tâche estimable dans une zone clé et je me disais que mon père serait fier de moi.

Bien évidemment, les soldats nous lancèrent des blagues parce qu'on allait se retrouver tous les deux seuls dans la voiture, mais leurs sarcasmes ne m'atteignaient pas et le bon commandant s'en moquait éperdument. Cependant, quand je me retrouvai devant la vieille Humbert défoncée qu'on nous avait réservée, le découragement m'envahit. C'était le véhicule le plus mal en point que j'avais jamais vu, mais le seul disponible, car les Anglais s'étaient approprié les autres. Le starter avait disparu, il fallait donc que je démarre le véhicule à la manivelle, ce qui était épuisant, et je ne parvenais pas toujours à m'en sortir seule. J'avais osé espérer qu'Assab me donnerait un coup de main — tous les autres chauffeurs utilisaient les services des auxiliaires de leurs patrons — mais le fier indigène refusa catégoriquement. C'était au-dessous de sa dignité. Il m'apportait de temps en temps une tasse de café le matin, mais même ce geste anodin froissait sa susceptibilité. D'habitude, Assab suivait derrière nous, perché sur les bagages de Lotte dans une camionnette, mais il arrivait que nous l'obligions à se caser avec nous dans la Humber et nous partions sur les routes avec Assab, ses poêles à frire et tout notre attirail.

Vers la fin février, les Français libres partirent pour l'Erythrée et quelques jours plus tard, ce fut le tour des équipes médicales. On se leva à 4 heures du matin, vers 6 heures on était fin prêts, et ma Humber prit la tête du convoi, ce que je trouvais assez intimidant. Mais la journée se passa normalement et on se débrouilla pour accomplir sans problème majeur la moitié des deux cent cinquante kilomètres d'un itinéraire cahotique. On roulait sur des routes impeccables puis on revenait à des pistes en terre, comme si les crédits avaient été brusquement coupés.

Se retrouver à la tête du convoi avait un grand avantage : cela nous évitait de rouler dans la poussière. Derrière moi, les véhicules essayaient dans la mesure du possible de garder leurs distances. La première journée, la Humber cala deux fois et je dus demander de l'aide. Quand on atteignit notre point de rendez-vous, j'avais tenu le volant pendant huit heures d'affilée. Aussitôt je montai ma tente, rampai à l'intérieur et m'effondrai sur mon lit de camp.

Le lendemain, on se leva à nouveau à 4 heures du matin et à 6 heures on repartait. Au cas où nous serions arrivés en retard, on nous avait menacés de nous supprimer quatre jours de paye. Les routes caillouteuses étaient creusées d'ornières d'une profondeur étonnante et je jonglais avec les vitesses pour simplement continuer d'avancer. Puis je m'ensablai et il fallut me tirer de là en me remorquant avec un autre véhicule. Cent mètres plus loin, ça recommençait. J'étais mortifiée mais Lotte se montra magnanime.

— Ce ne sont pas des conditions idéales, ma chère, me rassura-t-il, bien calé sur le siège avant tandis que je bataillais pour attacher la corde à la dépanneuse.

Après ça, la seule vue du sable me donnait la nausée et je faisais de grands détours pour l'éviter.

Finalement, on atteignit la frontière de l'Erythrée et la route s'améliora. Il était 7 heures du soir quand on arriva à destination — un village de cases en paille au milieu de nulle part — et j'étais tellement épuisée que je pouvais à peine marcher.

— Où est le puits ? demandai-je dans un souffle au premier venu tout en tapotant mes vêtements d'où montaient des nuages de poussière.

Il me fallait absolument de l'eau pour ma gourde et le radiateur de la voiture.

« A huit kilomètres en suivant la route » fut la réponse.

Résignée, je remontai dans ma voiture, trouvai le puits, y puisai de l'eau et revins juste à temps pour le dîner. Puis j'allai aussitôt me coucher.

Le lendemain, j'emmenai Lotte et les autres à l'hôpital du coin, dirigé par une équipe de langue anglaise. Je leur servis d'interprète. Quelqu'un me montra la route sinueuse menant à Kub-Kub, un village éloigné où nous devions nous rendre le lendemain alors que Kelsey partait tout de suite avec deux ambulances, Simone et un médecin du nom de Fruchaud. Quant à moi, je retournai au puits où je trouvai des indigènes, debout sur un pied, contemplant leurs bêtes squelettiques. Ils me tendirent une gourde en peau de chèvre contenant du lait de chamelle que je me vis dans l'obligation d'accepter. Le liquide était tellement chaud et rance que je faillis le recracher.

Le lendemain, il nous fallut six heures pour rejoindre Kub-Kub. On grimpa jusqu'à un haut plateau par des routes de montagne très dangereuses, surveillés par des multitudes de babouins jacassants. Kub-Kub, c'était le baptême du feu pour bon nombre de soldats. Pour la première fois, ils passaient à l'action et s'éveillaient aux dures réalités de la guerre. La bataille fit rage pendant plusieurs jours. Suants et assoiffés, harcelés par les Italiens, ils ne pouvaient pas rester sur place plus de quelques jours, à cause du manque d'eau. Certains en vinrent même à égorger des chèvres des montagnes pour boire le liquide verdâtre stocké dans leur gosier. On atteignit les huttes de notre hôpital en même temps que des blessés qui revenaient du front, amenés dans des camions camouflés sur des bateaux qui avaient remonté le fleuve boueux. Les Français libres se trouvaient plus haut dans les montagnes avec le bataillon du Tchad. Ils avaient rejoint les Anglais, les Sikhs, les Pendjabis et les Sénégalais qui se battaient contre les Italiens. Ces derniers tenaient le fleuve. J'attendais à l'arrière avec la voiture et je me sentais plutôt nerveuse. J'entendais les coups de feu, je sentais l'odeur de la cordite et on nous avertit que des chars isolés avaient été signalés dans le coin.

A chaque accalmie, Lotte et son équipe partaient à l'assaut de la montagne, à dos de mulet ou de chameau, pour porter secours aux mourants et aux blessés les plus sérieusement touchés. Ceux qu'ils étaient en mesure d'aider, ils les ramenaient à l'hôpital de campagne où le personnel soignant ne parlait que l'anglais. Je servais alors d'interprète. De nombreux blessés souffraient de blessures graves par grenade et au cours de leurs missions, Lotte et ses hommes prenaient des risques considérables. La plupart des champs de bataille étaient situés dans des endroits que l'on ne pouvait atteindre qu'à pied ou à dos de bêtes de somme. Elles avançaient en zigzaguant dans les collines à quinze cents mètres d'altitude, et c'est souvent au sommet que les combats étaient les plus acharnés.

C'est là que furent tentés les premiers parachutages de la Seconde Guerre mondiale : deux vieux avions alliés qui tournaient au-dessus des montagnes lâchèrent des sacs de sable contenant des rations de biscuits de mer et des boîtes de munitions pour des armes de petit calibre. Perplexe, je les regardais se traîner au-dessus de nos têtes. Ces tentatives n'étaient pas toujours couronnées de succès : bien des sacs de sable tombèrent dans des mains ennemies. Mais cette méthode de ravitaillement se perfectionna peu à peu sur d'autres points stratégiques.

Quelques jours après notre arrivée, on nous invita à déjeuner au quartier général de la brigade où je retrouvai Henry Enriques.

— Dieu du ciel, s'exclama-t-il en me voyant émerger de la voiture dans un grand nuage de fumée. J'ai comme l'impression qu'un bain ne vous ferait pas de mal !

Il s'arrangea très gentiment pour que je puisse utiliser la baignoire en toile du colonel — vaguement isolée par une couverture — avant de dormir sur son lit de camp.

D'une manière générale, je dormais n'importe où mais à Kub-Kub, mon logement se résumait à une petite cabane de branchages avec une civière qui me servait de lit. Au début, les tribus nomades nous regardaient avec méfiance, suivaient chacun de nos mouvements avec des yeux remplis de curiosité. Un matin, je m'approchai d'un troupeau de vaches pour demander un peu de lait. Le berger terrifié s'enfuit dans la brousse, suivi de son troupeau. Il craignait que je ne lui vole une de ses précieuses bêtes. Au bout d'un certain temps, les indigènes s'habituèrent à notre présence. Quand ils comprirent qu'on pouvait leur faire gagner de l'argent, ils se détendirent tout à fait et grâce à un interprète qui parlait la langue de la région du Tigray, ils nous racontèrent leur vie simple et nous expliquèrent que leur plus grande crainte n'était pas la guerre, mais les nuages de sauterelles, capables de détruire leurs récoltes bien plus rapidement que n'importe quelle bataille.

En ce qui me concernait, je me fichais pas mal des sauterelles. Je n'avais qu'une obsession : ma vieille Humber qui me tourmentait au plus haut point. Je passais la plus grande partie de mon temps à essayer de trouver des pièces de rechange à l'atelier de réparations mobile. Mon vieux tas de ferraille n'arrêtait pas de tomber en panne. La Humber avançait trop lentement, le frein à main ne marchait pas, je devais placer des pierres sous les roues quand nous nous arrêtions sur un terrain en pente, et ne parlons pas des pneus, complètement lisses, ni des sièges, une torture. Par comparaison, la vieille Cottin-Desgouttes de mon père avait tout de la Rolls Royce.

Quand la voiture fonctionnait, je promenais le commandant Lotte dans tout l'Erythrée. Pour rejoindre des camps militaires, on passait par des défilés effrayants, des pistes caillouteuses et de vastes plaines. Il m'arriva de tomber sur Tony Drake et Amilak, et aussi sur Kelsey et Nadine qui semblaient passer la plus grande partie de leur temps à soigner des hommes atteints de dysenterie. Je me félicitai de ne plus être infirmière ! Fruchaud, notre unique médecin, était le seul à participer à l'action — il était parti avec les troupes pour mettre en place un nouvel hôpital en première ligne. Il n'était plus tout jeune, il n'avait rien d'un athlète, et il lui fallait un sacré courage.

Comme Lotte adorait les Tchadiens, on allait souvent leur rendre visite. Leur commandant, un certain Garbay, n'appréciait pas les femmes et refusait que je rentre dans sa cantine, ce qui voulait dire que je prenais mes repas seule dans un coin, mal à l'aise et silencieuse. Ce que j'appris en les écoutant me consterna. Les gentils Tchadiens racontèrent quel rôle ils avaient joué dans la terrible bataille de Kub-Kub, alors qu'ils n'avaient plus d'eau au milieu des chameaux, tués dans les bombardements, qui empestaient.

Avec l'avancée des troupes britanniques et du Commonwealth, et les Français libres qui suivaient, les Italiens reculèrent de cent cinquante kilomètres. Les Anglais jetèrent nos forces dans la sanglante bataille de Keren, un point stratégique à l'ombre du mont Engiahat (2 130 mètres) qui contrôlait la route principale menant au haut plateau. Keren était entourée par un cercle d'acier italien, un périmètre hérissé de barbelés qu'on ne put enfoncer pendant plusieurs semaines jusqu'à l'arrivée des Français libres et d'autres renforts. Il s'agissait d'un genre de mise à l'épreuve et les hommes s'en tirèrent avec les honneurs, se battant avec audace et courage. Ils aidèrent à repousser les Italiens alors que dans les combats avec ces derniers, ils étaient très inférieurs en nombre. Ce jours-là, leur image aux yeux des Alliés changea radicalement.

Courant après ceux qui poursuivaient l'ennemi, Lotte et moi parcourûmes plus de 1 500 kilomètres sur des pistes effrayantes, traversant et retraversant des déserts et des routes escarpées. Dans ces conditions, le métier de chauffeur était extrêmement éprouvant, même sur les quelques routes entretenues. Sur les routes plus aléatoires, je me cramponnais au volant et tentais de garder le contrôle du véhicule. L'épreuve du sable était la pire. Comme les dunes se déplaçaient avec le vent, la topographie du terrain changeait en permanence. Les ornières laissées par les véhicules qui nous avaient précédés n'arrangeaient rien. Les trous, souvenirs des bombardements récents, vous déchiraient un carter en une seconde, le danger toujours présent des mines nous obligeait à prendre des précautions ; bref, il ne fallait pas renverser la voiture, ni l'enliser, ni sauter sur une mine. Il fallait donc descendre fréquemment du véhicule pour glisser des pierres ou des morceaux de bois sous les roues pour une meilleure traction.

La Humber était placée sous ma responsabilité. Mon travail consistait à amener le docteur partout où l'on se battait et où il pouvait assister les blessés. Non seulement je devais m'arranger pour que cette voiture marche coûte que coûte, mais je devais aussi la protéger du risque constant des bombardements. Je la camouflais sous des toiles, des branchages, des arbres, au pied d'une falaise, sans compter les fois où je l'enterrais. Cela me valait des compensations. On estimait que les médecins et les cuisiniers étaient les personnes les plus importantes de toute la brigade et moi, en tant que chauffeur du commandant, on me mettait au même niveau.

La Humber, que je considérais déjà comme ma maison, se transforma bientôt en sanctuaire. Il m'arrivait d'y dormir la nuit et je m'y reposais souvent pendant la journée. Côté mécanique, le commandant Lotte était totalement ignare et je me chargeais de tout. Heureusement, je conduisais depuis des années et à force de regarder des garagistes réparer la Cottin-Desgouttes, j'avais fini par acquérir quelques connaissances dans ce domaine. Quand je ne savais pas, j'improvisais. J'appris à changer les pneus, à réparer un radiateur ou un réservoir qui fuyaient, à remplacer une courroie de ventilateur et réparer une crevaison lente. Je m'arrangeais pour me procurer les outils nécessaires et je me mettais au travail. Lotte ne m'aidait jamais, sauf une fois, quand un pneu éclata et qu'il fallut que je change la roue.

Tandis que je me débattais pour mettre en place la grosse pierre qui me servirait de cric, le petit docteur grassouillet me regardait faire depuis le siège du passager.

— Vous avez besoin d'un coup de main ? finit-il par me demander.

Haletante, je me redressai, laissai tomber la pierre à mes pieds et le regardai en essuyant la sueur qui me coulait sur la figure :

— A deux, ça irait quand même plus vite.

Lotte descendit de voiture avec un large sourire et entassa les cailloux afin que je puisse rouler dessus.

On s'entendait très bien, Lotte et moi, dans cette bonne vieille Humber, partant à l'aventure dans la brousse, à la recherche de petits villages où installer un poste de secours pour le bataillon que l'on précédait. L'Erythrée est un beau pays avec un climat agréable, bien plus sec que le Congo, et offrant des paysages contrastés. On traversait un désert aride et soudain on tombait sur des montagnes, de la verdure, des fleurs sauvages magnifiques, des oiseaux et des animaux.

Les Arabes à la peau d'ébène, toujours amicaux et souriants qui peuplaient l'Erythrée vivaient très simplement, dans des villages de cases en terre battue disposées un peu n'importe comment, des endroits dont autrefois je n'aurais jamais imaginé l'existence, et pourtant ces gens étaient toujours propres et en bonne santé. Je me demandais souvent à quoi ils pensaient en voyant cette terre biblique envahie par des armées étrangères escortées de leurs formidables machines de guerre.

Je me souviens de m'être arrêtée dans un village aux cases recouvertes des traditionnels toits de chaume. Comme d'habitude, les gens vinrent en courant à notre rencontre, leurs longues mains osseuses tendues vers nous en signe de bienvenue. L'air était rempli de poussière, et bourdonnant de mouches, on avait conduit pendant des heures et on était épuisés. L'odeur douce et forte des feux de crottin remplissait l'air, bétail et enfants à moitié nus se mêlaient nonchalamment dans le village. Je ne parlais pas l'arabe, contrairement à Lotte qui demanda de l'eau et de la nourriture. Ils nous donnèrent très gentiment du lait et du pain sans levain, et on s'accroupit avec eux dans la poussière.

Par le biais de Lotte, les femmes — toutes revêtues de vêtements aux couleurs gaies les recouvrant de la tête aux pieds — demandèrent timidement ce qui me ferait plaisir. Sans hésiter, je répondis « un bain ». Cela faisait des semaines que j'arpentais la brousse, utilisant des trous creusés dans le sol comme toilettes, avec ma seule gourde d'eau pour me laver, et j'avais l'impression que je ne serais plus jamais propre. De ma vie antérieure, ce qui me manquait le plus c'était le luxe d'un ou deux bains moussants par jour, l'odeur du savon parfumé et l'eau de Cologne.

Poisseuse, couverte de poussière, mon uniforme taché de sueur, je me laissai conduire dans la case des femmes. On me montra une grande bassine remplie d'eau à l'aide de pots en terre très rustiques préparée à mon intention.

« *Thank you,* merci beaucoup, *shukran, yekanyelah* », répétai-je à l'envi, attendant qu'elles s'en aillent.

L'idée de me plonger dans l'eau me remplissait de ravissement. J'ôtai mes vêtements sales, grimpai dans la grande bassine et m'éclaboussai le corps avec les mains. Je commençai à me laver mais en m'habituant à l'obscurité, je vis que la case était remplie de femmes du village. Elles tentaient de réprimer des fou rire et chuchotaient comme si elles assistaient à une pièce de théâtre. Tout d'abord embarrassée, je compris qu'elles n'avaient probablement jamais vu de femme blanche auparavant. Imperturbable, je continuai ma toilette, mais je ne traînai pas, me rhabillai rapidement et sortis. Aussitôt, dans le village écrasé de soleil, je me remis à transpirer à grosses gouttes mais ce bref répit et la sensation d'être enfin propre m'avaient regonflée le moral.

Chaque soir, nous changions de camp. Les soldats dormaient souvent dans des fosses creusées dans le sol et j'essayais d'en trouver une libérée par un des soldats partis à l'avant, ou alors, si j'avais le temps, je montais ma tente pour trouver un peu de tranquillité et de solitude. Une nuit, j'ai même dormi dans un trou qui avait été occupé par une pièce d'artillerie.

La nuit, il faisait toujours très froid et je mettais tous mes vêtements pour avoir chaud. J'essayais de trouver le sommeil malgré les bombardements au loin et les tintements plus rapprochés et beaucoup plus dérangeants des harnais des chameaux. Le matin en me levant, je commençais par chercher un buisson un peu tranquille et tout en espérant qu'on ne me prendrait pas pour une gazelle ou un ennemi, je sacrifiais à toute vitesse à la nature. Il m'arrivait de faire des kilomètres pour trouver un peu d'intimité, mais il n'était pas toujours possible d'attendre aussi longtemps avec les terribles diarrhées qui ravageaient régulièrement le camp — et moi avec. Je tombai malade à plusieurs reprises et restai là à trembler de fièvre, tout habillée et me tordant de douleur. Puis je me mettais à la diète, un régime de riz et de pommes de terre.

Une fois que j'étais immobilisée pour les raisons que je viens d'exposer, le chef des ambulanciers, le père Deon, emprunta ma Humber pour aller chasser avec des sous-officiers. Quand je m'en aperçus, je piquai une colère.

— C'est ma voiture, j'en suis responsable et j'ai déjà suffisamment de mal à l'empêcher de tomber en morceaux ! hurlai-je quand il revint avec deux chevreuils et un gros oiseau.

— Je suis votre officier supérieur et je vous interdis de me parler sur ce ton, répliqua-t-il.

Exaspéré, il ajouta avant de s'éclipser :

— Vous êtes vraiment une empoisonneuse.

Bien sûr, il avait raison. Mais il n'osa plus jamais emprunter la Humber.

Les nouvelles du front étaient plutôt encourageantes. Il y avait eu des blessés et des morts mais les Italiens, à part un bref interlude de résistance désespérée, battaient en retraite. Le commandant Lotte mit en place des postes de secours avancés et quand ils étaient transportables, on ramenait les hommes à l'hôpital de campagne. Pendant qu'il était occupé, je passais mon temps à la coopérative militaire, j'achetais de la bière pour les Tchadiens, ou je m'essayais à monter à dos de chameau, une expérience assez douloureuse en l'absence de selle. Une nuit, des officiers anglais m'emmenèrent au milieu du désert, on but de la bière et on jeta des grenades. Parfois, si je m'ennuyais, j'allais travailler à l'hôpital, je parlais aux blessés, j'aidais les infirmières, mais je ne leur étais pas d'une grande utilité.

A chaque fois que Lotte devait se rendre au quartier général de la brigade, j'étais ravie car le petit déjeuner y était toujours excellent et, luxe suprême, j'avais même droit à un œuf au plat. Si le colonel Monclar nous invitait à un repas, j'étais aux anges, car on nous servait des légumes frais, des tomates et même, lors d'une occasion mémorable, du lièvre. Un plat que je n'avais plus goûté depuis l'époque où je fréquentais les châteaux.

La Humber demeurait mon plus gros souci. A cette époque, les phares ne marchaient plus à cause de la dynamo qui était fichue, et les freins non plus, ce qui rendait les expéditions en forêt et les passages montagneux particulièrement angoissants. Une roue était pratiquement hors d'usage. L'atelier s'arrangea pour me trouver de nouveaux amortisseurs et — oh merveille — un starter, mais par la même occasion ils vidèrent ma voiture de ce qu'elle contenait et les freins n'avaient toujours pas été réparés. Je dus m'en arranger pendant des éternités.

Mais cette vieille guimbarde de Humber tenait toujours le coup. Pendant que les troupes se battaient contre les Italiens au mont Engiahat, dont les nôtres finirent par s'emparer, je conduisis les infirmières par un défilé terrifiant jusqu'à un petit village, Nacfa, où l'on cultivait des légumes et des fleurs. Au milieu d'une réserve dont s'occupait un Anglais, du nom de Maxwell Darling, avec qui on prit le thé, on tomba sur trois sangliers et une gazelle. Pas du tout effrayés, ils se tenaient là et nous fixaient sans bouger. Je ramassai même des asters, et j'enfouis mon visage dans les fleurs odorantes, me rappelant les jours heureux remplis de parfums. Je me demandai combien de temps ce havre de paix survivrait.

En avril, nous n'étions plus qu'à une quinzaine de kilomètres du front et je devais conduire Lotte à un poste de secours avancé. Je traversai un pont Bailey au-dessus d'un *wadi* asséché, et finis par trouver le poste que nous cherchions. Il était situé sous un petit pont, juste en face des canons. Le vacarme était tellement assourdissant qu'on devait hurler pour se faire entendre. Lotte alla voir ce que nous pouvions faire pendant que je garais la Humber près d'un buisson, deux canons et une autre Humber.

Epuisée et mourant de chaleur, je m'effondrai à l'ombre d'un rocher près d'une petite tente. Quelques secondes plus tard un cuisinier se dirigea vers moi en courant et hurla :

— Ne vous asseyez pas ici ! Ils visent toujours cet endroit !

Je me levai, époussetai mes vêtements et c'est à cet instant que j'entendis le sifflement reconnaissable entre tous d'un obus.

— Courez dans ma direction, vite, courez dans ma direction ! hurla le légionnaire et je détalai.

Il m'attrapa par le bras et on plongea sous un canon, les mains sur la tête tandis que résonnait une énorme explosion et que de la terre, de la poussière et des fragments de rocher retombaient autour de nous. Cinq obus s'écrasèrent encore plus près.

Quand la poussière fut enfin retombée, je me relevai,

tremblant de tous mes membres, mes jambes me brûlaient, et quand je regardai le rocher à l'ombre duquel je m'étais assise, je vis qu'il avait été désintégré. De plus, la tente de la cantine qui venait d'être installée ainsi que tout le terrain alentour avaient complètement disparu dans de larges cratères. Et je m'aperçus que j'étais blessée à la jambe. Pendant que je déchirais un torchon huileux pour arrêter le sang, le cuisinier jeta son tablier à terre et trépigna de rage.

Après ça, je dus intégrer les bombardements à ma guerre personnelle. Régulièrement, Lotte et moi filions nous mettre à l'abri, les obus sifflant au-dessus de nos têtes. Quelque temps plus tard, la blessure à ma jambe s'infecta, ma température grimpa et j'allai voir le Dr Thébault à l'hôpital. Il retira de mon mollet un éclat d'obus dont j'ignorais totalement qu'il se trouvait là.

Au port de Massawa, sur la mer Rouge — le plus grand port de la côte est de l'Afrique, qui revendique la distinction peu intéressante d'être l'un des endroits les plus chauds du globe —, se déroula une nouvelle bataille stratégique. Lotte et moi l'observions à distance sur un pont. On entendait l'artillerie et les mitrailleuses, on voyait les hommes et les armements lourds avancer, on attendait et on priait pour que cela se termine rapidement.

Le 9 avril, Massawa fut pris après un bombardement massif et les Italiens se rendirent en manifestant une certaine mauvaise humeur. Plutôt que de remettre son sabre de cérémonie à Monclar, le commandant des armées italiennes, l'amiral Bonetti, le jeta par sa fenêtre qui donnait sur la mer. Mais Gabriel de Sairigné, qui avait vu où le lourd sabre sculpté était tombé, alla le récupérer à marée basse et le présenta au colonel.

— Une lame épatante pour découper les saucissons italiens, me lança-t-il avec un clin d'œil.

Tout à fait dans son style pince-sans-rire.

Environ cinq cents officiers italiens furent faits prisonniers, malheureusement, on leur donna les chambres qui restaient dans la ville dévastée sur deux îlots séparés pendant que nous, nous dormions dans les buissons. Mais peu à peu la vie s'organisa et devint plus ou moins tolérable. Lotte fut logé dans un hôtel et on finit par donner aux Français libres un campement de petites cases en terre battue en dehors de la ville, dans une oasis appelée Ghinda, d'où l'on voyait les carcasses des navires bombardés abandonnés dans le port.

On m'accorda le luxe d'une chambre dans une maison que je partageais avec des officiers français et anglais, dont Amilak et Henry — Henry avait recueilli un chien galeux qui avait pour habitude de hurler la nuit en tirant sur sa chaîne, m'empêchant de dormir. Mon lit avait un matelas en caoutchouc qui retenait la chaleur sous un climat sans différences de température marquées entre le jour et la nuit. Les douches communes étaient sales mais au moins nous avions l'eau courante. Le pire, c'étaient les moustiques, les cafards et les énormes araignées qui semblaient avoir élu résidence dans ma chambre.

Tandis que j'attendais les ordres de la division des transports, je passais mes journées à boire du marsala et à aller en mer avec les officiers qui pêchaient à la grenade. J'allais aussi me baigner sur les magnifiques plages au nord de la ville. On rencontrait des tortues, des dauphins, des bancs de sardines et d'anchois. Les pélicans, les cigognes et les hérons nous servaient de compagnons, sans compter les redoutables requins de la mer Rouge. La vie marine ne semblait pas affectée par les résidus de la guerre qui s'accumulaient dans le port.

Le soir, quand je pouvais me procurer du gin ou du vin, j'organisais de petites soirées où l'on jouait au poker. Je profitai aussi de mes dernières nuits secrètes avec Amilak — sous une moustiquaire. La tête rasée à cause de la chaleur, mais toujours aussi beau et passionné, on retrouva l'ardeur des premiers jours de notre rencontre. Nous nous étions beaucoup attachés l'un à l'autre, et au cours de la campagne d'Erythrée, il m'envoyait de temps à autre des provisions ou une bouteille de whisky pour m'aider à tenir le coup. Un regard tendre de sa part au cours d'une journée particulièrement épuisante suffisait à me redonner le moral. Sa présence m'aida aussi à me rappeler que j'étais une femme. Sur un coup de tête, j'allai en ville m'acheter des pantalons en satin rose tout à fait incongrus et un pyjama en soie blanche que je marchandai dans mon mauvais italien. Ce jour-là, il me fallait absolument des vêtements féminins.

Jusqu'alors, je ne portais aucun maquillage et possédais peu de choses en dehors de ma jupe, mon lit de camp pliable, ma baignoire en toile goudronnée de l'armée, mon casque et une brosse à dents. J'avais très vite compris que la meilleure façon d'éviter les ennuis avec tous ces hommes autour de moi était de ne jamais me faire remarquer. Dans ce but, je m'étais pratiquement métamorphosée en homme honoraire. Bizarrement, cela me plaisait assez d'être « un garçon de la bande ». Cela me facilitait la vie. Cela me permettait de fermer mon cœur et de prétendre que l'amour et les relations intimes étaient sans importance. Je préférais cela à ces absurdes complications émotionnelles. Mais récemment, avec mes cheveux coiffés n'importe comment et mes vêtements masculins, je m'étais attiré des regards réprobateurs de la part de pas mal de personnes. Impatiente de m'arranger un peu, je me mis en quête d'un miroir.

Si quelqu'un possédait un tel instrument, c'était sûrement un Italien ! Même dans les conditions de vie les plus primitives, les Italiens s'entouraient du confort familier dont apparemment ils ne pouvaient se passer. A chaque fois que l'on prenait une position italienne, on se précipitait pour voir ce qu'ils avaient laissé derrière eux. Alors que nous survivions avec un régime à base de bœuf en conserve et de mauvais vin, ils se nourrissaient de saucisses, de fromage, de pâtes, de pain et de mets aussi délicats que des sardines et des haricots. Ils possédaient même du champagne, de la Bénédictine et toutes sortes de liqueurs exotiques.

Quand mes allées et venues avec Lotte me laissaient un peu de temps, je ramassais tout ce que je trouvais, fouillant dans les maisons bombardées ou cherchant à acheter les objets que je convoitais à ceux qui les avaient récupérés. N'ayant pas trouvé de miroir, je décidai, allez savoir pourquoi, qu'une machine à coudre me serait utile. Mais les aliments en tout genre avaient la priorité et j'échangeais joyeusement l'argent de mon salaire durement gagné pour le luxe d'une boîte d'asperges ou d'un succulent salami. Pendant mes heures de loisir, j'allais me baigner dans la mer et m'émerveillais devant les poissons rayés aux si jolies couleurs. Le soir, on jouait au tennis de table, on allait au cinéma voir des films italiens incompréhensibles, ou on s'enivrait au Bar Torino avec les officiers et les marins d'un des nombreux navires dans le port qui avaient une permission de sortie.

Jamais aucun homme ne m'a embêtée. Heureusement, le colonel Monclar avait déjà installé un bordel pour la Légion — un Bordel mobile de campagne — avec des indigènes et deux femmes blanches qui étaient restées pour aider les légionnaires à dépenser leur argent. Les Anglais protestèrent énergiquement. Ils désapprouvaient le BMC et firent tout ce qui était en leur pouvoir pour le fermer, mais le colonel impénitent refusa de céder. Il déclara que sans lui, ses hommes prendraient d'assaut les quartiers indigènes où il leur était interdit de pénétrer, provoquant des bagarres.

Bien entendu, cela n'empêcha pas les hommes d'aller aussi dans les quartiers susdits, surtout quand ils avaient trop bu. Un soir, il y eut un scandale quand le maire de la ville y découvrit des légionnaires et essaya de les arrêter lui-même. Dans leur ivresse, trois d'entre eux le firent tomber et lui marchèrent dessus tandis qu'il faisait feu et blessait un homme. Le lendemain, il insista pour que les légionnaires défilent devant lui afin qu'il identifie le blessé. Mais les coupables furent rapidement exfiltrés et le pauvre maire ne retrouva jamais son assaillant.

C'est à Massawa que je rencontrai pour la première fois un brillant officier de la Légion, Pierre Messmer. Le soir, on dînait tous les deux au mess, un endroit magnifique qui dominait la mer. Je l'aimais beaucoup et on devint amis. De sept ans plus jeune que moi et il avait rejoint la Légion en 1939, comme sous-lieutenant. Un an plus tard, il était tellement écœuré par le maréchal Pétain et le gouvernement de Vichy qu'il partit pour Marseille avec un jeune capitaine du nom de Jean Simon. Ils étaient tous les deux parvenus à s'enfuir sur un navire italien de 8 200 tonnes (emportant aussi sa précieuse cargaison), et l'avaient miraculeusement amené jusqu'à Liverpool sous le drapeau des Français libres. De là, ils avaient rejoint les forces du général de Gaulle sous les ordres d'Amilak, embauchant de nouvelles recrues avec l'argent qu'ils avaient touché en vendant la cargaison du bateau. Lors de la malheureuse expédition à Dakar, Pierre Messmer et moi appartenions au même convoi. Il s'était déjà battu au Gabon et au Cameroun. Sérieux, intelligent et très gentil, à l'époque on devinait déjà qu'il aurait un destin remarquable. Je ne fus pas autrement surprise quand il fut plus tard nommé Premier ministre de la France.

A la fin du printemps, le temps avait radicalement changé. Il faisait plus frais grâce aux orages, les tempêtes de sable soufflaient dans la plaine, les pannes de courant étaient fréquentes, la pluie ramenait des rats dans les maisons et le taux d'humidité était très élevé. On se préparait pour la dernière étape de notre voyage, destination Le Caire, au nord de la mer Rouge.

Alors que j'espérais embarquer sur le paquebot *Président Doumergue* en compagnie d'Amilakvari, Gabriel, Henry, Messmer, Boris, Bollardière, Arnault, Jean Simon et tous mes amis de la Légion étrangère, le bateau appareilla sans moi et sans le commandant Lotte. Le petit Noir qui travaillait pour les officiers de service était pratiquement en larmes, car ils étaient partis sans le payer. Je lui promis que s'il restait avec moi jusqu'au jour de mon départ, je lui réglerais ce qui lui était dû.

Puis je fis le plein de la voiture, lui trouvai une nouvelle batterie et surveillai son chargement avec les ambulances sur le prochain bateau en partance. Là, je m'arrangeai pour me trouver une vaste cabine bien confortable. Mieux encore, je persuadai le cuisinier de me faire une omelette avec les œufs du petit déjeuner du capitaine. Le 7 mai, on prit le large et on mit le cap sur le nord, en direction de Suez, sur une mer d'huile d'un bleu azur, une voie maritime empruntée par des générations de marchands d'épices et de pèlerins qui se rendaient à

La Mecque. Au cours de cette traversée, je passai la plus grande partie de mon temps au lit avec une nouvelle crise de dysenterie. J'étais épuisée. Cinq jours plus tard, on arrivait dans le port de Suez, bourdonnant d'activités, et on attendit deux jours avant de recevoir l'autorisation de débarquer. Au cours de ces deux journées et par crainte des bombardements, on nous interdit d'aller sur le pont, ce qui n'arrangea pas mon humeur. Le vent du désert était si brûlant qu'on ne pouvait plus rien toucher. Quand vint l'ordre de débarquer, il s'ensuivit le remue-ménage habituel, les caisses qui s'entassaient sur le quai, les gens qui criaient et couraient dans tous les sens... Je surveillais la manœuvre tandis que ma vieille Humber était soulevée par une grue et reposée sans encombre sur la terre ferme. Je rassemblai alors mes affaires, grimpai dedans et me dirigeai vers la vieille ville médiévale, ceinturée de murs.

Suez était délicieuse avec ses rues bordées de palmiers, ses constructions coloniales et ses églises. Des aigles majestueux tournoyaient dans le ciel, portés par des courants chauds ascendants et la lumière avait une qualité particulière. Les quelques jours qui suivirent comptent parmi les plus heureux de mon séjour africain. Je les passais à prendre des bains de mer et à me rendre à des soirées et à des bals. Pour moi, ce fut un bref retour à ma vie passée, et j'en profitai pleinement. Je dansais des nuits entières, jusqu'à ce que mes jambes refusent de me porter.

Mais les nouvelles trouvaient toujours un moyen de parvenir jusqu'à nous. En Norvège, les troupes britanniques avaient coulé onze navires allemands ; dans la Méditerranée, les navires de guerre anglais avaient détruit une grande partie de la flotte italienne ; les Etats-Unis, craignant que les convois soient menacés par les Allemands, avaient occupé le Groenland pour protéger les Danois. L'Afrika Korps de Rommel, fraîchement débarqué au Moyen-Orient, avait repris l'initiative. La ville de Bayda en Libye était tombée et Rommel poursuivait sa route en direction de Benghazi et de la frontière égyptienne. Quinze jours plus tard, trois colonnes de l'Afrika Korps se dirigeaient vers l'est et pénétraient en Egypte.

Trois semaines plus tard, à moins de 650 kilomètres de là, le 17 mai 1941, je grimpais dans la Humber avec le Dr Lotte et prenais la direction du nord — ma voiture se trouvait en deuxième position — avec le très important convoi qui allait traverser le désert du Sinaï pour se rendre en Palestine et dans le Levant. Nous nous dirigions vers la bataille.

8

Le doigt du destin

N'aime que ce qui vient à toi
Tissé dans la trame de ta destinée...

MARC AURÈLE (121-80).

Le temps qu'on arrive à Gaza sur la côte méditerranéenne, j'étais morte de fatigue. Le camp qui m'attendait était immense, des kilomètres et des kilomètres de tentes pleines d'Australiens. Comme d'habitude j'étais fatiguée, j'avais faim, j'avais soif et nulle part où dormir. Un brave commandant anglais me donna une bouteille de limonade et m'indiqua l'hôpital. Là, à ma grande joie, je retrouvai Kelsey, les manches retroussées comme à l'ordinaire, qui veillait jusque tard dans la nuit à ce que les différentes mesures d'hygiène soient respectées.

— Entrez, Travers, me lança-t-elle comme si elle m'avait quittée la veille. Et donnez-moi un coup de main.

A deux, on poussa une nouvelle table d'opération incroyablement lourde qui venait d'être montée jusqu'au milieu du bloc.

— Un remontant vous ferait pas de mal.

Elle fouilla dans la vaste poche sur le devant de son tablier et en retira une fiasque qu'elle me tendit avec un sourire. Comme il ne restait pas de place, il avait été décidé que je dormirais sur la table d'opération en attendant mieux. Après quelques gorgées du whisky de Kelsey, je glissai dans les bras de Morphée.

Au cours des jours suivants, j'errai d'une tente à l'autre. Il m'arrivait d'en partager une avec d'autres femmes, ce qui m'était très désagréable. Habituée à vivre à la dure et à renoncer à tous les conforts depuis le début de la guerre, manger correctement, dormir seule et garder mes quelques possessions auprès de moi était devenu d'une importance capitale. Toute intrusion dans mes habitudes me perturbait violemment.

Mon travail consistait à faire la navette avec Lotte et son équipe entre le camp et l'hôpital Spears, mis en place par Lady Spears et une équipe d'« infirmières Spears » que l'on surnommait affectueusement les « Spearettes ». On m'envoyait parfois en mission spéciale auprès de l'équipe de liaison anglaise. Je servis parfois sous les ordres d'un imposant commandant britannique, Sneyd-Cox, un bel homme sympathique, et on fit même appel à mes services pour transporter le général Paul-Louis Le Gentilhomme (qui avait commandé les troupes françaises en Somalie) dans les camps où il inspectait les installations médicales. Cette journée demeura dans les annales car le général ne s'était pas plus tôt installé sur le siège arrière que le starter refusa de marcher et je dus descendre discrètement de mon siège pour demander à des soldats sénégalais qui passaient dans le coin de nous pousser sans plus de cérémonie. Heureusement, la route à cet endroit était en pente. Pendant la manœuvre, le général demeura imperturbable, raide comme la justice sur son siège arrière.

Quand son inspection fut terminée, il nous aligna et nous apprit l'arrivée de huit femmes chauffeurs anglaises qui seraient à la charge d'une certaine Mme Fisher. Cette nouvelle provoqua un tollé. Le groupe que nous formions connaissait bien sûr ses petits problèmes mais nous travaillions ensemble depuis longtemps et on faisait toujours bloc contre les personnes de l'extérieur. Je demandai à Henry et Sneyd-Cox s'ils pouvaient intervenir. Ils se montrèrent tout à fait désolés mais n'étaient pas en mesure de nous aider. J'espérais de tout mon cœur que Mme Fisher ne me compliquerait pas la vie.

Fatiguée et mal fichue, je pris huit jours de permission pour me rendre à Haïfa, sur la côte méditerranéenne. Je pris tout d'abord un bus jusqu'à Tel Aviv. Une fois installée à Haïfa, je compris pourquoi je me sentais si mal. J'avais contracté une entérite — une inflammation des intestins. Je me mis au régime, ne buvant que du thé et ne mangeant que du porridge. Après quelques jours de repos, de nourriture répugnante et de traitements médicaux, je me sentis tout à fait rétablie et allai me promener dans la ville, construite sur les pentes du mont Carmel, aux maisons carrées serrées les unes contre les autres. Je visitai des souks merveilleux, m'arrêtai dans des cafés arabes et passai mon temps à faire des emplettes et à boire du thé à la menthe avant de réintégrer mon hôtel en haut du mont Carmel, où je me reposai autant que je voulais.

Mais quand je retournai à Gaza après mes vacances, je découvris qu'on avait dormi dans ma tente pendant mon absence. Le lendemain matin, je me réveillai de fort mauvaise humeur et l'arrivée de mon nouveau patron, Mme Fisher, n'arrangea rien. Après un bref entretien, on se sépara froidement. Quelques minutes plus tard arrivait le commandant Lotte, très excité, qui me prit à part.

— Vous avez manqué le spectacle, m'annonça-t-il d'un air rayonnant. Quelle agitation ! Le général m'a ordonné de prendre Mme Fisher comme chauffeur mais j'ai refusé tout net. Le général était furieux. Il semblerait que Mme Fisher soit une amie à lui.

Je fixai le petit Français grassouillet et compris que j'avais frôlé le renvoi à l'hôpital où je me serais morfondue à soigner des hommes malades de la dysenterie. Je me retins de le serrer dans mes bras, sachant qu'il aurait été embarrassé par une telle démonstration publique d'affection, mais je lui étreignis affectueusement le bras, le remerciai avec chaleur, et me promis de l'inviter à dîner dans un bon restaurant dès que j'en aurais l'occasion.

Ma journée se poursuivit sous d'excellents auspices car Boris Nazarov apparut soudain à l'entrée de ma tente pour m'inviter à dîner avec la Légion, un peu plus tard dans la soirée.

— On a entendu dire que vous étiez malade mais que vous vous sentiez mieux, dit-il dans son anglais hésitant. Ce soir, on aimerait bien vous voir.

J'acceptai avec enthousiasme. Cela faisait un certain temps que je n'avais pas vu tous mes amis du *Neuralia*. Je mis ma jupe kaki la plus chic, une chemise propre et me coiffai du mieux que je pus en l'absence de miroir. Puis, après un instant d'hésitation, je me mis un peu de rouge à lèvres avant de me rendre au mess de la Légion où je retrouvai Amilak, Boris, ce cher John Hasey (l'Américain qui avait failli gagner trop d'argent au baccarat), ainsi que d'autres visages familiers et cinq officiers australiens. Tout le monde semblait en excellente forme et très content de me voir.

Au milieu de la soirée, Amilak déclara qu'à partir de maintenant on devait me trouver un surnom, car c'était la coutume pour tous les légionnaires. Un grand honneur pour quelqu'un qui n'appartenait pas à la Légion !

— Nous baptiserons l'adjudant Travers « La Miss », annonça-t-il d'une voix assez alcoolisée. Après tout, elle est la seule demoiselle parmi nous.

Il s'ensuivit des applaudissements frénétiques, les hommes cognaient sur les tables avec leurs mains, leurs coudes et même leurs pieds, on me porta un toast et tout le monde but à ma santé. Rayonnante, je vidai mon verre d'un geste viril. Portée par leur tendresse et leur gentillesse, je les remerciai vivement de mon titre honorifique, un surnom qui m'est resté pendant toute la guerre et même après. Inutile de dire que cette nuit-là, nous avons beaucoup trop bu, mais à ce jeu là les Australiens battaient même les légionnaires. Pour finir, ils brisèrent tous les verres après quoi on dut les emmener sur des civières jusqu'à leurs tentes, chantant à tue-tête. John Hasey se chargea aimablement de me ramener chez moi.

Le lendemain matin, j'avais une terrible gueule de bois et ce qui n'arrangeait rien, j'avais dû me lever à 5 h 30. Il faisait froid, il pleuvait, c'était le 7 mai et nous partions pour la Syrie. On faisait partie d'un important convoi. Il régnait un désordre et une agitation indescriptibles mais je parvins à me positionner derrière les voitures du quartier général que je suivais comme mon ombre. J'avais toutes les peines du monde à conduire et à rester éveillée vu que j'avais fort peu dormi la nuit précédente. Quand on arriva au point de rendez-vous après avoir remonté une importante compagnie de cavaliers, la nuit était déjà tombée.

Le lendemain, on prit la direction de Tel Aviv en roulant le long de la côte à une allure d'escargot. Partis avant l'aube, on s'arrêtait toutes les demi-heures pour attendre le reste du convoi. Forcée d'escalader à petite vitesse une route de montagne sinueuse, incapable de doubler, la vieille Humber chauffait de façon inquiétante et je me demandais si on arriverait au sommet. Elle y parvint, mais la vapeur montait en sifflant de son capot bringuebalant, et je décidai de m'arrêter à la première occasion pour remplir le radiateur et permettre à ce pauvre tas de ferraille de refroidir.

On venait d'atteindre le sommet quand on entendit le bruit reconnaissable entre tous d'un avion. A l'ouest arrivaient des avions allemands de la Luftwaffe reconnaissables à la croix gammée, et ils descendaient sur notre très vulnérable convoi de véhicules.

« Vite ! Vite ! » cria quelqu'un tandis que nous bondissions hors de nos véhicules pour nous mettre à l'abri.

On courut dans toutes les directions, et on se jeta sur le sol juste à l'instant où une bombe explosait à cent mètres de nous, nous recouvrant de débris. Je me relevai et allai m'abriter auprès d'un rocher au bord de la route, me collant contre lui pour tenter de me protéger. Les autres m'imitèrent ou se contentèrent de rester là, les mains sur la tête.

Dominant le bruit des moteurs d'avions, on entendait celui des mitrailleuses, le ra-ta-ta-ta qui signifiait que les mitrailleurs des équipages au-dessus de nos têtes nous avaient dans leur ligne de mire. Les balles heurtaient la route et ricochaient dans toutes les directions. Un *whizz* siffla à mon oreille gauche. Les blessés criaient, les véhicules sifflaient et s'affaissaient sous les impacts, le ra-ta-ta-ta semblait ne plus jamais devoir s'arrêter. Puis il y eut un silence, qui ne dura pas longtemps. Dix minutes plus tard, les avions revenaient mais, cette fois, les bombes tombèrent plus loin. Le temps qu'ils s'éloignent définitivement, ils laissaient quatre morts, trois hommes sérieusement blessés et cinq véhicules en flammes.

On se dirigeait vers le nord de la Syrie, contrôlée par les troupes de Vichy, près de la frontière turque, car les Anglais et les Australiens avaient déjà pris le contrôle du Sud. Quand on traversa enfin la frontière à Deraa et que les combats s'engagèrent avec les Français de Vichy, notre commandant en chef, le colonel Monclar, démissionna. De Gaulle le remplaça par son commandant en second.

Le nouveau colonel était alsacien, grand, mince, le visage sévère, il avait quarante-trois ans et s'appelait Marie-Pierre Koenig. Il s'était joint à nous au Caire et avait déjà mené ses hommes à la victoire contre le 6e régiment de Vichy à un petit avant-poste, Deir Ali. Le colonel Koenig était très admiré par les soldats et dans leur grande majorité, ils approuvaient sa nomination qu'ils estimaient sage et avisée sur le plan diplomatique. Avec l'aide des troupes alliées, Koenig et les Français libres parvinrent à repousser les Français de Vichy jusqu'à Damas où ils devaient s'incruster avant d'en être délogés après un long siège.

La plus grande partie de la Syrie est montagneuse. Derrière la plaine côtière étroite et fertile, les chaînes de montagnes, coupées de profondes vallées, s'inclinent vers l'est jusqu'à la vallée du Grand Rift qui se prolonge jusqu'à la mer Rouge et à travers l'Afrique. En conduisant sur des routes pleines d'ornières et en traversant des villages déserts, je fus frappée par la tristesse qui se dégageait du pays. Carrefour important de routes commerciales, il avait payé sa position stratégique au prix fort. Les Syriens supportaient mal cette dernière invasion, sur leurs visages marqués se lisait l'expression de profonde souffrance que j'en étais venue à reconnaître partout où j'allais. Ils semblaient tellement fatigués par la guerre, par le pillage de leurs terres pour la gloire ou la convoitise... leurs yeux exprimaient une résignation qui confinait au désespoir.

Nous entrions dans un territoire très disputé et au cours de ce mois d'août brûlant de 1941, les batailles se succédaient tandis que nous avancions à pas comptés sur Damas, traversant villages et petites villes. De Beyrouth à Ras el-Naquora, le poste frontière, les tombes s'alignaient le long de la route. En une seule journée, treize hommes furent tués et bien davantage blessés. Les raids aériens se banalisèrent, les mouches et la chaleur ne faisaient qu'aggraver les choses, et je passais mon temps à aller et venir avec Lotte et son équipe entre les camps érigés à la hâte à Derur, Deir Ali, Salemaine, Racaoub et Tcherkmesskine. Sur mon chemin, je prenais tous les soldats blessés, les villageois en quête de moyens de transport, et afin de ménager ma voiture, je cherchais constamment les itinéraires les moins difficiles pour me rendre sur les champs de bataille.

On traversait des villages endormis, des collines baignées de soleil, avec des oliveraies et des vignes cultivées en terrasses. Les villageois qui voyaient la Humber avançant péniblement dans un champ accidenté, ou bloquée dans le cratère d'une bombe tombée récemment, se précipitaient pour me porter secours. Ils sortaient en courant de leurs maisons en briques lézardées, agitaient un drapeau blanc en criant *marhaba*, bonjour, avant de m'aider à ôter les grosses pierres qui m'empêchaient de poursuivre ma route. Avec leurs longues djellabas sales et poussiéreuses et leurs enfants accrochés au litham noir de leur mère, les villageois débraillés semblaient privés de tout. *Shukran, shukran,* leur disais-je en souriant et s'il me restait un peu de chocolat, je le cassais en petits morceaux et le leur distribuais.

Chaque nuit, quand je rentrais me coucher sous une tente quelconque, j'avais à peine la force de manger. A l'aube grise je me relevais et reprenais la route sur des chemins épouvantables, en essayant d'éviter les avions allemands, les pierres et autres mauvaises surprises. D'habitude, je transportais le commandant Lotte et parfois son grincheux suppléant, le Dr Vialard Godou. Si la voiture était vide, je prenais des Arabes sur la route pour me tenir compagnie. Je me sentais plus en sécurité dans une voiture quand je n'étais pas seule. Le bruit de fond des mitrailleuses et des bombardements m'accompagnait partout tandis qu'on se battait pour des sommets montagneux, des points stratégiques, et qu'on gagnait les batailles.

A chaque fois que j'arrivais dans un nouveau camp, il était toujours en proie à une activité frénétique. Soit les soldats venaient d'essuyer un bombardement, soit ils en attendaient un et se dépêchaient de déménager. A l'endroit que l'on m'avait indiqué, je ne trouvais les personnes que je cherchais que par miracle. Un jour que je venais de manquer un raid sur Deir Ali, je retournai à Racaoub où je trouvai les soldats en train de se préparer à un raid. Je venais à peine de m'asseoir dans ma hutte pour lire un livre quand six avions volèrent au-dessus de nos têtes et nous bombardèrent. Le dernier revint quatre fois à l'assaut en nous canardant avec sa mitrailleuse avant de lâcher une bombe à cinquante mètres de l'endroit où je me trouvais. Je me relevai, car je m'étais allongée à la première alerte, et bondis dehors. Deux personnes avaient été gravement blessées, une ambulance et une moto complètement détruites. Une fois de plus, ma voiture était intacte.

A cette époque, on se trouvait dans une zone particulièrement dangereuse connue sous le nom de Jardin de Damas. Lotte était parti devant, conduit par un autre chauffeur d'ambulance de la Légion et escorté par un motocycliste pour essayer de trouver une route qui permettait d'évacuer les blessés. Il me quitta avec le sourire.

— Restez ici, mon petit, on m'a averti que ces routes sont souvent minées et très dangereuses.

Pour une fois, je ne discutai pas.

En réalité, on redoutait davantage nos propres mines que celles de l'ennemi. Les soldats du génie qui partaient en reconnaissance étaient chargés de les entourer de marqueurs et de fil de fer barbelé pour nous les indiquer, et les soldats du génie à l'arrière de retirer les points de repère afin que l'ennemi ne les voie pas. Mais cela ne marchait pas toujours. Parfois les soldats se retrouvaient eux-mêmes pris dans des bombardements quand ils posaient les mines et ils manquaient de temps. Le plus souvent, ils ne comprenaient pas que nous arrivions tout de suite derrière eux. De toute façon, les véhicules présentaient toujours un danger. Les gens pouvaient marcher tranquille — il n'y avait pas de mines antipersonnel — mais il fallait absolument que les véhicules passent, généralement conduits par un chauffeur.

Malheureusement, les faits prouvèrent que Lotte avait raison. Le chauffeur de l'ambulance fonça dans le camp sur une moto, l'arrêta et hurla :

— Mon ambulance a heurté une mine à vingt kilomètres d'ici. Un homme est mort et le docteur Lotte est très grièvement blessé.

Je voulus me rendre auprès de Lotte pour voir si je pouvais me rendre utile mais Mme Fisher me l'interdit. Elle me demanda d'aller chercher le Dr Thébault et de l'envoyer à ma place avec des soldats. J'étais dans un tel état que quand je montai dans la Humber pour aller chercher Thébault, je rentrai dans un mur.

Finalement, on ramena Lotte au camp. Il était conscient, blanc comme un linge et souffrait le martyre. La mine lui avait pratiquement arraché une jambe mais son chauffeur s'en était tiré. Le motocycliste qui les escortait était mort sur le coup. J'aidai à bander ce qui restait de la jambe de Lotte, persuadée qu'il ne survivrait pas à l'hémorragie. Il survécut miraculeusement, mais on l'envoya se soigner à l'hôpital d'une base. Cette nuit-là, je ne pus fermer l'œil.

Le lendemain matin, j'appris que mon nouveau chef serait le Dr Vialard Godou. Grand, mince, autoritaire et misogyne, l'idée d'avoir une femme comme chauffeur lui déplaisait foncièrement. En comprenant que personne d'autre n'était disponible, le Dr Godou se vengea en exigeant de conduire la Humber lui-même tandis que je resterais assise sur le siège du passager. J'étais absolument terrifiée. Il conduisait beaucoup trop vite, n'avait aucun égard pour les pneus lisses et poussait la vieille voiture fatiguée aux limites de ses possibilités. Il faisait grincer les vitesses, heurtait les gros cailloux, et plongeait dans les ornières. Je supportai ce calvaire pendant deux longues journées, jusqu'à ce qu'il fonce avec cette pauvre Humber dans un mur antichars, manquant nous tuer et endommageant sévèrement la direction.

— Vous êtes un chauffeur dangereux, lui dis-je avec colère.

J'organisai le dépannage de la voiture avec l'atelier de réparation du régiment et leur expliquai qu'il faudrait prendre la voiture en remorque

— Ce véhicule est placé sous ma responsabilité, ajoutai-je à l'intention de Godou. A l'avenir, j'aimerais que vous vous le rappeliez.

Le lendemain, je passai la matinée à nettoyer la Humber et à attendre l'arrivée des mécaniciens. Le comportement de Godou était intolérable. Toutes les cinq minutes il sautait sur ses pieds et jurait.

— Ils arrivent ? Pourquoi ne viennent-ils pas ?

Je demeurais silencieuse. Nous étions peu nombreux dans le camp. Les autres avaient déjà fait leurs bagages pour se rendre à Deir Ali.

Au bout d'une heure, le mécanicien arriva, le visage gris, sa voiture pleine de blessés.

— La voiture a été bombardée, je n'ai pas pu passer. J'ai pris les blessés que j'ai pu, il en reste encore beaucoup sur place.

Sans un mot, Godou réquisitionna le mécanicien et sa voiture et partit à toute allure sur les lieux du bombardement, me laissant avec sept blessés. Je les installai du mieux que je pus sous des arbres. Heureusement, la plupart n'étaient que légèrement blessés par des éclats d'obus, ou alors souffraient de contusions et de choc. Un seul était sérieusement touché, un jeune homme aux cheveux d'un blond platine et aux yeux d'un bleu très pâle. Il souffrait tellement du ventre que je craignais pour sa vie. Je retirai mon manteau pour l'en recouvrir en espérant qu'il arrêterait de trembler et de claquer des dents.

Le mécanicien revint plusieurs heures plus tard, sa

tunique couverte de sang. Ses mains tremblaient tandis qu'il réparait le volant de la Humber.

Godou descendit de voiture en aboyant :

— Allez, venez, il faut arriver au poste de secours avant que la nuit tombe !

Je passai devant lui juste à l'instant où il s'apprêtait à prendre le volant et le fixai d'un air glacial.

— A partir de maintenant, c'est moi qui conduis. Du moins jusqu'à Damas, sinon nous n'y arriverons jamais.

Il s'apprêtait à protester mais il croisa mon regard et comprit qu'il serait inutile de s'opposer à ma volonté. Pestant et soufflant, il se glissa sur le siège du passager.

Au cours de cet été brûlant et sec, plus de quatre mille hommes furent tués ou blessés, dont certains que je connaissais bien. Le capitaine Jean Simon, que j'avais connu sur le *Neuralia*, fut touché à la tête dans le Jardin de Damas et il perdit son œil droit. Tandis que je le transportais à l'hôpital de la base il me dit :

— Honnêtement, La Miss, ai-je l'air si effrayant que cela ?

Je souris.

— Pas du tout. Vous serez terriblement séduisant avec un bandeau sur l'œil.

Pire encore, John Hasey fut touché au visage et à la poitrine par quatre salves de mitrailleuse. Il eut la mâchoire et le larynx arrachés. C'était le premier Américain de la guerre à être blessé au nom de la France et le général de Gaulle le fit Compagnon de la Légion. Sa guerre était terminée et dès que son état le permit, on le fit transporter aux Etats-Unis pour qu'il y subisse des opérations de chirurgie réparatrice.

Bombardée quotidiennement, j'appris bientôt à reconnaître les différents avions au bruit de leurs moteurs. Les lourds bombardiers de Vichy et les gros Junkers allemands émettaient un bourdonnement grave, les Stukas et les Messerschmitts une plainte aiguë. Les chasseurs bombardiers représentaient une menace particulière à cause de leur vitesse et de leur agilité, mais ils étaient tous terrifiants.

Mes rêves d'aventures héroïques et de faits d'armes mémorables étaient anéantis par la froide réalité. Je pouvais très facilement me faire tuer, en compagnie de ceux que je connaissais et que j'aimais. Les visages de Lotte, Simon et des hommes que j'avais vus estropiés et mourants me tourmentaient jour et nuit. Dans les sables toujours en mouvement de la Syrie, je grandis enfin, et compris que le plus important, c'était la vie.

Conduire seule était particulièrement angoissant. Quand j'avançais en cahotant dans ma vieille Humber, sur les routes dévastées de la Syrie, je n'entendais pas les bombardiers approcher. Souvent, je gardais un œil sur la route et un autre sur le ciel. C'était beaucoup plus facile dans un convoi parce qu'il y avait toujours des personnes chargées de scruter le ciel et elles nous prévenaient aussitôt en cas de danger.

Mais là aussi, il n'y avait pas de garantie. Je me souviens que par une belle journée de printemps de 1941, alors que je roulais avec le Dr Godou et un détachement de Français libres, je compris que nous étions pris dans un bombardement en voyant une bombe tomber à cinquante mètres devant moi, manquant de peu un camion de soldats et nous arrosant de sable. Tout était normal et brusquement notre voiture fut projetée vers l'arrière, l'explosion fit sauter un côté du camion et le renversa sur une dune. Les hommes et les équipements se répandirent sur le sol par le véhicule éventré. De nombreux soldats saignaient, complètement sonnés.

Où une bombe tombait, on pouvait être à peu près certains qu'une douzaine d'autres suivraient, et aucun d'entre nous n'avait envie d'être à nouveau surpris.

« Raid aérien ! » hurla quelqu'un avec un temps de retard, et son cri nous réveilla.

On bondit hors de nos véhicules respectifs pour tenter de nous mettre à l'abri, alors qu'on se trouvait au milieu d'une vallée sablonneuse et que nous entendions un bourdonnement au-dessus de nos têtes, aussitôt identifié comme celui des Messerschmitts.

Je savais que la Humber était trop basse pour que l'on puisse se glisser dessous, donc quand je vis un deuxième camion frappé un peu plus haut dans la colonne arrêtée, je choisis un véhicule de ravitaillement qui s'était écarté de la route et immobilisé dans des dunes derrière moi. Je rampai dessous et me calai dans le sable avec d'autres soldats, dont un Anglais. Je tentai de reprendre mon souffle, le visage dans la poussière, les mains croisées sur la tête, tandis que les bombes tombaient tout autour de nous. L'artillerie mitraillait au sol, envoyant de petits nuages de poussière à un mètre de mon nez. Les bombes continuaient de tomber : une, deux, trois, puis une nouvelle vague, une, deux... Je relevai la tête et écoutai.

Le bruit des moteurs s'éloignait. Le bombardement s'était arrêté et les avions poursuivaient leur route, satisfaits des dommages qu'ils avaient causés. Je rampai sur le ventre, me redressai, m'époussetai et jetai un coup d'œil rapide autour de moi pour voir ce qu'il était advenu de la Humber. Elle semblait intacte. Plusieurs camions brûlaient sur la route jonchée de cadavres et de blessés.

Tout en me demandant à qui je devais proposer mon assistance en premier, je repérai la seule personne qui s'était redressée en même temps que moi — un homme blond à la stature imposante qui avait émergé de sous un camion. Il se tenait à trois mètres, poussiéreux et débraillé lui aussi, mais mon émotion ne m'empêcha pas de remarquer les galons sur les épaulettes de sa chemise kaki.

Ce ne pouvait être que le colonel, mon nouveau chef d'état-major, Marie-Pierre Koenig. Je ne l'avais jamais rencontré auparavant mais même avec son calot un peu de travers, toute son attitude disait qu'il était habitué à commander. Nos regards se croisèrent et on lut dans nos yeux — les siens étaient bleu-gris — le soulagement mutuel d'être encore en vie. Et puis, à ma grande surprise, il esquissa un sourire et je m'empourprai.

Je rejetai mes cheveux en arrière avant de me diriger vers le premier camion qui avait été touché, pour proposer mon aide. Le colonel me regarda m'éloigner, retourna d'un pas décidé à sa voiture, récupéra le chauffeur qui se cachait dessous et poursuivit sa route.

Les quelques jours qui suivirent comptent parmi les plus durs de mon existence. Le Dr Godou était purement et simplement l'homme le plus pénible que j'aie jamais rencontré. Furieux parce que je refusais de le laisser conduire, il m'accablait de travail et je faisais de mon mieux pour tenir le coup. Non seulement je le promenais sur des routes difficilement praticables, mais il m'envoyait sans arrêt faire des courses, m'accordant des délais totalement déraisonnables pour accomplir le trajet, puis nous repartions immédiatement pour parcourir de longues distances.

J'étais épuisée. Même les soldats prenaient plus de repos que moi. Seule la rage me faisait avancer. J'avais très bien saisi son plan. Il voulait me voir tomber d'épuisement et me jeter à la figure :

« Il fallait s'y attendre. Voilà ce qui se passe quand une femme estime qu'elle peut accomplir le travail d'un homme. »

J'étais bien décidée à ne pas lui laisser ce plaisir.

Il me réveillait tôt le matin, je n'arrêtais pas de toute la journée et on rentrait à la nuit tombée, alors qu'il savait que j'était obligée de conduire à dix kilomètres à l'heure, sans phares, sur des routes très difficiles, en évitant les cratères, les murs antichars et les véhicules abandonnés. Mes yeux me brûlaient et je ne me plaignais jamais, ce qui bien sûr l'irritait encore davantage.

A la fin de l'été, c'est lui qui craqua. Un matin, il prit le volant, m'ordonna de monter à côté de lui et me conduisit en silence jusqu'au camp principal, à quinze kilomètres d'où nous étions basés. Je n'avais aucune idée de l'endroit où nous allions et j'étais tellement découragée que je m'en moquais. D'un revers de manche, j'essuyai la sueur qui perlait à mon front et m'endormis.

Vingt minutes plus tard, il s'arrêtait pile devant la tente du commandement.

— Attendez ici, m'ordonna-t-il d'un son sec.

J'ouvris la portière et j'attendis, les jambes pendant hors de la voiture. Je me demandais combien de temps moi et la vieille Humber pourrions tenir le coup si on continuait à ce rythme. Physiquement, je me sentais très mal.

Le docteur ne fut pas absent longtemps. Dix minutes plus tard, il sortait précipitamment de la tente, tel l'ours bondissant hors de sa tanière. Il me dévisagea avec une lueur de colère dans les yeux.

— On vous a attribué un nouveau poste, me dit-il. Prenez vos affaires et présentez-vous au quartier général.

Je sautai sur mes pieds et lui demandai ce qu'il entendait par là.

— Retirez vos affaires de cette voiture ! aboya-t-il. A partir de maintenant, je me passerai de vous ! Adieu.

Il s'engouffra dans le véhicule et mit le contact, me laissant tout juste le temps d'attraper mes outils, ma valise, mes revolvers et autres possessions qui se trouvaient dans le coffre. Le Dr Godou et ma chère vieille Humber disparurent dans un nuage de poussière.

Je m'avançai d'un pas maladroit vers le quartier général, étreignant toutes mes possessions terrestres dans mes bras. Eblouie, je clignais des yeux dans la lumière du soleil quand une silhouette élancée émergea de la tente sombre et s'avança vers moi.

— Adjudant Travers ? Bonjour, colonel Marie-Pierre Koenig.

Je l'avais tout de suite reconnu.

— Vous serez mon nouveau chauffeur.

Eberluée, je laissai tomber mon barda sur le sol, essuyai mes mains moites à ma jupe et pris la main qu'il me tendait. C'était le 17 juin 1941.

Il me fallut plusieurs jours avant de découvrir ce qui s'était passé. Le Dr Godou s'était rendu directement chez le colonel pour se plaindre de mes services, espérant que je serais renvoyée.

— Ce n'est pas du tout la personne qui convient pour ce type d'emploi, fulmina-t-il. Vous comprenez, ce n'est qu'une femme.

Le colonel l'écouta en silence, se leva afin d'indiquer au médecin que l'entretien pour lequel il n'avait pas pris rendez-vous était terminé et déclara posément :

— Très bien, elle ne travaillera plus pour vous. D'ailleurs j'ai besoin d'un chauffeur, le mien a été tué hier. Je vais donc vous soulager de sa présence.

Il s'agissait d'une importante promotion. Les chauffeurs d'officiers supérieurs — tous des hommes — étaient traités avec le plus grand respect car ils occupaient un poste élevé. Ils se retrouvaient au cœur de l'action, veillaient sur la vie et la sécurité de leurs supérieurs puisqu'ils devaient à tout prix les amener sans encombre là où on leur avait donné l'ordre de le faire. Si j'étais venue chercher des aventures au Moyen-Orient, en tant que chauffeur du colonel Koenig, j'allais être servie. Il avait la réputation de monter au front et de mener personnellement les hommes à la bataille. J'était très excitée. Mais j'aurais bien aimé que ma tête ne me lance pas autant.

Je passai mes premières journées au service du colonel à m'habituer à sa voiture, une vieille Humber 38 avec une accélération trop rapide, pas de freins, mais un drapeau français flottant fièrement sur le capot. Cependant, je dus commencer par résoudre quelques problèmes techniques. Le précédent chauffeur du colonel avait été touché par un obus alors qu'il ramassait étourdiment des légumes dans le Jardin de Damas et il avait gardé les clefs de la voiture dans sa poche. J'engageai un mécanicien afin qu'il m'aide à bricoler un système pour faire démarrer la voiture en mettant des fils en contact — durant toute la période où je conduisis cette voiture, on ne trouva jamais de meilleure méthode.

A Nazareth, où le nouveau quartier général avait été établi, et une fois le fonctionnement de la Humber maîtrisé, je passai mon temps à aller et venir avec les membres de l'état-major. Sneyd-Cox, le nouvel officier de liaison du colonel, était mon passager le plus fréquent. L'excursion jusqu'à Nazareth était longue, le sang battait à mes tempes et j'avais tout le temps soif. Le lac de Tibériade, bleu et frais, me donnait envie d'aller m'y plonger. Nazareth, un rassemblement hétéroclite de bâtiments et de maisons, était décevante, sale, poussiéreuse, embouteillée et surpeuplée. On repérait l'influence turque au style mauresque de certains édifices et elle comptait quelques superbes bâtiments britanniques, mais dans l'ensemble Nazareth ressemblait à une ville qui avait trop souvent changé de mains.

Dans le souk bourdonnant d'activités, je m'achetai quelques objets personnels, plus des raisins et des melons pour le colonel. Sur le chemin du retour, on tomba sur un pont où patrouillaient des Australiens.

— Vous êtes le premier véhicule à traverser depuis que le pont a été miné, me déclara un officier avec un fort accent australien. Il vous faudra faire très attention. Voulez-vous qu'un de mes hommes prenne votre place ?

Je secouai la tête d'un air solennel.

— Non merci, répliquai-je avec une bonne humeur feinte, j'ai reçu l'ordre de ne pas laisser quelqu'un d'autre conduire cette voiture. Je vais me débrouiller.

Sneyd-Cox sauta hors de la Humber en me lançant qu'il me retrouverait de l'autre côté. Un caporal australien marchait lentement devant moi tandis que je roulais dans un espace tout juste assez large pour mon véhicule, entre des sacs de sable. Ma chemise était trempée, mon cœur battait à tout rompre et je me dis que j'étais loin d'être l'héroïne que je prétendais être.

Après les bombardements, le quartier général avait été déplacé et le temps qu'on y arrive, il ne restait plus que quelques voitures blindées qui finissaient de se consumer. Après quelques errances, on trouva le nouveau quartier général, installé dans un château datant de la croisade. On y arriva à la nuit tombée, je roulais au pas, sans phares, j'étais épuisée et ne pus manger. Le colonel me jeta un bref coup d'œil et me proposa d'utiliser son lit pour la nuit.

On m'avait prévenue que le colonel se levait à 5 heures. Le lendemain, il était debout à 4 h 30. Je me sentais de plus en plus mal. Je préparai la voiture et fis le plein d'essence. Un des pneus avait crevé et je persuadai un gentil Anglais de m'aider à le changer. Je m'endormis dans la voiture et fus réveillée à 9 heures. On me donna l'ordre d'emmener deux personnes de l'état-major du colonel à Kissoue. Je me sentais tellement mal qu'à midi je renonçai à déjeuner. Mon état de santé commençait à m'inquiéter. Je m'épongeais sans arrêt le front et je n'avais qu'une envie : aller me coucher.

Je décidai de prendre un bain pour me remettre d'aplomb. J'allai chercher la baignoire pliante dans mes bagages. Avec le lit en toile de l'armée, elle m'avait sauvé la vie au cours des dix-huit mois qui venaient de s'écouler. Il s'agissait de mes possessions les plus précieuses.

La baignoire était suspendue à un cadre en A. Une fois le truc déplié, je le remplissais d'eau avec un jerrycan, je montais dedans et je faisais une grande toilette. Pour cela, je n'avais besoin que d'un morceau de savon et d'un peu d'intimité. Je jetai un coup d'œil au château, ouvris la porte d'une étable en ruine dans une petite cour et scrutai l'obscurité. Je vis alors une douzaine d'hommes cligner des yeux, étendus sur le sol recouvert de paille. Je supposai qu'il s'agissait d'éclaireurs arabes ou d'interprètes de la Légion. Je claquai dans mes mains et les flanquai à la porte. Puis j'allai chercher de l'eau, refermai la porte derrière moi et pris tranquillement mon bain.

Propre, rafraîchie et de bien meilleure humeur, je retournai dans la cour, les cheveux humides et une serviette autour du cou.

— Non mais où est-ce que vous vous croyez ? aboya un officier en fonçant sur moi, l'air furieux.

Derrière lui, assis par terre, se tenaient les anciens locataires de l'écurie.

— Je prenais un bain, répondis-je en passant devant lui pour aller rejoindre ma voiture.

— Vous n'aviez aucune autorité pour les relâcher et les faire sortir de ce bâtiment, persista l'officier qui m'avait rejointe en quelques pas et me barrait le chemin, les mains sur les hanches.

En les regardant de plus près, je compris soudain qui étaient ces hommes : des prisonniers de guerre arabes, français et italiens engagés du côté de Vichy. L'étable servait de prison de fortune. Heureusement pour moi, ils étaient bien trop fatigués et affamés pour s'enfuir.

Le 21 juin, Damas tomba et je dus conduire le colonel dans la vallée de la Bekaa pour qu'il prenne part à la revue « triomphale ». C'était une des premières fois que je lui servais de chauffeur et j'étais dans mes petits souliers.

Damas, la plus grande ville de Syrie où sont enterrés saint Jean-Baptiste et Saladin, oasis de verdure s'élevant dans le désert, était à la hauteur de sa réputation. Je me sentais toujours aussi mal mais cette équipée dans les rues poussiéreuses restera pour moi une expérience mémorable. Je tremblais d'anxiété, le colonel assis à mes côtés. J'osais à peine le regarder. Nous venions en troisième position, derrière le général Catroux et son état-major, et étions entourés par la cavalerie turque, qui galopait pour se maintenir au même niveau que nous. Notre arrière-garde était protégée par des voitures blindées et nos troupes avançaient dans les faubourgs de la ville en criant :

« Nous sommes venus laver la honte de la capitulation de Vichy ! »

Mais quand on arriva dans la ville même, un silence de plomb nous accueillit. Les gens qui étaient descendus dans la rue pour nous regarder passer se tenaient là, les bras croisés, le visage fermé. Pour ceux qui s'étaient ralliés aux Français de Vichy, la parade symbolisait leur défaite et nombre d'entre eux nous considéraient comme des traîtres. Le colonel ne dit rien mais quand il comprit que lui et le général avaient été privés de leur triomphe, je vis les muscles de sa mâchoire se crisper.

Je passai plusieurs semaines à Damas tandis que le colonel organisait les troupes qui se battaient encore en Syrie contre les derniers Français de Vichy et établissaient des liaisons avec leurs officiers pour tenter de les persuader de passer de notre côté. Je n'avais pas grand-chose à faire à part servir de taxi aux membres de son état-major et prendre soin de la voiture, ce qui était tout aussi bien parce que mon état de santé ne cessait d'empirer. J'avais mal au ventre et une terrible léthargie m'envahissait contre laquelle je ne parvenais pas à lutter. A chaque fois que c'était possible, je m'allongeais n'importe où, parfois à même le sol du garage où la voiture était garée, et je m'endormais aussitôt. J'avais toutes les peines du monde à manger et à rester éveillée. Le pharmacien me donna un remontant qui ne produisit aucun effet. J'avais les jambes en coton, et marcher m'était maintenant plus difficile que de conduire la voiture.

Finalement, je déclarai forfait et après une nuit horrible que je passai à me tordre de douleur car je souffrais de violents maux de ventre : je me rendis à l'hôpital pour qu'on me soigne plus énergiquement.

— Il me faut une ordonnance, je crois que j'ai attrapé un genre de grippe intestinale, expliquai-je au docteur avec impatience car je venais d'attendre une bonne heure.

Le médecin me regarda, secoua la tête et se mit à rire :

— Ça ne va pas suffire. Vous vous êtes regardée ?

Il me tendit un miroir, le premier que je voyais depuis des mois, et je contemplai mon reflet avec consternation.

— Vous avez la jaunisse, ma chère. Il faut vous hospitaliser immédiatement.

J'intégrai aussitôt un des anciens hôpitaux des forces de Vichy et m'affalai dans un lit avec l'impression que je ne pourrais plus jamais me relever. Plus tard, on me transféra dans l'hôpital Spears — un bel endroit très propre avec des murs blancs et des couvertures bleues. Et le diagnostic tomba : hépatite sévère. Depuis que j'avais mis les pieds en Afrique, c'était la première fois que je tombais sérieusement malade, mais j'avais vu des centaines de personnes contaminées par la malaria, la dysenterie et l'hépatite, des maladies dues à l'effet combiné d'une hygiène insuffisante, d'une eau suspecte et d'une nourriture avariée.

On me prescrivit un repos complet. J'essayai de résister, craignant pour ma nouvelle situation. Etendue dans mon lit avec la peau et le blanc des yeux jaune vif, j'étais bien mal en point, mais mon plus gros souci demeurait le colonel. Je m'attendais à apprendre d'une minute à l'autre qu'il avait engagé un nouveau chauffeur, quelqu'un sur qui on pouvait compter, par exemple un homme. A chaque fois que quelqu'un venait me rendre visite, je le harcelais de questions. Boris Nazarov fut le premier. Hospitalisé dans un service voisin, il arriva la tête bandée. Il avait été touché par un éclat d'obus. J'étais ravie de le voir mais les nouvelles qu'il m'apportait n'étaient pas gaies.

Les Français libres, menés par Amilak et ses hommes, s'étaient engagés dans de lourds combats au front. Des deux côtés les pertes étaient énormes et malgré la chute de Damas, les Italiens et les Français de Vichy ne faiblissaient pas. Amilak avait essayé de négocier, ordonnant des cessez-le-feu et parfois même s'avançant seul pour tenter de raisonner les commandants de Vichy. Lors d'un intermède mémorable, des soldats de Vichy, égarés sur les positions des Français libres, lui demandèrent leur chemin, pensant qu'ils étaient du même bord. Amilak les réprimanda sévèrement pour s'être perdus et leur lança :

— Encore quelques pas et vous allez vraiment vous retrouver dans la merde.

Estomaqués de se retrouver face à face avec un légendaire commandant des Français libres, ils se rendirent aussitôt et rejoignirent sa compagnie.

A l'emplacement d'un canon, Amilak trouva un timide jeune sergent français qui lui dit qu'il avait reçu l'ordre de tenir jusqu'à 1 heure du matin.

— Très bien, lui avait alors répondu Dimitri avec un grand sourire, dans ce cas, on partira à 2 heures.

Le sergent, soulagé de n'être pas contraint de désobéir aux ordres et sachant qu'il aurait suffisamment de temps pour battre en retraite avec ses hommes, remercia le vaillant prince russe.

J'appris aussi que le général de Gaulle était en ville et qu'il avait visité des blessés dans une salle à quelques pas de la mienne. Le colonel Koenig devait certainement l'accompagner et pourtant il ne s'était pas déplacé pour me saluer. Je craignais qu'il ne m'en veuille d'être tombée malade si peu de temps après être entrée à son service. S'il ne prenait même pas la peine de passer la tête par la porte de ma chambre, il était sûrement très en colère.

Je recevais la visite du médecin deux fois par jour et il me soignait avec dévouement. Des amis entraient et sortaient, m'apportaient des fleurs, des chocolats (que je n'étais pas autorisée à manger) et les dernières nouvelles. Déprimée et terriblement faible au fond de mon lit, j'avais bien peur que mon rôle en première ligne ne touche à sa fin. Si les Français libres, et avec eux le colonel, partaient pour la Russie, une éventualité possible d'après Boris, on me renverrait probablement chez les infirmières et je passerais le reste de la guerre à conduire de lourdes ambulances dans des dunes de sable.

Je me tournais et me retournais dans mon lit, enfouissais mon visage dans mon oreiller et poussais des soupirs et des gémissements à fendre l'âme.

9

Le temps du vin et des roses

Celui qui veut la rose doit respecter l'épine.

PROVERBE PERSAN.

Par une matinée ensoleillée de la fin juin, après une semaine passée à l'hôpital, je regardais par une petite fenêtre de ma chambre vers les montagnes violettes, apathique et engourdie, quand quelqu'un frappa doucement à ma porte.

Je me retournai et quelle ne fut pas ma surprise de voir le colonel Koenig entrer dans ma chambre, superbe dans une belle tenue kaki. Il n'avait pas du tout l'air en colère.

— *May I come in ?*

Il parlait l'anglais avec un accent français marqué.

— *Yes please*, entrez, lui dis-je en me redressant maladroitement.

Constatant mon état de faiblesse, il se précipita pour remonter mes oreillers. Embarrassée, je tirai jusqu'au menton la couverture bleue et le remerciai.

— Comment vous sentez-vous ?

Il prit une chaise et s'assit près de la fenêtre. Ses cheveux blonds brillaient dans le soleil. Sur ses genoux était posée une énorme boîte de chocolats, attachée avec un ruban en satin rouge.

— Je vais déjà beaucoup mieux. Je devrais sortir dans

pas longtemps. Il faut juste que je me repose encore un peu.

Ma mine épouvantable démentait catégoriquement mes propos.

— En tout cas, ne vous faites aucun souci, répliqua-t-il. J'ai reçu l'ordre de rester à Damas pendant un certain temps et j'ai loué les services d'un chauffeur civil en attendant que vous vous sentiez mieux. Il ne faudrait surtout pas que vous retombiez malade.

Rassurée, je me rejetai sans un mot sur les oreillers, douloureusement consciente de la teinte peu seyante de ma peau sur les draps blancs. Il s'ensuivit un entretien un peu guindé. On se connaissait à peine et je n'étais pas très en forme pour une conversation mondaine. Comprenant à quel point il me fatiguait, il se leva, me salua et se rappela les chocolats au moment de quitter la pièce.

— Oh, j'oubliais, c'est pour vous, dit-il en me tendant la boîte d'un geste hésitant.

Je le remerciai et il s'en alla.

L'odeur de son after-shave et du cuir de ses chaussures bien cirées persista un instant dans la pièce après son départ.

Je m'enfonçai sous ma couverture et me demandai ce que sa visite signifiait au juste. Se montrait-il seulement aimable ? Maintenant qu'il avait vu à quel point j'étais malade, peut-être comprendrait-il que j'étais hors d'état de travailler pendant un bon bout de temps et se déciderait-il à me remplacer.

Mes craintes n'étaient pas fondées. Ce soir-là, un énorme bouquet de fleurs atterrit près de mon lit. La carte disait simplement : « Koenig ». Stupéfaite et touchée, je sus que je n'avais aucune inquiétude à me faire pour mon emploi.

Au cours des deux semaines qui suivirent, le colonel m'envoya une sélection de livres qu'il avait visiblement choisis avec soin avec, par exemple, des recueils de poèmes de Wilfred Owen et Siegfried Sassoon écrits au cours de la Première Guerre mondiale. Faut-il en chercher la raison dans mon état de faiblesse ou ma plus grande lucidité concernant les dures réalités de la guerre ? Leurs complaintes m'ont souvent émue aux larmes. J'étais touchée de penser que le colonel, un homme apparemment endurci par les batailles, cache une telle sensibilité.

Je compris que j'allais mieux quand l'appétit me revint. Toute la journée je mourais de faim et je ne pensais qu'à la nourriture. On m'autorisa enfin à manger chaque jour un peu de viande, ce qui apaisa vaguement ma fringale, mais pas beaucoup. Je ne rêvais que de bons repas dans des restaurants raffinés. Quand on lui rapporta cela, le colonel m'envoya une énorme corbeille de fruits. Elle me fut livrée par son officier de service qui m'informa que le colonel passerait me voir plus tard dans l'après-midi.

Je mis une chemise de nuit propre pour l'occasion... et attendis toute la journée. Quand on frappa à ma porte, j'avais pratiquement abandonné tout espoir. D'ailleurs ce n'était pas le colonel, mais Rosie Curtis, l'infirmière que j'avais rencontrée sur le *Westernland* et qui s'était retrouvée avec moi et Nadine à Brazzaville. Elle était maintenant Spearette et travaillait à l'hôpital.

— Tu as une sacrée chance d'être le chauffeur de Koenig.

Perchée sur mon lit, elle ouvrait de grands yeux en avalant mes raisins.

— C'est bien plus chic que de se retrouver ici à vider des bassins.

On frappa à nouveau. C'était Simpson, un officier anglais que j'avais rencontré à Brazzaville, avec des fleurs.

— Des roses pour une rose, fredonna-t-il d'une voix de chanteur de charme tandis que Rosie et moi éclations de rire.

Peu charitable, j'espérais vivement qu'ils partent avant l'arrivée du colonel. Je ne voulais pas que Koenig s'imagine que Simpson était un prétendant, ou disparaisse sous prétexte que j'avais déjà eu bien assez de visites pour aujourd'hui. Mais Simpson semblait déprimé. Il me confia qu'un très bon ami à lui avait été tué au cours de la dernière bataille et je n'eus pas le cœur de le renvoyer.

Le colonel arriva à 8 heures, longtemps après le départ de Simpson, avec des livres et des fleurs plein les bras. Et cette fois, notre conversation fut plus détendue. Je supposai qu'il se sentait un peu seul et était content de bavarder un moment avec une femme, ce qui le changeait des cercles militaires. Sa visite se prolongea, il semblait de plus en plus à l'aise, il souriait, ses yeux brillaient, il se montrait gentil et attentif. Quand il cherchait à plaire, il était très attirant et il y avait chez lui beaucoup de choses qui me rappelaient mon père.

D'ailleurs ce soir-là, j'écrivis une lettre à mon père pour lui donner de mes nouvelles car j'avais perdu le contact avec mes parents depuis un certain temps. Ma missive disait à peu près ceci : « J'ai été malade mais maintenant je vais mieux. Le colonel m'a engagée comme chauffeur et quand je sortirai de l'hôpital, j'espère être de quelque utilité pour les soldats du front. » Puis je lui demandai des nouvelles de sa santé et de celle de ma mère, trouvai une enveloppe et la fis poster le lendemain.

Je fus autorisée à sortir, d'abord une heure, puis deux, et enfin une demi-journée. Je profitai de ma liberté provisoire pour me rendre en taxi jusqu'au quartier général pour savoir quand je serais payée (le fait d'être invalide avait bizarrement suspendu mon salaire), et je pris un énorme déjeuner avec Henry et Sneyd-Cox, mon premier repas normal depuis des semaines. Mais j'avais eu les yeux plus gros que le ventre, la nourriture me rendit malade et me renvoya au lit pour deux jours.

Un beau matin, je reçus un nouveau bouquet de fleurs de la part du colonel, cette fois avec une note. « En vous souhaitant un prompt rétablissement et un rapide retour au travail. Koenig. » Le soir même, il vint me voir et se montra charmant, assis au pied de mon lit, comme si nous étions de vieilles connaissances.

— Vous avez meilleure mine, me dit-il en souriant. Le blanc de vos yeux a retrouvé une teinte normale, c'est plus joli comme ça.

Je ris et rougis légèrement à son compliment équivoque. J'avais presque l'impression d'être courtisée et cela me plaisait.

— Quand vous serez tout à fait rétablie, on pourra peut-être aller dîner ensemble ? ajouta-t-il d'une voix douce.

Emue et flattée, j'acceptai aussitôt.

Je passai un certain temps à l'hôpital, puis on m'autorisa à sortir pratiquement tous les jours sur une période de huit jours, après quoi je serais autorisée à reprendre le travail mais sans forcer. J'étais très impatiente de reprendre du service. Le colonel semblait bien plus gentil que je ne l'avais espéré et cette perspective me plaisait beaucoup.

Ma première mission fut de m'assurer que ma voiture était toujours en bon état de marche. A ma grande consternation, je découvris que si la Humber roulait, mes outils — empruntés, volés, acquis à force de supplications au cours des années — avaient disparu. Indignée, je me rendis au quartier général et tentai de voir le colonel pour me plaindre mais il était occupé. Très agitée, je retournai à l'atelier, débusquai le caporal responsable et exigeai que mes outils me soient immédiatement restitués.

— Mais certainement, me dit-il d'un ton aimable en allant ouvrir un placard qui fermait à clef. Je les avais mis de côté pour plus de sûreté.

Aussitôt saisie d'une forte migraine, je m'excusai d'un air gêné et retournai me glisser dans mon lit à l'hôpital.

Le lendemain, je me rendis au souk, trouvai un tailleur et me commandai un nouvel uniforme, deux jupes et trois chemises d'un kaki fort peu seyant, pour la somme mirobolante de 4 livres 10 shillings, ce qui représentait une fortune (je gagnais à peine 5 shillings par jour). Comme je ne trouvais de béret nulle part, je me rendis chez le coiffeur qui rafraîchit ma coupe habituelle. Contente de moi, prête à affronter le colonel quand je reprendrais le travail, je retournai me reposer à l'hôpital. Une lettre de mes parents m'attendait, envoyée quatre mois auparavant.

Je compris en la lisant à quel point la vie avait changé

en Angleterre. Ernest Bevin, le ministre du Travail, avait lancé un appel pour qu'au moins 100 000 femmes viennent dans les usines remplacer les hommes sous les drapeaux. L'enrôlement obligatoire des femmes de plus de vingt ans avait commencé. Des usines d'armement fonctionnaient jour et nuit, elles remplissaient des cartouches et occupaient tous les emplois laissés vacants. « Ils ne veulent toujours pas me laisser partir au front, se plaignait mon père. Ils ont repoussé l'âge limite jusqu'à quarante-deux ans mais pas au-delà. Je n'ai donc aucune chance. » Ma mère avait griffonné quelques lignes de sa fine écriture tremblée. Laurence était très occupé et elle espérait que je mangeais suffisamment. Décidément, elle ne changerait jamais.

Enfin on me laissa sortir de l'hôpital. Tandis que je faisais ma valise, une énorme gerbe de roses blanches arriva de la part du colonel, avec une fois de plus un seul mot sur la carte : Koenig.

Lady Spears, qui était venue me dire au revoir et se trouvait dans ma chambre, ne manqua pas d'exprimer sa surprise. Elle plissa son nez retroussé avec un petit sourire.

— Eh ben dites donc, lança-t-elle avec son accent américain légèrement traînant. Ce bouquet ressemble plus à un bouquet de mariage qu'à celui qu'un employeur enverrait à son chauffeur.

Elle me jeta un coup d'œil en biais. Ses yeux riaient. J'aimais beaucoup Lady Spears.

Le colonel en personne arriva dans un grand taxi noir. Je laissai mes bagages à mes nouveaux quartiers, l'Orient Palace Hotel, puis il m'emmena déjeuner au club local. Ce fut un repas délicieux où il se montra charmant et vraiment très attirant.

— Merci pour les roses, lui dis-je, elles sont superbes. J'adore les fleurs.

— Vous devriez toujours vous en entourer.

Il prit ma main sur la table et la pressa légèrement. Ensuite, on alla tous les deux se promener, bavardant de choses et d'autres, du temps qu'il faisait, de nos goûts et de nos préoccupations. Je me retrouvai dans ma chambre, le cœur battant et le sang cognant à mes tempes, épuisée par la première journée que je passais sur mes jambes. Des émotions d'écolière que je n'avais jamais ressenties auparavant.

Les jours suivants, je fus très occupée car pendant mon absence, le colonel avait conduit la Humber et maintenant elle fonctionnait mal. Puis je fus invitée à des soirées avec des amis. Simpson me faisait une cour effrénée et je le fuyais avec assiduité. Je me sentais assez déprimée, épuisée, et mon état de santé ne me permettait pas de me remonter le moral en allant boire un verre. Je passais donc la plus grande partie de mon temps à me reposer tranquillement.

Je me rendis au souk pour prendre livraison de mon uniforme et trouvai le marché fermé par la faute d'Australiens ivres qui avaient provoqué une bagarre. Je pris donc un taxi et allai visiter la mosquée. Je fus impressionnée par le travail de la pierre, la beauté des calligraphies arabes et des fresques turquoise. J'allai chercher mon fusil (un cadeau reçu lors d'une chasse au crocodile près de Brazzaville), l'apportai à l'armurier et lui demandai de le nettoyer et de me procurer des munitions. Il promit aussi de me confectionner un étui en cuir. Le temps que je retourne au souk, il était à nouveau ouvert, et je passai un après-midi agréable à admirer les soies précieuses. J'achetai un béret sombre pour 1 livre, faillis succomber à un brocart vert hors de prix, et me commandai deux pyjamas en soie. Mon uniforme, bien coupé et assez seyant malgré la couleur, m'allait très bien car j'avais perdu du poids au cours de ma maladie.

Quelques jours plus tard, le colonel reçut de nouvelles instructions. Il était transféré à Beyrouth avec l'état-major. On espérait signer un armistice avec les Français de Vichy, il serait le délégué des Français libres et l'un des principaux négociateurs. Pour fêter cette bonne nouvelle, il m'emmena déjeuner avec la Légion, accompagné de Henry et Sneyd-Cox. J'étais ravie de revoir les légionnaires mais Amilak manifesta une certaine mauvaise humeur. L'idée m'effleura un instant qu'il était contrarié par l'attention que me portait le colonel.

Sur le chemin du retour, je m'arrêtai au souk et sur un coup de tête, commandai un caftan dans le brocart vert qui me plaisait tant. Je me réprimandai intérieurement pour mes extravagances, tout en me demandant où je pourrais bien avoir l'occasion de porter cette tenue insensée.

Vers la mi-juillet, un cessez-le-feu fut proclamé entre les Français libres et les Français de Vichy ; le colonel Koenig fut envoyé par la Commission d'armistice à Acre, au Liban, pour y assurer la liaison avec le général Catroux, notre chef d'état-major. J'étais grisée par toutes ces nouvelles. Conduire le colonel dans Damas pour la parade avait été un privilège, mais l'accompagner pour un événement historique d'une telle portée m'enchantait. J'étais également assez contente de lui donner une chance d'apprécier mes qualités de chauffeur. Je m'étais exercée à conduire la Humber et j'étais même parvenue à maîtriser l'accélérateur trop dur et les freins qui fonctionnaient mal. Mais le colonel, plongé dans ses documents, était bien trop préoccupé pour me prêter une quelconque attention. Il me fallut beaucoup de temps pour comprendre qu'il n'avait pas besoin d'être impressionné.

Au cours de ces premiers jours et tout en le transportant ici et là, je l'observais du coin de l'œil et essayais de comprendre quel genre d'homme il était vraiment. Grand, droit, avec des yeux d'un bleu-gris et portant la moustache, il était plus impressionnant que beau. A quarante ans passés, il avait onze ans de plus que moi et ses cheveux commençaient à grisonner. Maintenant que j'étais sortie de l'hôpital il avait adopté à mon égard des manières beaucoup plus militaires, je dirais même distantes et guindées, mais bien sûr il était très occupé par les problèmes militaires, les questions diplomatiques, et accablé de responsabilités. Même quand il baissait un peu la garde et qu'il m'envoyait des fleurs, il ne signait jamais autrement que « Koenig ». Le colonel n'était pas homme à se trahir.

Moins d'une semaine après avoir quitté mon lit d'hôpital, je passai le prendre à son hôtel. Il s'installa comme d'habitude sur le siège du passager et m'adressa un vague grognement avant de baisser la tête sur ses papiers. Je le conduisis en silence sur la route montagneuse qui menait à Beyrouth. Je profitais du paysage spectaculaire tout en me félicitant d'exercer un métier aussi agréable.

Le colonel brisa le silence d'une façon inattendue :

— Comment les gens vous appellent-ils ? me demanda-t-il sans lever le nez de ses dossiers. Je veux dire, ceux qui vous connaissent bien.

Je fixai la route.

— Ceux qui me connaissent mal m'appellent adjudant Travers, monsieur.

Je lui jetai un regard en coin et ajoutai :

— Pour les autres, je suis La Miss.

Le colonel releva la tête et me regarda d'un air absent. Je me demandai si je n'avais pas trop parlé.

— Très bien, adjudant Travers, dit-il enfin. Comme au cours des longs mois à venir je vais sans doute apprendre à mieux vous connaître, ce sera La Miss.

Et il reporta à nouveau son attention sur les documents posés sur ses genoux. A partir de cet instant, c'est à La Miss qu'il s'adressa quand il désirait me parler.

Plus tard dans la nuit, on descendit dans un hôtel près d'Acre et je me retirai tôt dans ma chambre. J'étais épuisée par le long trajet et incapable de dormir. Je me disais que la destinée ne tenait vraiment qu'à un fil. Si le Dr Lotte n'avait pas été blessé, si le Dr Godou ne m'avait trouvée si antipathique, si Koenig n'avait pas été promu, ma route n'aurait jamais croisé celle du colonel à la carrière tellement atypique, et je n'aurais jamais partagé la compagnie d'un homme qui m'inspirait une si grande sympathie. Je m'endormis le sourire aux lèvres.

Le lendemain matin, je conduisis le colonel à la Commission d'armistice et l'attendis dehors toute la journée. J'en profitai pour nettoyer les bougies d'allumage et vérifier le starter. Ce soir-là, en revenant sur Beyrouth, il semblait pensif, plongé dans ses réflexions. Peut-être sa réunion s'était-elle mal passée ? Après quelques minutes de silence, je m'aperçus qu'il m'observait. Tendue, dévorée par la timidité, je me concentrai sur les changements de vitesse et m'efforçai d'éviter les ornières.

— Cela vous dirait de dîner avec moi ce soir, La Miss ? me demanda le colonel de la voix la plus douce que je lui avais jamais entendue.

Je le regardai pour m'assurer qu'il parlait sérieusement.

— Oui, monsieur, répliquai-je sans l'ombre d'une hésitation. Merci, monsieur.

Puis on retomba dans un silence amical. J'étais ravie. J'espérais tellement retrouver l'homme qui s'était assis au pied de mon lit et m'avait lu de la poésie, si différent de l'homme politique et du soldat empêtrés dans la guerre. Je désirais être son amie. Dès le départ, j'avais cru comprendre qu'il cherchait une confidente, et j'espérais être celle vers qui il se tournerait.

A Beyrouth, on descendit dans un hôtel en bord de mer et je me rendis directement dans ma chambre. Après un long bain chaud, j'échangeai mon short pour ma nouvelle jupe, je me coiffai et rejoignis le colonel dans la salle à manger. Il m'accueillit chaleureusement, se levant pour m'accueillir d'une poignée de main cordiale. Tout en dégustant du crabe arrosé d'un bon vin, il m'interrogea sur ma vie avant la guerre, sur la période que j'avais passée en Finlande et au Congo. Je lui parlai de mon enfance, de la carrière militaire de mon père, de notre déménagement en France et de ma vie passée à jouer au tennis, à voyager et à mener une vie mondaine. Quand je m'aventurai à mon tour à lui poser quelques questions personnelles, il se montra moins ouvert.

A seize ans, quand la Première Guerre mondiale éclata, il quitta le collège, servit dans l'infanterie et fut décoré de la Médaille militaire. Quand la paix fut revenue, il refusa de poursuivre ses études, resta dans l'armée et fut envoyé dans les Alpes et au Maroc. Quand la Seconde Guerre mondiale fut déclarée, il mena le 13e DBLE en tant que capitaine à la bataille de Narvik, en Norvège, pas très loin de l'endroit où je passai les premiers mois de la guerre. Ses succès assurèrent sa promotion, ce qui combla sa femme. Mais quand la France tomba, il s'enfuit en Angleterre avec six amis à bord d'un bateau de pêche qui se rendait à Jersey afin de rejoindre de Gaulle et les forces de la France libre. Il embarqua sur le *Pennland,* le jumeau du *Westernland,* avec le 13e DBLE pour l'Afrique française et faisait partie du même convoi que moi. Sa « défection » en faveur des Français libres contraria beaucoup Mme Koenig car cela signifiait que son mari serait désormais considéré comme un traître.

— Vous avez des enfants ? demandai-je poliment quand il mentionna sa femme.

— Non, répliqua-t-il après un bref instant d'hésitation. Ma femme avait des enfants d'un précédent mariage.

— Et à quoi votre femme ressemble-t-elle ?

Il fronça légèrement les sourcils et je compris que j'étais allée trop loin. Je fis tourner mon verre dans mes mains. Le silence se prolongeait. Quand il répondit, ce fut par des paroles mesurées.

— Riche, de bonne famille. Une aristocrate.

Il regardait au loin.

— Parfois trop protectrice et ambitieuse en ce qui me concerne.

Quand il parlait de sa femme, je remarquais que son visage s'assombrissait légèrement. Mais le soldat de métier ne m'en laisserait pas voir davantage. Il choisissait soigneusement ses mots et n'était pas un bon tacticien pour rien. A chaque fois que j'essayai d'en savoir un peu plus, il changeait de sujet de conversation. Douloureusement consciente qu'il était mon employeur et non mon ami, je n'insistai pas.

Puis on termina le vin, on prit un dessert, un café, on se sépara avec un poignée de main dans le hall d'entrée et on monta chacun de notre côté les marches qui menaient à nos chambres. Alors que je refermais la porte de ma chambre derrière moi, je me sentais heureuse comme je ne l'avais pas été depuis longtemps. Plus j'apprenais à connaître Koenig, plus je l'appréciais. Sous l'apparence de l'homme bien élevé, distant et sophistiqué, j'entrevoyais une personne un peu triste et solitaire, qui n'était pas habituée à exprimer ses sentiments les plus intimes.

Je l'avais vu une ou deux fois piquer de violentes colères contre ses subordonnés et je savais qu'il pouvait se montrer coupant et même cruel. Selon moi il ne s'agissait pas d'une attitude délibérée, mais plutôt du résultat d'une frustration et d'un trouble intérieur. La guerre, le rôle qu'il tenait à y jouer, sa quête de gloire pour les Français libres et la Légion pesaient lourdement sur ses épaules. Mais il y avait aussi un aspect plus tendre de sa personnalité qui m'attirait à un niveau très différent.

J'allais me déshabiller quand j'entendis que l'on frappait doucement à ma porte. Je l'ouvris et à ma grande surprise, je me retrouvai nez à nez avec le colonel dont le visage exprimait des sentiments que je ne connaissais que trop bien. Je me revis à Rome, quinze années auparavant, quand Hannibal m'était apparu avec une bouteille de champagne et deux verres. Le colonel arrivait les mains vides mais ses intentions étaient les mêmes.

Il fit un pas, m'attira à lui en refermant la porte et m'embrassa sur la bouche avec une certaine brutalité. J'étais déconcertée et le lui exprimai aussitôt.

— Excusez-moi mais... je ne m'attendais pas à cela, monsieur, dis-je en bégayant. Vous m'avez prise au dépourvu.

Ma déception devait clairement se lire sur mon visage. Je crois que, de sa part, je m'attendais à mieux. J'avais tellement envie qu'il soit différent des hommes que j'avais connus jusqu'ici.

Devant mon hésitation, le colonel me prit la main et s'excusa.

— Je suis vraiment désolée, ma chère. Je croyais que nous nous comprenions et que vous désiriez la même chose que moi.

Puis il m'embrassa à nouveau, plus doucement cette fois, et me caressa.

Essayant de ne pas penser à ce qu'un tel geste impliquerait pour mon travail, je pris une profonde inspiration et le repoussai à nouveau.

— Colonel, je... je ne pense pas que ce soit raisonnable d'aller plus loin. Si... si cela ne vous ennuie pas, j'aimerais avoir un peu de temps pour y réfléchir.

Koenig s'arrêta. Son visage exprimait une totale confusion et je me reprochai intérieurement ma franchise. Oui, je le trouvais attirant, et je m'étais laissée aller à des rêveries où nos relations évoluaient vers des liens plus intimes. Mais si nous devenions amants, cela compliquerait terriblement les choses. Et puis j'avais toujours pensé que le colonel m'appréciait pour ma compagnie et mes qualités de chauffeur. Je croyais que c'était la raison pour laquelle il m'avait engagée. Maintenant, je me demandais si je n'avais pas été un peu naïve.

Il me prit la main et enfouit son visage dans mon cou. Il me fit des avances répétées auxquelles je résistai obstinément. Je ne refusais pas qu'il me séduise mais j'avais le sentiment que cette fois-ci, il ne fallait pas brusquer les choses comme je l'avais toujours fait auparavant, avec des résultats souvent désastreux.

Enfin résigné à sa défaite, le colonel s'arrêta, soupira, prit son chapeau et quitta la pièce, refermant doucement la porte derrière lui. Il me laissait échevelée et bouleversée au milieu de ma chambre. Et maintenant, quelle attitude allais-je bien pouvoir adopter ?

Les quelques jours qui suivirent comptent parmi les plus longs de mon existence. Le colonel ne fit aucune allusion à ce qui s'était passé lors de cette malheureuse soirée, et moi non plus. On revint au *business as usual*, avec peu de gratifications et aucun geste tendre. Il se rendait à ses réunions et moi j'accomplissais les tâches qui m'étaient imparties, de façon aussi professionnelle que possible. Tout en attendant de voir quelle serait sa prochaine initiative.

Je m'étais placée dans une situation très difficile. Je le trouvais attirant, bien sûr, mais je ne m'attendais pas du tout à ça quand j'avais accepté ce travail. Il me semblait tellement au-dessus de moi. Bien que nous appartenions au même milieu social, il était colonel et j'étais son chauffeur. Le temps que j'avais passé dans l'armée m'avait beaucoup appris. Après les années maussades de ma jeunesse où je ne me sentais bien nulle part, j'appréciais de me trouver exactement à ma place. Et maintenant arrivait le colonel qui renversait ma tarte aux pommes.

D'un autre côté, j'étais irrésistiblement entraînée dans une relation dont je savais qu'elle me ferait souffrir. Non seulement il était mon patron, mais il était marié. Pour la première fois dans ma vie d'adulte, je m'étais habituée à vivre seule et n'étais plus du tout prête à sauter dans le lit de n'importe qui. La prochaine fois que je dormirais avec un homme, je voulais aimer et être aimée comme jamais auparavant. Il fallait que ce soit pour de vrai. Une petite voix en moi me disait que le colonel était un homme très particulier, lui mieux que les autres possédait les qualités et la sensibilité capables de concrétiser mes rêves. Mais s'il était le bon, on se rencontrerait à mon rythme et comme il me plairait, je refusais d'être bousculée d'une façon aussi désinvolte.

Comme je l'apprendrais par la suite, quand le colonel était déçu il se repliait sur lui-même et adoptait des manières assez brusques. Il s'était toujours montré très direct avec moi et j'avais appris à accepter sa dureté et son individualisme. En public, il se conduisait comme un colonel et me traitait comme un chauffeur. En privé, il s'était révélé différent, plus tendre, mais ne m'avait jamais autorisée à penser que j'étais autre chose que son inférieure. Nous savions tous les deux que si je le défiais, je le perdrais et je perdrais mon travail.

Le cinquième jour après qu'il fut venu dans ma chambre, il me demanda de le conduire à Beyrouth pour assister à une réunion. On voyagea dans un silence de plomb. Il prétendait étudier ses dossiers mais n'arrêtait pas de m'observer, ce qui me rendait de plus en plus nerveuse. Quand on arriva à destination, il sortit de la voiture en soupirant et claqua la portière derrière lui.

J'attendais à l'extérieur comme d'habitude, un bâton à la main pour empêcher les enfants des rues, sales et déguenillés, de mettre la voiture en pièces. Quand quelques heures plus tard le colonel émergea du bâtiment, il paraissait fatigué et dégoûté.

— A l'hôtel ! aboya-t-il en montant à côté de moi.

Je mis le contact mais ne démarrai pas. J'avalai péniblement ma salive et lui demandai :

— Quel hôtel, monsieur ?

Il avait oublié de me le dire.

Son regard s'adoucit devant mon visage anxieux.

— Ce soir, on va au Sash d'Orange.

Il marqua une pause.

— Un très bel établissement qui domine la mer. Je crois que ça va vous plaire.

Je lui jetai un regard en biais et soupirai, espérant que cela signifierait la fin de cette gêne qui s'était installée entre nous. Je désirais tellement le satisfaire.

— Merci, monsieur, lui dis-je avec un sourire. Il me plaira certainement.

Il avait raison. L'hôtel était magnifique. Depuis la véranda, j'admirais les traînées de lumière rouges et oranges dans le ciel tandis que le soleil se couchait sur la mer et qu'il s'occupait des formalités. Je me retournai et le regardai signer le registre dans son impeccable uniforme kaki. Je songeai qu'il avait une silhouette impressionnante. Après tout, un colonel était une belle prise et il était séduisant. J'avais peut-être commis une lourde erreur en le repoussant.

Après m'avoir souhaité une bonne nuit dans le hall, il grimpa les marches pour se rendre dans sa chambre. En le regardant partir, je ressentis une curieuse douleur au plus profond de moi. Comme ce serait bon, ce soir, de dormir dans ses bras. Depuis Amilak, jamais je n'avais ressenti un tel désir. Le cœur lourd, je pris ma clé et m'en allai seule vers ma chambre.

Sur une petite table au centre de la pièce était posé un gros bouquet de roses blanches et sur la carte... « Koenig ».

Dans l'heure qui suivit il m'avait rejointe.

— Ça a duré assez longtemps, dit-il simplement en entrant dans ma chambre et en refermant la porte à clé derrière lui.

Les yeux brillants, il avança la main et la passa dans mes cheveux. Je posai la main sur sa nuque, respirai son odeur, et sus que je ne pourrais plus résister bien longtemps. Quand nos lèvres se joignirent, je ressentis un accès de remords de ne pas avoir cédé plus tôt.

Comme s'il lisait dans mes pensées, il m'embrassa sur le front et prit mon visage dans ses mains.

— Vous n'avez rien à craindre, me dit-il d'une voix chaude.

Je passai un doigt sur ses lèvres.

Puis on ne dit plus rien et cette nuit-là, on coucha ensemble pour la première fois. Tout d'abord il me fit l'amour avec douceur, s'excusant presque. Conscient de mes réticences, comprenant ma nervosité, il me consultait de temps à autre du regard pour s'assurer que tout allait bien. En réalité, je me sentais dans un état de grande vulnérabilité émotionnelle. Mais je ravalai mes larmes, me laissai aller à ses caresses et m'autorisai enfin à me détendre. Beaucoup plus tard dans la nuit, on s'endormit dans les bras l'un de l'autre, son corps lourd et rassurant contre le mien. A l'aube, je le sentis bouger. Il embrassa doucement mon épaule nue, glissa hors du lit, s'habilla et sans un mot se glissa hors de ma chambre. Je restai là, les yeux fixés sur le plafond, retenant mes larmes.

Plus tard dans la journée, un armistice fut signé entre les Français de Vichy et les Français libres en Syrie. Selon les termes de cet accord, les légionnaires de Vichy de la garnison de Syrie qui restaient — ceux qui n'avaient pas été tués ou blessés ou qui n'étaient pas déjà passés aux Français libres quand ils avaient été fait prisonniers — avaient le choix entre un rapatriement en France et une intégration dans la 13e DBLE.

Cette séance d'option eut lieu un mois plus tard sur la grande place du T2, le camp des Forces françaises libres, juste à l'extérieur de Beyrouth. Par une chaleur suffocante, le colonel, en présence du fringant Gabriel de Sairigné et de bien d'autres, expliqua aux vichystes qu'ils allaient passer une porte et tourner à droite s'ils désiraient rester avec le 13e, à gauche s'ils préféraient rentrer chez eux et attendre la fin de la guerre. Le ressentiment à l'égard des Français libres était si fort que tous sauf un choisirent de rentrer chez eux. Ces supporters obstinés de la France de Vichy dirent qu'en rejoignant le 13e, ils auraient eu l'impression de « marcher sur les cadavres » de leurs compagnons d'armes. Le colonel fut amèrement déçu.

Quant à notre relation, elle me satisfaisait pleinement, aucune déception de ce côté-là au cours des mois qui suivirent mais un épanouissement constant. Quel bonheur de partager le même lit chaque nuit quand nous voyagions ensemble en Syrie, en Palestine et au Liban. Malgré moi, je m'attachai beaucoup à lui, et lui à moi. On était surpris par notre grande compatibilité. Sa brusquerie, son ton bourru et son caractère difficile s'étaient volatilisés. Je ne trouvais plus chez lui qu'une gentillesse et une sentimentalité surprenantes. A cette époque, et bien qu'on ait dû mener notre liaison dans le plus grand secret, j'avais le sentiment d'être chérie et aimée.

— Je suis un homme jaloux, La Miss, me dit-il au tout début de notre histoire, une nuit que nous étions couchés, à Beyrouth. Je suis aussi un homme très secret. Je sais que je peux vous faire confiance en ce qui concerne ces deux aspects de notre relation.

Je n'oublierai jamais l'éclat hypnotique de son regard.

— Bien sûr, mon colonel, le rassurai-je aussitôt en choisissant soigneusement mes mots. Je vous promets de ne pas vous décevoir.

Il conduisait assez bien et prenait souvent le volant pour que je puisse me reposer un peu tandis que nous arpentions la côte du Liban. J'appréciais qu'il prenne le volant. Comme ça, je pouvais le regarder aussi longtemps que je voulais. Je ne me lassais jamais de l'observer. Parfois il me laissait lui prendre la main et nos doigts s'enlaçaient en un geste simple et profondément érotique.

Une fois, alors que nous arrivions à Haïfa et que je m'étais endormie sur le siège du passager, il s'arrêta brusquement dans un crissement de pneus au milieu d'une rue pleine de monde. Je me réveillai en sursaut, me demandant ce qui se passait. Il bondit sans un mot hors de la voiture, courut à un stand et acheta toutes ses fleurs à une fleuriste enchantée. Puis il me mit les bouquets dans les bras avec un sourire rayonnant.

— C'est pour quoi faire ? demandai-je, incrédule.

— Pour vous remercier d'être si adorable quand vous dormez, déclara-t-il avant de reprendre le volant.

Notre voiture sentait aussi bon qu'un jardin anglais. Il nous conduisit à notre hôtel où il me fit l'amour tout l'après-midi. J'avais rarement été aussi heureuse.

En 1941, Beyrouth, la capitale du Liban, avait la réputation d'être le Paris du Moyen-Orient. Vibrante et animée, cosmopolite, pleine de charme et dotée de plages superbes, elle n'en demeurait pas moins bruyante et encombrée. Elle abritait des généraux, des troupes (essentiellement australiennes), des véhicules et des convois qui la traversaient en permanence dans tous les sens. Les Australiens, qui avaient la réputation de boire et de chahuter, étaient des soldats très courageux. Sur le champ de bataille, les Alliés les respectaient énormément.

En ville, je retrouvai plein de visages familiers : Kelsey, plus occupée que jamais et toujours au courant des derniers commérages ; Nadine, qui au Liban espérait décrocher un poste de chauffeur et se retrouvait liée à un riche civil avec qui elle entretenait des relations douteuses ; Sneyd-Cox, qui avait attrapé une jaunisse ; Lady Spears et de nombreux Anglais du staff de liaison, mais pas Tony Drake qui souffrait de diabète et avait été renvoyé en Angleterre. Des amis m'invitaient fréquemment à dîner mais la plupart du temps, je refusais car je me souvenais de ma promesse au colonel et je craignais d'exciter sa jalousie.

« Merci, mais j'ai une dure journée qui m'attend demain », déclarais-je avant de rentrer à mon hôtel.

Nos journées se partageaient entre des hôtels magnifiques — le Saint-George, le Normandie, le Hammama avec sa célèbre cascade — et les nombreuses conférences et réunions qui avaient lieu jour et nuit pour la Commission d'armistice, essentiellement dans des bureaux baptisés le Grand Sérail. Les hommes qui ont essayé d'élaborer des accords entre ces quatre murs avaient un sacré travail sur les bras — les divisions étaient profondes et tout le monde voulait sa part du gâteau. Les Arabes exigeaient l'indépendance, les Turcs, Alep, les Français libres de garder le contrôle de la situation et les Français de Vichy, un mandat. Le colonel n'avait jamais été aussi occupé.

J'employais la plus grande partie de mon temps à des tâches subalternes : amener la Humber à l'atelier puis aller la rechercher pour tenter de résoudre toutes sortes de problèmes avec les freins, les pneus, la direction et les phares. Elle perdait constamment de l'huile, consommait beaucoup trop d'essence et avançait dans un bruit de ferraille. Quand elle ne fut plus réparable, on me confia une vieille Lincoln, puis une Hotchkiss décapotable, des véhicules tout aussi bringuebalants et deux fois plus difficiles à manœuvrer. Je me battais sans arrêt avec le département des transports pour qu'ils me confient une voiture en meilleur état et surtout, plus maniable.

— Il ne reste que deux vieilles ambulances, aboyait le vieux commandant revêche. Les Anglais se sont encore servis avant nous !

Puis il crachait par terre et ajoutait :

— Même les Français de Vichy sont mieux servis que nous.

Je battais rapidement en retraite, désolée de l'avoir contrarié une fois de plus.

Comme tout vrai légionnaire, le colonel se procura un chien, un sloughi persan (ça ressemble à un lévrier avec de la fourrure). Un de ses amis, Germain, qui l'avait acheté à un Arabe, lui en fit cadeau. Le colonel adorait les sloughis persans car lui et sa femme en avaient élevé au Maroc. Amusé par l'amour que je portais aux animaux — je caressais tous les chiens perdus et les chats égarés croisés sur mon chemin —, il se dit qu'un animal familier me ferait plaisir. Il avait raison. Notre « famille » était complète.

Germain avait appelé le chien Georges, un nom impossible, et le colonel le rebaptisa Arad (qui signifie Tonnerre), du nom d'un animal du même genre qu'il avait à Marrakech. Arad, avec ses longs poils blancs qui tombaient presque par terre, faisait des apparitions saisissantes dans le demi-jour, annonçant notre arrivée partout où nous allions. J'aimais beaucoup Arad et fis tout pour l'apprivoiser, mais il était arabe jusqu'au bout de la truffe : indépendant, distant et désinvolte. Je lui avais acheté un confortable panier mais il préférait dormir à l'ombre, sous la voiture. A chaque fois qu'il émergeait de son abri, sa douce fourrure blanche était couverte d'essence noire. J'étais chargée de le nettoyer. Une tâche épuisante et fastidieuse. Arad préférait les hommes aux femmes, il venait toujours saluer le colonel en premier et en son absence il se montrait nerveux. Mais avec le temps, il m'accorda sa confiance et me laissa de temps en temps caresser ses douces oreilles soyeuses, fermant les yeux comme un gros chat. Maintenant j'avais deux mâles exigeants à satisfaire.

En fin de soirée, quand le colonel avait du temps, on allait promener Arad sur la plage et on s'arrangeait pour voler un repas tranquille, quelque part dans un petit hôtel charmant où l'on passait la nuit et dînait sous les étoiles. Enfin nous pouvions nous détendre. Loin des regards inquisiteurs, on riait, on se tenait la main et on s'embrassait comme de jeunes amants. J'avais oublié à quel point l'amour pouvait être délicieux.

De temps en temps, nous nous rendions à Damas où nous attendaient certains de mes vieux amis de la Légion. Amilak (le crâne toujours rasé), Gabriel de Sairigné, Simon (maintenant avec un œil de verre), Bollardière, toujours en gants blancs, et Messmer cantonnaient ensemble et ne manquaient jamais une opportunité de faire la fête. On se retrouvait généralement pour un repas ou un verre au Lido, des occasions qui me remontaient le moral, même si le général montrait parfois de l'agacement devant notre entente, car j'étais très à l'aise avec eux.

— Est-il vraiment nécessaire que vous apparaissiez aussi détendue en leur compagnie ? me gronda-t-il une fois. Ce n'est pas très flatteur pour moi.

Il ne comprenait pas que quand je retrouvais les hommes de la Légion, je me sentais en famille.

Une nuit, on alla dîner dans un pub hongrois, avec de la musique, des plats et des serveuses hongrois. J'adorais cet endroit. Les costumes, la bière et l'odeur des bougies me rappelaient mes jours heureux à Budapest. Alors que j'avais un peu trop bu, je me penchai vers Sairigné, assis à ma gauche, lui pris le bras pour attirer son attention et lui dis en parlant fort à cause de la musique :

— Vous savez, les Hongrois sont des amants merveilleux. C'est à cause de toutes ces betteraves et ce sang de taureau.

Il rit et passa un bras autour de mes épaules, se balançant avec moi au rythme de l'accordéon.

L'humeur du colonel changea brusquement et il se leva.

— Ramenez-moi à l'hôtel, déclara-t-il d'un ton bourru.

Je laissai mon verre de bière à moitié vide, attrapai mon sac et mon manteau et le suivis jusqu'à la porte.

— Que se passe-t-il ? Vous ne vous amusiez pas ?

Je passais une merveilleuse soirée avec tous nos amis. Gabriel était un vieux copain, nous entretenions des relations purement platoniques et je savais que le colonel l'admirait. Je n'avais pas l'impression d'avoir dépassé la mesure.

Le colonel me jeta un regard irrité.

— Je n'aime pas penser à votre vie avant notre rencontre. Et je ne veux plus jamais entendre parler de votre passé hongrois.

Il prit le volant et nous ramena à une vitesse terrifiante. Assise près de lui, les mains agrippées au siège, je me demandais avec placidité si sa jalousie ne trahissait pas la profondeur de ses sentiments à mon égard. Sa colère m'excitait et je ne parvenais pas à me rappeler la dernière fois qu'un homme avait fait preuve d'une telle possessivité à mon égard.

Sa mauvaise humeur se prolongea à l'hôtel. Il arpentait la chambre, absolument furieux, et je me demandais où tout cela allait nous mener. Et puis en l'espace de dix minutes, ses manières changèrent du tout au tout et il fut à nouveau lui-même, me suggérant très gentiment d'aller prendre un dernière verre au Normandie.

Le lendemain, je reçus un choc.

— Il faut que j'emménage dans une maison quelque part à Beyrouth, me dit-il. Les hôtels sont trop chers. Voudriez-vous m'aider à trouver quelque chose ?

— Bien sûr, répondis-je en me demandant avec tristesse si cela signifiait la fin de nos rendez-vous d'amour, tard dans la nuit, dans les hôtels où nous descendions.

Si nous habitions des logements séparés, il nous deviendrait très difficile de nous rejoindre.

— Et puis quand vous aurez trouvé un endroit qui vous convient, je ne vois pas pourquoi vous n'emménageriez pas avec moi. Tous les autres chauffeurs vivent avec leur patron, ajouta le colonel d'un ton nonchalant.

Transportée de joie, je lui pris la main et l'embrassai.

— Oui, Pierre, lui dis-je, usant du prénom auquel je n'avais droit que depuis peu.

Je n'en croyais pas mes oreilles. Nous allions vivre ensemble, comme un couple normal. Quand les invités seraient partis et les portes refermées, nous partagerions notre premier foyer. J'étais tellement heureuse. Sans l'ombre d'un doute, je ne désirais rien de plus au monde, et je n'étais pas habituée à exprimer des désirs aussi précis en ce qui concernait ma propre existence. J'avais l'impression d'être amoureuse pour la première fois de ma vie.

Avant d'emménager dans une maison, Pierre et moi vivions dans un bel hôtel à Sofar, sur la route de Damas, situé près d'une cascade, et j'avais la chambre la plus délicieuse que l'on puisse imaginer, qu'il remplissait tous les jours d'œillets, de roses et de fleurs aux parfums lourds. En réalité, cette chambre avait été réservée pour le général Henry Maitland Wilson, universellement connu sous le nom de « Jumbo », qui commandait les forces britanniques de la région, mais Pierre insista pour que je la prenne jusqu'à l'arrivée du général. Elle avait une grande salle de bains et une vue délicieuse. Pierre occupait une chambre plus petite, non loin de la mienne, et la nuit, il venait à pas de loup me rejoindre. C'étaient des jours heureux.

Quand on allait se promener le soir avec le chien, on passait devant la cascade, puis on s'enfonçait dans les vignes et les oliveraies. Le dîner était toujours servi sur le balcon ou dans le jardin. On parlait beaucoup, on riait, on était seuls au monde. La guerre s'arrêtait, les batailles et la politique n'existaient plus. On se sentait jeunes et profondément amoureux. Nous savions tous les deux que cela ne durerait pas mais on refusait d'envisager l'avenir, on vivait au jour le jour, dans notre monde à nous, on prenait des risques de plus en plus grands pour voler des moments d'intimité. Entres les réunions du colonel et les problèmes administratifs à régler, on se glissait dans des boutiques pour acheter des chocolats, des fleurs ou des livres, ou bien alors on allait prendre le thé dans notre salon de thé préféré. C'était délicieux. Si on nous reconnaissait, on prétendait qu'on prenait une pause de routine, mais, au cours de ces mois bénis à Beyrouth, les rares personnes qui nous ont rencontrés dans ces circonstances, n'entretenaient certainement aucun doute sur le type de relation qui nous unissait.

Quand le général Wilson arriva, on dut échanger nos jolies suites pour des pièces plus petites, au-dessus de lui. Cela m'a toujours ahurie et un peu embarrassée de voir comment les Anglais étaient privilégiés en tout : les chambres, les voitures, les armes. Les Français libres, eux, se débrouillaient comme ils pouvaient. L'arrivée du général et notre transfert humiliant nous poussèrent à chercher une maison, loin des regards indiscrets.

On donna au colonel une liste de villas réquisitionnées pour faire notre choix. Les propriétaires demandaient des loyers exorbitants car comme on les fichait dehors, ils étaient furieux. J'ai le regret de dire qu'à l'époque ces expropriations me laissaient de marbre. Excitée comme une jeune mariée partant à la recherche de son premier logis, je rêvais d'une propriété aussi magnifique que celle du général Catroux, parfaite pour les réceptions (ainsi que pour son armée de chats siamois). Malheureusement, elle avait déjà été réquisitionnée pour le général

Spears. Pauvre vieux Catroux. Lui et sa belle mais infernale épouse, connue sous le nom de « Mad Cat », devraient eux aussi émigrer ailleurs.

Le colonel était surchargé de travail. Pris par des entrevues de la plus haute importance avec les généraux de Gaulle, Crystal, Wilson, Larminat et Catroux, il me laissa le choix de la villa mais selon son habitude, il avait des idées bien arrêtées sur le sujet.

— J'ai entendu dire qu'il y avait des petits palais disponibles, commencez par là, princesse, me dit-il avec une lueur amusée dans le regard. Et si celui qui vous tente est déjà occupé par les généraux de Vichy, prévenez-moi, je les ferai virer dans les plus brefs délais.

Pendant dix jours, je parcourus Beyrouth dans tous les sens, trouvai des agents sans bureau et des villas sans clés ni adresse connue. C'était une tâche ingrate mais je finis par dénicher le palais de mes rêves, une charmante ferme recouverte de lierre dans le petit village à flanc de colline d'Aley. Elle avait un balcon, un petit jardin et un appartement séparé en bas pour le personnel, un immense living, très lumineux et aéré, une jolie salle de bains, une cuisine et deux chambres. Très excitée, je me précipitai pour prévenir le colonel, mais je fus un peu désappointée d'apprendre qu'il serait en réunion toute la journée et que, ce soir-là, il dînerait avec les généraux. Les Anglais étaient partis en Libye, laissant les Français régler leurs profonds désaccords et mettre au point les modalités d'une paix nécessairement inconfortable.

Quand je le retrouvai et lui parlai de la maison, le colonel semblait distrait et peu intéressé.

— Très bien, si vous vous en fichez, je la laisserai à des officiers de Vichy, dis-je en faisant la moue.

Il reposa ses documents, m'attira à lui et m'embrassa sur le front.

— Je suis désolé, la maison est sûrement très bien. Occupez-vous-en, voulez-vous ? Je sais bien que vous regrettez que l'on ne passe pas plus de temps ensemble, ajouta-t-il en percevant ma tristesse. Mais avec tout le travail que j'ai sur les bras, j'ai à peine le temps de penser et encore moins celui de jouer les chevaliers servants.

Comme je boudais toujours, il devint pensif, prit mon visage dans ses mains et revint à un sujet de conversation que nous avions déjà abordé : sa crainte que nous ne tombions trop amoureux l'un de l'autre.

— Quoi qu'il arrive par la suite, La Miss, commença-t-il sur un ton qui ne présageait rien de bon, je vous souhaite beaucoup de bonheur.

J'eus du mal à reprendre ma respiration et lui demandai ce qu'il entendait par là.

— On ne pourra pas toujours rester ensemble, me dit-il en détachant ses mots. Quand je retournerai au front pour commander un régiment, il est possible que vous ne soyez pas autorisée à me suivre. Les Anglais désapprouveront peut-être qu'une femme me serve de chauffeur en première ligne, et puis je ne suis pas certain de vouloir vous entraîner dans la guerre.

Il disait la vérité, je n'en doutais pas, et exprimait à haute voix des craintes qui me rongeaient secrètement. Mais ses paroles me blessèrent. Je sautai sur mes pieds, attrapai les clefs de la voiture et partis pour une longue promenade dans les collines en dehors de Beyrouth. Les yeux fixés sur les lumières de la ville qui scintillaient au-dessous de moi, je pleurais dans la voiture, je pleurais jusqu'à ce que la source de mes larmes se tarisse. Puis je retournai à notre hôtel juste avant l'aube, me glissai dans mon lit et essayai de mettre une peu d'ordre dans mes idées. A quoi bon le nier ? J'étais éperdument amoureuse. Les sentiments que j'éprouvais pour le colonel ne ressemblaient à rien de ce que j'avais ressenti auparavant. Toute ma vie j'avais cherché une relation forte avec un homme de cette stature et maintenant que je l'avais trouvée, autant accepter qu'elle puisse m'être retirée du jour au lendemain.

Au milieu de la matinée, j'en vins à une brusque conclusion. Arrête de t'apitoyer sur toi-même, me dis-je avec colère en me mouchant un bon coup. Ce n'est pas le moment d'être triste. Tu auras tout le temps plus tard. Je résolus de profiter au maximum de ma relation avec Pierre et de vivre dans l'instant présent. Quoi de plus normal en temps de guerre ? Ensuite, j'aurais toujours le temps de voir venir.

Comme s'il était tourmenté par les mêmes craintes, le colonel devint de plus en plus désagréable avec moi en public, et j'avais parfois l'impression qu'il cherchait pour mon bien à me chasser de son existence. Ma fugue nocturne l'avait mis très en colère. Il craignait que je ne provoque des scènes et il s'inquiétait pour moi.

— Si vous deviez travailler pour quelqu'un d'autre, j'arrêterais tout contact avec vous, me rappela-t-il. La seule raison qui nous permette d'être amants c'est que vous êtes mon chauffeur.

A la fois maîtresse et employée, ma marge de manœuvre était très étroite et j'avançais sur la corde raide. Il m'arrivait parfois d'oublier ma place et quand je trébuchais, sa mauvaise humeur et sa dureté empoisonnaient nos relations pendant des jours entiers. Lors du pire incident que nous ayons connu, j'étais allée chercher la voiture alors qu'il m'attendait avec Arad devant l'hôtel. Contrariée de voir le chien qui était malade, avait vomi dans ma chambre et m'avait empêchée de dormir, je m'énervai.

— Pourquoi l'avez-vous amené ? il sera probablement malade dans la voiture. Ramenez-le dans la maison.

J'avais à peine fini de parler que je compris que j'avais commis une terrible maladresse.

Le colonel me tourna le dos et s'en alla à grands pas, escorté du chien. Quand il revint quelques minutes plus tard, il s'engouffra dans la voiture avec un visage de marbre.

— Comment osez-vous me parler sur ce ton ? N'importe qui peut s'imaginer que c'est vous qui me donnez des ordres ! Ne recommencez jamais cela, vous m'entendez ?

Il bouda pendant deux jours pleins, refusant de dîner avec moi et me remettant à ma place chaque fois que l'occasion se présentait. Ce fut une dure leçon qui m'obligea à adopter les manières les plus obséquieuses. Enfin calmé, il se radoucit et m'invita un soir à aller faire une promenade avec Arad sur la plage. Je réglai mon pas sur le sien en poussant un gros soupir de soulagement.

En juillet 1941, mon colonel — sur qui pesait toujours le poids du commandement — fut promu général de brigade. Très fière, je cousus moi-même les étoiles sur son uniforme, mais j'étais aussi très inquiète, je craignais que sa promotion ne marque un tournant dans notre relation. Vu la position qu'il occupait, ne serait-il pas contraint de prendre un chauffeur homme, comme tous les autres généraux ?

— Maintenant que je suis général, il faudra que vous portiez vos galons d'adjudant sur votre chemise, me dit-il pour essayer de me dérider. Allez les chercher.

Assez contente de moi, je m'exécutai aussitôt. Et puisque nous avions parlé de mon rang, j'osai aborder un sujet qui m'avait contrariée dès le premier jour, quand j'avais embarqué sur le *Westernland*.

— Pierre, commençai-je d'une voix timide, maintenant que vous êtes général, ne pourriez-vous faire quelque chose au sujet de mon salaire ? Je ne touche que les deux tiers de la solde d'un homme. N'avez-vous pas le pouvoir de changer cela ? Ce n'est pas juste, non ?

Il fronça les sourcils et une fois de plus je me demandai si je n'avais pas dépassé les bornes. Puis il hocha la tête.

— Pourquoi pas. Je vais me renseigner.

Et il tint sa promesse. Ma paye fut augmentée, en même temps que celle des deux autres femmes adjudants travaillant à l'hôpital. Ce n'était pas grand-chose mais j'avais le sentiment d'avoir gagné une petite bataille en faveur des femmes. Le général me dit plus tard qu'il aurait souhaité que tous les problèmes auxquels il était confronté soient réglés aussi facilement et procurent une aussi grande satisfaction aux intéressés. J'étais ravie et encore plus fière de mes galons. Sauf que, quelques jours plus tard, je rencontrai dans la rue Amilak qui s'amusa à mes dépens avec un plaisir non dissimulé.

— Bon sang, qu'est-ce que c'est que ça ? s'écria-t-il en pointant sur moi un doigt accusateur.

Une lueur amusée dansait dans ses yeux.

Apparemment, j'avais acheté les mauvais galons, ceux

d'un uniforme de policier et non d'un affilié à la Légion. Je rougis jusqu'à la racine des cheveux et les arrachai sur-le-champ.

En août, notre maison était prête et on déménagea avec la plus grande joie, acceptant avec reconnaissance les clés que nous remirent les propriétaires maltais. Je m'amusais comme une folle à chercher des meubles et des bibelots pour notre nouvelle demeure. Je ne désirais rien d'autre que quelques semaines de tranquillité avec Pierre, sans soirées et sans dîners, mais le sort en décida autrement. Le jour de notre emménagement, le général Lyttleton, le nouveau secrétaire d'Etat au Moyen-Orient, donna une grande réception à sa résidence officielle. Ma seule consolation fut de manger un excellent repas, du poulet arrosé de champagne, sous les marches de l'escalier avec les autres chauffeurs, très envieux du nouveau statut de mon employeur et de sa maison d'Aley.

— Et vous ? me demanda l'un d'entre eux en attaquant un pilon. Vous allez emménager dans la maison de votre général ?

— Bien sûr, répliquai-je, imperturbable.

Je me saisis du bréchet.

— On m'a réservé une chambre dans l'appartement des domestiques. Vu le trou perdu où le général va habiter, il aura besoin de moi pour se rendre en ville.

L'homme et les collègues échangèrent des regards sceptiques sans rien oser ajouter.

Ce soir-là, quand je reconduisis le général tard dans la nuit, il était d'excellente humeur.

— Vous avez quand même réussi à manger quelque chose ? me demanda-t-il d'une voix ensommeillée, la tête sur mon épaule.

— Oh oui, nous avons eu droit à un petit pique-nique, dis-je en songeant au repas délicieux qu'on nous avait servi sous les marches.

On arriva très tard à la maison pour découvrir qu'Arad, contrarié, avait mangé la sonnette et cassé une lampe.

J'organisai notre vie quotidienne, engageai un jardinier, deux soldats libanais comme officiers de service, une employée de maison et un marmiton. Mais ma quête d'un cuisinier prit plusieurs jours. Je voulais un bon cuisinier pour le général et ses invités, dont tout le monde parlerait dans notre cercle. J'étais tellement désireuse que Pierre approuve mon choix. Je demandai au chef du Grand Sérail s'il pouvait me recommander quelqu'un et, après des recherches infructueuses dans la campagne au-dessus de Beyrouth, je découvris l'homme que je cherchais dans un village du nom de Dfun. Apparemment, c'est là que vivaient les cuisiniers. Le chef s'appelait Selim et pour qu'il accepte de quitter l'hôtel où il travaillait je dus le payer beaucoup plus cher que le salaire prévu par le général. Enfin, Selim me donna son accord et m'annonça qu'il commencerait à travailler la semaine suivante.

Ravie d'avoir réussi mon coup, je retournai à Beyrouth et annonçai la bonne nouvelle au général. On déjeuna au mess de la Légion, les vichystes assis d'un côté de la pièce et nous de l'autre. Les deux parties ne s'adressaient jamais la parole. Je m'apprêtais à repartir avec le général après le déjeuner quand on tomba sur Gabriel de Sairigné. On bavarda un moment avec lui, c'était la première fois que je le voyais depuis la soirée hongroise et j'étais soulagée de voir qu'il ne subsistait aucune gêne entre les deux hommes. Mais juste avant de partir, Gabriel me serra le bras.

— Au revoir, Susan, me dit-il en utilisant mon prénom comme il ne l'avait jamais fait auparavant.

Le général changea de figure, il était visiblement furieux et m'ignora toute la journée, me gâchant mon plaisir d'avoir découvert Selim. Mon passé refaisait surface, une fois de plus je m'affrontais aux accès d'humeur de mon père, au malaise que son imprévisibilité suscitait chez moi quand j'étais enfant. Dans ma détresse, je rentrai accidentellement dans un tram et il fallut appeler une dépanneuse pour qu'on remorque la voiture jusqu'à la maison. Le général, toujours dans un état d'exaspération extrême, dut trouver un autre moyen de transport. Tandis que je le regardais partir, le visage sombre, je réalisai que sa jalousie me le rendait plus proche car elle trahissait à quel point il tenait à moi.

Malgré nos querelles occasionnelles, on était vraiment heureux dans notre petite maison des environs de Beyrouth. Là, dans les montagnes, entourés de vergers et d'oliveraies, on vivait comme mari et femme, et personne à part les domestiques n'était au courant de notre étrange relation. Je partageais le lit de Pierre et chaque matin je me réveillais à ses côtés. Chaque jour qui passait voyait grandir mon amour.

Ensemble, Pierre et moi avions acheté des tables anciennes, des lits, un coffre en bois sculpté et un divan ainsi que des tapis persans. Mon meuble préféré était une commode avec des incrustations en nacre que Pierre avait choisie pour moi. Je trouvai aussi des lampes, et un chintz imprimé de boutons de rose pour les fauteuils et les lits. Bref, j'aménageai la villa de façon aussi confortable que possible et bien sûr, chaque pièce débordait de fleurs. Les officiers de service libanais étaient des idiots, le jardinier ignorait tout du jardinage et la moitié des poissons rouges que j'avais mis dans la petite fontaine crevèrent par sa faute, mais grâce à Selim, rien de tout cela n'avait d'importance, on mangeait très bien... et trop.

Peu à peu, dans ce cadre idyllique dont je me souviendrais toute ma vie avec émotion, Pierre toucha mon âme comme aucun homme avant lui n'y était parvenu. Raffiné, intelligent, doué pour le commandement et la politique, il m'attirait bien davantage que n'aurait pu le faire un homme plus beau ou plus jeune. Cette liaison me permit d'explorer des recoins de mon cœur où je ne m'étais jamais aventurée. Je me donnai à lui totalement — physiquement, émotionnellement, moralement et intellectuellement.

La dévotion qu'il m'inspirait était tout à fait nouvelle pour moi. Avec mes amants, j'étais toujours restée froide et distante, intérieurement vulnérable mais extérieurement parfaitement maîtresse de moi, de crainte d'être rejetée ou trahie. Mais à cause de la nature maître-employée très particulière de notre relation, je m'autorisais à m'efforcer de lui plaire sans attendre grand-chose en retour.

Il arrivait que notre relation, tout de même assez déséquilibrée, me fasse un peu souffrir. Après une journée particulièrement éprouvante où j'avais conduit toute la journée pour le mener à droite et à gauche, et transmis des documents et des messages de sa part, je rentrai à la maison pour apprendre qu'il attendait maintenant de moi que j'organise un dîner avec des légionnaires. J'étais épuisée. Alors que nous nous habillions pour le dîner, je me tournai vers lui et lui dis avec un sourire forcé :

— Il m'arrive parfois de penser que vous m'avez réduite au rôle d'un petit chien docile. Je vous suis partout, attendant un mot gentil...

Il s'arrêta, ajusta sa cravate et se tourna vers moi.

— Je sais, chérie, et c'est une erreur de trop s'attacher aux petits chiens, qu'en pensez-vous ?

Pierre tenait absolument à ce que personne ne se doute de nos relations. Cela aurait pu nous coûter très cher à tous les deux, à lui sa réputation, sa carrière, peut-être son mariage, à moi mon travail. Si quelqu'un posait des questions, je répétais, selon ses instructions, que je vivais dans l'appartement des employés car c'était plus pratique pour ses déplacements. Une fois, il fut pris de panique et faillit me renvoyer quand on lui rapporta que les commérages allaient bon train en ville, où l'on s'étonnait qu'il partage sa maison avec une femme.

— Je crois que nous ne sommes pas du tout raisonnables, me dit-il ensuite. Si ces commentaires désobligeants s'amplifient, il faudra peut-être que vous partiez.

Je fus mortifiée. Pourquoi les gens ne s'occupaient-ils pas de leurs affaires ?

On invita Sairigné et Amilak, maintenant les plus proches amis du général et ses commandants les plus fidèles, à un des dîners que nous organisions à la maison. Bien entendu, dans ces occasions je redevenais la servante obéissante du général. Par exemple, Amilak, qui était considéré comme la personne la plus importante, était placé à sa droite, et moi à l'autre bout de la table. La soirée dont je parle, projetée longtemps à l'avance, faillit tourner au désastre. La peinture bleue des nouvelles chaises de la salle à manger n'était pas sèche et on dut s'asseoir sur du papier journal. J'avais utilisé le bol d'Arad pour y mettre des œillets et il menaçait sans arrêt de le ficher par terre de sa truffe inquisitrice. Jusqu'à la dernière seconde je passai mon temps à coudre les rideaux. Et voilà qu'au moment où les invités allaient arriver, les plombs sautent. Heureusement, j'avais acheté huit bougies que l'on planta dans des bouteilles de vinaigre.

Selim cuisina de son mieux dans une semi-obscurité. Le repas était délicieux, avec des mezze, des hors-d'œuvre du Moyen-Orient, du poisson au four, de l'agneau et des ris de veau. Mais le général était fâché à cause de la lumière, ce qui alourdit un peu l'atmosphère et selon son habitude, Amilak n'arrêtait pas de me taquiner, ce qui m'énervait prodigieusement.

— Vous n'avez pas rencontré de policiers dans le coin récemment ? demanda-t-il aux autres d'un air faussement innocent avec un petit sourire dans ma direction. Il n'y a que La Miss ici présente pour se prendre pour un policier.

Je rougis, craignant la réaction du général, et m'efforçai de changer de sujet.

Heureusement, Gabriel de Sairigné était là pour veiller à l'ambiance et il dit à Dimitri de me laisser tranquille.

— Mieux vaut être un sergent avec les mauvais galons qu'un prince sans royaume, plaisanta-t-il.

Après ça, tout le monde se détendit et les hommes partirent à minuit en chantant à tue-tête. Les chauffeurs les attendaient, très dignes mais aussi soûls que leurs patrons.

D'habitude, je dînais seule à la cuisine. Je n'étais autorisée à dîner avec le général que quand il recevait la visite de ses meilleurs amis qui me connaissaient déjà. Mais il m'était interdit de lui témoigner la moindre marque d'affection. Il m'avait avertie que si la nature de nos relations était révélée au grand jour, il m'en tiendrait personnellement responsable. Ce stratagème réussit au-delà de toute espérance : un jour Amilak vint dîner et passa la nuit à la maison — le général qui lui avait laissé son lit dormait sur le divan du salon et moi dans « ma chambre ». Au milieu de la nuit, un homme se glissa dans mon lit. Etonnée que le général se risque à être surpris en flagrant délit avec un invité dans la maison, je succombai cependant à ses avances et on commença à faire l'amour.

Mais quand je voulus passer ma main dans sa chevelure familière, j'entrai en contact avec le crâne rasé d'Amilak qui avait supposé qu'il serait bien accueilli dans mon lit puisqu'il en avait toujours été ainsi dans le passé.

— Dimitri, c'est impossible, lui dis-je d'une voix tremblante. Le général et moi sommes amants. Surtout n'en dites rien à personne — j'ai cru que c'était lui !

Dimitri, encore plus terrifié que moi à l'idée d'être surpris dans le lit de la maîtresse du commandant de brigade, battit rapidement en retraite, repartant comme il était venu, par la salle de bains qui communiquait avec les deux chambres. Au petit déjeuner, on poussa un soupir de soulagement quand on comprit que le général n'avait eu aucun soupçon et on n'aborda plus jamais le sujet.

Ces jours passés à Aley furent un délice, j'avais parfois l'impression que mon cœur allait éclater de joie. Toute ma vie j'avais fui une véritable intimité avec un homme, poussant sans m'en rendre compte mes amants à me quitter. Maintenant que je vivais une relation harmonieuse telle que je n'en avais jamais connue auparavant, l'idée d'en être privée me terrorisait. Où que nous allions — dans la voiture, sur la plage, dans un bateau ou en excursion dans les collines bibliques autour de Beyrouth — Pierre et moi ne faisions qu'un.

Quand les nuits se rafraîchirent, on acheta un petit poêle à bois. On l'allumait — au début on faillit s'asphyxier — et on se blottissait près du poêle en attendant que Selim nous prépare un délicieux souper, par exemple du poisson à la sauce hollandaise et un bavarois au chocolat, le tout arrosé d'excellents vins. Selim n'était pas une perle, c'était un banc d'huîtres remplies de perles à lui tout seul.

Le général se détendit, ce qui le rendait romantique, il me couvrait de fleurs et de petits cadeaux : un joli sac pour mon anniversaire ou alors un bracelet avec des scènes peintes appartenant à la mythologie du Moyen-Orient (je l'ai toujours) après que je lui eus offert une trousse de toilette. On passait d'agréables soirées : on dînait, on lisait des magazines ou on écoutait la radio. Il adorait la poésie et en écrivait lui-même, bien qu'il ne m'ait que rarement autorisée à la lire. Cela faisait deux ans que j'avais rejoint les Français libres à Carlton Gardens et au cours de cette période relativement courte, j'avais atteint ma plus grande ambition en vivant dans un pays étranger avec un homme appelé à un destin glorieux. J'aurais voulu que cela ne finisse jamais.

Cependant, notre idylle d'Aley ne fut que de courte durée. Trois mois ne s'étaient pas écoulés que la guerre nous rappelait déjà à notre devoir. Les Allemands et les Russes se battaient férocement, et les troupes d'un Hitler jubilant se rapprochaient des portes de Moscou. En France, les milliers de civils suspectés d'être des résistants avaient été arrêtés par les vichystes qui collaboraient avec la Gestapo. Des centaines d'entre eux avaient été exécutés. En Afrique du Nord, les forces de Grande-Bretagne et du Commonwealth menées par le général Richard O'Connor continuaient à se battre contre les Italiens en Libye, les pourchassant le long de la côte tandis que nos collègues des Forces françaises libres attendaient impatiemment en coulisses.

Le général devint un fanatique de la radio, à peine rentré il se précipitait sur le poste et en tournait l'aiguille toute la nuit pour capter les dernières nouvelles. Un soir que j'avais demandé à Selim de préparer un dîner « d'anniversaire » pour célébrer nos trois mois dans la maison, je fus bêtement bouleversée parce qu'il ne remarqua pas mon caftan en brocart vert que je mettais pour la première fois. Pierre, vissé à la radio, ne voyait plus rien.

De mon côté, j'écoutais à mon corps défendant car j'avais envie de me boucher les oreilles pour oublier la guerre qui menaçait de détruire mon idylle. Et puis on entendait *Lili Marlene*, cette chanson obsédante, et je respirais. Cette chanson touchait une corde sensible chez les soldats des deux bords. Accueillie comme le thème de la guerre, elle devint plus tard un symbole rempli d'émotion de la guerre du désert.

La nouvelle que je redoutais en secret finit par arriver.

— On m'a nommé gouverneur d'Alep et de la Syrie, m'annonça fièrement Pierre. Bien sûr, cette nomination prend effet immédiatement.

Nous devions quitter la jolie petite maison dans les vignes.

Il fallut plusieurs jours avant que l'excitation du général ne retombe.

— Cela ressemblait à un rêve, me dit-il d'un ton mélancolique lors d'une de nos dernières nuits passées à Aley. Et maintenant, ma chérie, le rêve est fini.

Je savais bien qu'il disait la vérité. Comment retenir le temps ? Les ordres étaient les ordres. L'idée de partir le rendait aussi malheureux que moi mais nous n'avions pas le choix.

Avec une immense tristesse, j'appelai des déménageurs pour emballer la vaisselle et les objets précieux avec du papier et de la paille. Chaque objet me rappelait ce qui resterait parmi les plus beaux jours de ma vie — les vases, les verres, les tapis et le chintz imprimé de boutons de rose qui avaient contribué à décorer notre foyer. Je remerciai un Selim en larmes pour tout ce qu'il avait fait pour nous et le laissai partir avec les autres employés. Je m'occupai moi-même du reste de nos meubles et de nos affaires, certaines choses nous suivraient mais j'en déposai la plus grande partie dans un garde-meubles en espérant qu'un jour, peut-être, Pierre et moi reviendrions les chercher ensemble. Quand la maison fut totalement vide, elle semblait aussi désolée que moi.

Je mis sa laisse à Arad, fermai la porte derrière moi et m'éloignai sans me retourner de la villa dans les vignes, sachant au fond de moi que je n'y reviendrais jamais. Une page était définitivement tournée.

10

Dans le chaudron

Cette terre résiste à la guerre.
Tout comme le verre à la morsure du vitriol
Cette terre dure et calcinée
Rejette l'impact brûlant et corrosif de la bataille.

Jocelyn BROOKE, RAMC, Afrique du Nord,
The Voice of War.

Edifiée au croisement de deux anciennes pistes de caravaniers, Alep était la Mecque des marchands, des commerçants et des pèlerins, un creuset de religions, de langues et de coutumes. Sur une route serpentant entre la mer et les collines escarpées où poussent les cèdres, le voyage pour nous y rendre prit plusieurs jours. Cette fois, nous roulions dans la vieille Lincoln. A la fin du voyage, on déboucha sur une plaine fertile parsemée de maisons en forme de ruche entre deux fleuves, l'Euphrate et l'Oronte. En route, on s'arrêta dans la ville de Homs, où je fus invitée à prendre le café avec l'imposante femme du général Catroux, ma première sortie « dans le monde » depuis longtemps. Je me demandais pour quelles raisons elle agissait ainsi. Peut-être voulait-elle voir de plus près la femme qui vivait avec le général ?

— Le général est-il un bon patron ? demanda Mme Catroux, incapable de dissimuler sa curiosité.

— Comme ci comme ça, répliquai-je.

Assise sur le rebord de mon siège, ma tasse de thé à la main et grignotant des friandises tout en essayant de bavarder de choses et d'autres avec cette femme terrifiante, je ne m'étais jamais sentie aussi intimidée. Pas étonnant que son mari ait toujours eu l'air si fatigué.

Homs, une ville industrielle sur le fleuve Oronte, était un centre de communications routier et ferroviaire qui portait les cicatrices de batailles enragées avec les Italiens et les Français de Vichy. Les murs de nombreux bâtiments étaient piquetés de traces de balles et les routes grêlées de trous d'obus. Un triste spectacle.

Une parade des Français libres avait été organisée pour le général, au cours de laquelle il remit des médailles et des décorations à ceux qui avaient servi avec courage. La cérémonie se déroula avec la pompe habituelle, l'orchestre de la Légion joua *Le Boudin* et les hommes s'alignèrent, en short, les bottes couvertes de boue. Parmi ceux qui allaient être décorés, je fus ravie de retrouver John Hasey, et je le regardai de loin avec fierté tandis qu'il s'avançait pour recevoir la croix de guerre et la médaille de la Libération. Quand tout fut fini, j'allai le retrouver. Grâce au murmure rauque qui lui servait de voix maintenant qu'il avait perdu son larynx arraché par une balle, il me dit qu'il retournait chez lui, dans le Massachusetts.

— Ma famille veut que je rentre, mais j'espère revenir dès que je serai rétabli. Je sais que je peux encore être utile.

La même lueur d'enthousiasme brillait dans ses yeux.

— Bonne chance, mon brave.

Je lui pris la main et l'embrassai sur le côté intact de son visage.

Je ne l'ai jamais revu mais je sais qu'au cours des dernières années de la guerre, de retour au front, il devint l'aide de camp du général. Puis il servit à la CIA pendant une trentaine d'années avant de retourner en France en 1996, à l'âge de soixante-dix-sept ans, pour recevoir la Légion d'honneur des mains du président Jacques Chirac.

A Alep, la deuxième ville de Syrie, notre nouvelle maison était beaucoup plus grande que la précédente. Cernée de remparts, à l'ombre de la Citadelle elle-même entourée de douves, elle avait été la demeure du gouverneur. On m'avait réservé une chambre, pas très loin de celle du général, et je pouvais encore le retrouver secrètement la nuit mais nous étions obligés d'être très prudents. Cela n'avait plus rien à voir avec l'intimité d'Aley. Les employés n'arrivaient pas à la cheville de Selim et de ses aides-cuisiniers, la nourriture était épouvantable et Pierre et moi passions très peu de temps ensemble. J'essayai de rendre notre habitation aussi confortable que possible, j'achetai des rideaux et déballai certains des meubles que j'avais fait venir, mais cela n'avait rien à voir avec la charmante atmosphère de la villa. Les rares nuits où nous étions seuls, on dînait et il jouait du piano pour moi, ou alors on écoutait sa grosse radio en Bakélite.

Heureusement, il y avait mes amis de la Légion, mes sauveurs. Amilak, Boris Nazarov et les autres m'invitaient à déjeuner, à dîner, ou alors à aller boire des verres. J'avais des prétendants mais restais fidèle à mon général et rejetais toutes les avances. Je me retrouvais souvent seule. Arad me tenait compagnie, bien sûr, mais il n'avait jamais été très affectueux et la plupart du temps, il gémissait après son maître. Un beau jour, conscients de ma solitude, mes amis de la Légion m'offrirent un petit daim, semblable à celui que j'avais surnommé Duchesse en Erythrée. Il mangeait du tabac et vécut dans un enclos dans notre jardin jusqu'à notre départ. Alors il s'échappa et retourna au désert.

Comme toujours, le général avait ses réunions avec les Arabes du coin, les Français de Vichy et les Alliés. Mon travail à moi était de veiller à ce qu'il soit au bon endroit au bon moment pour ses nombreuses conférences. Elles ne se déroulaient pas seulement à Alep, il fallait parfois parcourir toute la Syrie et aller jusqu'au Liban. On s'est rendus dans la vieille ville de Baalbek, couverte de ruines romaines au milieu des vignes et des oliveraies, avec des rues étroites et des palais aux cours merveilleuses : un spectacle à vous couper le souffle. Mais les intermèdes romantiques étaient rares.

Maintenant, dans les limites de mon rôle clairement délimité, j'étais avant tout le chauffeur et le subordonné du général. Enfuis les beaux jours d'Aley, les promenades sur la plage avec Arad, les dîners sous les étoiles, le temps où on se blottissait devant le poêle à bois. Maintenant je dînais avec les chauffeurs, ou alors seule à la maison. La plupart du temps, la nuit je dormais seule car Pierre rentrait tard et n'osait pas me rejoindre de peur d'être surpris dans mon lit. Je pleurais sur la vie que nous menions autrefois et j'aurais tout donné pour y revenir en arrière. Mais Pierre était général, nous étions en guerre, et j'avais déjà eu beaucoup de chance de connaître ce que j'avais connu.

En décembre, quand on quitta Alep pour l'Egypte, on eut à nouveau pour la première fois la possibilité de se retrouver seuls. Les Français libres avaient enfin été informés qu'ils devaient se préparer à jouer un rôle sur le front où les choses se corsaient.

— Ça vous plairait de passer Noël au Caire ? me demanda inopinément le général, un matin après le petit déjeuner alors que selon mon habitude je me présentai à lui pour prendre ses ordres.

J'étudiai son visage souriant.

— Vraiment ?

Je n'osais y croire mais il hocha la tête.

— Je suis désolé que nous ayons eu si peu de temps à nous ces deux derniers mois, mais nous pouvons au moins passer Noël ensemble. Juste vous et moi.

Mon visage s'éclaira et je dus résister au désir de lui sauter dans les bras.

Le général était ravi de se retrouver en Egypte et très satisfait du tour que prenaient les événements. Le général de Gaulle était content de lui et lui avait annoncé qu'il l'associait à de grands projets pour l'après-guerre. Et Pierre serait autorisé à mener une fois de plus les Français libres à la bataille, une ambition qui ne le quittait plus depuis que je l'avais rencontré pour la première fois.

On passa tous les deux Noël, notre premier Noël, dans

le cadre plein de charme du Shepheard, un hôtel légendaire donnant sur le Nil et remontant au XIXe siècle, non loin du Midan el Tahir, avec son atmosphère coloniale un peu désuète, ses meubles confortables, ses chandeliers et ses magnifiques antiquités. De grands ventilateurs à ailes bruissaient au-dessus de nos têtes, des tapis persans recouvraient les sols en marbre et le personnel était vêtu d'une djellaba d'un blanc éclatant, serrée à la taille par une écharpe cramoisie. Chaque matin, au lever du soleil, on était réveillés par les litanies des muezzins qui se répondaient dans la ville brumeuse de minaret en minaret. Puis on retombait dans une délicieuse torpeur. Le soir, on dînait chez Groppi's Corner House sous un vitrail en forme de rotonde, ou bien on mangeait dans un club arabe où l'on regardait des danseuses du ventre occuper le plancher de danse et de gros pachas brasser des affaires plus ou moins louches. Le matin de Noël, on trouva une église copte pour Pierre afin qu'il puisse assister à la messe.

Assise au fond de l'église alors qu'il allait s'agenouiller et prier près de l'autel, je respirais l'encens et regardais la lumière des cierges trembler autour des dizaines d'icônes en or qui ornaient les murs. A l'image de mes parents, je n'avais jamais été très croyante, et pourtant la paix et la sérénité qui nous entouraient étaient communicatives. J'inclinai la tête, fermai les yeux, joignis les mains et murmurai à voix basse :

— Mon Dieu, si vous êtes là, je vous en prie, faites qu'il n'arrive rien à Pierre au cours des batailles qui s'annoncent.

Plus tard, on se rendit à Gizeh, et on se promena seuls et en silence autour des pyramides de Chéops, Chéphren et Mykérinos. Les touristes et les mendiants s'en étaient allés, la guerre les avait éloignés. Abandonnés de tous, à l'exception de ceux qui allaient se battre, les fiers monuments funéraires, témoins d'un passé révolu, se dressaient dans la plaine, indifférents au temps, à la guerre ou à la stupidité des hommes. Alors qu'on se promenait dans la petite ville nichée à l'ombre des pyramides, on découvrit un restaurant qui nous servit un repas simple mais délicieux composé de pois chiches, de hachis d'agneau, de salade, de pain et d'houmous, arrosé de bière fraîche. Je n'avais jamais mangé de meilleur repas de Noël. Je songeai à mes parents, économisant sur leurs maigres rations en Angleterre pour sans doute passer Noël avec mon frère Laurence, je les vis tous les trois assis en silence autour de la table de la salle à manger et je remerciai ma bonne étoile pour l'Egypte et pour Pierre.

— Ce fut un Noël magique, lui dis-je en levant ma bouteille de bière. C'est merveilleux d'avoir un peu de temps à nous. Merci.

— Oui, renchérit-il, les yeux brillants, avant de boire au goulot de sa canette. Et 1942 nous apportera des temps meilleurs, la défaite de l'ennemi et le retour de la gloire pour la France.

On trinqua. Je savais que je l'avais déjà perdu.

Au cours des premiers jours de cette nouvelle année, marchant seule dans les rues poussiéreuses du Caire tandis que le général retournait au travail, je cherchai une consolation dans cette ville des merveilles. *Les Mille et Une Nuits,* un des mes livres préférés quand j'étais enfant, la décrit comme « la mère de l'univers ». Les rues grouillaient de monde, les trams résonnaient d'un bruit de ferraille. Cet endroit, mélange détonnant d'ancien et de moderne, d'Orient et d'Occident, les gens le haïssaient ou l'adoraient. Je l'adorais.

Les quartiers pauvres de la ville exerçaient sur moi une certaine fascination, j'explorai les *ghoraz,* les établissements du vieux Caire où l'on fumait le haschich, et aussi la Cité des morts, où les pauvres vivaient au milieu des tombes. Juste en face de l'entrée du Shepheard, je voyais la Sharia il Berka, la célèbre rue des bordels. J'étais fascinée par les prostituées, vêtues de haillons aux couleurs criardes, qui titubaient dans la rue, échevelées, après une nuit de sexe avec les soldats alliés sans compter leurs clients habituels.

Je me rappelai que, à l'époque de ma jeunesse insouciante, mon père m'avais mise en garde contre le danger de devenir une « femme facile ». Je me revis lors de ces nuits d'ivresse à Cannes, quand je revenais à la maison à l'aube, et j'eus un peu honte. Pauvre père, comme il avait dû se faire du souci pour moi. S'il pouvait me voir maintenant, plus âgée et tellement plus raisonnable, la compagne d'un général français respecté, accomplissant un travail difficile, sans doute serait-il rassuré. Mais j'oubliais que mon général était marié et pas moi. Une fois de plus, mon père n'approuverait pas mon mode vie.

Penser à mon père me poussa à écrire à nouveau à mes parents. Tout au long de la guerre, je n'accomplissais ce devoir que de façon sporadique. Je leur en disais fort peu. Mes lettres étaient courtes et assez vagues.

> Le Caire, janvier 1942
>
> Je suis toujours avec la Légion et je n'arrête pas. Il fait chaud, la ville est poussiéreuse mais tout va bien. J'ai vu les Pyramides. Je capte sans problèmes la BBC à la radio et je suis donc très bien informée. J'espère que vous allez bien. Je vous embrasse.
>
> Susan.

Au cours des premières semaines de 1942, auprès du général, j'étais protégée de la guerre qui faisait rage en Europe et dans le monde. Londres était toujours la proie des bombes et les nazis avaient occupé Moscou. Du coup, le général de Gaulle offrit les services de ses troupes aux Russes, espérant qu'ils l'apprécieraient davantage que les Anglais, dont il estimait qu'ils ne l'aimaient pas. En Extrême-Orient, l'attaque de Pearl Harbour avait enfin entraîné les Américains dans la guerre. Quant aux Japonais, ils s'avançaient de plus en plus profondément dans le Sud-Est asiatique.

Je savais que dans le Désert Occidental, les nouvelles n'étaient pas non plus très bonnes. Furieux devant la retraite honteuse des Italiens chassés par les forces alliées, le haut commandement nazi renforça l'Afrika Korps. Leur commandant, le maréchal Erwin Rommel, un tacticien réputé universellement connu sous le nom de « Renard du désert », ordonna à ses divisions blindées d'avancer de deux cents kilomètres à l'est, en direction de l'Egypte, menaçant une fois de plus la ville côtière de Benghazi, en Libye. A Halfaya, l'armée britannique tenait bon, mais s'était dangereusement déployée sur une trop longue distance.

Et pourtant, malgré cette situation, les plaidoyers insistants de De Gaulle pour jouer un rôle dans ce qu'il appelait la « partie vitale » qui voyait s'affronter les forces de l'Axe et les Alliés ne suscitaient aucun écho. En écoutant les bulletins d'informations, mon général et ses hommes étaient sur des charbons ardents tandis que les forces britanniques et du Commonwealth essayaient de repousser l'ennemi sans l'aide de personne. Mais le vent allait bientôt tourner. Ni le général ni moi ne le savions mais l'occasion de nous éprouver était imminente. Les Anglais étaient enfin obligés d'admettre qu'ils avaient besoin d'aide. Cette fois-ci, peu leur importait d'où elle venait, ils n'avaient pas le choix.

La 1re brigade française libre fut mobilisée. Elle comptait 957 légionnaires avec des troupes polyglottes en provenance des colonies françaises (Tchadiens, Marocains, Tahitiens...), plus deux Spearettes et quelques médecins quakers. La brigade quitta Le Caire et la Syrie pour participer aux combats pour le Désert Occidental. Elle devait être rattachée à une division de la 8e armée britannique (ex-Armée impériale du Nil) et équipée en troupes motorisées, devenant ainsi la brigade la plus moderne des forces françaises. De plus, grâce à l'intervention du général, j'y serais intégrée en tant que chauffeur.

— Ils auraient préféré que je prenne un homme mais j'ai dit non, me rapporta le général à la veille de notre départ. Si vous voulez m'accompagner, libre à vous.

Sa voix se fit plus douce.

— Il n'y aurait pas de déshonneur à ce que vous restiez, La Miss. La vie dans le désert n'est pas un pique-nique et nous aurons fort peu l'occasion de nous retrouver ensemble.

— Je veux aller là où vous serez, répondis-je en soutenant son regard. Je ne demande rien de plus.

Il hocha la tête, signa les papiers nécessaires, me les

tendit et là, à ma grande stupéfaction, il me fit le salut militaire.

Je n'oublierai jamais ce convoi impressionnant qui s'ébranla vers l'ouest. Aussi loin que portaient les regards, les hommes et les machines se déployaient devant et derrière nous, immense serpent vert ondulant dans la poussière. On traversa la banlieue d'Alexandrie, avec ses gommiers et ses jaracandas, puis on suivit la longue route droite qui se déroulait à perte de vue. La mer bleu turquoise d'un côté, le désert gris-beige de l'autre, composé de poussière et de cailloux d'une teinte uniforme. Un jour, au cours de notre périple, on tomba sur un panneau indicateur peint à la main au milieu de nulle part et qui disait « Désert Occidental » en pointant vers le néant. On éclata de rire. Au moins on était sûrs d'être dans la bonne direction.

Ma voiture, une vieille Ford Utility aux vitres peintes en brun pour ne pas réfléchir la lumière de crainte qu'un avion allemand ne nous repère, freinait fort mal. Mais elle marchait plutôt mieux que les Humber et la Lincoln qui m'avaient été confiées précédemment et elle était beaucoup plus confortable. Tout compte fait, le grade de général présentait quelques avantages, et je transformai rapidement la Ford en un lieu d'habitation. Je m'en servais pour dormir, me laver et m'habiller : suspendre un tissu quelconque devant le pare-brise me permettait de préserver mon intimité, ce qui était fort appréciable dans cette réserve de mâles.

Le général n'était pas peu fier des hommes de l'atelier d'Alep. Ils lui avaient aménagé une camionnette, une vieille Renault, avec un lit, une table, des sièges et un petit lavabo. L'intérieur était même « lambrissé » avec des panneaux en bois, genre Orient-Express. Cela ressemblait à un wagon-lit et suscitait l'admiration et l'envie. En voyant ça, les généraux anglais en voulurent une pour eux aussi et demandèrent à leurs ateliers de se mettre au travail mais, côté style et confort, aucune d'elles ne soutenait la comparaison avec celle du général.

L'officier de service du général était un jeune Indochinois du nom de My Fen que l'on surnommait « Mie de pain », car il était minuscule. Normalement, l'officier de service du commandant était aussi au service du chauffeur, ce qui n'allait pas sans problèmes. Le général savait bien qu'aucun légionnaire n'accepterait de jouer ce rôle sachant que le chauffeur était une femme. Jugeant que My Fen ne se montrerait pas aussi susceptible, il s'était donc arrangé pour qu'il soit engagé. My Fen parlait très mal le français et était absolument terrifié par le général. Il n'opposa donc aucune objection à me servir. Arad nous accompagnait mais dans la camionnette à l'espace restreint, lui et le général se lassèrent rapidement l'un de l'autre et quand on s'arrêtait pour monter le campement, Arad allait rejoindre les hommes, choisissant de dormir avec qui lui plaisait.

Au cours des six mois qui venaient de s'écouler, je m'étais approchée au plus près du rôle d'une « épouse », je dormais tous les soirs auprès d'un homme, j'avais un toit au-dessus de ma tête, de la nourriture à ma table et une salle de bains pour rester propre et fraîche. Là, j'étais à nouveau précipitée dans le sable, sous un soleil implacable, avec toutes les privations qu'entraînait la vie dans le désert. Là, le romantisme et les relations privées n'avaient pas cours, pas de souks exotiques, ni de salons de thé où bavarder en mangeant des gâteaux délicieux mais du bœuf écœurant, du riz, des rations de biscuits, du thé dans des tasse en émail qui lui donnaient un goût métallique et dans lequel on versait du lait condensé qui collait aux doigts.

Le plus insupportable, c'était les nuées de mouches qui prospéraient grâce aux charognes du désert. Elles bourdonnaient autour des yeux, des lèvres et de la nourriture. Tout devenait horriblement poisseux, ce qui contribuait aussi à votre épuisement. Se protéger des coups de soleil, considérés comme un crime militaire, une blessure auto-infligée passible de la cour martiale, était pour nous très difficile. On en attrapait sur le cou, les mains et toutes les parties exposées du corps. Rouges, la peau irritée et douloureuse, les hommes se roulaient parfois dans le sable qui leur collait à la peau et faisait écran.

Moi à l'âge de cinq ans, coiffée avec l'un des nœuds qu'affectionnait ma grand-mère.

A sept ans avec ma mère, mon frère Laurence et Duchess, notre labrador.

Mon père, âgé d'environ soixante-dix ans, dans son uniforme de la Home Guard.

Enfin grande : sur les marches de la maison de mes parents à Cannes.

Ma vie mondaine et sportive dans les années trente. Je skiais en Autriche, jouais au tennis dans les tournois européens. Je détestais les bas blancs et fus ravie quand Suzanne Langlen nous en débarrassa.

ALLIED MILITARY
IDENTITY CARD No. A 07921

Allied Land Contingent FRENCH.

Surname TRAVERS.

Christian Names (and rank or designation at time of issue) SUSAN. MARY. G. S/LT.

Sex F.

Personal No. –

Height 5' 9"

Colour of Eyes BLUE

Colour of Hair BROWN

Other Distinguishing Marks (if any) NONE

Date of Birth 23-9-09

Signature of Issuing Officer

Date

Signature of Bearer Susan Travers

(S.8154) Wt.54294/654 500 Bks. 3/44 Hw. G.9999 105

Ma carte d'identité militaire.

Membre du corps d'armée France-Finlande (et fière de l'être) devant mon ambulance à Norrmark.

Portrait d'une dame prête pour l'aventure.

Devant ma voiture au camp d'El Tahag en Egypte.

Bir Hakeim : le général Willoughby Norrie face à deux Spearettes.
Imperial War Museum (E13320)

Dimitri Amilakvari (à gauche) et des officiers de la Légion étrangère.
Imperial War Museum (E13274)

Soldats aguerris profitant
d'une pause bien méritée.
Imperial War Museum (E13314)

Hip hip hip hourra
sous le ciel du désert.
Un groupe de légionnaires
des Français libres
et leurs chiens.
Imperial War Museum (E13273)

Taché de sang mais victorieux : le drapeau de la Légion étrangère flotte fièrement sur Bir Hakeim.
Imperial War Museum (E13300)

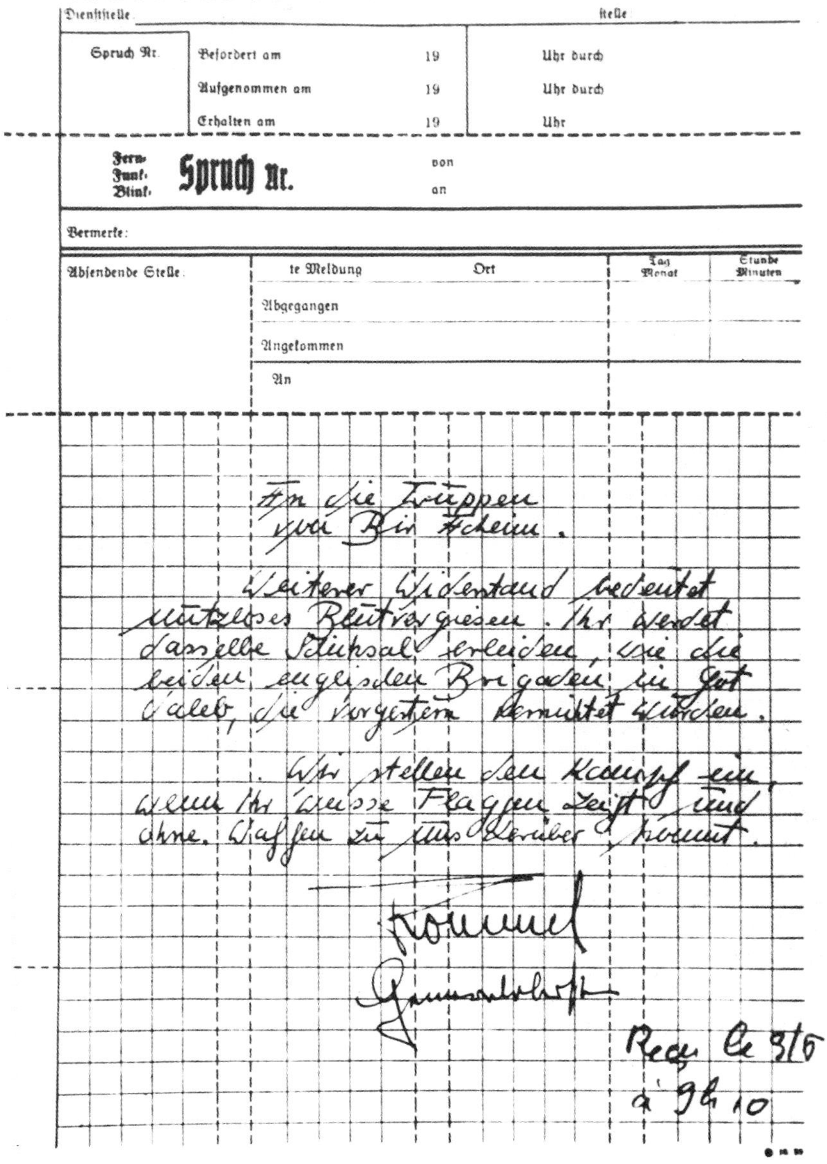

Dienststelle — stelle

Spruch Nr. — Befördert am 19 Uhr durch — Aufgenommen am 19 Uhr durch — Erhalten am 19 Uhr

Fern- Funk- Blink- Spruch Nr. von an

Vermerke:

Absendende Stelle — te Meldung — Ort — Tag Monat — Stunde Minuten

Abgegangen

Angekommen

An

An die Truppen von Bir Hakeim.

Weiterer Widerstand bedeutet nutzloses Blutvergiessen. Ihr werdet dasselbe Schicksal erleiden, wie die beiden englischen Brigaden in Got Ualeb, die vorgestern vernichtet wurden.

Wir stellen den Kampf ein, wenn Ihr weisse Flaggen zeigt und ohne Waffen zu uns herüber kommt.

Rommel

Generaloberst

Reçu le 3/6 à 9h10

L'ultimatum de Rommel :

« Aux troupes de Bir Hakeim. Une résistance prolongée ne mènerait qu'à des pertes humaines inutiles. Vous subirez le même sort que les deux brigades qui se trouvaient à Got el Ualib et ont été exterminées avant hier. Nous cesserons le combat dès que vous hisserez le drapeau blanc et que vous avancerez vers nous désarmés. Rommel, General Oberst.»

Aux commandes d'une chenillette porte-fusil-mitrailleur pendant une « colonne Jock », une expédition de reconnaissance. © *SIRPA/ECPA France*

Face aux blindés de Rommel, on faisait feu avec toutes les munitions dont nous disposions. *Imperial War Museum (E13306)*

Patrouille à pied. Les pipes et les cigarettes comptaient parmi nos possessions les plus précieuses. *Imperial War Museum (E13310)*

A la périphérie de Bir Hakeim, du côté des barbelés.
© SIRPA/ECPA France

Nos troupes sous les bombardements. Les hommes à l'arrière se dissimulent derrière des palmiers, les autres se retrouvent sur le sable du désert.

Une simple croix de bois marque la tombe d'Amilakvari. El Himeimat, Libye.
Imperial War Museum (K3964)

Le général Koenig, *(à gauche)* avec le général Willoughby Norrie.
Imperial War Museum (E13290)

Les généraux de Gaulle *(à gauche)* et Koenig *(à droite)* en compagnie du maréchal Montgomery et de M. Diethelm, ministre français de la Guerre, dans la cour des Invalides en mai 1945.
Imperial War Museum (BU6766)

Dix ans plus tard dans la même cour, mon général épingle la médaille militaire au revers de mon manteau. C'était la dernière fois que je le voyais.

Vêtue d'un uniforme blanc de la Légion que j'avais fait faire pour l'occasion, un bouquet de fleurs tropicales rouges et vertes à la main, les couleurs de la Légion, je me marie avec Nicholas Schlegelmilch. Indochine, avril 1947.

Les jours heureux. Nicholas et moi sur la véranda avec bébé François et Rebecca, mon chien.

Le pire, c'était la poussière qui s'insinuait dans chaque pore, chaque crevasse, soulignant les plis et les rides et emmêlant tellement les cheveux qu'aucun peigne ne pouvait plus y passer. Je rêvais d'eau chaude, de shampooing, de cheveux brillants et du luxe d'une peau parfumée. Au lieu de quoi, toute surface se recouvrait d'une fine couche de poussière : les tables, les lits, l'eau. La nourriture vous craquait sous la dent, le sable s'infiltrait dans les boissons, chaque matin on vidait ses chaussures et on secouait ses vêtements.

Quand arrivaient le vent et la pluie glacée, les hommes se précipitaient, ravis de se débarrasser du sable. Mais la température tombait brutalement, la pluie de neige fondue se transformait en grêle et les nuages gris et menaçants semblaient annoncer des chutes de neige. Des torrents d'eau transformaient le sol en marécage, le sable et des débris divers pénétraient dans les tentes qui prenaient l'eau tout comme les bottes, les vêtements d'été collaient à la peau, tout le monde frissonnait sous de grands manteaux et de la toile de bâche, priant pour que le soleil revienne. Surveillés par les milans pareils à des vautours qui venaient se poser sur nos tentes pour se laver les ailes et guetter les torrents d'eau afin d'aller récupérer ce qui les intéressait, on attendait la fin de la tempête.

Le Désert Occidental était un choc pour tout le monde. Il nous obligeait à des conditions de vie épuisantes et cette morne étendue vide, qui s'étirait aussi loin que portait le regard, nous imposait une tension psychologique très particulière. Rien que de retrouver son chemin était éreintant. On se repérait au soleil et à la boussole, et on se perdait souvent. Les quelques cartes en papier toilé de la région que nous avions comportaient tellement peu de repères qu'elles ressemblaient à des cartes maritimes. Sous ces climats, je devais vérifier la voiture toutes les heures, les niveaux d'huile, d'essence et d'eau, et tâter les pneus surchauffés pour m'assurer que l'un d'entre eux n'allait pas éclater, sans compter les filtres à air, en permanence bouchés par le sable.

Et puis il y avait les tempêtes de sable. Quand il en

arrivait une, roulant dans le désert comme un immense mur de nuages noirs qui cachait le soleil, tout s'arrêtait : les batailles, les convois, les repas et même le sommeil. On entendait un grondement sourd comme celui d'un train au loin et on apercevait une masse sombre à l'horizon. Aussitôt on courait se mettre à l'abri dans des véhicules hermétiquement fermés, sous des couvertures, partout où on pouvait se protéger. Une tempête de sable, qui peut atteindre une vitesse de soixante kilomètres à l'heure, aspire tout l'oxygène en le poussant devant elle et affole les insectes qui se rassemblent en nuées. La chaleur devient intolérable, la lumière s'éteint et les grains de sable entrent en contact avec la sueur, formant une croûte sur toutes les parties exposées de la peau. J'ai vu des hommes rendus fous à l'idée d'être enterrés vivants sous le sable qui les happait. Ils se relevaient en titubant pour être à nouveau projetés à terre, fouettés par le sable jusqu'à ce que leur peau saigne. Quand la tempête était terminée on émergeait, gris et clignant des yeux, pour aussitôt évaluer les dégâts.

Mon général remarquait à peine les conditions climatiques, cette brutale transition du rôle de diplomate à celui de commandant d'une armée du désert ne semblait pas l'affecter. Coiffé de son képi rouge et bleu, il aboyait des ordres et des instructions, professionnel jusqu'au bout des ongles. Il devint réservé et ombrageux, hurlant après moi quand je passais sur une bosse ou manquais une piste vitale.

« Mon Dieu ! s'écriait-il, vous ne pouvez pas regarder un peu où vous allez ? Si ça continue je vais être obligé de prendre le volant. »

Le problème, c'est que si je m'écartais des obstacles et des broussailles, je ne suivais plus la ligne droite indiquée par la boussole et je risquais de me perdre. Les bosses étaient un moindre mal, même si j'encourais la colère du général et si cela n'arrangeait pas la suspension.

Au cours du printemps de 1942, les premiers mois passés dans ce paysage lunaire du Désert Occidental marquèrent le début de la phase la plus dramatique de la carrière militaire de Pierre. Depuis Narvik, il n'avait pris part à aucune grande bataille et les escarmouches en Érythrée et en Syrie n'étaient rien comparé à ce qui se passait ailleurs. Soldat dans l'âme, il voulait servir son pays et les Alliés en prenant part aux batailles que les livres d'histoire retiendraient.

Même s'il avait apprécié le temps passé avec moi à Aley et Alep, il avait sûrement l'impression d'y être en transit. Maintenant, avec un ennemi aussi considérable que Rommel à combattre et l'appel de la puissante 8ᵉ armée résonnant à leurs oreilles, le général et ses hommes savaient que leur tour était venu.

D'un autre côté, pour moi, ces mois furent les plus solitaires de ma vie. Sans les distractions de la ville ou la compagnie intime de l'homme que j'en étais venue à adorer, je me retrouvais en train de mener une guerre très privée. J'avais mis mes sentiments de côté, bloqué mes émotions et j'essayais de ne pas penser à l'avenir. Sans compter que je restais oisive une bonne partie du temps : tous les postes étaient occupés et les soldats auraient été contrariés si je leur avais proposé mes services. Alors que nous nous traînions péniblement vers la Libye dans les plaines désertiques — un voyage de quelque sept cents kilomètres —, je découvris que pendant des semaines d'affilée je n'aurais pas grand-chose à faire et serais seule la plupart du temps. Les jours se dissolvaient les uns dans les autres.

Consignée à la cantine avec les hommes, je ne mangeais plus avec le général, ni même avec mes amis officiers. Arad, qui était un animal intelligent, comprit rapidement qu'en rejoignant les tentes des officiers de service et des légionnaires à chaque fois qu'on s'arrêtait pour installer le campement, il était bien mieux nourri. Je ne le voyais donc que quand je l'attachais à ma tente pour me protéger ou me tenir compagnie. Il avait toujours ses belles oreilles douces et je trouvais un grand réconfort à les lui caresser en lui parlant doucement. Mais dès que je le relâchais, il partait jouer avec les autres chiens ou filait à la cuisine et il m'arrivait de ne pas le voir pendant des jours entiers. Qui se souvient de moi à cette époque me revoit en train de poser inlassablement la même question « Avez-vous vu mon chien ? ». Comme tous les hommes de ma vie, Arad était farouchement indépendant et n'en faisait qu'à sa tête.

Je dormais seule dans la voiture, sous une épaisse peau de mouton, achetée au souk d'Alep, pour me tenir chaud dans la nuit glaciale du désert. Les sièges avant, qui tenaient avec des crochets, pouvaient se déplier et en rejoignant les sièges arrière, formaient un lit confortable. Rien à voir cependant avec les suites d'hôtels où j'étais hébergée à Beyrouth. Un jour, alors que je conduisais à une réunion mon général et le général anglais à quatre étoiles Willoughby Norrie — ils étaient tous les deux à l'arrière —, mon siège s'effondra dans un grand bruit et à ma grande confusion, je me retrouvai soudain à l'horizontale, la tête sur les genoux du général. La voiture faillit sortir de la route.

« Au nom du ciel, redressez-vous ! » hurla le général, comme si je l'avais fait exprès.

Je parvins juste à temps à me remettre dans une position assise. Car un peu plus et on se retrouvait ensablés. Dès qu'on s'arrêta, je demandai aux mécaniciens de me trouver quelque chose de plus sûr que des crochets pour arrimer les sièges avant.

A certains campements, par exemple celui d'El Tahag, non loin du Caire, on m'autorisait le luxe d'une petite tente où je pouvais déplier mon lit de camp et retrouver un peu d'intimité. Mes seules possessions se résumaient à ma baignoire pliante, mes outils, une petite valise avec un uniforme, un béret et un pistolet. Mes seules concessions à la féminité étaient une brosse à cheveux, des serviettes hygiéniques et deux ou trois slips (je ne pouvais pas porter ceux des hommes qui étaient trop longs). J'avais renoncé aux soutiens-gorge, d'ailleurs je n'en avais jamais vraiment eu besoin, et je lavais mes sous-vêtements à part. My Fen s'occupait du reste. Cette existence spartiate était située à des années-lumière de ma vie antérieure, avec ses dentelles et ses fanfreluches.

On campait la nuit sous les étoiles d'hiver et notre convoi progressait lentement dans le désert brûlant en direction de Halfaya. Les ciels nocturnes me remplissaient d'étonnement, je n'avais jamais rien vu de pareil, on aurait dit le monde à l'envers, comme si les étoiles étaient le reflet d'une grande métropole clignotante qui illuminait la terre. La splendeur de cette vision était rehaussée par le silence qui baignait toute chose, nous enveloppait, paralysait les langues et retenait tout geste inutile.

Le jour, on ne voyait que des plaines infinies, traversées d'arêtes ou d'escarpements rocheux. La végétation se résumait à des plaques de broussailles épineuses sur un sol de pierrailles et de sable. Mon fantasme du désert s'effondra. Mais où donc étaient passées les successions de dunes somptueuses de *Beau Geste*, la brise agitant doucement les branches des palmiers dans les fraîches oasis, les campements de Bédouins ? A moins d'y être obligés, les Bédouins avaient mieux à faire que de s'aventurer dans ce désert aride.

Les repas représentaient le grand événement de la journée. Les généraux britanniques venaient souvent sous la tente de mon général pour y élaborer des plans stratégiques et comme par hasard, leurs visites coïncidaient très exactement avec l'heure du dîner. Les Anglais avaient exactement les mêmes rations quotidiennes que nous — du corned beef, du riz et des biscuits de l'armée, du fromage jaune et dur, des harengs en boîte, des pruneaux, du thé, une bière si la coopérative militaire vous en fournissait une, parfois du vin. Mais alors que leurs cuisiniers se contentaient de réchauffer le corned beef ou de le servir froid, nos cuisiniers français ou indochinois concoctaient de délicieux ragoûts avec tout ce qui leur tombait sous la main : du vin, de la bière, de l'ail et parfois même un oignon.

On finit par atteindre Halfaya, un promontoire aux contours acérés parcouru par une étroite route circulaire, et on comprit immédiatement pourquoi elle était surnommée la Porte de la 8e armée pour la Libye. De là, on apercevait le littoral de l'Egypte, et on voyait les interminables barrières de fils barbelés que Mussolini avait fait édifier des années auparavant pour empêcher les

Libyens d'échapper à son régime fasciste. Les Anglais nous avaient devancés et ils avaient déjà mis en déroute la division Savona italienne et un bataillon de Panzers Grenadiers. Notre travail consistait à nettoyer et occuper la position pendant un certain temps afin de s'assurer que les Allemands ne la reprendraient pas.

— Les Anglais appellent cet endroit « l'antichambre de l'enfer », me dit Gabriel de Sairigné alors que nous buvions un café, serrés l'un contre l'autre. On pourrait croire qu'il y fait chaud, non ?

J'avais trop froid pour répondre.

A notre arrivée, il y eut quelques escarmouches, mais après qu'Amilak et ses hommes nous eurent rejoints et que les Allemands furent partis, les choses se calmèrent. En février, envoyés sur la position d'El Mechili, on découvrit que les Allemands nous avaient précédés. On battit rapidement en retraite dans l'obscurité, avec un millier de véhicules répartis en quatre colonnes et, tout en fuyant, il fallut affronter la réaction de l'arrière-garde maintenant alertée.

Partout où on allait, on retrouvait les traces de sérieux affrontements entre les forces de l'Axe et les Alliés qui nous précédaient. Des véhicules et des chars incendiés jonchaient les routes. Les divers ateliers mobiles des deux bords qui passaient par là avaient nettoyé les carcasses métalliques de tous leurs composants matériels. Elles ressemblaient aux ossements blanchis d'énormes monstres préhistoriques. Dans le désert, rien n'était jamais perdu.

Notre objectif au sens large consistait à empêcher les forces de l'Axe d'atteindre Le Caire et de s'emparer du canal de Suez. Jusqu'à présent, en Europe comme en Afrique du Nord, les armées de Hitler semblaient invincibles. Nous étions déterminés à les arrêter. Sur la route qui allait d'Alexandrie à Tobrouk, une route d'une importance vitale pour le ravitaillement des Alliés, on se battait constamment. Cependant, et à notre grand regret, pour commencer on ne nous utilisa que pour des opérations mineures de nettoyage — plus au sud. On nous envoya au camp de Duba, à cinquante kilomètres à l'ouest de Mersa Matruth où paraît-il, Antoine et Cléopâtre se seraient baignés. On était déçus. On passait notre temps à attendre qu'il se passe quelque chose. Et puis soudain, sans crier gare, on se retrouva au cœur de l'action.

Après plusieurs semaines de relative inactivité, Rommel changea brusquement de stratégie. Le 21 janvier, il ordonna à ses divisions blindées dans le désert de faire volte-face et de reprendre le dessus. Les commandants britanniques réagirent en se regroupant rapidement. Ils ordonnèrent aux Forces françaises libres lourdement équipées en blindés qui comptaient un millier d'hommes de la 13e DBLE, et aux brigades anglaises, africaines et indiennes de se rendre dans le désert de Cyrénaïque, à quatre-vingts kilomètres de Tobrouk, au fort italien abandonné de Bir Hakeim, dernier carré de terrain stratégique avant la zone désolée qu'on appelait « la grande mer de sable de Libye ». 3 723 hommes, dont 957 légionnaires, plus moi, Fruchaud, Simone et une infirmière australienne connue sous le nom de Miss Smith devions relever la 150e brigade d'infanterie britannique, composée d'hommes du Yorkshire et de Durham, qui tenaient ce poste désolé depuis plusieurs semaines.

Je conduisis le général jusqu'à Bir Hakeim, à travers des kilomètres de désert aride et hostile, dans la vieille Ford Utility qui faisait partie d'un convoi hétéroclite de véhicules réquisitionnés, de camionnettes rouillées, de vieilles voitures et de bus qui partirent en bringuebalant dans le désert rejoindre leur lointaine destination. Cette région de pistes pierreuses avec peu de panneaux indicateurs n'était que très vaguement cartographiée. Pour se rendre d'un fortin à un autre, on ne pouvait compter que sur les boussoles. Sur cette terre perpétuellement remaniée par le vent et le sable, se perdre entraînait la mort.

Le jour de la Saint-Valentin de 1942, on arriva à Bir Hakeim. Cet ancien carrefour pour les caravanes des Bédouins nomades qui faisaient beaucoup de commerce avant la guerre était moins qu'un fort et plus qu'une intersection de pistes. Cette zone plate légèrement surélevée de douze kilomètres carrés possédait un fort italien datant d'avant la guerre, avec de petits bâtiments en pierres effondrés depuis longtemps. Rien à des kilomètres à la ronde autour de ce morceau de désert balayé par le vent. Dans les décombres subsistaient des citernes en pierres enfoncées dans le sol, les *bir*, qui, autrefois, recueillaient le peu d'eau de pluie qui tombait pour alimenter le fort colonial. Aujourd'hui, elles étaient lézardées, ensablées et à moitié vides. Les légionnaires les appelaient en plaisantant « les mamelles ».

On ouvrit de grands yeux en découvrant nos nouveaux quartiers. Personnellement, je n'en revenais pas. Seule une guerre avait pu amener des hommes jusqu'à ce tas de poussière sous le ciel en fusion de la Libye. Croyant que le mot *bir* voulait dire eau, j'en avais conclu qu'il s'agissait d'une sorte d'oasis. Mais au lieu de palmiers se balançant doucement dans le vent au bord d'un lac, je ne vis que des cailloux, quelques cabanes de ciment en ruine et une petite élévation à une extrémité baptisée l'Observatoire. Quand on s'approcha, quelques têtes poussiéreuses émergèrent du sol pour nous accueillir et on distingua plusieurs véhicules à moitié enfouis dans le sable. A notre grande surprise, le régiment britannique s'était enterré dans un véritable dédale de tranchées et de petits abris, un pour chacun, les plus grands étant réservés aux cantines et aux zones communes.

— C'est tout ? demandai-je à un officier couvert de poussière qui passait par là.

— Oui, jeune fille, me répondit-il avec un fort accent du Yorkshire. Les hommes ici l'appellent « l'enfer sur terre » et je ne les contredirai pas.

Du point de vue allié, Bir Hakeim était l'avant-poste le plus désolé et le moins important de la campagne de Libye. Il formait l'extrémité sud de la ligne Gazala, un vaste barrage de résistance en forme de V que les forces britanniques avaient réussi à mettre sur pied, et qui partait du village côtier d'El Gazala, près de Tobrouk, pour s'enfoncer sur une soixantaine de kilomètres vers le sud. On me rapporta que chaque avant-poste disséminé le long de la ligne Gazala serait enfermé dans une « boîte », un vaste terrain carré miné par des soldats du génie, avec des chemins d'accès connus d'eux seuls. Chaque poste recevrait suffisamment de provisions pour tenir un siège. Gazala serait tenue par des Sud-Africains, la boîte baptisée « Knightsbridge » par les Anglais, El Adem par les Indiens, Tobrouk par les Sud-Africains associés aux Anglais et Bir Hakeim servirait de pivot au dispositif.

Au sud de Bir Hakeim s'étendaient les dunes cruelles du Sahara. Au nord et à l'est, était rassemblé l'essentiel des forces de la 8e armée, retranchées derrière 500 000 mines antichars anglaises. Si Rommel, qui se trouvait à cent kilomètres plus à l'ouest, voulait garder sa mobilité et atteindre l'Egypte, il devrait enfoncer les formidables défenses alliées en remontant vers le nord, ou alors essayer de les contourner par le sud, auquel cas Bir Hakeim deviendrait du jour au lendemain un poste d'importance vitale.

La brigade française avait reçu des ordres clairs — tenir dans la citadelle du désert à n'importe quel prix afin de donner au commandement allié le temps de se regrouper et d'organiser une contre-attaque. Pour moi et mes camarades d'infortune, l'idée de passer plusieurs semaines à Bir Hakeim à guetter une telle opportunité ne présentait pas énormément d'attraits.

Pour tenter de m'orienter et de bien me mettre dans la tête que nous n'irions pas plus loin, je commençai par inspecter les environs. Chaque abri était recouvert d'un toit de fortune formé de planches, de bandes de toile goudronnée et de treillis métallique, et même de débris d'ailes d'avion ou de capots de moteurs. Le tout ressemblait à un bidonville souterrain. Remarquablement bien construit, le système de tranchées comportait des latrines au centre, six alignées, consistant en un morceau de bois avec un trou au milieu, au-dessus d'un seau. Une des portes portait l'écriteau « Général ». Etablissant aussitôt l'ordre des priorités, le général choisit ses toilettes et y accrocha l'écriteau. Dans la grande tradition des petits avantages accordés aux chauffeurs, j'étais la seule autre personne autorisée à l'utiliser. Il n'avait pas été prévu d'endroit pour se laver. On expliqua aux hommes qu'ils devraient monter leur propre tente pour leurs ablutions et se laver dehors. Quant à moi, je devrais me débrouiller.

Quelques heures après notre arrivée dans ce four abominable, le relais avait été passé et la 150e brigade d'infanterie disparut à l'horizon. Elle occuperait un poste du même type à vingt kilomètres au nord, mais les soldats s'arrêteraient d'abord à Tobrouk pour s'y laver et prendre un bain de mer. Nous étions seuls. Le QG fut monté au milieu du plateau et entouré par du fil de fer barbelé, ultime défense au cas où l'ennemi arriverait jusque-là. Plus tard, ce fil de fer barbelé me rassura grandement en me servant de point de repère — en cas de très mauvaise visibilité, dans l'obscurité ou la lumière jaune, irréelle, d'une tempête de sable, si je trouvais mon chemin jusqu'aux fils de fer barbelés je savais que j'étais en sécurité et près de mon abri.

La camionnette du général fut placée au milieu du QG, les auvents de toile de tente tendus de chaque côté de la camionnette formaient une petite zone d'ombre où il pouvait s'asseoir, recevoir les visiteurs et occasionnellement inviter certains de ses officiers supérieurs à boire un verre. Les officiers comme Amilak, de Sairigné et Simon, éparpillés avec leurs hommes à la périphérie du vaste campement, ne recevaient que rarement l'autorisation de s'éloigner de leurs postes. Juste à côté de la camionnette-caravane du général, il y avait les abris, le sien, celui du colonel Pierre Masson, son chef d'état-major, et ceux de ses officiers de liaison britanniques, à savoir le capitaine Tomkins (qui commandait également la section antiaérienne), Donnelly, Edwards et le commandant Sneyd-Cox.

Après avoir installé le général dans ses nouveaux quartiers et vidé la voiture de tous ses papiers et ses possessions personnels, je n'avais plus rien à faire. Je regardai autour de moi et me demandai où je pourrais bien dormir. Je craignais de terminer à nouveau dans la voiture. Le plateau était déjà en proie à une activité intense, des hommes basanés et nus jusqu'à la ceinture, vêtus de shorts et de sandales, creusaient comme des fous des tranchées étroites, des trous circulaires pour les équipements, d'autres pour les mitrailleuses et des abris plus grands pour les postes de commandement. Bientôt, la surface du plateau fut littéralement truffée de trous. De grandes tentes furent également érigées, abritant un hôpital, le QG et différentes cantines pour les officiers, les hommes, et ceux qui étaient plus spécialement chargés des communications.

Quelqu'un me tapa légèrement sur le bras, je me retournai et vis un jeune soldat du génie du corps des ingénieurs de la Légion avec une pioche à la main.

— Adjudant Travers, nous vous avons préparé un abri. Voulez-vous venir l'inspecter ?

Le général ou Amilak avait sans aucun doute donné des instructions discrètes pour organiser une partie de forage à mon intention.

Mon nouveau logis, à quelques mètres de la camionnette du général, était un palais comparé à l'étroitesse de la voiture. Il mesurait environ trois mètres de long sur un mètre cinquante de large et m'arrivait à la taille. Les parois étaient étayées par des sacs de sable. Un des légionnaires m'aida à y descendre et me montra comment dérouler la toile au-dessus de ma tête.

— C'est pour vous protéger du soleil le jour et du froid la nuit, m'expliqua-t-il timidement.

Je hochai la tête. Les hommes au-dessus de moi qui se tenaient au bord du trou attendaient mon verdict. Je n'avais jamais vécu dans un endroit pareil auparavant mais au moins j'y serais seule, et la gentillesse dont ils faisaient preuve à mon égard me touchait beaucoup. Je leur adressai mon sourire le plus éclatant et les remerciai chaleureusement.

— Bienvenue au château Travers ! annonçai-je avec un grand geste de la main tandis qu'ils s'inclinaient avec une déférence feinte.

Je rangeai mes quelques affaires du mieux que je pus. Il y avait assez de place pour mon lit de camp, une petite table, une chaise pliante, et ma valise qui pouvait servir de siège ou de table au choix. Ma baignoire resta dans le coffre de la voiture avec mes outils. Le général n'était qu'à quelques mètres de moi mais vu le peu de temps que je passerais avec lui, il aurait aussi bien pu être sur une autre planète.

Quand j'eus terminé de m'installer, je cherchai un endroit où cacher la voiture et trouvai plusieurs abris en pente, destinés à y planquer les véhicules. Je choisis celui qui était situé le plus près de mon abri, pris le volant de la Ford et m'engageai prudemment sur la pente assez raide qui conduisait dans le trou avant de protéger l'arrière de la voiture avec un écran de sacs de sable, et de recouvrir la partie visible avec du matériel de camouflage. Une fois que j'eus terminé, il ne me restait plus rien à faire.

Sans rien pour nous protéger, la chaleur écrasante de la journée cédait la place à des nuits glaciales. En été, la température montait jusqu'à 51 °C à l'ombre. Notre seul avantage provenait de la surélévation de Bir Hakeim, un promontoire de forme oblongue à six mètres environ au-dessus des étendues désertiques. L'eau était la denrée la plus précieuse et une fois que les soldats eurent bu celle des « mamelles », des convois de camions-citernes amenèrent de Tobrouk de l'eau de mer distillée au goût atroce. Chaque unité avait son propre réservoir d'eau sur roues, et on y remplissait nos bidons aussi souvent qu'on en avait l'autorisation.

Quand elles en eurent terminé avec les tranchées, les troupes entreprirent d'améliorer les défenses, mettant en place des barrières de fil de fer barbelé et de vastes champs de mines dont on espérait qu'ils nous protégeraient des attaques. Les soldats enterrèrent également les mitrailleuses de 75 mm, les armes antichars et les missiles antiaériens anglais Bofors nouvellement acquis. Ils installèrent également des postes d'observation à des points clés à la périphérie de l'enceinte à six côtés. Des mines en tout genre, antichars et antipersonnel, 50 000 en tout, furent disposées un peu partout.

Les soldats, d'expérience et de provenance très diverses, se mirent tous au travail. Il y avait des Africains, des Tahitiens, des Bretons, des Marocains, des Allemands et des Espagnols. Cela allait des soldats de carrière dévoués aux légionnaires endurcis en passant par des colons des colonies qui s'étaient levés à l'appel de De Gaulle. La langue commune était le français, bien que soient rassemblés ici des hommes de toutes les nationalités, y compris un détachement britannique dont la présence était nécessaire pour manipuler les Bofors.

Une fois le travail terminé et les trois étroites routes d'accès tracées avec soin au milieu du *no man's land*, il n'y avait pas grand-chose à faire sinon attendre. Jour après jour, et jusqu'à ce que leurs yeux les brûlent, les hommes regardaient au loin le désert miroitant dont s'élevaient des ondes de chaleur. Seule la brise légère qui parfois fouettait le sable en mini-tornades amenait un peu de mouvement dans cette atmosphère pesante.

Dans cette fournaise, coupée de Pierre et des hommes, je me sentais parfois accablée de solitude. Simone et Miss Smith m'enviaient mon abri solitaire car elles devaient partager le leur.

— Nos lits de camp sont séparés de quelques centimètres, se plaignaient-elles et par cette chaleur, c'est intolérable.

— Ailleurs, l'herbe est toujours plus verte, lançai-je avec humeur. En ce qui me concerne, je serais bien contente d'avoir de la compagnie.

Pour une fois, je le pensais. Mes seuls visiteurs étaient les mouches et les fourmis omniprésentes, et un scorpion de temps en temps pour varier un peu.

Les repas, annoncés par une sonnerie de clairon, étaient un des seuls événements de la journée, mais ils ne présentaient pas un très grand intérêt. Pour commencer, je mangeais à la cuisine, et mon ordinaire était parfois amélioré par des boîtes de sardines ou d'asperges de la cantine des officiers que le général ou Amilak envoyaient à mon abri. Mais la cuisine était un endroit bien isolé car tous les hommes étaient éparpillés aux quatre coins du campement et je finis par timidement demander si je ne pourrais pas manger avec les sous-officiers. Ils prenaient leurs repas dans une étrange tente en forme de pyramide qui devait venir de Syrie, car aucune tente anglaise ne ressemblait à ça.

— Croyez-vous que cela dérangerait quelqu'un si je mangeais avec vous ? demandai-je à Rosenzweig, un gentil adjudant qui soignait les soldats malades.

Percevant son hésitation, j'ajoutai :

— Je ne vous dérangerai pas et en échange, je vous donnerai mes rations de whisky et de cigarettes.

Après des délibérations hors de ma présence, les hommes tombèrent d'accord. Je partageai donc leurs repas, troquant leur compagnie contre mes rations mensuelles. C'était un marché honnête. Je ne buvais plus, ni ne fumais, et c'était merveilleux d'avoir des gens à qui parler. Sans eux, je serais souvent restée plusieurs jours d'affilée sans échanger un seul mot avec quiconque. Ils étaient trois : Rosenzweig, un gros fumeur, Schmidt, l'intendant alsacien au sens de l'humour dévastateur, et un jeune caporal de l'atelier dont je ne me rappelle pas le nom. Je le surnommais « Lofty », le Haut, car il était plus petit que moi.

Au cours des quelques mois qui suivirent, on établit de franches relations d'amitié. On bavardait de choses et d'autres, on se faisait des confidences. Comme je n'avais pas trop envie de les entretenir de ma vie mondaine, je leur parlais de mon amour du tennis et des animaux, tout en leur posant plein de questions. Lofty était particulièrement adorable. Jeune et assez inexpérimenté avec les femmes, il ne savait jamais trop bien comment s'y prendre avec moi. Il se levait quand j'entrais dans la tente, m'avançait ma chaise, me présentait les plats en premier et était très embarrassé si l'un de ses camarades jurait ou faisait des remarques salaces devant moi.

— Ne vous inquiétez pas, mon petit, murmurais-je dans son oreille rougissante, j'en ai entendu d'autres.

On demeura trois mois sur cette terre morte de Bir Hakeim sans connaître le moindre incident. C'était l'endroit le plus ennuyeux de la terre, on n'y faisait rien d'autre que dormir ou lire. Le commandant Sneyd-Cox m'avait prêté un livre emprunté à la bibliothèque de Beyrouth, *Saïd le pêcheur*, un titre explicite puisqu'il s'agissait de l'histoire d'un pêcheur. Je l'ai lu un si grand nombre de fois que les pages se détachaient et il partait en morceaux. Les saisons étaient fort peu marquées, à part la chaleur qui ne cessait d'augmenter. Allongée dans mon abri, je réfléchissais à ma vie. La présence du général, si près et si loin de moi, me manquait terriblement. J'avais rarement l'occasion de me retrouver en sa compagnie, de respirer son odeur, de le toucher ou d'entendre sa voix. Alors je revivais chaque instant passé avec lui à Beyrouth, à Aley, et mes souvenirs m'aidaient à supporter les longues nuits glacées.

Une fois par mois, le poste était balayé par une terrible tempête de sable arrivant du Sahara. Le vent qui nous l'apportait, le *khamsin*, soufflait sans relâche pendant cinq jours. Parfois, il s'acharnait sur nous avec une telle férocité qu'il déclenchait les mines entourant notre enceinte désolée. Les tempêtes apportaient une chaleur intolérable et une brume de poussière aussi fine que du talc posait un masque gris sur les visages, remplissait les poumons, les yeux, le nez, la gorge, et colorait l'eau et la nourriture.

Le pire c'était les journées où rien ne bougeait, où ne soufflait pas la moindre brise. Les légionnaires, le visage dans l'ombre de leur képi, assis en sentinelle aux postes les plus éloignés, parlaient avec crainte du « cafard », de la folie qui fondait sur les hommes prisonniers du désert. La main en visière pour me protéger de la clarté aveuglante, je les observais de loin, je m'imaginais le petit cafard qui tournait en rond dans le crâne de ces hommes et sympathisais vivement.

Heureusement, tous les quinze jours, on emmenait les hommes par camion à quatre-vingts kilomètres au nord de Tobrouk pour qu'ils puissent se baigner dans la Méditerranée, dans un endroit rebaptisé « la plage de Koenig ». Ils sautaient nus dans les vagues, pour se laver du sable et de la crasse. Ils revenaient revivifiés, avec un bien meilleur moral. Quant à moi, je devais en permanence rester disponible pour le général, au cas où il eût fallu qu'il se rende immédiatement quelque part. J'étais donc privée du luxe des baignades et l'attente ne connaissait pas de trêve. Je ne quittais jamais l'enceinte du QG, sauf pour une expédition occasionnelle à la coopérative militaire, à l'atelier de réparation, une visite à d'autres troupes, par exemple le Bataillon du Pacifique, des hommes très sympathiques, ou les brigades anglaises comme les Royal Engineers. N'ayant que peu de chose à faire, je passais mon temps à affûter un sens inhabituel de l'orientation, une faculté de retrouver mon chemin qui me serait fort utile par la suite.

Mes journées les plus heureuses, c'était quand le général m'invitait à le rejoindre pour mener des colonnes Jock (baptisées ainsi d'après le général britannique Jock Campbell). Ils s'agissait de missions de reconnaissance de deux ou trois jours avec des troupes et des canons, des camions radio et des voitures blindées, pour cartographier le désert et repérer l'ennemi. D'habitude, on se dirigeait vers une route qu'on appelait « route F », en direction d'El Mechili. Si on voyait quelque chose, on ouvrait le feu. Si on était poursuivis, on fuyait. Ça ressemblait à un jeu.

Il s'agissait de missions secrètes très dangereuses, mais elles rompaient la monotonie et étaient bien accueillies par ceux qui y participaient. Pour moi, le plus appréciable était d'être autorisée à m'asseoir près du général pendant toute la durée de la sortie. Plus d'une fois, on faillit se faire prendre et je dus ramener au plus vite le général dans une zone sûre, fuyant le feu de l'ennemi et me cachant dans un cours d'eau à sec tandis que des chars passaient tout près de nous. Cela tenait de la bataille navale — on ne prenait pas de terrain, on ne tenait pas de positions, tout était mouvant, comme l'eau et le sable. Nous étions deux équipes de professionnels et nous nous chassions les uns les autres en tirant avant de nous échapper. Tant que vous n'étiez pas pris, c'était assez excitant et très amusant.

Les colonnes Jock me plaisaient infiniment pour de tout autres raisons : elles me rappelaient les pique-niques à la campagne. On avait même notre propre chef qui nous accompagnait, et on dormait parfois sous les étoiles. Je me souviens d'un repas délicieux composé d'escargots blancs du désert cuisinés à l'ail et dégustés au milieu de nulle part. Un plat que le chef nous avait préparé, à moi et au général. Il avait même apporté du vin. Le cuisinier était ravi que Pierre ait mangé ce repas de bon appétit.

— Ces petits escargots, il y en a partout, et maintenant que le général y a goûté, je pourrai les servir aux hommes, s'exclama-t-il fièrement.

Au cours de nos rares instants de solitude, le général se montrait toujours inquiet.

— Ça se passe comment ? Vous êtes sûre de vouloir rester ? Si vous le désirez, je peux toujours vous envoyer ailleurs. Ici, ce n'est pas vraiment un endroit pour une femme.

Je répondais invariablement :

— Tout va bien, mon général. Où vous irez, j'irai, vous vous souvenez ?

Un jour, alors que nous suivions une colonne Jock, je fus surprise, avec le général, par les énormes nuages de poussière que dégageaient les véhicules et on se retrouva séparés du reste du groupe. Je m'égarai juste à l'instant où une tempête de sable éclatait.

— Où sont les autres ? demanda le général, pris de panique, tandis que nous scrutions l'obscurité grisâtre.

— Je n'en sais rien, répondis-je, désemparée. Je crois qu'ils sont juste devant nous mais maintenant il faut que j'arrête la voiture.

La tempête se déchaîna, frappant les vitres et les portières, balançant la voiture et faisant tournoyer le sable tout autour de nous. Prisonniers du véhicule, seuls et effrayés, on glissa l'un vers l'autre et nos corps se retrouvèrent pour la première fois depuis des semaines. C'était merveilleux de lui tenir à nouveau la main, de sentir ses lèvres sur les miennes. Autour de nous, la tempête faisait rage mais pendant un court instant, on oublia tout. Puis on se résigna à dormir sur place, ce qui personnellement ne me dérangeait guère car je mourais d'envie de m'allonger auprès de Pierre.

Mais juste comme l'obscurité tombait, quelqu'un frappa à la vitre, du côté du chauffeur. Dans les tourbillons de sable, je distinguai le visage du jeune motard qui était censé nous ouvrir la route. Perdu lui aussi, il était tombé sur nous et cherchait un abri. Cramponnés à la portière de crainte que le vent ne l'arrache, on l'ouvrit précautionneusement pour permettre au soldat d'entrer... et la moitié du désert avec lui. Quand il ôta ses lunettes, il révéla deux cercles blancs sur son visage gris qui le faisaient ressembler à une chouette. On s'installa comme on put sur les sièges couverts de sable afin d'essayer de trouver un peu de sommeil.

Quand on se réveilla au matin, je ne sais pas qui fut le plus surpris, du général ou du soldat, quand ils découvrirent qu'au cours de la nuit ils avaient glissé dans les bras l'un de l'autre et ronflaient à l'unisson. Mortifié, le soldat voulut bondir hors de la voiture... mais malheureusement la portière était bloquée, et il fallut unir nos forces pour y parvenir. Puis il épousseta le fin sable blanc qui s'était infiltré partout et passa deux heures à travailler comme un fou pour désensabler le véhicule afin que l'on puisse repartir.

La plupart du temps, on s'arrangeait pour participer ensemble aux colonnes Jock, mais cet instant de solitude ne se répéta jamais. Une fois qu'on avait établi notre camp pour la nuit, on n'était pas autorisés à allumer des feux de crainte de se faire repérer. On dormait dans le froid et un silence impressionnant. Seul le général utilisait des lampes à huile dans sa camionnette-caravane, après avoir bien tiré les rideaux. Dès que la nuit tombait, les autres s'endormaient et ne se réveillaient qu'aux premières lueurs du jour, quand le ciel se teignait en rose.

Quand on apercevait l'ennemi, la poussée d'adrénaline était phénoménale. Aplatis dans la poussière en haut d'une dune, on observait à la jumelle les Allemands ou les Italiens à quelques centaines de mètres de nous, on évaluait leurs forces et leurs faiblesses, et on savait pertinemment que si on se faisait repérer on pouvait très bien se faire tuer. Après de telles rencontres, je ne me sentais en sécurité que quand on repartait vers Bir Hakeim et que je voyais, depuis le poste d'El Adem, la tente à la forme bizarre où je prenais chaque jour mes repas. Alors seulement je savais que j'étais saine et sauve.

De très rares fois, la pluie nous surprit dans le désert et bien qu'il ne tombât jamais assez d'eau pour remplir les petits cours d'eau ou *wadi*, des fleurs sauvages à l'odeur délicieuse éclosaient aussitôt. Il y en avait de toutes les couleurs — mauves, jaunes, bleues — et vous pouviez presque les voir pousser. J'étais émerveillée par ces centaines de floraisons qui jaillissaient de la poussière en une heure de pluie. Epuisée, la peau sèche, je m'allongeais au milieu d'elles, respirant leur odeur, me rappelant les jours heureux d'Aley et les chambres remplies de roses. Avant longtemps, des troupeaux de moutons sauvages appartenant aux Bédouins arrivaient de nulle part pour les avaler. Les moutons étaient protégés par un berger et des chiens féroces qui pouvaient très bien avoir la rage et donc personne ne s'en approchait, pas même le chef à qui l'eau venait à la bouche à la seule pensée du merveilleux gigot d'agneau qu'il pourrait nous cuisiner.

Vers la mi-avril, après un séjour remarquablement long et ennuyeux à Bir Hakeim, les Anglais nous annoncèrent que nous allions être relevés. Des troupes sud-africaines nous remplaceraient. Des officiers sud-africains se présentèrent pour un premier contact et firent une évaluation de ce qu'ils devraient apporter avec eux. Notre réaction à tous fut le soulagement.

Le soir où on apprit la nouvelle, je dis pleine d'espoir à Rosenzweig au cours du dîner :

— Peut-être bien que maintenant on va nous envoyer au Caire nous reposer un peu.

— Ou alors dans un endroit bien plus excitant, répliqua-t-il, ses yeux de soldat brillants d'excitation.

Après un silence, il ajouta :

— Peut-être même en Asie du Sud-Est. Les Japonais sont condamnés à prendre une raclée maintenant que Mountbatten est aux commandes. J'aimerais bien faire partie de la bagarre.

Je songeai aux dernières nouvelles attristantes de Singapour, Java et la Birmanie. Rien ne semblait pouvoir arrêter les forces japonaises, et je me demandais s'il était possible que l'on nous envoie aussi loin.

Mais dans le Désert Occidental, les événements prirent rapidement une tournure dramatique. En mai, alors que les Italiens allaient d'échec en échec, la rumeur se répandit que Rommel, au lieu d'avancer sur Halfaya comme nous l'avions prévu, détournait vers le sud des chars de ses divisions blindées, pour tenter de contourner l'armée britannique dans une zone qui deviendrait bientôt célèbre sous le nom de « Chaudron de l'Enfer ». On comprit bientôt qu'ils se dirigeaient droit sur Bir Hakeim. Il ne nous restait plus, à moi et à mes quatre mille camarades, qu'à nous enterrer encore plus profondément en attendant l'arrivée d'autres joueurs sur l'échiquier.

Bien plus tard, on apprit que Rommel avait annoncé à la division blindée italienne Ariete et à la division motorisée de Trieste qu'il nous réglerait notre compte en dix minutes. Mais les minutes devinrent des heures, les heures des jours, et comme on lui résistait obstinément, il s'engagea personnellement dans la bataille en prenant la tête des troupes de choc qui se dirigeaient droit sur nous. En apprenant cela, les radios alliées se mirent à bourdonner. Tandis que nous attendions l'arrivée du Renard du désert, les Anglais nous firent savoir qu'il fallait qu'on tienne huit jours, le temps nécessaire pour que la 8e armée regagne le terrain perdu. Finalement, on a tenu deux fois plus longtemps en se battant à dix contre un. Quinze jours inoubliables à plus d'un titre.

11

Une victoire à la Pyrrhus

Je traite la mort de putain et la tourne en dérision,
Car elle a séduit mes camarades,
Arrachant leurs fragiles racines à la terre,
Alors qu'ils riaient à la vie...

Denis SAUNDERS, qui servit en Egypte,
« Almendro », *The Voice of War.*

Notre calvaire commença par une nuit de pleine lune en mai, quand retentirent d'intenses tirs d'armes lourdes, juste avant l'aube. Au nord, le ciel flamba brusquement et on entendit des salves sporadiques et des explosions. Une brigade anglo-indienne à l'extérieur des fils de fer barbelés avait été débordée par une attaque massive de chars et de soldats alors qu'ils gardaient la périphérie. Une demi-heure plus tard, les premiers chars ennemis apparaissaient à l'horizon — au nombre de quatre-vingts ils avançaient d'un seul mouvement, tirant aveuglément, le grincement de leurs chenilles ajoutant à la cacophonie ambiante. Ils étaient suivis par un nombre impressionnant de camions qui transportaient l'infanterie et l'artillerie.

Je battis en retraite jusqu'à mon abri, m'enfonçai mon casque jusqu'aux oreilles, et écoutai les mines au loin qui explosaient sous l'impact des chenilles des énormes monstres de métal essayant de s'ouvrir un chemin jusqu'à nous. Les obus tombaient assez près. Quelques minutes avant que l'attaque ne commence, Amilak apparut à l'entrée de mon terrier.

— C'est pour vous, me dit-il en me tendant un revolver avec un large sourire. Vous n'en aurez sans doute pas besoin, mais j'ai pensé que peut-être cela vous rassurerait.

Je le pris avec gratitude et lui adressai un regard tellement rempli d'affection et de reconnaissance qu'il rougit. Au cours des heures qui suivirent, avec mon revolver sur les genoux dans mon abri, je me sentis effectivement beaucoup mieux.

A 10 heures, le petit officier de service indochinois que nous surnommions Trompette à cause de son clairon toujours bien astiqué sonna la fin de l'alerte, et ceux d'entre nous partis se mettre à couvert émergèrent à la lumière du jour pour évaluer les dégâts, clignant des yeux. Malgré plusieurs cratères dans le sable et le roc tout autour de nous, les nouvelles étaient plutôt bonnes.

Gabriel de Sairigné vint au QG pour faire son rapport au général, son visage sale éclairé par un large sourire.

— Les Italiens ont battu en retraite, mon général, ils ont perdu trente-cinq chars. On a fait une centaine de prisonniers et il y a eu de nombreux morts de leur côté. Nous ne déplorons que deux blessés et nous avons perdu une seule pièce d'artillerie.

Le général était ravi et nous aussi. Quand le quartier général britannique capta la nouvelle à la radio, un message nous arriva d'en haut : nous n'étions plus des Français libres mais la France combattante. C'est un nom qui n'a jamais vraiment accroché mais on apprécia l'honneur qui nous était fait.

Les Italiens ne parvenaient pas à croire à leur défaite. Quelques heures plus tard, des soldats italiens, en voyant leurs propres véhicules abandonnés, jugèrent que la position avait été prise et s'approchèrent de Bir Hakeim par erreur. Ils furent aussitôt capturés et leurs moyens de transport détruits. Ce fut une première journée mémorable.

Les quelques jours qui suivirent, on regarda un convoi interminable de camions et de chars ennemis se rassembler au sud de Bir Hakeim avant de se diriger vers le nord et de venir se placer derrière les lignes alliées. Si un véhicule avait le malheur de passer à notre portée, on lui tirait dessus. Les troupes des Français libres, sous les ordres d'Amilak et d'autres officiers, organisèrent plusieurs raids éclairs très risqués sur les convois, capturant des hommes, des véhicules, des munitions et détruisant des chars. Un beau matin, lors d'une de ces expéditions, ils s'arrêtèrent net en voyant un énorme nuage de poussière à l'horizon.

— Allez voir ce que c'est que ce bazar ! aboya le général au téléphone à l'adresse du commandant de la poignée de chars britanniques situés le plus près du front.

L'officier rampa jusqu'au sommet d'une arête rocheuse et téléphona sa réponse :

— On dirait qu'une brigade de Fritz arrive.

Puis, quand le brouillard se fut un peu dissipé, il resta saisi, se précipita sur le téléphone et tourna frénétiquement la manivelle.

— C'est plus qu'une brigade, mon général ! C'est tout l'Afrika Korps aligné en face de nous pour une putain de revue !

Les célèbres chars de la Panzer Mark IV et leurs homologues italiens attaquaient par vagues de cinquante. Six de la première vague survécurent aux mines et foncèrent dans la garnison. Ils arrivèrent à vingt mètres du poste de commande avancé où un capitaine déboussolé ne tenait plus aucun compte des ordres qu'il avait reçus. Heureusement pour lui, des légionnaires grimpèrent sur les chars et tirèrent avec leurs revolvers par les fentes d'observation. C'était une initiative audacieuse, mais vu le nombre de chars qui déferlaient sur nous, cela risquait d'être la dernière.

Cette nuit-là, le général vint pour la première fois à mon abri, accompagné du colonel Pierre Masson.

— Un convoi arrive demain avec l'eau et les munitions. Il emmènera les blessés, dit-il sèchement. J'ai pensé que vous aimeriez peut-être repartir avec lui.

Il avait les traits tirés.

— Si vous restez, je reste, lui dis-je d'un ton résolu. Je ne demande rien de plus.

Un demi-sourire apparut sur son visage et il consulta Masson du regard, qui hocha la tête avec quelque réticence. Je sentis instinctivement que le général regrettait de n'avoir pas pu passer davantage de temps avec moi, et que ma loyauté le réconfortait. J'avais d'ailleurs été bien inspirée de refuser. L'ennemi attaqua le convoi qu'il voulait que je rejoigne et les blessés furent soit tués soit capturés.

Malgré la menace constante des chars ennemis, au cours de la deuxième nuit un convoi de ravitaillement allié parvint à s'introduire dans Bir Hakeim à la faveur de l'obscurité. A ma grande consternation, il apportait un message du haut commandement britannique insistant pour que tout le personnel féminin — cela s'adressait principalement aux deux infirmières de la tente-hôpital — quitte le théâtre des opérations. « Aucune femme sur le front », c'est ainsi que l'ordre était rédigé. L'hôpital Spears serait remplacé et je devais partir moi aussi.

Le général me fit venir dans sa camionnette.

— Inutile d'insister, La Miss, me dit-il, prévoyant ma réactions. Cette fois-ci, je ne peux pas contourner les ordres. Ils sont très précis et votre nom est sur la liste.

Je baissai la tête en soupirant et fis de mon mieux pour ravaler ma colère. Je savais que le général attendait des protestations énergiques, mais je me contentai de lui demander en relevant la tête :

— Est-ce que je peux revenir quand le danger sera passé ?

— Euh... eh bien, hésita-t-il. Une nouvelle voiture attend à l'atelier de réparation pour le colonel Masson. Quand vous serez à Tobrouk, vous pourrez toujours aller la chercher et si une occasion se présente, saisissez-la. Je suis à peu près certain que les Anglais ne s'opposeront pas à la livraison d'un important véhicule de liaison.

Apaisée, je lui fis mes adieux. Après avoir emballé mes affaires, j'essayai de retrouver Arad. Mais le chien, qui s'entendait très bien avec les légionnaires tchadiens, avait disparu quelque part sur le front. Je partis seule dans une vieille ambulance Ford décapotable tandis que Simone et Miss Smith suivaient dans une autre.

On roula dans le désert pendant quelques heures et on s'arrêta au point suivant de la ligne Gazala, l'Echelon B, où on attendit jusqu'au matin. Cette nuit-là, je dormis dans l'ambulance, regrettant amèrement d'avoir été obligée de quitter Bir Hakeim. Cela ne me plaisait guère d'abandonner le général et la Légion, et je résolus de revenir le plus vite possible avec la voiture de Masson sans tenir compte des ordres.

Je fus réveillée avant l'aube par une grande agitation, un vent de panique soufflait sur le camp, les gens couraient dans tous les sens.

— Les Allemands arrivent ! les Allemands arrivent ! hurlaient-ils. Il faut partir immédiatement !

Des éclaireurs avaient repéré une colonne de véhicules ennemis qui avançaient sur nous. Plaçant deux officiers de service indochinois sur chaque garde-boue pour repérer d'éventuels bombardiers, je mis le moteur en marche et ouvris l'arrière de mon ambulance pour ceux qui voulaient se rendre à Tobrouk. Une trentaine de soldats britanniques s'y précipitèrent, impatients de fuir l'avancée des Allemands.

— Allez, ma poule ! cria l'un d'eux en frappant impatiemment l'ambulance du plat de la main tandis que je vérifiais le moteur et attendais les retardataires. Tout le monde s'est déjà barré. On va pas y passer le réveillon.

On partit peu de temps avant l'aube, aidés d'une seule boussole et de mon sens de l'orientation personnel. Je concoctai un itinéraire qui allait vers le nord, vers la mer, en priant le ciel de ne pas tomber sur des Allemands en maraude. Nous n'étions que quelques-uns à être armés et je savais que si on rencontrait des forces ennemies, on serait facilement maîtrisés et capturés.

— Vous savez où on va ? hurla un des officiers à l'arrière de l'ambulance alors que je faisais une embardée pour éviter le lit d'un cours d'eau à sec, un de plus, au beau milieu du désert.

— Aucune idée, répondis-je avec entrain tout en

manœuvrant l'énorme levier de vitesses avec l'aisance d'un chauffeur de camion qui n'a fait que ça toute sa vie. Mais si cette boussole britannique fonctionne, on aura tout juste le temps d'aller prendre un bain de mer avant le dîner.

C'était une chance que la boussole marche encore et que nous n'ayons rencontré aucun char ennemi. En arrivant sur la route d'Alexandrie qui longeait la côte, on tourna à gauche et on entra cahin-caha dans Tobrouk. Le port dont le nom deviendrait célèbre dans l'histoire de la Seconde Guerre mondiale était encore plus délabré que la dernière fois où je l'avais vu. L'intérieur de la garnison regorgeait de monde et de véhicules. Alors qu'à Bir Hakeim j'avais été envahie par un incroyable sentiment de détachement, ici, j'avais vraiment l'impression d'être prise dans une guerre. Maintenant que les Allemands n'étaient plus qu'à une journée d'ici, il régnait un chaos indescriptible et dans tout ce désordre, il était très difficile d'obtenir des renseignements et de savoir qui faisait quoi.

Je déposai mes passagers et trouvai mon chemin jusqu'au QG du général de Larminat, où je découvris qu'on n'avait rien prévu pour moi. Les seules personnes qui s'intéressaient à mon sort étaient les hommes qui n'avaient pas vu une femme depuis des mois.

— Bonjour, madame ! hurla un caporal australien de l'autre côté de la rue avec un sifflement admiratif. Je vous offre une bière bien fraîche ?

Ricanements des hommes qui fumaient assis à sa table. Brusquement consciente de mes shorts bien trop courts de la Légion montraient mes jambes bronzées, j'accélérai le pas en baissant la tête. Je me sentais sale, consciente de mon apparence pour la première fois depuis des semaines, et je me dis qu'un bain chaud et un shampooing me feraient le plus grand bien.

Partout où j'allais, je demandais si on avait des nouvelles de Bir Hakeim et à chaque fois, la réponse me remplissait d'impatience et de nervosité.

— Bir Hakeim est cerné et les communications sont coupées, me dit un des officiers, le visage grave, alors que nous déjeunions au mess. Nous n'avons plus beaucoup d'espoir.

Je frissonnai et repoussai mon assiette, incapable d'avaler le premier repas décent qu'on m'offrait depuis des semaines.

Quant à la voiture du colonel Masson, on m'apprit qu'elle était prête et attendait à l'atelier. Là, tout le monde était très déprimé.

— Les nouvelles de Bir Hakeim sont très mauvaises, me dit tristement un capitaine. Les Allemands sont à la porte. Ecoutez.

Il monta le son de sa radio tachée de cambouis. Les hommes se redressèrent et écoutèrent « Lord Haw-Haw », le propagandiste allemand qui lançait en anglais son appel habituel *Germany calling, Germany calling,* hurlant que ce n'était qu'une question de temps avant que « les misérables rats de Bir Hakeim ne soient mis en déroute ». J'étais de plus en plus déterminée à retourner dans le désert et à me rapprocher le plus possible de Bir Hakeim.

Quand je découvris que le lendemain matin un convoi de ravitaillement prendrait la route de l'Echelon B, je décidai de me joindre à lui. Apparemment, mes allées et venues n'intéressaient personne et donc, au volant de la Ford neuve du colonel, une voiture très chic, je repris la route, croisant un flot ininterrompu d'hommes et de véhicules qui fuyaient dans la direction opposée. A l'Echelon B, qui s'était déplacé plus au nord pour éviter les Allemands, je fus très mal accueillie. Je me fis sermonner par un commandant :

— Vous ne pouvez pas retourner maintenant à Bir Hakeim. Là-bas, c'est loin d'être terminé.

Mais il accepta à contrecœur que je reste, à condition que je dorme dans la voiture.

Je demeurai donc trois jours à l'Echelon B, et on utilisa mes services pour promener un vieux général de brigade grec. J'avais l'espoir de tomber sur un hôpital Spears pour y retrouver des visages familiers, mais le général voulait visiter la région et les hommes ne le supportaient plus. Ce vieil homme était exaspérant et au troisième jour, j'avais hâte de poursuivre ma route.

A mon grand soulagement, ce soir-là, quand on retourna à l'Echelon B, on trouva tout le monde en grande forme.

— Les Français ont repoussé l'ennemi et les Allemands ont fui ! s'écria en me serrant contre lui un homme que je n'avais jamais rencontré.

J'eus l'impression qu'on m'ôtait un grand poids de la poitrine.

Quand je découvris qu'un convoi de vivres et de munitions partait cette nuit même pour Bir Hakeim, je griffonnai rapidement une note à remettre au général :

Je suis à l'Echelon B avec la voiture de Masson. Permission de revenir ? Adjudant Travers.

Le lendemain, un message me parvint, *via* le capitaine Thoreau qui dirigeait la division des transports. La note du général disait simplement : « Koenig. »

Je rentrais à la maison.

Le capitaine Cance, qui dirigeait la logistique du Quatrième Bureau, ouvrait le chemin dans un camion. Je suivais dans ma nouvelle voiture avec mon passager, un sympathique jeune journaliste du Caire, Besnard, qui m'avait demandé si j'accepterais de l'emmener à Bir Hakeim. On se dirigeait vers le sud alors que tout le monde repartait dans l'autre sens. Cance, très nerveux, s'arrêtait souvent pour vérifier avec ses jumelles qu'il n'y avait pas d'Allemands en vue. Moi, je n'avais qu'une idée en tête : foncer. On finit par arriver à Bir Hakeim, un endroit dont je n'aurais jamais imaginé être ravie de le revoir. Rien n'aurait pu me retenir.

Les légionnaires étaient très fiers. En repoussant les Allemands et la division Ariete italienne, ils avaient connu un triomphe. Amilak, Messmer et les autres étaient déjà repartis en chasse. Je me présentai devant le général et le félicitai pour sa victoire.

— Merci, La Miss, me dit-il.

C'était la deuxième fois seulement depuis des mois qu'il utilisait mon surnom.

Mais ce même soir, la chance tourna. Le bataillon du Pacifique, parti en colonne Jock pour observer l'ennemi qui fuyait, fut attaqué par les Allemands qui s'étaient regroupés. Heureusement, la majeure partie des hommes était parvenue à s'échapper et à rentrer à Bir Hakeim. Ils nous apprirent que les Allemands étaient revenus en plus grand nombre et que nous étions maintenant complètement assiégés. Sachant cela, les mineurs passèrent la nuit à poser des mines tandis que nous nous préparions pour une nouvelle attaque.

Cette nuit-là, le général vint à mon abri, l'air soucieux et les sourcils froncés.

— Je ne peux pas vous renvoyer d'ici parce qu'on ne peut plus en sortir, mais je vous demande pour votre sécurité de vous rendre à l'hôpital. Cette fois-ci, les Allemands ne seront pas aussi facilement repoussés. Il est également possible qu'ils utilisent des gaz.

Je plongeai mon regard dans ses yeux fatigués et songeai à toutes les horribles histoires de la Première Guerre mondiale que j'avais entendues, aux poèmes de Wilfred Owen — « Il tombe sur moi, il coule, il étouffe, il se noie » —, que le général m'avait envoyés à l'hôpital. Je me rappelai également, au début de la guerre, la déclaration commune des Anglais et des Français s'engageant à ne pas utiliser de gaz toxiques ni d'armes bactériologiques.

J'acquiesçai à sa demande, sans doute l'hôpital était-il la meilleure solution pour moi. Attrapant mon casque je tendis sans y penser la main au général pour qu'il m'aide à me hisser hors de mon abri. Mais il parut si fâché que je retirai vivement ma main.

— Espèce d'idiote, me dit-il. Vous avez oublié votre masque à gaz.

De toutes les tentes au niveau du sol, il ne restait que celle de l'hôpital, clairement signalée par l'emblème de la Croix-Rouge — les autres avaient été repliées car elles formaient des cibles trop visibles. Quand j'arrivai à la porte avec mon masque à gaz sur la figure, un truc des plus inconfortable, je tombai sur le Dr Vialard Godou, qui m'en avait fait voir de toutes les couleurs en Syrie, ici responsable de l'« atelier de réparation humaine ». Je rencontrai aussi des quakers américains et un docteur écossais jovial qui venait de donner son sang à certains des hommes les plus sérieusement touchés. Il était en train de leur expliquer qu'avec cette transfusion ils risquaient de développer « des tendances à la radinerie ». Malgré mes qualifications d'infirmière, et peut-être à cause d'elles, mon rôle se limitait à aller de lit en lit pour essayer de remonter le moral des blessés les plus gravement atteints.

Les patients souffraient de toutes sortes de maux, la malaria, la leishmaniose, la fièvre jaune, ainsi que diverses afflictions du désert : la fièvre miliaire et des affections de la peau provoquées par la poussière et les mouches. Certains étaient pliés en deux pour cause de dysenterie. D'autres reposaient, amorphes et faibles par manque de sel et déshydratation. L'épuisement provoqué par la chaleur excessive était très courant, il en tuait même certains, et il venait s'y greffer les blessures, les brûlures et les lacérations dues aux coups de feu et aux bombardements. Les lits étaient pleins d'hommes équipés de masque à gaz.

Les combats reprirent aussitôt. Ils se prolongeaient toute la journée, des débris et des éclats d'obus jonchaient la tente de l'hôpital. On entendait en permanence le grondement sourd des canons. Le bruit ne s'arrêtait que quand une violente tempête de sable — exacerbée par les centaines de véhicules libérant la croûte sableuse du désert — réduisait la visibilité à zéro et rendait très difficiles mes tentatives pour retrouver mon abri dans une semi-pénombre. Une fois, je me cognai à des opérateurs de DCA anglais et leur demandai s'ils savaient dans quelle direction se trouvait le QG.

— *Sorry, love,* on n'est pas du coin, on vient d'arriver, me dirent-ils avec un accent cockney marqué.

Avant qu'on disparaisse chacun de notre côté dans la poussière aveuglante, j'entendis l'un d'eux s'exclamer d'une voix forte :

— Je me demande ce que peut bien fabriquer une Anglaise avec un accent de la haute dans un endroit pareil !

Je finis par rentrer dans la barrière de fils de fer barbelés qui entourait le QG et bien que je me sois coupé la main, je fus grandement soulagée. Un court instant, je me rappelai mon enfance à Londres, quand je cherchais mon chemin dans un brouillard à couper au couteau et que je m'agrippais à la grille géorgienne derrière Laurence et mon indomptable grand-mère. Je parvins à mon abri juste à la reprise des bombardements.

Le jour suivant, le 1er juin, l'offensive ennemie reprit pour de bon, avec des Stukas pour les bombardements aériens et les Panzers Mark IV de Rommel qui arrivaient sur Bir Hakeim depuis le nord-ouest. On fit ce qu'on pouvait avec nos canons de 75 mm et notre artillerie de DCA. Les puissants canons de 40 mm furent mis à contribution et finirent par fonctionner, même si les pauvres opérateurs anglais attendaient toujours les instructions officielles sur la façon de les utiliser. Je n'oublierai jamais l'horizon embrasé et le grondement de la bataille quand je déterrai la voiture du général avec mes mains pour vérifier si elle marchait. Il était permis d'en douter après une si longue période d'immobilisation dans des conditions pareilles. Je la fis démarrer sans problèmes et poussai un soupir de soulagement. Dans cette folie quotidienne, j'avais rempli ma petite fonction.

Les premiers jours, les pertes des Allemands et des Italiens furent très importantes. Les légionnaires et les coloniaux attaquaient leurs chars à la grenade et aux cocktails Molotov. Les hommes descendaient en titubant de leurs véhicules en flammes et se roulaient frénétiquement dans le sable. Leurs souffrances étaient atroces. Nous avions tous le plus grand respect pour les combattants. C'était très pénible de regarder sans pouvoir intervenir. Rommel était une légende, son Afrika Korps occupait un statut quasiment mythologique. Les Italiens, malgré un équipement des plus limité, étaient eux aussi considérés comme des soldats courageux et énergiques. On n'a jamais retiré la moindre satisfaction de voir mourir les autres. Juste de la tristesse en songeant à la folie qui nous avait tous amenés dans cet enfer.

Quand une position était prise, les légionnaires ramenaient triomphalement leurs trophées — des armes, des munitions et parfois des véhicules entiers. Les camions Lancia italiens, avec leurs pneus trop tendus, n'étaient pas très appréciés. Sur le terrain lunaire et irrégulier, les pneus secouaient les véhicules qui tombaient en morceaux. Mais ce qu'on trouvait à l'intérieur — des jambons, du vin, des confiseries, des conserves et du fromage — était très convoité. Tout comme en Syrie, les Italiens bénéficiaient d'un ravitaillement particulièrement intéressant. Je goûtai à certains de ces aliments, non pas dans la tente des sous-officiers qui avait été repliée car elle représentait une cible trop évidente, mais dans la cuisine, à moitié enterrée.

Une grande cave fut érigée près du QG pour abriter le nombre croissant de prisonniers que nous devions maintenant nourrir. Cela faisait grincer les dents de certains des officiers de service qui ne parvenaient pas à comprendre pourquoi on les gardait en vie. Cependant, dans l'ensemble, nous étions un camp tout à fait respectable, peuplé de soldats et de légionnaires pleins de dignité. Le général se rendit en personne dans la cave et il s'excusa de ne pas pouvoir fournir aux officiers ennemis de meilleures conditions de détention.

« Je suis désolé », leur dit-il.

Et je savais qu'il le pensait.

Je me retrouvai à nouveau inoccupée. Après les bombardements, j'avais tout le temps faim et sommeil. Quand ça commençait à tomber, je m'asseyais sur le sol de mon terrier avec mon casque sur la tête et quand ça s'arrêtait, je jetais un coup d'œil à l'extérieur pour voir où les bombes étaient tombées. A chaque fois que j'émergeais saine et sauve, je me disais « cette fois-ci, je m'en suis encore tirée ». Autour de moi, les autres réapparaissaient avec la même idée en tête et nous avions tous très faim. Bientôt, alors que les bombardements devenaient de plus en plus intenses, la cuisine ferma pendant la journée et on ne prépara plus de déjeuners mais seulement des dîners. Après ça, il fallut vivre sur nos rations en conserve et rien d'autre. Un jour je me dis que j'allais devenir folle si je voyais à nouveau une boîte de corned beef étiquetée « Smithfield Selected ». Le général choisit cet instant de découragement pour m'envoyer une des mallettes de pique-nique que nous emmenions avec les colonnes Jock. Il garda l'autre pour lui. En ouvrant la boîte au trésor, je découvris toutes sortes de délices de la coopérative militaire : des sardines, des asperges et du saumon. Il y avait même une canette de bière. Estimant que c'était franchement dommage de laisser ça aux Allemands, j'avalai le tout.

Le 2 juin, nous étions à peu de chose près complètement encerclés. Nous nous battions toujours et nous fûmes très surpris de voir un véhicule arborant un drapeau blanc et occupé par deux hommes s'approcher de la garnison. Gabriel de Sairigné accompagna les officiers italiens jusqu'au QG. Ils ne parlaient ni le français ni l'anglais, mais il y avait des légionnaires qui savaient suffisamment d'italien pour comprendre les quelques mots qu'ils avaient à nous transmettre. Les officiers nous annoncèrent que le général Rommel, « le grand vainqueur de la Libye », exigeait une reddition inconditionnelle de notre garnison, sinon nous serions tous tués. *Sterminare* fut le mot qu'ils utilisèrent. Ils suggéraient qu'il serait préférable pour nous de nous rendre aux Italiens plutôt qu'aux troupes allemandes aux méthodes plus musclées.

Le général Koenig leur répondit qu'il n'était pas dans la tradition militaire des légionnaires de se rendre.

« Mes troupes ont des armes et des munitions et elles sont prêtes à se battre. »

Les officiers le saluèrent en le qualifiant de « *grande soldato* », puis ils se retirèrent et furent raccompagnés au-delà de la ligne alliée.

Le 3 juin à 8 heures du matin, peu de temps après que j'eus à nouveau déterré la voiture du général, deux officiers de service anglais qui avaient été faits prisonniers rampèrent jusqu'au campement — on leur tirait dessus — avec un ultimatum signé de la main de Rommel. La sommation de se rendre du Renard du désert, écrite à la main sur une feuille de papier jaune et réglé, était rédigée de la manière suivante :

> Aux troupes de Bir Hakeim. Une résistance prolongée ne mènerait qu'à des pertes humaines inutiles. Vous subi-

rez le même sort que les deux brigades qui se trouvaient à Got el-Ualeb et ont été exterminées avant-hier. Nous cesserons le combat dès que vous hisserez le drapeau blanc et que vous avancerez vers nous désarmés.

Rommel, General Oberst.

Le général Koenig, que ses hommes surnommaient affectueusement « le vieux lapin », envoya une petite note à ses officiers : « Je suis en contact avec Rommel. Il dit que si nous ne nous rendons pas, il nous réduira en bouillie. Je lui ai répondu d'aller se faire voir. Bon vent à tous. »

Et il matérialisa sa réponse en faisant ouvrir le feu sur tous les véhicules ennemis à portée de canon.

Tout comme le général, nous étions très flattés qu'on nous ait envoyé un deuxième ultimatum, et surtout, signé de Rommel en personne. C'était bien la preuve qu'il nous accordait une certaine importance.

Pressé de gagner l'Egypte et exaspéré par notre résistance, Rommel fit pleuvoir un déluge de feu sur Bir Hakeim. Le monde regardait et attendait — tous les yeux étaient braqués sur nous. Il avait fait de notre destruction un objectif personnel car nous avions lancé un défi au haut commandement de Berlin. « J'aurai les Français, je les aurai », avait-il déclaré.

Au cours de la terrible première semaine d'attaque qui suivit, un de nos dépôts de munitions fut touché et une centaine d'obus explosèrent. Le feu était partout dans l'enceinte. Les morts n'étaient pas ramassés et les blessés restaient sans soins. Apparemment, les canons de 88 mm des Allemands qui dominaient la bataille étaient hors de notre portée.

« Quand les Anglais vont-ils se décider à venir à la rescousse ? » demandaient les hommes en colère.

La Royal Air Force fit pourtant de son mieux pour nous aider, envoyant des Hurricanes et des Kittyhawks qui abattirent vingt-deux avions allemands. Ils bombardèrent aussi les forces de Rommel au sol, mais dès qu'ils étaient partis, les Allemands recommençaient à nous pilonner.

Le général envoya un télégramme élogieux : « Merci la RAF ! »

Un pilote de la RAF répondit : « Merci à vous pour le sport. »

A partir de là, les pilotes de la RAF eurent à cœur de protéger et de défendre Bir Hakeim.

Un jour particulièrement éprouvant, j'eus l'impression d'être devenue la cible principale des Allemands. Un obus tomba derrière mon abri, un autre devant et deux autres de chaque côté. Je regardais et j'attendais, incapable de prendre mes jambes à mon cou, avec l'impression pénible d'être un canard en plastique à la foire. J'étais persuadée que le prochain serait pour moi.

« Je ne suis pas une bon Dieu de cible militaire ! » hurlai-je, indignée.

Heureusement, les canons changèrent enfin d'objectif. Une fois de plus, j'avais été épargnée.

Les Britanniques étaient très contents du général Koenig et de ses hommes. Le 4 juin, ils lui envoyèrent un télégramme : « Excellent travail. Cramponnez-vous. Nos vœux vous accompagnent. Tout ira bien. »

Le général répondit que si Rommel voulait mettre les Français à genoux, « il pourrait attendre longtemps ».

La presse du monde entier se faisait l'écho de l'exploit des Français. Des titres comme « Défense héroïque des Français » et « Fait d'armes admirable » barraient les premières pages des journaux à Londres, Washington, Le Caire et Sydney. Le général de Gaulle nous envoya un télégramme depuis son quartier général à Londres : « Général Koenig ! sachez et dites à vos troupes que la France tout entière vous regarde et que vous êtes son orgueil. »

C'était la première fois au cours de cette campagne que les Français se battaient seuls, sans les Alliés, et nous faisions très bonne figure sous les coups qu'on nous assenait avec une violence rare. Nous avions restauré l'honneur de la nation.

Les attaques se succédaient tandis que les hommes du

général menaient une campagne de harcèlement très efficace contre l'ennemi, lançant des raids pour s'emparer de l'essence, de l'eau, du ravitaillement, des prisonniers de guerre et des véhicules. Un groupe revint même avec des barres de chocolat et des bouteilles d'eau de Cologne. Mais il s'agissait de missions dangereuses. Même Amilak se retrouva un soir piégé du mauvais côté des champs de mines. Pierre Messmer et ses hommes durent aller le secourir. Amilak était tellement vexé qu'il sortit à nouveau la nuit suivante et détruisit cinq chars allemands. C'était le genre d'homme qui prenait la guerre pour une affaire personnelle.

Une fois de plus, Rommel nous envoya des propositions de reddition, cette fois par le biais d'officiers allemands qui arrivèrent dans une voiture blindée le 2 juin à 4 heures du matin, mais on ne les laissa même pas entrer.

« Il nous est impossible de réveiller notre général à une heure aussi matinale », dirent aux officiers ceux qui montaient la garde.

Alors qu'ils repartaient, une mine détruisit leur véhicule dont ils sortirent indemnes. Mortifiés, les officiers n'eurent pas d'autre choix que de rentrer à pied, sous les quolibets des légionnaires qui parlaient l'allemand.

L'assaut qui suivit dura huit jours, un bombardement non-stop par l'artillerie et les bombardiers. L'étau continuait de se refermer. La RAF fit un travail formidable. Une vague de vingt chasseurs attaqua les positions ennemies, à un angle vertical malgré un rideau de poussière très dense. En représailles, Rommel envoya son meilleur corps de chars d'assaut, la 90e division légère. Des mitrailleuses à gros calibre, des chars et des armes automatiques pilonnaient à coups de balles, d'obus et de mortiers ce petit morceau de désert du nom de Bir Hakeim.

Les combats ne s'arrêtaient qu'avec le vent coupant du Sahara qui charriait du sable et nous frappait de plein fouet, ou alors à la tombée de la nuit, quand les combattants des deux côtés ramassaient leurs morts et soignaient leurs blessés. Il régnait alors un silence sépulcral, presque aussi irritant pour les nerfs que le vacarme de la journée. Difficile d'imaginer que ces milliers d'hommes qui dormaient, parfois à quelques mètres les uns des autres, iraient s'entre-tuer le lendemain. Chaque matin, à 6 heures tapantes, la bataille acharnée reprenait. Les attaques et les contre-attaques se succédaient par une chaleur intolérable. Le ciel était obscurci par un énorme nuage de poussière et de sable, formé sous l'impact des obus, qui ne retombait jamais. Respirer était devenu très pénible.

Au cours du siège, les artilleurs français tirèrent plus de 40 000 obus. Côté allemand, plus de cent Stukas — des bombardiers légers qui opéraient en piqué — et quarante Junkers — des bombardiers lourds — exécutèrent 1 400 missions et écrasèrent la position française sous 1 500 tonnes d'obus explosifs de 25 kilos. La RAF perdit soixante-dix avions.

Je détestais les Stukas, leurs hurlements incessants et l'abominable silence qui suivait tandis que je restais prostrée sur le sol de mon abri, avec mon casque pour seule protection. Chaque jour, de nouveaux obus sifflaient dans le *no man's land* de fils de fer barbelés et de champs de mines antichars. Des balles de mitrailleuses pleuvaient sur nous en permanence et quatorze heures par jour, le soleil de plomb du désert incendiait le ciel, nous consumant à petit feu.

La journée du 8 juin fut un vrai cauchemar. Il y avait du brouillard. Les Stukas et les Junkers laissaient tomber leurs bombes au juger. Malheureusement, elles se révélaient tout aussi efficaces. Quand les brumes matinales se levèrent, le feu d'artillerie reprit de plus belle, Bir Hakeim fut soumis à un tir de barrage féroce. Les pièces d'artillerie allemandes nous abreuvèrent d'obus. Puis les Stukas et les Junkers revinrent à la charge et cette fois-ci, ils coupèrent nos communications avec le front. L'aviation n'était pas plus tôt repartie que l'infanterie allemande lançait un nouvel assaut. Pour terminer, les chars de la 15e division de Rommel entrèrent dans la danse. Ils étaient visiblement résolus à en finir avec nous. Des dizaines de Français libres, essentiellement des légionnaires, furent tués ou faits prisonniers. Le sol était parsemé de cratères et recouvert de débris fumants. Plusieurs véhicules français avaient été détruits par les bombardements et brûlaient dans la nuit.

Ce soir-là, on entendit les Allemands qui déminaient à quelques centaines de mètres de là. On disait que Rommel était sur place, sur une des « mamelles », son canon pointé sur nous, prêt à tirer à la première heure. Plus tard, des raids aériens eurent lieu pour la première fois après la tombée de la nuit, les Stukas laissèrent tomber des paniers de grenades qui explosèrent sous l'impact. En nous maintenant éveillés avec des bombardements ininterrompus, Rommel espérait faire craquer nos hommes et briser leur moral. Les intentions de la Luftwaffe étaient de rayer Bir Hakeim de la carte du désert.

Le lendemain, il nous apparut clairement que notre situation était sans espoir, surtout que, à quelques centaines de mètres de mon abri, les Stukas avaient délibérément visé l'hôpital et le véhicule qui servait de bloc opératoire, pourtant clairement marqués d'une croix rouge. La plupart des vingt-quatre blessés et certains des officiers de service moururent. Comme les réserves de médicaments avaient également été détruites, nous étions impuissants. Un peu plus tôt, la RAF avait envoyé des bouteilles de plasma dont nous avions un besoin urgent mais elles s'étaient brisées à l'atterrissage.

Le manque d'eau ajoutait à notre malheur. Les rations tombèrent de deux litres par jour à un quart de litre. Aussi noire que du thé, elle avait un goût horrible. Chaque goutte avait été soigneusement recyclée pendant des semaines, l'eau utilisée pour se raser et se laver servait pour les radiateurs des voitures ou était filtrée avec les masques à gaz. Les chemises et les shorts étaient lavés avec de l'essence, au fond d'une petite cuvette, avant de les mettre à sécher. On nettoyait les plats et les tasses avec du sable et de l'essence. On ne perdait aucune goutte du précieux liquide.

Maintenant, les hommes désespérés et à bout de forces rêvaient de bière fraîche, de citronnade et de ruisseaux dans les montagnes. Pas rasés, le visage émacié, épuisés par la tension permanente et le manque de sommeil, ils se préparaient à l'inévitable.

Le 9 juin, une centaine de Stukas bombardèrent le nord de Bir Hakeim où Pierre Messmer et sa compagnie étaient enterrés. Il s'ensuivit des attaques d'artillerie et l'infanterie allemande essaya de pénétrer dans le camp. Ils furent repoussés. Six heures plus tard, les Stukas revenaient et le bombardement reprenait.

En désespoir de cause, dans l'après-midi le général envoya par radio le message suivant au quartier général des Alliés : « L'eau et les munitions sont pratiquement épuisées. On ne pourra pas tenir beaucoup plus longtemps. »

A la fin de la journée, alors que nous étions entourés par les divisions ennemies, il ne restait plus d'obus pour alimenter notre meilleur défenseur, le canon de 75 mm, et peu de mortiers et de cartouches.

Côté réserves d'eau, à part une saleté verdâtre clapotant au fond de vieux bidons d'essence que l'on jeta de crainte que des hommes ne la boive, et quelques réserves privées gardées à grand-peine qui avaient été partagées, nous étions à sec. La RAF avait lâché de la glace pour les blessés, afin qu'ils puissent la sucer, mais elle avait fondu depuis longtemps.

Tandis que le soleil se couchait à l'horizon, on voyait les silhouettes menaçantes des chars italiens et allemands, pressés en rangs tellement serrés autour de nous qu'ils ne pouvaient plus tirer car ils risquaient de se tirer dessus. Je pensais que notre dernière heure était venue. Rommel savait ce qu'il faisait quand il télégraphia cette nuit-là à son quartier général : « Au matin, je serai à Bir Hakeim. »

Cette nuit-là, le général envoya lui aussi un télégramme, adressé à la 8e armée : « Nous sommes assiégés. Nos pensées sont toujours avec vous. Nous avons confiance. Longue vie à la France libre ! »

Il est clair qu'il anticipait la fin et était prêt à sacrifier sa vie et celle de ses hommes si cela était nécessaire. A moi aussi, otage de la Fortune dans mon petit abri, la mort semblait très proche.

Ce soir-là, à 6 heures, le général reçut de nouvelles instructions du commandement allié et il convoqua ses officiers pour un conseil urgent. On vit ces hommes épuisés se diriger vers l'abri du général et on sut qu'il se préparait quelque chose. L'odeur de la défaite était dans l'air et nous nous sentions très mal.

Amilak fut le premier à quitter la réunion, son manteau vert volant derrière lui, son képi noir et or perché avec désinvolture sur la tête. Je crus un instant distinguer sur ses lèvres l'ombre de son sourire familier. Cher Dimitri, il refusait de porter un casque par respect pour le grand général français de la Première Guerre mondiale, Paul Rollet, le fondateur de la Légion, qui agissait de même.

« La mort connaît l'heure de chacun, inutile de porter un casque », avait-il dit à Pierre.

Les autres officiers suivaient Amilak d'un pas tout aussi résolu. Ils se rendirent à leurs postes de commande, silencieux, le visage fermé. Au cours de la journée, la chaleur avait été intolérable, j'avais ruisselé de sueur, trempant mes vêtements déjà tachés de transpiration. Cela faisait des jours que je ne m'étais pas lavée, j'avais les cheveux sales et gras, mon visage et mes mains étaient couverts de poussière. Le sable en se mélangeant avec la sueur formait une boue qui s'incrustait dans tous les plis de la peau — sous les bras, à l'entrejambe, autour du cou —, cela me démangeait et me grattait, une source constante d'irritation sur un épiderme déjà sensibilisé par la chaleur.

La tête dans les mains, j'essayais d'oublier l'inconfort, la peur et la saleté. Je laissai mon esprit s'envoler, loin du sinistre ciel du désert. Les yeux fermés, je convoquai l'image d'un des plus chics restaurants parisiens, avec de grands miroirs dorés reflétant la lumière des bougies, où s'affairait une petite armée de garçons vêtus de vestes blanches impeccables et de nœuds papillons. Les tables étaient dressées avec des nappes brodées, des couverts en argent, des verres en cristal, un pour l'eau, un pour le vin, et décorées de coupes de fleurs aux parfums délicats. Tandis que j'avançais tranquillement vers ma table, j'entendais le bruit des couverts sur les assiettes de porcelaine et le murmure des conversations d'un dîner élégant. Je sentais le satin de ma robe lilas me caresser les jambes, et la sensation imperceptible de la lingerie en soie sur une peau blanche et parfumée. Le général m'attendait, superbe dans son uniforme, il se levait avec un large sourire à mon approche et j'acceptais sa main. Je m'asseyais et respirais l'odeur délicieuse des herbes, du vin, de l'ail et des viandes rôties parvenant jusqu'à nous depuis la cuisine.

J'avais dîné dans des restaurants de ce genre dans les capitales européennes les plus en vogue et dans mon rêve, le général m'y invitait régulièrement. Si jamais je sortais de Bir Hakeim et parvenais à rejoindre une terre civilisée, je me promis de commencer par me payer un délicieux dîner selon mes goûts. Je savais très exactement ce que je mangerais : du saumon fumé de la meilleure qualité, du canard à l'orange et les garnitures qui vont avec, une glace à la vanille et des petits fours aux amandes. Le tout arrosé d'un bourgogne blanc bien frais.

Penser à du vin me rappela ma soif et j'ouvris les yeux pour vérifier ce qui me restait comme provisions dans cet abri puant. Je balayai de la main les cafards et les crottes de rat du couvercle de ma boîte, l'ouvris et regardai à l'intérieur. Mes réserves se résumaient à trois fois rien : un peu d'eau qui clapotait au fond de mon bidon et quatre biscuits indigestes infestés de charançons. Je les repoussai et me demandai quoi faire de l'eau : la boire ou me laver ? Je savais que le général en avait dans ses réserves personnelles, et qu'il m'en donnerait si je lui en demandais. Tout en sachant que les hommes avaient arrêté de se raser par souci d'économie, la tasse d'eau que j'utilisais tous les deux jours pour mon hygiène ne me semblait pas un luxe. Je décidai d'attendre et m'effondrai à nouveau sur le sol, les yeux fermés.

Quand nous mettrait-on au courant des décisions du général ? Si on se rendait, je serais prisonnière de guerre, la seule femme aux mains d'ennemis hostiles. J'espérais pouvoir me faire passer pour un homme. Peut-être devrais-je me couper les cheveux très court ou essayer de dissimuler mon visage avec un masque à gaz ? Je me demandais s'il me serait possible de dissimuler mon revolver, au cas où j'aurais besoin de me défendre. Si seulement le général me tenait au courant de ce qui se passait, je me sentirais mieux préparée. Mais il ne m'avait jamais fait aucune confidence auparavant, et ne commencerait certainement pas maintenant.

Une fois, il m'avait dit que s'il ne partageait jamais aucune information avec moi c'était une stratégie délibérée.

— Si jamais vous êtes capturée et qu'ils découvrent que vous étiez mon chauffeur, vous pourrez leur dire en toute honnêteté que vous ne savez rien.

Il prit mon visage dans ses mains pour que je comprenne bien l'importance de ses paroles et ajouta :

— Si vous dites la vérité, ils vous croiront.

Puis il me serra brusquement contre lui, comme s'il avait vraiment peur que quelqu'un puisse un jour me faire du mal. Pour la première fois depuis notre rencontre, je compris la solitude du commandement.

Juste au moment où j'allais succomber à la fatigue et m'endormir, j'entendis un bruit de bottes sur le gravier. Quelqu'un s'approchait de mon abri. Je m'assis, tirai sur mon toit de toile et jetai un coup d'œil à l'extérieur. Dans l'obscurité, je reconnus la silhouette du général. Ce n'était que la troisième fois en trois mois qu'il prenait directement contact avec moi. Je sautai sur mes pieds et époussetai mon uniforme du mieux que je pus.

Il avait les traits tirés, le visage gris de poussière, les yeux enfoncés. Pauvre Pierre, il portait un si lourd fardeau. Il se retrouvait responsable d'une des plus dures batailles livrées sur la terre d'Afrique. Pour la première fois depuis la débâcle de Dakar, il rendait leur honneur aux Français libres. Et au cours de l'étape suivante, la vie de près de trois mille hommes dépendait de ses décisions. L'être plein de gaieté dont j'avais partagé l'insouciance à Aley n'était plus qu'un souvenir.

Je souris, essayai de lui proposer un siège mais son regard était froid et distant. Il était à des années-lumière de moi, totalement hors de portée.

— Préparez tout, me dit-il à mi-voix. Demain soir, nous allons nous ouvrir un chemin dans les lignes ennemies. Pas un mot à quiconque. C'est un secret absolu.

— Où allons-nous ? demandai-je.

La sueur me coulait sur le visage et dans les yeux.

Il marqua une pause.

— A un rendez-vous, me répondit-il enfin, les mâchoires crispées.

La peur me coupa la respiration. Je savais que l'un de ses poèmes préférés était « Rendez-vous » d'un poète de la Légion, l'Américain Alan Seeger, écrit pendant la Première Guerre mondiale. Pierre avait trouvé un livre de lui qu'il avait emprunté à la bibliothèque de Beyrouth, un volume usagé qu'il consultait souvent et emmenait partout avec lui. Peu de temps après qu'il m'avait annoncé que nous devions quitter notre villa idyllique d'Aley et retourner au front, il ouvrit le livre et me demanda de m'asseoir.

— Lisez-moi ça, La Miss, me dit-il alors que j'arrangeais des roses dans un vase. C'est un poème que je voudrais partager avec vous. Un jeune soldat américain l'écrivit en 1916, un mois avant de trouver la mort en combattant pour la France. Pour tous les hommes de la Légion, ses textes revêtent une importance particulière.

Je m'agenouillai sur un coussin à ses pieds et le regardai se rejeter en arrière sur le sofa recouvert de chintz que nous avions choisi tous les deux. Je commençai par lire le poème pour moi. Après quelques vers, je levai la tête vers lui.

— Lisez-le pour moi, ma chérie, murmura-t-il. J'aime bien votre voix.

Je pris une profonde inspiration, m'installai sur le coussin, m'appuyai contre ses jambes et récitai le poème qu'il aimait.

J'ai rendez-vous avec la mort,
Près d'une barricade où l'on se bat,
Quand revient le printemps avec l'ombre bruissante,
Et que les fleurs de pommier emplissent l'air

J'ai rendez-vous avec la mort et le printemps,
En ramenant les beaux jours bleus,
Par la main me prendra peut-être,

Me mènera dans ses terres sombres
Me fermera les yeux, étanchera mon souffle —
Ou me laissera le franchir, encore une fois

J'ai rendez-vous avec la mort
Sur la pente balafrée d'une colline meurtrie
Cette année au retour du printemps
Quand apparaîtront les premières fleurs des champs

Comme il était doux de s'enfoncer, Dieu sait,
Dans des oreillers soyeux au duvet odorant
Où l'amour palpite dans un divin sommeil
Cœur contre cœur, souffles mêlés,
Où les lents réveils sont si chers...

Mais j'ai un rendez-vous avec la mort
A minuit dans une ville en flammes
Quand le printemps, cette fois encore, remontera vers le nord...

Je n'ai jamais oublié cette nuit, ni la poignante intensité de ces vers. Un an plus tard dans cet endroit abandonné de tous, alors que je réfléchissais à ses paroles, je me demandais si déjà à cette époque il n'avait pas essayé de me préparer à la mort.

Le cœur battant, je me torturai le cerveau pour me rappeler la dernière strophe du poème, afin de la lui redire une dernière fois. Mais avant que j'aie pu ouvrir la bouche, il avait tourné les talons et disparu. Il n'y eut pas de paroles gentilles, ni de sourire d'encouragement, il ne me souhaita pas bonne chance, c'était juste les ordres d'un général à un adjudant. Chaque homme devait accomplir son devoir sans fléchir, de même que l'unique femme parmi eux.

Je regardais l'endroit où il venait de disparaître quand les vers me revinrent soudain en mémoire. Je me les récitai à voix basse :

Une parole donnée ne se peut reprendre
Oui, j'irai à ce rendez-vous.

12

L'échappée

Ils donnèrent leurs vies
Pour le bien de tous et chacun pour célébrer sa mémoire
Reçut des louanges immortelles
Et la plus grande sépulture qui se puisse concevoir,
Non la tombe où repose leurs os mortels,
Mais le cœur des hommes où brûle la flamme de leur gloire.

PÉRICLÈS (495-429 av. J.-C.).

J'avais vingt-huit heures, vingt-huit longues heures pour faire mes maigres bagages et me préparer à ce qui ressemblait fort à une mission suicide. J'essayai de ne pas trop réfléchir à la formidable puissance de feu des Allemands que nous devrions affronter en nous forçant un passage dans les lignes ennemies, et m'occupai soigneusement de tout ce dont j'étais responsable : la voiture, l'essence, l'eau, les pneus et l'huile. Je garnis l'intérieur de la voiture de sacs de sable pour nous protéger contre les mines et les balles, et je plaçai les papiers du général et les revolvers à l'arrière. Mes possessions les plus volumineuses, mon lit et ma baignoire pliante, étaient rangées dans la camionnette-caravane. Quand ce fut terminé et que j'eus tout vérifié et revérifié, il me restait encore pas mal d'heures à tuer. Autant dire une éternité.

Je regardai notre malheureux campement, où nous avions vécu quatre longs mois : il ne restait pratiquement plus un morceau de terre plate entre les multiples cratères où les obus avaient explosé. De petits feux brûlaient partout tandis que du matériel et des papiers secrets étaient détruits afin que l'ennemi ne puisse s'en emparer. Du coup, par cette nuit glaciale, les feux servaient aussi aux hommes à se réchauffer. Quelqu'un empilait des corps dans un coin du camp tandis que l'aumônier, le père Mallec, se tenait près des morts, sa bible ouverte, et en lisait un verset. Quand les hommes apprirent que nous partions, l'inhumation des corps devint une priorité. Tandis que des équipes se mettaient au travail pour creuser le sol, marquant les tombes d'une simple croix en bois selon les ordres du général, une puanteur fade et familière se répandit dans l'air.

Je trouvai Arad, qui mangeait avec appétit une boîte de corned beef qu'on lui avait donnée dans le bataillon tchadien. Claude Le Roux, un des officiers, me dit qu'au cours des quinze derniers jours Arad était devenu leur mascotte — un chien blanc pour un bataillon de soldats noirs. Apparemment, il avait surmonté sa peur des raids aériens et des bombardements, et il avait pris l'habitude d'aboyer contre les Stukas. Il avait même chassé un obus dans le désert et les hommes étaient fiers de son courage.

— On en prendra soin, La Miss, et on le ramènera de Bir Hakeim, ajouta l'officier, les yeux brillants.

Je caressai affectueusement Arad et ses longues oreilles soyeuses, hochai la tête en signe d'assentiment, et souhaitai bonne chance au chien et à Claude.

En retournant à ma voiture, je vis un des secrétaires émerger de la camionnette du général avec les derniers jerrycans d'eau. Je l'aidai à les attacher à l'arrière du véhicule.

— Nous avons reçu l'ordre de casser les pare-brise, me dit-il d'une voix posée. Si une balle fait éclater le pare-brise, vous ne verrez plus rien.

Je m'abstins de lui faire remarquer que si une balle le traversait, j'aurais de grandes chances d'être morte.

Contrariée à cette idée, je m'éloignai pour aller chercher un autre jerrycan. Quand je revins, le pare-brise s'était volatilisé et des morceaux de verre soigneusement balayés s'entassaient dans un coin. Le secrétaire m'annonça alors que tous les officiers utilisaient ce qu'il leur restait d'eau pour se raser, un dernier défi face à l'ennemi. Tout aussi crâne, je retournai à mon abri et versai le peu d'eau qui me restait dans mon bol afin de me laver.

Le plan du général était très simple. Les Britanniques avaient finalement admis que sa position n'était plus tenable et nous avaient donné l'ordre de battre en retraite, mais le général avait rejeté les solutions les plus évidentes : se rendre ou s'éclipser avec seulement les hommes valides, abandonnant les blessés, les armes lourdes et les véhicules derrière lui.

« Pour un légionnaire, avait-il dit à ses officiers, une telle option n'existe pas. »

Il s'était donc décidé pour une évasion massive par la porte sud-est, le champ de mines et les lignes ennemies, prenant ainsi les Allemands et les Italiens par surprise.

— Je sais que vos hommes n'ont pas mangé ni dormi depuis deux jours mais c'est la dernière chose que j'attends de vous à Bir Hakeim, dit le général à ses officiers. A l'heure H, nous conclurons glorieusement cette bataille par une claque au maréchal Rommel.

Son plan était que les mineurs libéreraient une piste de cinquante mètres de large en désamorçant leurs propres mines. Pour accomplir leur travail, ils utiliseraient des lampes spéciales, dont les rayons ne pointent que vers le bas. Trois bataillons à pied, menés par les légionnaires, s'avanceraient en silence, leurs fusils-mitrailleurs prêts à attirer sur eux le feu de l'ennemi si l'alarme était donnée. Un bataillon partirait vers la droite, le suivant vers la gauche et le troisième droit devant, écrasant les résistances et ouvrant un couloir aussi large que possible pour que le reste des troupes puisse passer. Gabriel de Sairigné et ses hommes étaient en charge des véhicules convoyant les blessés et l'équipement lourd.

Le général et moi, avec Amilak et ses hommes derrière nous, conduirions le convoi rassemblé à la hâte qui passerait chez l'ennemi endormi. Un assortiment de véhicules et de camions transportant deux cents des hommes les plus sérieusement blessés nous suivraient après que l'on eut montré la route au milieu des champs de mines. Un dernier contingent de légionnaires fermerait la marche, faisant feu jusqu'au dernier afin de faire croire à l'ennemi que Bir Hakeim était toujours occupé. Passant par une route familière des colonnes Jock, nous nous rendrions alors tous à un point de rendez-vous connu sous le chiffre B837, une position tenue par les Britanniques à vingt kilomètres au sud et marquée de trois lumières rouges. Simple, mais pensé un peu vite.

L'heure H — le 10 juin à minuit — se rapprochait et tout le monde s'activait. Ce qui ne pouvait pas être emporté devait être détruit. Les ordres étaient de ne pas laisser un seul objet utile derrière nous. Si nécessaire, nous devions mettre le feu à nos propres véhicules pour qu'ils ne soient pas pris. L'atmosphère était très tendue, les rumeurs succédaient aux rumeurs, les blessés craignaient qu'on ne les abandonne, certains légionnaires doutaient que nous ayons le temps de nous échapper et les chauffeurs se plaignaient qu'ils seraient les premières cibles. Amilak, de Sairigné, Messmer et Simon faisaient de leur mieux pour calmer notre nervosité en arpentant le camp et en lançant des ordres stricts :

— Nous devons rester en ligne absolument droite. Le silence est vital. Ne vous arrêtez pas et ne faites aucun bruit.

L'estomac noué, je mis la voiture en marche, la sortis précautionneusement de son abri, y jetai mes quelques affaires et me dirigeai vers le point de rassemblement. Je fixai le compte-tours avec crainte. Au cours des derniers mois, la voiture avait été soumise à des températures extrêmes, à des tempêtes de sable, et je ne l'avais pas conduite pendant près de trois semaines. Elle avait fait des siennes en calant brusquement lors des deux dernières colonnes Jock auxquelles nous avions participé, et j'avais eu toutes les peines du monde à repartir. Lors d'un raid par des Stukas, un éclat d'obus avait perforé le radiateur, qui était très lourd. J'avais donc dû enrôler le solide caporal indochinois qui conduisait la camionnette du général pour qu'il m'aide à le vider et à le transporter jusqu'à l'atelier où on me le répara avec une soudure. Quand j'avais supplié les mécaniciens de me le remettre en état, ils s'étaient montrés très réticents car on était encore au milieu d'un raid.

Depuis, j'avais vérifié chaque jour la voiture et demandé à plusieurs reprises aux mécaniciens d'y jeter un coup d'œil, mais je craignais toujours que le radiateur ne casse. Je me penchai sur le volant, écoutai le ronronnement régulier du moteur et murmurai une prière face au tableau de bord.

— Je t'en prie, ne me laisse pas tomber ce soir. S'il te plaît, ne cale pas.

Comme pour me donner la réplique arriva le général, lavé, rasé et vêtu d'un uniforme impeccable. Il regarda dans l'obscurité les centaines d'yeux tournés vers lui qui clignaient des paupières. A la nuit tombée, les véhicules s'étaient mis en file indienne, le nôtre était situé en tête du convoi du quartier général, les hommes avaient pris position et tout le monde attendait en silence. L'annonce de la percée avait suscité un grand enthousiasme. Après ce que nous avions enduré, personne ne voulait se rendre, et malgré une nervosité de dernière minute, l'audace du plan de fuite de Koenig avait ravivé l'ardeur des soldats.

Par cette nuit sans lune, il faisait un froid terrible, et on était fin prêts. Le général s'assit sur le siège passager, regarda droit devant lui et me dit d'une voix très calme :

— Pour notre sauvegarde à tous les deux, vous ferez très exactement ce que je vous dirai quand je vous le dirai. Je serai sur le siège arrière juste derrière vous et surveillerai les opérations par l'ouverture du toit. On suivra la route F, que nous avons prise un nombre incalculable de fois pendant les colonnes Jock.

« J'aurai un pied sur votre épaule droite et un pied sur votre épaule gauche. Un coup sur votre épaule droite et vous ralentissez. Un coup sur votre épaule gauche et vous vous arrêtez. Si j'appuie plus fort sur l'une ou l'autre épaule, vous devrez accélérer.

Puis il se tourna vers moi pour la première fois et me dit très posément :

— Vous avez compris ?

Incapable de parler tellement j'avais la gorge nouée, j'acquiesçai vigoureusement de la tête, manquant faire valser mon béret.

— Et au nom du ciel, mettez votre casque, ajouta-t-il en feignant la colère.

J'essayai de lui rendre son sourire, pris mon casque posé sur mes genoux et me l'enfonçai jusqu'aux oreilles.

Je passai la première de la Ford qui démarra en douceur tandis que les chenillettes porte-fusils-mitrailleurs devant moi avançaient lentement dans l'obscurité vers le champ de mines. La tension était palpable, on n'entendait que le sourd ronflement des moteurs tandis que nous tentions d'échapper à l'encerclement au cœur de la nuit. Le 2e bataillon était le premier à descendre la pente raide qui menait au champ de mines et à prendre place devant l'étroit corridor qui se découpait juste en face de lui. La colonne s'arrêta tandis que nous attendions notre tour. Le général ordonna pour des raisons de sécurité que tout le monde sorte des voitures tandis que lui et ses officiers les plus gradés s'asseyaient un peu plus loin. Je m'accroupis près d'une des roues de la Ford, m'imaginant stupidement qu'elle me protégerait si nous étions attaqués.

Le silence était vital. Le général et ses officiers nous avaient expliqué que si nous demeurions silencieux et gardions notre calme, nous avions une bonne chance de nous échapper pendant le sommeil des Allemands et des Italiens qui se préparaient à l'assaut final pour le lendemain. Le silence me tapait sur les nerfs. Mes yeux s'étaient habitués à l'obscurité mais j'avais peur de commettre un impair, de paniquer. Dans l'état où j'étais, je risquais de n'être même pas capable de faire redémarrer la voiture si elle calait.

Je fus très reconnaissante au capitaine Simon, que je reconnus tout de suite grâce à son bandeau sur l'œil, de venir me rejoindre. Il surgit brusquement à mes côtés et s'assit sur le marchepied de la voiture, tout près de moi. En Syrie, j'avais eu raison de le rassurer. Il avait beaucoup d'allure.

— Hello, que faites-vous ici ? murmura-t-il, comme si nous avions choisi de venir nous promener dans un champ de mines.

— Je me sens assez idiote, lui répondis-je d'une voix étranglée par la peur.

On bavarda aimablement pendant quelques minutes, parlant de ce que nous ferions quand nous serions sortis de là. Avant longtemps, il avait presque réussi à me faire oublier ce qui nous attendait.

Mais le général se chargea de me le rappeler.

— Taisez-vous, là-bas ! lança-t-il à mi-voix.

Durement réprimandés, on resta côte à côte, attendant l'ordre de repartir.

Il arriva une demi-heure plus tard. De retour dans nos voitures, sachant que la voie était libre, on remit les moteurs en route et on attendit. Les chenillettes porte-fusils-mitrailleurs étaient les premiers véhicules à descendre la pente. On suivit aussi silencieusement que possible, en file indienne à cause de l'étroitesse du chemin, les autres derrière nous s'étirant en une ligne interminable.

Sans doute à cause du silence étrange qui avait dominé au cours des heures précédentes, quand une violente explosion retentit, on resta cloués sur place. Je sursautai si violemment que ma tête heurta le toit de la voiture. A quelques mètres de nous, la première chenillette s'était écartée de quelques mètres du chemin indiqué et avait sauté sur une mine. La déflagration illumina le champ de mines, et on comprit aussitôt que nous aussi nous nous étions écartés de la route indiquée par les mineurs. Bien évidemment, le bruit avait alerté l'ennemi posté sur la première ligne puissamment défendue que nous devions traverser. Il se mit aussitôt en position et ouvrit le feu. Pétrifiée devant le branle-bas que nous avions déclenché, je crus sincèrement que c'était la fin.

Suspectant que quelqu'un de Bir Hakeim essayait de s'échapper, les Allemands envoyèrent une douzaine de fusées éclairantes vertes et rouges et on se retrouva piégés sous un feu nourri dans le corridor parfaitement éclairé. Maintenant, des balles traçantes montaient au ciel, formant un arceau croisé devant nous. Avant qu'on puisse intervenir, une deuxième chenillette explosait dans une pluie d'étincelles et prenait feu, puis une troisième sauta tandis que les chauffeurs essayaient de se remettre dans le droit chemin. Les légionnaires au début de la file se précipitèrent en direction des armes lourdes à quelques centaines de mètres devant eux, sacrifiant leurs vies pour nous, leurs camarades, tandis que nous essayions de reculer. Mais plusieurs camions en rebroussant chemin et en tentant d'éviter les chenillettes détruites furent touchés en rejoignant le corridor. Maintenant, ils brûlaient au beau milieu de la piste sûre, ce qui nous la rendait inaccessible et faisait de nous des cibles de choix. Certains chauffeurs, perdant la tête, bondirent hors de leur véhicule et sautèrent sur nos propres mines antipersonnel.

Les obus pleuvaient et de violentes explosions déchiraient la nuit, nous arrosant de métal brûlant. Les canons allemands étaient pointés sur nous et tous les véhicules s'arrêtèrent, complètement perdus. On ordonna aux blessés qui pouvaient marcher de sortir et d'avancer à pied, afin d'alléger le poids des véhicules qui se lançaient sur le champ de mines. Cela avait commencé comme un plan d'évacuation raisonnablement pensé et se transformait en une fuite désordonnée.

Le visage du général exprimait une colère et une détresse insoutenables. La tête passée par l'ouverture du toit, le visage illuminé par les flammes phosphorescentes, il se pencha vers moi, les sourcils froncés.

— Qu'est-ce que vous attendez ? Tournez le volant à droite et contournez cette voiture ! hurla-t-il, m'indiquant le chemin en utilisant ses pieds.

Il aboyait des ordres à ses hommes pour qu'ils poursuivent leur course désespérée, et tentait vainement de regagner le contrôle d'une situation chaotique qui lui échappait rapidement.

Le général toujours hurlant et m'enfonçant ses talons dans les épaules, j'essayai de voir si je pouvais négocier une façon sûre de contourner les véhicules. Alors que je scrutais les ténèbres devant moi, il y eut une violente explosion et je crus un instant que j'avais heurté une mine. Mais j'avais tort. Il s'agissait de la voiture juste devant moi, celle d'Amilak.

Horrifiés, on la vit tous les deux sauter en l'air comme un jouet. Le nom de Dimitri s'étrangla dans ma gorge, n'ayant plus de pare-brise je vis très bien la fumée s'éclaircir et un Amilak légèrement noirci trotter vers nous dans son manteau parfaitement reconnaissable, un revolver dans une main et une grenade dans l'autre. Il se détachait très clairement sur son véhicule en flammes, ne semblait pas du tout affecté par l'explosion et continuait de crier des ordres à ses hommes. Son chauffeur, qui s'appelait Van der Wachler, émergea à son tour, sain et sauf.

Impressionné par la témérité d'Amilak et désireux de se débarrasser des canons pointés sur nous, un de ses capitaines ordonna aux hommes de l'infanterie qui étaient à pied de tourner à gauche dans le champ de mines et de s'engager avec les Allemands dans un combat au corps à corps. A sa grande colère, les hommes n'obéirent pas immédiatement. Certains d'entre eux s'abritaient encore derrière les camionnettes pour se protéger du tir de barrage. Ils étaient complètement terrifiés.

Tandis que les balles continuaient de nous tomber dessus, le capitaine courut vers Amilak pour lui demander son aide. Sans une seule pensée pour sa sécurité, Dimitri évita habilement la course bleue d'un obus traçant, courut vers les troupes et dit aux hommes de prendre des baïonnettes. Il leur donna l'ordre d'avancer en criant « Baïonnette au canon ! A moi la Légion ! En avant ! ». Le bras levé et son manteau flottant derrière lui, il était extraordinairement impressionnant. Après cela, il n'y eut plus d'hésitation. Les hommes auraient suivi Amilak en enfer. Fouettés par l'esprit de corps, déterminés à restaurer l'honneur de la France libre, ils se regroupèrent du mieux qu'il purent, en rangs serrés, et ils chargèrent dans le rideau de feu.

Voyant ce qu'il avait fait, le général hurla le nom d'Amilak et lui fit signe de nous rejoindre. Toujours debout sur le siège arrière au milieu des sacs de sable, le général ordonna à Dimitri de monter à côté de moi. Nous étions une fois de plus la voiture de tête et j'étais responsable de leurs deux vies. J'avalai ma salive en essayant de ne pas trop penser à ma responsabilité.

— Foncez droit devant et aussi vite que vous pourrez ! hurla le général, son pied écrasant mon épaule gauche. Vite ! Vite !

Je me tournai vers Amilak. Je n'en croyais pas mes yeux. Il avait survécu à l'explosion sans une seule égratignure. Son visage s'épanouit en un large sourire et il tapota la mitrailleuse Thompson sur ses genoux.

— Allez-y ! lança-t-il.

C'est alors que je décidai que quoi qu'il arrive, je sortirais ces deux cinglés de cet asile de fous.

Le général me donna un énième coup de pied dans l'épaule gauche et cria :

— Si on avance, le reste suivra !

Tandis qu'Amilak s'accroupissait dans la voiture, attendant que je démarre, je passai la première, contournai du mieux que je pus son véhicule qui brûlait toujours dans l'obscurité, et essayai de ne pas penser à quel point mes pieds étaient vulnérables. J'avais vu ce dont une mine était capable. J'avais pansé le moignon ensanglanté du Dr Lotte et cette pensée m'effrayait plus que tout.

Je parvins, sans sauter sur une mine ni renverser un seul des soldats qui couraient dans tous les sens devant moi, à me frayer un chemin le long des véhicules arrêtés. A la tête du convoi, des véhicules médicaux s'étaient avancés dans le champ de mines avant de stopper net. Evitant une voiture qui brûlait devant moi, je m'élançai à mon tour, sans avoir le temps de penser ou d'avoir peur, droit sur le feu traçant. En réalité, arrivée à ce stade, je ressentis une euphorie grandissante. C'était une sensation insensée. Dans la nuit, je filais aussi vite que possible vers un somptueux déploiement de feux d'artifices qui dansaient à ma rencontre pour m'apporter une mort quasi certaine. Voilà ce que j'étais venue chercher ici — les sensations qu'éprouvaient les hommes quand ils se trouvaient au cœur de la bataille.

En réalité, ma conduite désastreuse avait tout autant

de chances de nous tuer que les balles. Incapable d'évaluer les irrégularités du terrain caillouteux, je fonçais dans tous les trous du désert. Le sol était au mieux inégal, au pire creusé de cratères car les récents bombardements n'avaient pas arrangé les choses. Sur ce sol lunaire, percé comme un gruyère, le général n'arrêtait pas de hurler :

— Attention ! Vous allez réduire cette voiture en miettes ! Tournez à gauche ! A droite !

Mais comme je roulais tous phares éteints et que je ne distinguais rien dans cette nuit d'encre, je n'avais pas d'autre choix que d'avancer, coûte que coûte, au petit bonheur la chance. Je ne pouvais plus m'arrêter. Je ne craignais qu'une chose, que le moteur cale, car le général et Amilakvari seraient faits prisonniers et j'en porterais l'entière responsabilité.

Derrière nous, c'était un vrai carnage. Les explosions illuminaient le ciel nocturne et les véhicules étaient projetés en l'air. Les vagues de feux traçants se succédaient à travers le désert, montaient vers nous, les fusées à parachute tombaient du ciel, baignaient le champ de bataille d'une lumière surnaturelle. Tout autour de nous les hommes à pied se baissaient, plongeaient sous les arcs de lumières colorées et faisaient de leur mieux pour détruire — à la grenade — les canons ennemis. Le convoi immobilisé, en nous voyant foncer, se lança derrière nous, ranimant les moteurs. Je m'avançai vers le feu traçant devant nous comme si la voiture était la proue d'un grand navire fendant une mer de balles.

Mais ce n'était pas une traversée de tout repos. Les roues dérapaient, on glissait d'un trou à l'autre tandis que j'atteignais la vitesse record de soixante-cinq kilomètres à l'heure.

— Evitez les cratères ! continuait de hurler le général.

Comme si j'avais le choix. Tellement de choses dépendaient de lui que je résistai à la tentation de lui répondre. Il se tenait debout ou assis derrière moi, un revolver à la main, hurlant ses instructions et essayant de voir si les autres parvenaient eux aussi à s'en sortir.

Le vacarme à l'intérieur de la Ford était épouvantable.

Le moteur s'emballait, les pierres sous la voiture ricochaient sur la tôle avec un bruit d'enfer, les deux hommes hurlaient et les bruits des explosions et des tirs se répondaient en écho.

— Ralentissez ! hurla Amilak. Vous allez casser la voiture et nous perdre tous les trois !

Je ralentis à peine, trop effrayée par ce que je laissais derrière moi. A l'arrière, le général me disait de ne pas trop m'égarer vers la gauche car on pourrait heurter une mine, puis il me disait d'aller à gauche, sinon on risquait de se renverser à cause d'une énorme pierre. J'obéissais aveuglément.

A un moment donné, le général se pencha vers Amilakvari et hurla pour dominer le vacarme :

— Arrêtez de tirer avec votre revolver, cela m'empêche de réfléchir et cela va nous faire repérer !

Amilak, accroupi sur le plancher, redressa la tête, son revolver à la main.

— Je ne tire pas ! C'est l'impact des balles sur la voiture !

Le général se laissa tomber sur son siège et j'appuyai sur l'accélérateur, ma tête casquée rentrée dans les épaules.

Ce fut un coup de chance incroyable que l'on réussisse à traverser le champ de mines et à percer les premières défenses de l'ennemi tout en entraînant à notre suite plusieurs véhicules intacts. Mais nos problèmes ne faisaient que commencer : les remparts de protection étaient au nombre de trois, séparés de huit cents mètres l'un de l'autre, le deuxième un peu moins défendu que le premier et le troisième un peu moins que le second. Ils nous restait encore deux cercles à franchir. Inutile de dire que les soldats ennemis du premier cercle avaient prévenu leurs camarades et la chasse ne s'était pas plus tôt calmée qu'elle reprenait déjà.

Là encore, la confusion régnait en maître. De nouvelles balles traçantes nous tombèrent dessus. Des étincelles jaillissaient de la voiture criblée de balles de mitrailleuses. Maintenant, Pierre et Dimitri hurlaient :

— A gauche ! Attention ! A droite ! Plus vite !

Leurs instructions contradictoires ne m'étaient pas d'une grande utilité et je me contentai de foncer aussi vite que je pouvais.

Amilak, une boussole de poche à la main, me criait maintenant de nouvelles instructions.

— A gauche ! A gauche, à gauche !

Je tournai le volant de toutes mes forces, le menton tellement rentré dans la poitrine que je voyais à peine au-dessus du tableau de bord.

Derrière moi, le général s'était relevé, regardait par l'ouverture du toit, essayait de voir où nous allions et de repérer des véhicules ennemis. Il frappait la carrosserie du plat de la main, ou alors me donnait un coup de pied à chaque fois qu'il apercevait un nouveau cratère. Derrière nous, les hommes et les véhicules brûlaient, des coups de feu résonnaient dans la plaine et aucun de nous n'avait la moindre idée de la direction que l'on prenait.

On roulait sans s'arrêter à travers ce paysage aride. Cela nous prit des heures pour traverser les trois lignes de défense ennemies. On allait dans un sens, puis dans l'autre pour éviter les tirs les plus nourris. Partis un peu après minuit, quatre heures plus tard nous n'étions toujours pas sortis de la zone dangereuse. Heureusement, un épais brouillard matinal descendit sur nous, nous accordant sa protection. Malheureusement, on ne voyait plus rien. A un moment donné, il y eut un bruit terrible sur le côté du véhicule et je crus qu'on avait heurté une mine ou qu'on était passés dessus. Je tournai la tête pour évaluer les dégâts mais Amilak, qui avait vu ce qui s'était passé, me rassura aussitôt.

— Ne vous inquiétez pas, c'était juste la voiture à Masson, son chauffeur vous est rentré dedans. Elle est en sale état. Masson est sorti par le toit, il va bien. On continue.

Je songeai à la nouvelle voiture flambant neuve que j'avais eu tant de peine à amener de Tobrouk et je jurai intérieurement.

Maintenant, nous avions conduit depuis si longtemps qu'on était à peu près sûrs d'avoir percé les défenses ennemies, mais sans garantie. On s'en était un peu mieux tiré que les autres grâce à la boussole d'Amilak qui était un excellent navigateur. Derrière nous, on savait que des soldats solitaires et des groupes d'hommes sans boussole séparés de leurs unités allaient errer au hasard. Certains seraient ramassés par des patrouilles anglaises, d'autres par des patrouilles allemandes. Et on craignait aussi de ne jamais revoir ceux qui s'étaient perdus dans le désert.

Le général m'ordonna d'arrêter la voiture au milieu d'un plateau afin qu'Amilak puisse se repérer correctement car la boussole fonctionnait mal dans une voiture en métal. Je fis ce qu'on me demandait, relâchant le volant pour la première fois depuis quatre heures et dépliant mes doigts raidis et glacés. Chaque muscle de mon cou et des mes épaules me lançait, j'avais l'impression d'avoir été battue et tous les os de mon corps exigeaient le repos, mais le temps de dormir n'était pas encore venu et je surmontai ma douleur. Je refusai de couper le moteur de crainte que nous ne puissions repartir. La tête posée sur le volant, je luttais pour calmer les battements erratiques de mon cœur et attendais les instructions.

C'est Amilak qui prit l'initiative. Il ouvrit la portière et grimpa sur le marchepied pour écouter et essayer de voir quelque chose. Il n'entendait rien. Aucun véhicule ne nous suivait, pas d'hommes à pied, pas même des coups de feu au loin.

Le général sortit la tête par le toit.

— Il faudrait qu'on reparte, commença-t-il.

Il n'eut pas le temps de terminer sa phrase qu'Amilak l'avait bâillonné en plaquant la main sur sa bouche. Il avait perçu ce que nous entendions à notre tour : des voix allemandes, toutes proches de nous dans le brouillard.

— *Halt ! Wer ist da ?* aboya un soldat allemand. *Stehen bleiben !*

Je fus tentée de répondre dans l'allemand que j'avais appris à Vienne il a déjà bien longtemps. Je me demandai un instant ce qu'il aurait pensé en entendant une femme lui adresser la parole avec un accent distingué, au milieu du brouillard, dans le désert.

— On repart, vite ! hurla Amilak en remontant dans la voiture en même temps que le général me donnait un violent coup de pied dans l'épaule gauche.

L'accélérateur au plancher, la Ford partit en cahotant dans la brume blanche. Les coups de feu résonnèrent à nouveau et le véhicule vibra sous l'impact des balles. De toutes parts surgissaient dans le brouillard les sinistres silhouettes des chars allemands. Nous avions par inadvertance pénétré en trombe dans un important camp de blindés stationnés à l'arrière, en prévision de l'attaque du lendemain sur Bir Hakeim. Le cœur au bord des lèvres, je fonçai le long des formes de cauchemar, plongeant dans l'obscurité. Derrière nous, la chasse avait commencé. Plusieurs voitures blindées, dont les phares allumés plein feu découpaient le brouillard comme des projecteurs, s'étaient élancées derrière nous. Je parvins, je ne sais trop comment, au bout de cinq cents mètres environ, à prendre un virage, puis je me retrouvai sur une descente qui débouchait sur un terrain plat, remontai de l'autre côté en patinant tandis que les pierres roulaient en bas de la côte avant d'atterrir derrière une petite élévation... et parvins à semer nos poursuivants.

Une fois l'horizon à nouveau dégagé, Amilak me demanda d'aller droit devant, en suivant la seule étoile que nous puissions distinguer au-dessus du brouillard. Je poursuivis mon chemin, cahin-caha, un œil sur le ciel et l'autre sur le sable. Nous ne savions pas où nous étions, ni dans quelle direction nous allions, mais on n'osait pas s'arrêter. Je filai à toute allure jusqu'à ce qu'on se soit enfoncés de plusieurs kilomètres dans le désert.

Finalement, quand une lumière rose à l'horizon annonça l'aube et que le brouillard commença à se lever, on se retrouva complètement seuls, pas âme qui vive à l'horizon, juste le silence assourdissant du désert. On ne comprenait pas très bien pourquoi mais on était toujours en vie. Un miracle.

La voiture marchait aussi bien que quand elle avait démarré et je remerciai ma bonne étoile. Maintenant, il ne nous restait plus qu'à retrouver le point B837 et voir comment les autres s'en étaient tirés. On estima qu'on s'était déporté vers l'ouest et qu'il fallait repartir vers le sud-est. Je poursuivis ma route pendant deux heures, pilotée par Amilak et sa boussole, jusqu'à ce que le général m'ordonne de m'arrêter pour que l'on boive un peu d'eau. Il avait également décidé de me remplacer.

— Au moins, maintenant, on sera un peu moins secoués, ajouta-t-il d'un ton rogue.

Puis il fit le tour du véhicule et prit le volant.

Quand on voulut remplir nos gourdes, on s'aperçut que pratiquement tous les jerrycans avaient été percé par des balles allemandes. Quant à moi, je me disais que le général se montrait très désagréable car, après tout, je ne m'en étais pas si mal sortie. Epuisée de lutter avec la Ford si difficilement maniable, je le laissai volontiers prendre ma place et me glissai à l'arrière, au milieu des sacs de sable et des armes. Quand on repartit, je fus ravie de constater qu'il conduisait encore plus mal que moi et la voiture continua de se cogner allégrement à toutes les pierres que l'on ne distinguait pas.

Etendue à l'arrière, j'écoutais le général et Amilak discuter de notre destination. D'après Amilak, on avait parcouru un grand cercle autour de Bir Hakeim, on se trouvait à plusieurs kilomètres du point de ralliement, et on était peut-être encore en danger. Il me vint à l'esprit, alors que je tentais de trouver le sommeil sans y parvenir, que personne n'avait pris la peine de m'indiquer le point de rendez-vous. S'il était arrivé quelque chose à mes deux compagnons, je n'aurais pas eu la moindre idée de la direction à prendre.

Mais en ce moment, leur préoccupation majeure n'était pas notre destination. Nous croyant les seuls rescapés de Bir Hakeim, le général était plongé dans le désespoir.

— Je suis un général en charge de personne, dit-il. Tous mes hommes sont morts. C'est un désastre total. Je n'aurais jamais dû tenter cette sortie.

Amilakvari ressentait lui aussi un profond malaise et ces deux hommes qui s'exprimaient avec une totale franchise me perturbaient profondément. La voix du général était celle d'un homme brisé par l'échec de sa mission.

Quand l'aube céda la place au matin et que nous avancions toujours, le sentiment de son déshonneur l'obsédait, lui devenait de plus en plus intolérable.

— Très bien, annonça-t-il brusquement, je vais me rendre au prochain véhicule ennemi sur lequel nous tomberons. Au moins, je pourrai mener mes hommes en captivité.

Amilak fut aussi choqué que moi.

— Vous ne pensez pas ce que vous dites, mon général. Songez au cadeau que vous feriez à la propagande allemande, à tous les bénéfices qu'elle tirerait de votre capture. Quant à moi, prince Dimitri Amilakvari, il n'est pas question que je me constitue prisonnier volontairement. Je vous conjure d'attendre que nous soyons mieux informés.

J'écoutai cela la bouche ouverte. Je ne parvenais pas à croire qu'après tout ce que nous venions de vivre le général soit prêt à se rendre aussi facilement. Dans une brillante démonstration de ce que le général appelait mon flegme britannique, je me redressai et lui dis d'arrêter de s'apitoyer sur son sort :

— J'ai fait énormément d'efforts pour vous sortir de là, et je pense que la moindre des choses serait de garder vos distances avec les Allemands. J'ai tout supporté pour rester avec vous et je refuse que nous soyons maintenant séparés.

A l'unisson avec Amilak, j'affirmai avec la dernière énergie que je ne me rendrais jamais aux Allemands.

Je repris le volant et on poursuivit pendant plusieurs heures notre route dans le désert, sans croiser âme qui vive — juste un convoi de voitures britanniques abandonnées dans le brouillard du matin. Les sièges avaient disparu et l'essence et l'eau avaient certainement été siphonnées. On n'osait pas toucher aux voitures, au cas où elles auraient été piégées, ce qui arrivait souvent. Les centaines de traces de pneus et de chenillettes qui s'entrecroisaient dans le désert prouvaient que sur le chemin de Bir Hakeim, les formidables Panzers Divisions étaient passées par là. Elles représentaient les seuls signes de vie.

Les yeux me brûlaient atrocement. J'arrêtai la voiture

devant un petit cimetière de Néo-Zélandais, seul dans le désert, perdu dans le silence et le soleil, qui était apparu comme un mirage à l'horizon. On descendit de voiture, une douce brise nous souffla au visage et tous les trois, on s'avança vers le cimetière dans une stupeur révérencieuse, émerveillés devant le parfait entretien des lieux. J'avais envie de me pincer tellement cette vision semblait irréelle. On salua nos camarades morts et on reprit notre route.

On resta seuls dans le désert une bonne partie de la journée. On l'ignorait, mais les Britanniques nous avaient portés sur la liste des disparus, probablement décédés avec tant d'autres. Le général et Amilak étaient de plus en plus déprimés, et Pierre insistait pour se rendre. Quand on finit par trouver le point de ralliement 837, les hommes de la 17ᵉ British Motorized Brigade furent stupéfaits de nous voir, mais une seule question brûlait les lèvres de Pierre et Dimitri :

— Quelles nouvelles de Bir Hakeim ?

— Aucune, fut la réponse de mauvais augure.

On nous dirigea vers une position française située un peu plus loin, à Gasr el-Abid où le 1ᵉʳ bataillon avait attendu pratiquement deux semaines d'entrer dans Bir Hakeim. Le général et Amilakvari s'isolèrent aussitôt avec le colonel Garbay, le capitaine Thoreau et les autres officiers, qui firent de leur mieux pour les rassurer, leur affirmant que tout n'était pas perdu.

Mais rien ne parvenait à remonter le moral du général et c'est le cœur lourd qu'il envoya un message radio au général Willoughby Norrie, lui expliquant que selon lui, la sortie avait été un échec total.

« Si on contemple notre sanglante défaite, on peut considérer que la 1ʳᵉ division de la France Libre ne sera très certainement pas en état de poursuivre le combat », concluait-il.

Puis il rejoignit ses camarades, en proie à un profond désespoir.

Fatiguée de toutes leurs conversations, j'allai dans les cuisines pour y prendre une tasse de thé. Je découvris que ma main tremblait tellement que j'étais incapable de tenir la tasse. Je me contentai de me rincer la bouche avec l'eau de ma gourde avant de la recracher par terre. J'essayai de manger quelque chose mais la nourriture me restait coincée dans la gorge et j'abandonnai mon assiette aux trois quarts pleine.

Laissant le général et Amilakvari plongés dans leurs discussions, j'emmenai la voiture à l'atelier de réparations pour que les mécaniciens y jettent un coup d'œil. Par onze fois le capot avait été troué par des balles, plusieurs s'étaient logées dans le radiateur, on en retrouva d'autres qui avaient arraché certaines parties de la carrosserie et endommagé les conduits d'eau et ceux des freins. Je me mis à trembler. Les amortisseurs avaient disparu avec les cahots, le radiateur était fendu et toute la voiture criblée d'impacts de balles.

— Je ne parviens pas à croire que ce véhicule fonctionne encore, me dit le chef mécanicien ébahi. Toute une cartouche est passée à travers le siège, juste entre vous et vos passagers.

Je sentis mes jambes se dérober sous moi, une brusque fatigue m'envahit et je m'étendis à l'ombre de la voiture pour dormir un peu. Je me demandais pourquoi j'avais une telle migraine quand je compris soudain que j'avais oublié de retirer le casque que je m'étais vissé sur la tête la veille au soir. Etendue sur le sol, la tête sous la voiture pour me rafraîchir, les mains croisées sur le ventre, je tombai dans un sommeil troublé : les balles sifflaient à mes oreilles comme des insectes, des feux traçants crépitaient sous mes paupières tandis que le général aboyait des ordres et me donnait des coups de pied dans l'épaule.

Je me réveillai une heure plus tard, vers 4 heures de l'après-midi. Loin de se calmer, mon mal de tête avait empiré. Je m'assis péniblement, les yeux embués de sommeil et brusquement, je crus que j'avais une hallucination. Au loin, une ligne d'hommes et de véhicules se découpait sur la ligne d'horizon ininterrompue du désert. Je me frottai les yeux, me disant que je devais être la victime d'un de ces mirages qui leurraient les personnes non averties, vers midi, dans le désert. Mais le mirage continuait d'avancer vers nous. Je me redressai d'un bond, mis ma main en visière et essayai d'ajuster ma vision. Pour ma plus grande joie, je reconnus brusquement le groupe hétéroclite qui se dirigeait vers nous : c'était les survivants de Bir Hakeim.

J'ouvris la bouche pour crier, pour appeler le général et Amilak qui se trouvaient dans une tente non loin de là, mais il ne sortit de mon gosier qu'un coassement rauque. Je courus jusqu'à la tente, les yeux pleins de larmes, et ne retrouvai ma voix qu'à l'instant où je pénétrais dans la tente.

— Général ! Général ! Venez vite ! Venez voir !

Je pointai un doigt vers l'horizon, courus dehors, le cœur battant, angoissée à l'idée que ma vision ne se soit dissipée dans le soleil brûlant de l'après-midi. Mais non, l'image persistait, maintenant je distinguais des ambulances et des véhicules, ceux-là mêmes qui s'étaient alignés derrière nous, à minuit, à Bir Hakeim, par une nuit de pleine lune qui me semblait déjà appartenir à une autre vie.

Derrière moi, le général se tenait la poitrine et essayait de reprendre son souffle. Amilak resta un instant figé, puis il courut comme un fou vers le convoi, semant son képi derrière lui qui atterrit dans le sable. Submergés par l'émotion, on se précipita à sa suite pour aller rejoindre nos amis et nos compatriotes que nous avions bien cru ne jamais revoir. Amilak, le visage ruisselant de larmes, tombait dans les bras de tous ceux qui passaient à sa portée, embrassant les hommes avec qui il s'était battu et avait failli mourir. Le général les étreignait, leur serrait la main, leur tapait dans le dos.

Les hommes et les officiers — de Sairigné, Simon, Messmer, le père Mallec, le capitaine Arnault et les autres — étaient tout aussi bouleversés et exubérants. Tout le monde riait, pleurait, criait en même temps. Devant Gabriel de Sairigné, cet ami chaleureux et charmant qui m'avait traitée de fille têtue sur le bateau venant d'Afrique de l'Ouest et dont le chemin semblait inextricablement mêlé au mien, je m'écriai :

— Je croyais ne jamais vous revoir !

Il me serra contre lui sans retenue, le visage ruisselant de larmes.

— Ne comptez pas là-dessus, on ne se débarrasse pas de moi aussi facilement. Je ne peux pas vous dire à quel point c'est bon de vous revoir, La Miss.

Chacun nous raconta une terrible histoire de confusion, de désastre, et pour finir de liberté retrouvée. Avec son œil unique, Simon avait conduit sa voiture dans une énorme tranchée pleine d'Allemands et en avait écrasé plusieurs. Lui et son sergent s'étaient ouvert un chemin à coups de balles et de grenades. Puis ils avaient fui à pied, non sans être retournés en arrière pour récupérer un camarade blessé au genou. Ceux qui conduisaient les ambulances parlaient de la terrible angoisse des blessés tandis que les véhicules cahotaient et rebondissaient sur le chemin de la liberté. Toute leur vie, déclarèrent-ils, serait hantée par leurs cris de douleur.

Messmer, qui avait prouvé son courage de façon répétée à Bir Hakeim, avait reçu l'ordre de tenir jusqu'au dernier avec sa compagnie d'hommes chargée de donner l'impression que les Français n'avaient pas quitté la position. Heureusement, le futur Premier ministre, en compagnie d'un autre officier, Lalande, et avec un seul revolver en état de fonctionnement pour deux, avaient réussi à passer le premier barrage de l'ennemi... pour se retrouver au milieu d'une compagnie d'une centaine d'Allemands. Pour tout arranger, ils ne parlaient allemand ni l'un ni l'autre.

Au moment où ils se résignaient à leur triste sort, un groupe de blindés chenillés français, perdus eux aussi, se profilèrent à l'horizon, éparpillant l'ennemi devant eux. Les deux hommes coururent après les véhicules français qui les repérèrent et les attendirent. Un peu plus loin, ils tombèrent sur un poste de commandement allemand. Les officiers étaient tellement stupéfaits de les voir qu'ils n'ouvrirent pas le feu. Les légionnaires les abattirent et poursuivirent leur chemin.

Pierre Iehle, un officier responsable de plusieurs ambulances, parvint à faire passer les lignes ennemies à son groupe et, dans l'obscurité la plus complète, ils formèrent un carré au milieu du désert, bien décidés à se battre jusqu'au dernier. A l'aube, quand le brouillard commença à se lever, ses hommes aperçurent à une certaine distance un camp avec des camions alignés. Ignorant s'il s'agissait d'Anglais ou d'Allemands, Iehle les observa à la jumelle. Soudain, il éclata de rire.

— Ils jouent au foot ! s'écria-t-il, fou de joie. Ils sont sûrement anglais !

Allez savoir par quel miracle lui et ses hommes étaient arrivés à trois cents mètres du point de ralliement !

Pour tous ceux de notre compagnie, cela avait été une épopée atrocement difficile. Nous étions tous extraordinairement heureux de nous revoir — et on fêta cela avec les cigarettes et les bières que les Anglais nous apportèrent. Mais le général était toujours sous le choc.

« C'est un miracle, dira-t-il plus tard. L'impossible s'est produit et en dépit de la douleur causée par la perte de plusieurs amis, une joie intense est entrée dans mon cœur. »

Même My Fen et le caporal conduisant la caravane du général s'en étaient tirés, avec Arad qui avait traversé les lignes ennemies en compagnie des Tchadiens. Et aussi les canons de 75 mm, les camions et les canons antiaériens, dont certains avaient été tirés à la main.

Quand Pierre apprit le grand succès de l'opération, et comprit que s'ils étaient si nombreux à s'être échappés c'est qu'ils s'étaient lancés derrière nous, l'attitude de Pierre à mon égard s'adoucit considérablement.

— Félicitations, La Miss, me dit-il, les yeux remplis de larmes.

C'était la première fois que je le voyais pleurer.

— A nous deux, on y est arrivés. On les a sortis de là.

Il me prit la main, la serra dans la sienne et je pleurai à mon tour.

Malgré nos mois de séparation à Bir Hakeim et nos nombreuses difficultés au cours de notre échappée belle, les événements de la nuit qui venait de s'écouler avaient scellé notre relation et nous étions plus proches que jamais. A Aley et Damas, je ne faisais pas partie de la vie militaire de Pierre, je n'étais qu'une relation amoureuse, une diversion pour passer le temps au cours des longs mois qui s'écoulaient entre les campagnes. Après Bir Hakeim, j'avais enduré les rigueurs d'une vie spartiate et je l'avais accompagné dans ses pires moments de désespoir et son plus grand triomphe, j'étais devenue un compagnon d'armes, plus importante pour lui qu'aucune femme auparavant. Amilak avait trouvé sa place dans notre relation très spéciale. Avec lui, sur cette périlleuse route vers la liberté, nous avions partagé quelque chose de précieux que personne n'aurait pu comprendre en dehors de ceux de Bir Hakeim. Jamais je ne m'étais sentie si fière.

Des 3 700 hommes avec nous à Bir Hakeim, 2 400 étaient parvenus à traverser les lignes ennemies en pleine nuit. Plus de la moitié des véhicules et presque tous les soldats blessés pendant le siège s'en étaient sortis en suivant notre exemple. Des retardataires arrivaient encore à pied, et on espérait qu'on en retrouverait d'autres.

Il y avait, bien sûr, de nombreux morts. Amilak était particulièrement affecté par le décès d'un de ses plus chers amis, un commandant de compagnie, La Haze, et par celle de nombreux Français libres dont une grande majorité des hommes du bataillon africain qui formaient l'arrière-garde, et furent presque tous tués ou faits prisonniers. Je fus très triste d'apprendre que je ne reverrais jamais Lofty, le caporal de l'atelier qui s'était toujours montré si courtois avec moi.

Des 763 hommes portés disparus, présumés morts ou captifs, on confirma la mort de 72 et les blessures de 21. Les deux bataillons de la 13e DBLE étaient ceux qui avaient souffert le plus. Il ne leur restait que 650 hommes sur 1 000. Ils avaient aussi perdu la plus grande partie de leur équipement. Mais ils étaient considérés comme les héros du jour pour être restés jusqu'à la fin, pour protéger les autres fugitifs. Au lieu d'être un rendez-vous avec la mort comme je l'avais craint, la percée avait été un rendez-vous avec l'honneur.

Ce fut un moment de grande gloire pour les Français libres et pour mon général en particulier, qui avait gagné du temps pour la 8e armée et qui reçut le DSO (Distinguished Service Order) des mains du général Alexander. Les médias britanniques comparaient la bataille de Bir Hakeim à celle de Verdun au cours de la Première Guerre mondiale, où 350 000 Français et 300 000 Allemands avaient perdu la vie sous un drapeau tricolore en lambeaux.

Rommel n'avait aucune idée du nombre d'hommes qui lui avaient filé entre les doigts. Le 11 juin, sa division blindée entra dans Bir Hakeim à 8 heures du matin. D'après la radio de l'Axe, ils « avaient pris d'assaut Bir Hakeim dans un élan d'une puissance irrésistible ». En réalité, après avoir tiré sur le poste avancé pendant des heures, les Allemands et les Italiens furent stupéfaits de le trouver vide. Il ne restait que quelques morts et des blessés. Les deux cents hommes laissés derrière nous avaient combattu les Allemands jusqu'à leur dernier souffle.

Rommel, qui admit qu'il avait sous-estimé les Français libres, fut ébahi en découvrant pas moins de 1 200 abris creusés dans la pierre et le sable pour les hommes, les canons et les véhicules. Il avait gagné, mais sa victoire avait un goût de cendres.

« Il m'est rarement arrivé d'avoir à livrer une bataille aussi dure en Afrique », concéda-t-il plus tard.

Dans une crise de dépit, le haut commandement allemand menaça la vie des prisonniers. Radio Berlin diffusa un communiqué déclarant que ceux qui avaient été faits prisonniers « n'appartenaient pas à une armée régulière et seraient donc exécutés ». La réplique du général de Gaulle ne se fit pas attendre : il menaça de fusiller les troupes allemandes capturées par ses hommes. A la fin de la journée, les Allemands capitulaient et annonçaient que « les soldats du général de Gaulle seraient traités comme des soldats ».

Les louanges pour le général Koenig et ses hommes furent enthousiastes et unanimes. Dans son allocution, le général Auchinleck les salua en ces termes : « Les Alliés doivent reconnaissance et admiration aux troupes françaises et à leur vaillant général. »

De Gaulle vint au Caire pour remercier personnellement ceux de Bir Hakeim. Il était pleinement conscient que le succès des Français libres à Bir Hakeim avait fait plus que n'importe quel autre événement de la guerre pour asseoir son statut d'homme politique. Il remit à Pierre et à Amilak la croix de la Libération et déclara à nos hommes :

— Sous le commandement de l'intrépide général Koenig, vous avez pendant quinze jours et quinze nuits subi les attaques féroces de l'ennemi... ni le raz-de-marée des chars ni le tonnerre des Stukas n'ont entamé votre courage et vous n'avez pas abandonné votre poste avant que le commandement ne vous en donne l'ordre.

Pierre déclara alors :

— Bir Hakeim était une victoire française. Je salue nos morts, nos frères d'armes tombés au champ d'honneur, dont la mémoire bénie nous soutiendra dans les batailles à venir.

Le général et Amilak me recommandèrent pour la croix de guerre et l'Ordre du Corps d'Armée pour le rôle que j'avais joué. Quelques semaines plus tard, le général Catroux me les remettait par une journée torride, à notre camp, juste à l'extérieur du Caire. La fanfare de la brigade joua la *Marseillaise*, la *Marche lorraine* et la chanson de régiment *Sous le soleil brûlant d'Afrique*, qui était tout à fait de circonstance, en présence de mon général, d'un Dimitri souriant et de toute la brigade. Remplie de fierté, je me mis au garde-à-vous et reçus mon accolade avec les autres.

Voilà ce que disait ma citation : « Elle a prouvé son courage et son sang-froid au cours de deux campagnes, notamment en Erythrée, et elle a plus tard confirmé ces qualités au cours de la campagne de Libye, jusqu'à la nuit du 10 juin où lors de la sortie de Bir Hakeim, elle a conduit la voiture du général pris sous le feu de l'ennemi tout en traversant un champ de mines. Grâce au courage de Mlle Travers confrontée à une totale obscurité et à plusieurs barrages d'intense artillerie qui laissèrent de nombreuses traces de balles sur son véhicule, le général

Koenig et le colonel Amilakvari ont été ramenés sains et saufs parmi nous. »

Les soldats qui m'avaient vue cette nuit-là racontèrent que j'avais simplement rentré la tête dans les épaules et appuyé sur l'accélérateur, oubliant la guerre qui faisait rage autour de moi et poussée par la ferme résolution de sauver la vie de mon noble général et d'Amilakvari. L'amour et le respect que je suscitai alors dans la Légion pour cette journée et cette nuit de folie devaient me soutenir et me redonner confiance jusqu'à la fin de la guerre et au-delà.

13

Le sang de nos cœurs

La victoire avait un prix
Payé du sang de nos cœurs
Nous laissons des milliers de soldats
Dans les tombes et la poussière d'El Alamein.

Malcom MACLEOD, qui servit en Afrique du Nord, *The Voice of War.*

La guerre se poursuivit. Nos actions n'avaient pas fait grand-chose pour arrêter sa marche impitoyable, et à peine avions-nous repris notre souffle qu'on nous poussait à nouveau dans la bagarre. La nuit du 11 juin, on dormit là où on était tombés. J'étais tellement épuisée que je ne parvins pas à me reposer et le jour se leva bien trop tôt. Au matin, toute la brigade prit la direction du nord-est, vers Alexandrie, où on se regrouperait et se remettrait de nos pertes.

Notre véhicule devait prendre la tête du convoi des Français libres. Le général grimpa dans la voiture, je mis le contact et la brigade commença à s'ébranler.

— Je veux que vous conduisiez lentement afin que je puisse saluer mes hommes quand je passerai devant eux, m'ordonna-t-il.

Ses yeux brillaient de la gloire des derniers jours. La tête passée par l'ouverture du toit, il saluait avec beaucoup de style. Je conduisais très précautionneusement, pour éviter les cahots qui auraient pu lui faire perdre l'équilibre. Puis on commença à descendre la colline et j'appuyais sur la pédale de frein quand, à ma grande consternation, rien ne se passa. Et on commença à prendre de la vitesse.

— Vous allez trop vite ! hurla le général.

Accroché au rebord du toit ouvrant, toujours saluant les hommes qui le saluaient en retour, son pied botté envoya un coup dans l'épaule.

— Je vous ai dit de ralentir !

Dans l'impossibilité de répondre, accrochée au volant, les yeux fixés sur la route, je voyais s'approcher à vive allure le convoi de véhicules qui avançait au pas.

Renonçant enfin à se maintenir debout, Pierre s'effondra sur son siège.

— Mais qu'est-ce que vous fichez ? aboya-t-il.

— Je n'ai pas vraiment le choix, mon général ! hurlai-je à mon tour. Nous n'avons plus de freins !

Il me regarda pomper désespérément sur la pédale du frein qui ne réagissait pas. Nous faisions maintenant du cinquante à l'heure. En regardant la file de véhicules qui serpentait sur la route, lui aussi devait se demander ce que nous allions devenir.

Le premier véhicule devant nous était un gros camion de l'armée qui transportait des provisions.

— Préparez-vous ! hurlai-je, les bras tendus, la tête rentrée dans les épaules en prévision de l'impact.

On retint tous les deux notre respiration tandis que notre voiture allait s'écraser sur l'arrière du camion, provoquant une pluie d'étincelles et d'éclats de métal. Maintenant le camion nous traînait derrière lui tandis que je klaxonnais pour essayer d'attirer l'attention du chauffeur. Il finit par me voir dans son rétroviseur latéral et comprenant ce qui se passait, il freina tandis que j'activais mon levier de vitesses pour parvenir à couper le moteur. On s'arrêta piteusement, l'avant de la Ford toujours encastré dans la plaque d'immatriculation et la portière arrière du camion.

Après plusieurs secondes de silence, le général me dit en me pressant l'épaule :

— Une fois de plus, vous m'avez sauvé la vie. Qu'est-ce que je deviendrais sans vous ?

Je me tournai vers lui et lui souris. La transpiration me coulait dans les yeux. On descendit à grand-peine de la voiture pour aller examiner les dégâts et remercier le chauffeur du camion qui se grattait la tête d'un air ahuri. De la vapeur montait en sifflant du moteur de la pauvre vieille Utility au capot enfoncé. A part ça, elle roulait toujours. Brusquement, le général vit que la colonne des soldats que nous venions de doubler s'approchait, marchant au pas. Incapable de faire quoi que ce soit sinon attendre que ça se passe, le général claqua les talons, se mit au garde-à-vous et resta ainsi pendant dix bonnes minutes pendant que les hommes défilaient. Quant à moi, menacée d'une crise de fou rire, j'affectai de regarder ce qui se passait dans le moteur pour tenter de retrouver mon sérieux.

En emmenant ma voiture à l'atelier, je découvris qu'une balle de Bir Hakeim, que l'on n'avait pas remarquée précédemment, était passée directement dans le moteur, s'arrêtant à quelques centimètres de mes pieds et brisant le conduit des freins. Le liquide de frein fuyait depuis deux jours et avait fini par s'épuiser. Nous avions vraiment eu beaucoup de chance. Comme il n'avait pas de liquide de frein disponible, le mécanicien utilisa de l'huile ordinaire alors que j'avais le dos tourné, une erreur que le général me reprocha plus tard car la voiture retomba tout de suite en panne et il fallut la purger. Cette nuit-là, on dormit dans une clairière au bord de la route, moi dans la voiture et le général dans sa caravane. On ne se parlait plus.

Le lendemain matin, je le conduisis à l'hôpital Spears pour qu'il rende visite aux blessés. C'était une vision terrible. Nos fiers soldats reposaient brisés dans leurs lits, aveugles, estropiés, le visage bandé et ensanglanté. Les infirmières accomplissaient un travail formidable, soignant sans discrimination les blessés allemands et italiens, allongés auprès de leurs anciens ennemis. La guerre rend tous les hommes égaux. Je regardai le général aller de lit en lit, serrant des mains, distribuant des cigarettes, jouant de son charme, et je tombai à nouveau amoureuse de lui. C'était un grand meneur d'hommes : vous lisiez l'amour et le respect sur les visages qui se levaient vers lui. Après Bir Hakeim, il était devenu une légende vivante et je ne pouvais m'empêcher de l'adorer moi aussi.

Pour mon plus grand plaisir, je tombai sur Kelsey, qui était responsable de l'hôpital. Je ne l'avais pas revue depuis des semaines. Dès qu'elle m'aperçut, elle se dirigea droit sur moi. Je pensais qu'elle allait m'embrasser et me féliciter de m'en être sortie. Pas du tout, elle était furieuse.

— Travers ! Comment avez-vous osé retourner à Bir Hakeim alors que cela vous était formellement interdit ! fulmina-t-elle. Notre nom sera traîné dans la boue par les Anglais quand ils découvriront que vous avez désobéi aux ordres. Mais à quoi pensiez-vous donc ?

Tout à coup, mes yeux me piquèrent et je dus lutter pour ne pas éclater en sanglots. Elle s'adoucit, me prit la main et m'emmena un peu plus loin.

— C'était aussi dur que ça ? me demanda-t-elle.

Je hochai la tête, incapable de parler. En regardant les infirmes et les mourants autour de moi, je compris pour la première fois à quel point cela avait été abominable.

Le voyage jusqu'à Alexandrie fut beaucoup plus difficile que nous l'avions imaginé. Tout le monde était épuisé et on ne rêvait que d'une chose : dormir. En repassant par Halfaya, un de nos camions quitta la route et tomba dans un ravin, un sous-officier et un légionnaire furent tués, plusieurs hommes blessés. C'était si absurde après tout ce que nous venions de traverser. Pour certains des soldats témoins de cet accident, c'était trop. Ils étaient effondrés. Une messe fut dite par l'aumônier le lendemain matin en mémoire des disparus.

La route de la côte était méconnaissable. Quelques mois auparavant, il n'y avait rien que le désert, quelques plantations de figuiers et des ornières dans le sable. Maintenant, après des mois d'activité, elle était hérissée des épaves de la guerre : boutiques où on vendait de l'essence, piles de pièces de rechange, bidons en tout genre et même stands de nourriture érigés à la hâte. Avec une circulation ininterrompue, la route cahoteuse, déjà épouvantable, ne s'était pas arrangée. La très efficace police britannique veillait à ce que personne ne traîne. En se dirigeant vers l'est, on croisa pas mal de troupes australiennes qui retournaient au front sous leurs chapeaux à large bord. Ils chantaient, heureux comme tout, prêts à en découdre avec les Allemands.

Après un regroupement rapide à la forteresse-station balnéaire très endommagée de Sidi Barrani (pour la première fois depuis des mois on roulait sur une route gravillonnée), on arriva à Alexandrie où la population française nous reçut avec un enthousiasme délirant. Même les soldats anglais nous traitaient avec respect. Seuls les marins de Vichy, à bord des navires de guerre neutralisés dans le port, continuaient de nous manifester leur hostilité.

On nous donna une semaine pour nous reposer, réparer nos équipements, soigner les blessés et évaluer nos pertes. On nagea dans la mer, on mangea correctement, on dormit, on but et on pleura. Je me trouvais avec les hommes quand il captèrent le fameux message radio de De Gaulle à Londres, lors du deuxième anniversaire de son appel aux armes : « Quand un rayon de gloire renaissante toucha les fronts ensanglantés de ses soldats à Bir Hakeim, le monde reconnut la France... »

Sa déclaration fut suivie par la chanson *Lily Marlene,* et plusieurs d'entre nous se mirent à pleurer. J'avais du mal à croire que seulement deux ans auparavant, alors que nous nous serrions avec mes amies infirmières autour d'une radio en Finlande, j'entendais parler pour la première fois du général de Gaulle. Cela me semblait remonter à une éternité.

Lors d'une série de dîners de célébration, dont une fête somptueuse chez Mme Zarbe à Meadi, en dehors du Caire, les hommes offrirent au général des cadeaux pour lui témoigner leur estime. Parmi eux, il y avait un lapin, un jouet pour enfant, offert par les officiers en souvenir de son surnom, « le vieux lapin ». L'autre était un lion, parce que le général avait également été surnommé « le lion de Bir Hakeim ». Le général me les tendit pour que je les range et promit qu'il les chérirait toujours tous les deux. Mais je savais bien que, secrètement, il préférait le lion.

Le général partit alors voir de Gaulle, qui voulait le remercier personnellement et parler de son avenir glorieux. Son absence me laissa quelques jours de liberté au Caire, ma première permission en quatre mois, et je décidai de remplir la promesse que je m'était faite au plus fort des bombardements. Je mis mon uniforme le plus chic, mon béret, je me rendis d'un pas décidé dans le meilleur restaurant de la ville, Le Petit Coin de France, et commandai le repas dont je rêvais au cours de mes longues heures de solitude dans le désert. Le restaurant était plein d'officiers. Seule femme présente et aussi probablement seul sous-officier, tout le monde me dévisageait.

Malheureusement, comme tous les fantasmes qu'on réalise, la réalité fut assez décevante. On me donna la plus mauvaise table du restaurant, près de la cuisine. Je commandai à la carte mais ils n'avaient plus de saumon fumé. Je pris donc une omelette aux herbes à la place. Quand mon plat principal arriva, le canard à l'orange, il était tiède et je dus le renvoyer pour qu'on le réchauffe. J'étais tellement déçue que je ne restai pas pour la glace à la vanille. Je finis ma demi-bouteille de vin et sortis du restaurant sans laisser de pourboire, la plus grande insulte pour les arrogants serveurs égyptiens.

La Légion elle aussi prenait du bon temps au Caire — les légionnaires buvaient et mangeaient comme si demain n'existait pas.

— On a quinze jours de consommation d'alcool à rattraper, me dit Amilak. On a l'intention d'assécher tous les night-clubs du Caire.

Un soir, alors qu'ils s'étaient réunis dans un bar enfumé, ils regardèrent horrifiés un comique égyptien se livrer sur scène à une imitation parodique de Rommel marchant au pas de l'oie. Le silence se fit dans le bar, mais le comique continuait. Incapable d'en supporter davantage, le commandant Bablon déploya son mètre quatre-vingt-dix et monta sur la scène. Il repoussa le comique et l'admonesta sévèrement.

— Quand vous vous moquez de Rommel, vous vous moquez de nous, déclara-t-il à l'assemblée pétrifiée. Rommel et l'Afrika Korps méritent notre plus grand respect. Ce sont des soldats fantastiques. On s'est battus contre eux et on en sait quelque chose.

Sa déclaration fut accueillie par des applaudissements frénétiques.

Il y eut aussi des moments où la légèreté reprit le dessus. Quand le général revint d'Alexandrie, on lui demanda d'aider à organiser un match de boxe entre un grand champion du Caire et un des meilleurs boxeurs de la légion. De grosses sommes d'argent furent misées sur le match. Trop heureux de contribuer à ce projet, le général accepta. Le soldat désigné pour la rencontre avait pris le pseudonyme d'Adjudant-chef Dormoy. Au cours des trois premiers rounds, on avait l'impression que Dormoy n'en sortirait pas vivant. Il parvenait à peine à effleurer le monstre qui lui était opposé et prit une sévère raclée. Les Anglais, qui avaient misé sur l'Egyptien, étaient ravis. Et puis brusquement, le jeune Dormoy envoya un direct au menton de son opposant qui tomba comme une masse. C'était un knock-out. L'arbitre leva le bras de Dormoy qui fut déclaré vainqueur. Le général et ses hommes ramassèrent leurs gains et quittèrent les lieux au plus vite avec leur jeune pugiliste. Ils avaient oublié de dire aux Anglais qu'il s'agissait de Francis Jacques, un champion de boxe européen.

Mais le temps de la détente prit rapidement fin. Le général était rentré d'Alexandrie avec l'ordre de battre le rappel de la brigade. Malgré le succès de Bir Hakeim, une « boîte » tenue par la 150e brigade d'infanterie britannique avait été écrasée avec de grandes pertes en vies humaines. Il s'agissait d'un fort situé à quinze kilomètres sur la ligne Gazala. Je repensai à l'homme du Yorkshire qui qualifiait Bir Hakeim de « Chaudron de l'Enfer » Malheureusement, ce chaudron n'était pas le seul.

Au cours de la grande avancée de Rommel, on avait perdu 250 à 300 chars britanniques. Il avait transpercé la ligne Gazala et pilonnait sans relâche les défenses britanniques au cours de ce qu'on appellerait plus tard « la bataille du Chaudron ». Tobrouk était occupée et maintenant Rommel menaçait Le Caire. La panique s'était emparée de la ville. Les civils prenaient les gares d'assaut, et il y eut tant de papiers officiels brûlés en une seule journée qu'elle devint célèbre sous le nom de « journée des cendres ». Les Egyptiens s'apprêtaient à accueillir leurs « libérateurs » nazis en déchirant l'Union Jack et en préparant des gâteaux avec des inscriptions en allemand.

Prêt à tout pour arrêter l'avance apparemment inexorable de Rommel, Winston Churchill renvoya le général Claude Auchinleck et nomma un nouveau commandant, un général pratiquement inconnu, Bernard Montgomery. Il lui laissait le contrôle de la 8e armée.

Montgomery, petit homme bagarreur, avait tout du bull-terrier — c'était un soldat professionnel, sûr de lui, qui inspirait la crainte et l'admiration chez ses soldats. La plupart aimaient son approche directe et sa façon d'affirmer avec force qu'il n'était plus question de battre en retraite. Il dit à ses hommes que si Rommel attaquait, ils devraient rester à leur poste et se battre jusqu'à la mort. Il traça une ligne courbe sur la carte, de soixante-dix kilomètres de long, au sud d'une petite station de chemin de fer quasiment inconnue, El Alamein. Elle longeait une vallée sablonneuse et instable, la Dépression de Kattara.

Montgomery accordait une importance primordiale à la forme physique, au sens moral et à la concentration. Il insistait pour que rien ne distraie ses hommes de la tâche qui les attendait. Le général et moi-même menions le convoi des Français libres sur un point de la ligne situé au niveau d'El Alamein. On ne s'arrêtait que pour manger et dormir. C'est alors qu'on apprit que toutes les femmes seraient renvoyées par la police militaire aux postes de contrôle. L'ordre venait de très haut : « Monty » avait insisté pour que les femmes soient évacuées du front.

Je n'avais pas survécu à Bir Hakeim et aux champs de

mines pour me faire renvoyer par un arrogant général anglais. Mes collègues infirmières obéirent mais je décidai de poursuivre mon chemin. Toujours vêtue de mon uniforme androgyne, avec un visage ambigu et des cheveux courts, j'étais convaincue que ni le général ni les hommes ne me trahiraient.

Quand on arriva à la boîte d'El Alamein, entourée par un formidable barrage de fils de fer barbelés, on dut passer par différents checkpoints, avec leurs barrières et leurs gardes armés. Une seule fois un homme de la police militaire me fixa d'un air suspicieux et demanda mes papiers au général. Je regardai droit devant moi, essayant de garder mon calme.

A mon grand soulagement, j'entendis le général rugir à l'adresse du jeune soldat :

— Je suis un général français chargé d'une importante mission militaire pour le général Montgomery et je n'ai pas de temps à perdre.

Terrifié, le soldat nous fit signe de passer. Avec l'appui du général, et de ma nouvelle famille qui suivait derrière, j'avais traversé tous les postes de contrôle.

Sur l'ordre de Montgomery, deux bataillons de Français libres reçurent l'ordre d'attaquer une montagne fortifiée qui présentait un sommet en plateau, Qaret el-Himeimat, dans la Dépression de Kattara, au sud-est de la zone principale de la bataille. El-Himeimat, occupé par des chars allemands et des parachutistes italiens avec des mitrailleuses dissimulées derrière toutes les anfractuosités de rochers, était délimité par une authentique falaise d'un côté et une pente douce de l'autre. Tout autour, des champs de mines servis par du sable très meuble qui se déplaçait sans cesse.

On n'avertit pas les Français que leur offensive ne serait qu'une diversion, destinée à occuper les forces ennemies tandis que les troupes anglaises, néo-zélandaises et sud-africaines se préparaient à attaquer beaucoup plus loin, vers le nord-est. Le secret de l'offensive principale était si bien gardé que les généraux eux-mêmes ne l'apprirent que cinq jours à l'avance, les capitaines un jour et les soldats une heure. Montgomery fit la tournée de toutes les divisions, galvanisant tous les officiers jusqu'au moindre capitaine. Il les avertit des conditions très difficiles auxquelles ils seraient confrontés et les adjura de s'accrocher et de faire d'El Alamein une grande victoire.

« Nous battrons Rommel, je vous le garantis », leur affirma-t-il, et ils le crurent.

Cependant, quand Amilakvari apprit que les Français devraient attaquer par la falaise, il qualifia l'opération de folie intégrale. Le général partageait tout à fait son avis et il essaya de faire modifier les ordres. Il se rendit en personne auprès du général Alexander. Mais quand il revint, il annonça à ses officiers que l'attaque devait avoir lieu.

— Alexander m'a dit que si nous n'étions pas d'accord, il en enverrait d'autres à notre place, rapporta-t-il, encore sous le choc.

Plus tard, quand je retrouvai le général et Amilak, je ne les avais jamais vus aussi inquiets.

La mission française, qui débuta le 23 octobre à 19 h 30, fut dès le début une pagaille sans nom. Les hommes et les véhicules devaient traverser soixante kilomètres d'un terrain des plus inhospitalier. Aucun véhicule lourd ne pouvait traverser mais seulement les Jeeps, et elles s'enlisèrent rapidement dans le sable. Les hommes les avaient entièrement vidées de leur contenu, ôtant même les radios, pour essayer d'en alléger le poids, mais il fallut en abandonner un grand nombre en pleine chaleur.

Puis ils traversèrent des champs de mines non cartographiés sur le plateau de Naqbrala, les pires auxquels ils se soient jamais affrontés. Les mineurs, à plat ventre, essayaient désespérément de retrouver un chemin, mais les troupes allemandes et italiennes avaient changé nos signes de repérage. Quand on découvrait la localisation exacte des mines, il était trop tard.

Pour compliquer les choses, les forces de l'Axe avaient ajouté des mines de leur fabrication, plus sophistiquées, c'est-à-dire piégées. Ils les avaient délibérément placées le long des pistes étroites au milieu des champs de mines conçus par les Anglais. Ils faisaient rouler des pneus pour faire croire que l'on pouvait passer sans problème. Le résultat était catastrophique et au cours des premières heures, on perdit beaucoup d'hommes.

Tandis que les soldats s'approchaient de la montagne de 390 mètres, l'alarme fut donnée et l'ennemi ouvrit le feu avec des canons de 105 mm, ce qui rendait la traversée des champs de mines encore plus difficile. La falaise était beaucoup mieux défendue que ce qu'on imaginait et quand les soldats l'atteignirent, elle se dressa devant eux dans la clarté lunaire, énorme façade imprenable. Les radios s'arrêtèrent de fonctionner à la minute où ils arrivèrent dans son ombre. Les hommes et les officiers ne pouvaient plus communiquer entre eux. Piégés, plongés quelques instants dans un silence total, ils se demandaient pourquoi on les avait laissés passer.

Le silence fut rompu par le premier tir de barrage de la principale offensive d'El Alamein, qui commença à 9 h 40 du soir avec les milliers de canons de Montgomery pilonnant les positions ennemies. Les éclairs des canons soigneusement synchronisés qui prenaient part à l'opération Lightfoot flamboyèrent dans la nuit. On se serait cru en plein jour. Le ciel du désert s'embrasa des lumières des explosions et des feux traçants. Au bout d'un quart d'heure, les canons se turent pendant cinq minutes. L'air sentait la poussière et la cordite. Puis, à 10 heures, ils recommencèrent dans un crescendo encore plus impressionnant. Il s'agissait d'un monumental requiem de guerre parfaitement orchestré.

Les combats au loin poussèrent les défenseurs d'El-Himeimat à passer à l'action et ils ouvrirent le feu sur les Français libres. Les avions anglais volèrent au-dessus de nous, laissant tomber un large rideau de poussière sur le champ de bataille pour faire croire à l'ennemi que des blindés approchaient. Peu impressionnées, la 11e Panzer Division et les divisions Ariete italiennes, renforcées par deux divisions italiennes supplémentaires, continuèrent de tirer sans relâche sur les hommes et les véhicules bloqués en bas. Dix-sept des vingt-quatre véhicules antichars, placés sous le commandement de Jean Simon, furent touchés et prirent feu. Les canons furent détachés et à chaque fois que c'était possible, tractés à la main.

Le commandant de Bollardière, le gentleman français aux gants blancs toujours impeccablement vêtu que j'avais rencontré pour la première fois sur le *Neuralia*, reçut l'ordre de tenter l'assaut sur les positions ennemies. Avec trois compagnies et un fusil-mitrailleur, il s'élança avec courage, mais la sortie tourna au massacre et il se retira dans un cratère. Quand il partit pour une nouvelle reconnaissance dans une Jeep, il heurta une mine, fut sérieusement blessé au bras, et son chauffeur perdit une jambe. Ils ne pouvaient rien faire d'autre que de rester là où ils étaient tombés en attendant du secours.

Il faisait un froid épouvantable et les hommes, vêtus de leur treillis d'été, étaient très peu protégés. A 4 h 30, Amilakvari dit au commandant Bablon que c'était son tour d'attaquer.

— Pour l'honneur de la Légion, vous devez remporter quelques succès, lui dit-il en lui tapotant le dos pour l'encourager.

Le commandant, un homme massif, et ses deux compagnies coururent comme un seul homme au coude à coude vers la falaise. Dans les premières lueurs de l'aube, on ne voyait que leurs képis blancs. Pierre Messmer se trouvait parmi eux. Ils parvinrent à se hisser sur l'escarpement et à percer les défenses italiennes, détruisant de l'artillerie lourde et prenant le contrôle d'un canon situé à un point d'observation. Mais comme personne ne les suivait et qu'il n'y avait pas d'artillerie lourde pour les appuyer, ils furent rapidement débordés par les forces allemandes, décrites plus tard par les hommes comme « une masse noire de chars qui avançaient sur nous ». Avec Pierre Messmer et un autre capitaine blessés, ils battirent en retraite car ils n'avaient pas le choix.

Sous un barrage de feu constant, nos troupes essayèrent de s'abriter. Mais pris sous les rafales des mitrailleuses au pied de la falaise et incapables de s'enfuir, les soldats se retrouvaient dans une situation intenable. Ce fut une journée terrible pour les Français libres. Les communications avaient été coupées mais un messager arriva de la part de Montgomery pour leur dire de poursuivre la lutte « même si cela entraînait des pertes sérieuses ». Les hommes redoublèrent d'efforts mais ils furent bientôt totalement épuisés, ils subissaient de lourdes pertes et le général Koenig ordonna à ses hommes de battre en retraite dans la plaine balayée par les balles et les canons.

Moi je regardais et j'attendais des nouvelles, juste derrière la ligne de front. Le temps s'étirait. Assise dans ma voiture, j'interprétais le moindre son, n'imaginant que trop bien le chaos du champ de bataille. Toute la journée on entendit les bombardements au loin et la nuit, retranchés dans nos véhicules, on voyait les chars brûler. Les chauffeurs fumaient cigarette sur cigarette, on commentait interminablement de ce qui se passait, on spéculait sur l'issue des batailles de la matinée et on se transmettait le peu d'informations que nous glanions ici et là. Ayant survécu aux rigueurs de Bir Hakeim, je me sentais mal à l'aise d'être tenue à l'écart. Je craignais pour la vie de Pierre et de tous mes amis. J'imaginais Amilakvari, brave entre les braves, si beau dans son manteau vert ; Messmer, déjà légendaire pour son courage et destiné à une gloire encore plus éclatante ; Simon, courageux et superbe avec son bandeau sur l'œil ; de Sairigné, drôle, charmant et capable d'entraîner les hommes dans les tâches les plus difficiles. Même Arad était là-bas, avec les forces tchadiennes, bravant une attaque brutale et ininterrompue.

L'attente en compagnie des autres chauffeurs se prolongeait. A cause de nos véhicules trop lourds et volumineux pour manœuvrer dans le sable fin du désert de Libye, des Jeeps américaines avaient été amenées de l'arrière pour transporter les commandants. Temporairement inoccupés, on était une dizaine alignés devant les tentes de notre camp, le regard fixé sur le théâtre de la bataille éclairé par la lune. On écoutait les émissions de la BBC, Radio-Mondiale et Radio Tunis, et on attendait le retour de nos commandants respectifs.

Le premier round des combats s'arrêta presque aussi

subitement qu'il avait commencé, laissant dans son sillage un silence encore plus inquiétant que le fracas qui l'avait précédé. Ce fut quelques minutes avant l'aube du 25 octobre 1942 qu'une ligne de véhicules et d'hommes apparut à l'horizon. Ils avançaient lentement vers nous. Je m'aperçus bientôt qu'une ambulance roulait à la tête du convoi, une grande Dodge américaine — on en voyait de plus en plus depuis l'entrée en guerre des Etats-Unis. Elle passa devant nous et se dirigea droit sur la tente de l'hôpital, roulant aussi vite qu'elle pouvait sur le sable. Cela n'avait rien d'inhabituel, elle ramenait certainement des blessés. Mais l'expression du visage des chauffeurs et les deux Jeeps qui escortaient l'ambulance me mirent mal à l'aise.

Je n'osais plus bouger. Je plissai les yeux dans le soleil levant pour essayer de voir qui était l'homme que l'on soulevait avec tant de précautions sur une civière et que l'on rentrait précipitamment à l'intérieur de la tente.

Je chuchotai :

— Mon Dieu, faites que ce ne soit pas Pierre, je vous en supplie, pas Pierre.

Je fermai les yeux et revis la dernière fois où j'avais prié pour lui, le jour de Noël, dans une église remplie d'encens au Caire, presque une année auparavant. Nos jours bénis à Aley défilèrent devant mes yeux. Tous ces souvenirs me faisaient mal.

Van der Wachler, le chauffeur d'Amilak, incapable de supporter plus longtemps cette attente, écrasa sa cigarette dans le sable et se dirigea vers le poste de secours.

Quand il émergea quelques minutes plus tard, je sus tout de suite que les nouvelles étaient mauvaises. Il avançait le dos voûté et quand il s'approcha des voitures, je vis que son visage ruisselait de larmes. Je me souviens que je restai là, pétrifiée, le souffle coupé, le feu aux joues. Et puis j'eus l'impression que j'allais m'évanouir.

— C'est le lieutenant-colonel Amilakvari, dit Van der Wachler avec son fort accent flamand. Il est mort.

Abasourdis, on arrivait pas à intégrer la nouvelle. Amilakvari, mort ? Notre prince parmi les hommes. Le vaillant officier que les légionnaires adoraient, qui charmait toutes les femmes quand il leur murmurait à l'oreille de sa voix si sensuelle à l'accent géorgien. L'homme au képi noir perché insolemment sur la tête et qui, pour défier la mort, avait toujours refuser de porter son casque d'officier. Il semblait impossible qu'il ait été tué. On le croyait immortel.

— Comment ? demanda quelqu'un.

Il me fallut plusieurs secondes pour réaliser que cette voix méconnaissable était la mienne.

Van der Wachler s'effondra. La tête dans les mains, il sanglotait ouvertement.

— Justement, gémit-il en se tordant la bouche. Un éclat d'obus l'a frappé à la tête et il est ressorti de l'autre côté de son képi. S'il avait porté un casque...

— Cela lui aurait sauvé la vie.

Je me détournai de lui, des autres chauffeurs et des voitures. Mes pas dans le sable ne faisaient aucun bruit, je me dirigeai vers l'horizon, le cœur battant à tout rompre, et je ne m'arrêtai que quand la bosse d'El-Himeimat me boucha l'horizon, noire et sinistre dans la lumière de l'aube.

Je savais qu'Amilak était mort comme il avait vécu, avec un grand courage. Après avoir envoyé tant d'hommes à la mort lors de cette nuit fatale, il avait insisté pour superviser la retraite, debout au milieu du champ de bataille, avec son manteau vert de Narvik, les plis de son capuchon déjà troués de balles. Il criait des ordres, encourageait ses légionnaires, il les ramenait avec lui, bien déterminé à ne pas partir avant d'avoir sorti le dernier homme de ce guêpier. Il refusa de monter dans la voiture blindée que le général Koenig venait de lui envoyer.

— Ma place est avec mes hommes, répondit-il au chauffeur.

Quelques minutes après le départ de la voiture, tout le monde se précipita à terre et on entendit le sifflement d'une bombe. L'obus tomba non loin d'Amilakvari qui s'était retourné. Un morceau de métal long de cinq centimètres vola du cœur brûlant de l'explosion et lui entra directement dans l'œil. Tandis que les hommes regardaient, horrifiés, le cher Amilak porta la main à son œil et tomba à genoux en émettant un cri d'agonie atroce. Un de ses officiers, Bernard Saint-Hillier, nous raconta comment il avait couru pour le ramener derrière un rocher, appelant à l'aide. Ils parvinrent à mettre Amilakvari à l'abri, hissèrent son corps sur un char tandis que les Italiens recommençaient à tirer.

Amilakvari fut déclaré mort au poste de secours avancé plus tard dans l'après-midi, alors que ses hommes effondrés attendaient de ses nouvelles. Le général décida que cette nuit-là, son corps serait allongé sur une table dans la tente du commandement afin que les soldats puissent venir lui rendre un dernier hommage. Les volontaires pour le transporter ne manquaient pas. Des hommes épuisés se redressèrent en titubant tandis que des légionnaires émergeaient de la tente médicale, portant le corps d'Amilakvari haut sur leurs épaules. Le soleil virait au rouge. Devant et derrière eux, avançant à pas mesurés, d'autres soldats tenaient des torches pour éclairer le chemin. Pour certains hommes, après cette terrible journée, cette vision poignante était plus qu'ils n'en pouvaient supporter. Cette procession aux flambeaux dans la poussière de Libye au coucher du soleil nous accompagnerait jusqu'à la fin de nos jours.

Après la mort d'Amilakvari, je me retrouvai dans l'impossibilité de pleurer. Quelques jours plus tard, à son enterrement profondément émouvant au point le plus haut de Quor el-Laban, face à El-Himeimat au milieu du désert, je restai les yeux secs. Les hommes érigèrent une simple croix de bois et y accrochèrent une photo de Dimitri. Le général, inconsolable devant la mort de son meilleur ami, parvint à grand-peine à conduire les prières. Près de l'élévation rocheuse parsemée d'orchidées du désert il jura de le venger, pressant ses hommes démoralisés à en faire autant.

Témoin de tout ce chagrin autour de moi, j'essayai de me convaincre qu'Amilak n'aurait pas été mécontent de mourir en héros, comme il avait vécu — sans craindre rien ni personne. Après tout, le général de Gaulle lui avait remis la croix de guerre avec palmes pour « se retrouver toujours au cœur du danger, et montrer l'exemple à tous par son calme et son mépris de la mort ».

En me détournant du tumulus recouvert de pierres tandis que les accents lugubre du *Dernier Poste* résonnaient au clairon, je butai sur Claude, l'officier tchadien. La dernière fois que je l'avais vu c'était lors de notre dernière journée à Bir Hakeim.

Lui aussi avait les yeux pleins de larmes.

— C'est votre chien, me dit-il tristement. Je crains qu'il n'ait disparu. Il s'est enfui dans le désert le jour où Amilakvari est mort et personne ne l'a plus revu. Nous pensons qu'il a probablement été tué, sans doute a-t-il heurté une mine.

Je fermai les yeux, me préparant à un flot de larmes, mais là encore, je restai très calme. Dans mon imagination, je me représentai Arad, notre chien blanc insouciant avec qui j'avais partagé les jours heureux d'Aley, disparaissant à l'horizon dans les dunes de sable, ses douces oreilles dansant dans le soleil levant. Par une journée aussi épouvantable, sa mort me semblait naturelle.

Les mauvaises nouvelles n'étaient pas terminées. Ce soir-là, Bernard Saint-Hillier vint me rendre visite.

— Il y a eu une émission de radio, dit-il d'un ton d'excuse, debout sur le seuil de ma tente, tellement gêné qu'il n'osait pas entrer. C'est de la propagande italienne assez absurde, qui a sans doute son origine au Caire, mais je crois qu'il vaut mieux que vous soyez au courant.

— Allez-y.

J'avais le cœur au bord des lèvres.

— C'est dérisoire, s'excusa-t-il, essayant de me préparer au pire. On dit que le général Koenig, le héros de Bir Hakeim, a emmené sa maîtresse sur le champ de bataille.

Je m'assis sur mon petit lit de camp, humiliée et choquée, mortifiée que l'on m'appelle « la maîtresse du général », j'étais tout de même beaucoup plus que cela. J'étais furieuse que notre amour soit rendu public d'une façon aussi misérable. Je me balançai d'avant en arrière pour bercer ma peine.

— Ils disent que vous lui avez été d'un grand réconfort pendant toute la campagne d'Afrique du Nord, ajouta Saint-Hillier d'une voix douce.

Voyant ma détresse et comprenant que je n'étais pas en état de parler, il s'excusa d'être le porteur d'aussi mauvaises nouvelles et disparut. Il me fallut plusieurs secondes avant de reprendre mon souffle. J'étais anéantie, pour moi et pour le général. Nos services épluchaient scrupuleusement ces émissions de propagande — un tissu de mensonges la plupart du temps — et si le général Catroux ou le très puritain général Montgomery en étaient informés, cela nous ferait du tort. Au Caire, ce nid d'espions, on avait certainement appris que je me trouvais avec le général lors de la sortie de Bir Hakeim alors que les femmes avaient été renvoyées du front.

Toute la nuit, je me tournais et me retournais sur mon lit de camp, incapable de dormir, et quand je finis par sombrer dans un sommeil agité, je rêvai de Pierre, Amilak et Arad. J'avais perdu deux d'entre eux et je voyais le plus précieux des trois s'éloigner rapidement de moi.

J'avais raison. Le général Montgomery était fâché avec le général Koenig, mais principalement à cause de son échec à El-Himeimat. Il estimait que soixante-neuf blessés, onze morts et dix disparus ne justifiaient pas sa retraite. Les Français n'avaient pas été les seuls à échouer dans leur tâche initiale. Les Sud-Africains et les Néo-Zélandais (salués plus tard comme les héros d'El Alamein) n'étaient pas parvenus à pénétrer dans des champs de mines tout aussi difficiles d'accès que les nôtres. Mais contrairement aux Français, ils s'étaient joints aux Britanniques et aux troupes du Commonwealth pour s'engager dans ce qui deviendrait une grande victoire. Montgomery avait frappé alors que le général Rommel se reposait dans un sanatorium allemand, épuisé par la guerre. Il avait parié sur l'affaiblissement moral et physique des forces de l'Axe privées de leur chef, et il avait gagné.

El Alamein fut salué comme le grand tournant de la campagne d'Afrique du Nord, même si cette victoire avait coûté la vie à 13 500 Britanniques et soldats du Commonwealth.

« Avant El Alamein, nous n'avions jamais remporté de victoire, après El Alamein, nous n'avons jamais subi de défaite », déclara Churchill.

Comme il fallait maintenir la pression, quatre jours après la victoire d'El Alamein, la plus grande flotte d'invasion que le monde ait jamais connue, commandée par le général américain Dwight D. Eisenhower, se lança à l'assaut de divers points de la côte de l'Afrique du Nord française, entre Casablanca et Alger. La déroute de l'armée allemande avait commencé. Les héros du jour furent envoyés à la poursuite des Allemands en fuite, tandis que nous étions retirés du front et expédiés honteusement sur la Méditerranée.

Voyant comment les Britanniques les traitaient, l'amertume des Français ne connut pas de bornes. N'avaient-ils pas atteint leur objectif en retenant les troupes d'El-Himeimat ? Et n'avaient-ils pas essuyé des pertes suffisantes avec leurs blessés et leurs morts — dont Amilakvari ? Que voulait-il de plus, Montgomery ? Après notre immense succès à Bir Hakeim, notre prétendu échec était une pilule difficile à avaler. Montgomery refusa de rappeler nos troupes au front avant les étapes finales de la campagne tunisienne, plusieurs mois plus tard — une décision qui affecta grandement le moral des Français déjà passablement déprimés, et marqua une période de l'histoire du régiment à laquelle on se réfère encore comme « le temps de l'oubli ».

Les troupes françaises furent envoyées à Gambut, en Tripolitaine, avec peu de ravitaillement. Elles n'avaient aucune idée du moment où elles seraient rappelées dans la bataille. On parla même de dissoudre le 13e DBLE ou de l'intégrer à une unité plus importante.

— Puisque vous êtes anglaise, La Miss, peut-être pourriez-vous nous dire à quelle sauce les Anglais vont nous manger ? A moins qu'ils ne nous fassent rôtir vivants à la broche ? me demanda un jour un officier avec un petit sourire.

Je ne sus quoi répondre.

Quant à mes problèmes personnels, ils étaient loin d'être terminés. Le général et moi étions basés près d'Alexandrie. Un beau jour, on m'avertit que Mme Catroux, la femme très redoutée de notre commandant en chef, avait écrit à Mme Koenig pour la mettre au courant de l'émission italienne. A mon avis, Mme Catroux, maintenant surnommée « la reine Margot », ne me portait pas dans son cœur. Mme Koenig n'était pas le genre à reculer quand il fallait monter en première ligne pour la carrière de son mari. Elle fit donc savoir qu'elle allait se lancer dans un voyage sans précédent, délaissant la sécurité de son foyer au Maroc pour venir rendre visite à son mari au camp des Français libres, *via* le Portugal.

J'étais déprimée et blessée à l'idée des conséquences possibles de sa visite. Je me rappelai le premier commentaire de Pierre à son sujet — riche, de bonne famille, une aristocrate — et je frissonnai rien que de penser à elle. Très contrarié par ses perspectives d'avenir qui ne se présentaient pas comme il le souhaitait, le général refusa de discuter avec moi de l'arrivée de son épouse. Maussade et renfermé, il m'adressait à peine la parole. Pour finir, il m'envoya me reposer à Port-Saïd, mon premier congé officiel depuis deux ans, sur le canal de Suez.

Mon séjour dans le vieux port pittoresque fréquenté par les touristes ne parvint pas à me remonter le moral. Quand je retournai à Alexandrie dix jours plus tard, je découvris que Mme Koenig était toujours là et n'avait pas la moindre attention de rentrer chez elle. Elle et Pierre avaient fait le tour des clubs d'officiers, dîné au fameux Cecil Hotel et au restaurant Colossi, et ils donnaient l'image d'un couple qui s'entendait bien.

Le général faisait tout ce qu'il pouvait pour qu'on ne se rencontre pas — à mon retour de Port-Saïd, il me trouva toutes sortes d'occupations, ce qui fait qu'au bout de trois jours je n'avais toujours pas été présentée à Mme Koenig. Finalement, je demandai à un des aides de camp du général à quoi elle ressemblait :

— Un gendarme, répondit-il aussitôt.

Je faillis éclater de rire.

Quand je posai enfin les yeux sur elle, je restai saisie.

La femme de Pierre avait beau être un peu plus âgée que lui, très maquillée et avec des cheveux teints en blond, elle était tout à fait charmante et on voyait bien qu'elle avait été très belle. Vêtue comme une Parisienne, elle portait des jupes au genou et de magnifiques fourrures. En me voyant, cette femme déterminée, de plus de dix ans mon aînée, me regarda droit dans les yeux et me tendit une main osseuse.

— Ravie de vous rencontrer, adjudant Travers. J'ai beaucoup entendu parler de vous.

Son visage était froid et figé.

— Et je tenais à vous remercier d'avoir sauvé la vie de mon mari. Bravo.

Pour une fois, je restai sans voix.

Sans me quitter des yeux, elle s'adressa au général, très mal à l'aise à ses côtés.

— Tu viens, Pierre ? Il est temps que nous partions, on nous attend.

Dans la grande tradition des femmes françaises trompées, il est évident qu'elle refusait une confrontation. Elle m'avait simplement prévenue qu'elle était ici pour remettre les pendules à l'heure. En ma présence, elle demanda à son mari de l'emmener au Caire et de louer des chambres au Shepheard, l'hôtel où Pierre et moi avions passé des nuits merveilleuses.

Tout en la regardant monter avec grâce dans la voiture, je réfléchis aux sentiments que m'inspirait cette femme que j'avais tant redoutée. J'esquissai un sourire et me dis qu'en dépit de tout je l'admirais. Elle n'avait rien d'un gendarme. Au contraire, c'était une femme séduisante et déterminée. A la suite d'un premier mariage, elle s'était enfuie avec le général alors qu'il n'était qu'un simple capitaine, renonçant à bien des choses pour l'amour de lui. Maintenant, elle vivait à Marrakech, loin de ses amis parisiens, avec les enfants de son précédent mariage. Ce n'était pas le genre de femme à s'effacer pour me céder la place.

Plus tard, je me dis que Mme Koenig et moi nous comprenions parfaitement. Après tout, nous étions toutes les deux amoureuses du même homme. Simplement, elle arborait la confiance tranquille d'une personne qui savait déjà qu'elle avait gagné. Je réalisai à ma grande honte que je ne connaissais même pas son prénom.

L'atmosphère des semaines qui suivirent fut tendue. Les Français libres étaient confinés au Caire et à Alexandrie sur ordre de Montgomery tandis que les Anglais se lançaient à la poursuite des Allemands à l'ouest. Pierre, coincé par l'arrivée de sa femme, ne venait me retrouver que quand elle était dehors ou qu'elle dormait. Avec moi, il se montrait nerveux et irritable.

— Comprenez-moi, je me trouve dans une situation impossible, plaidait-il. Tant qu'elle est là, j'ai les mains liées. Je me dois d'être à ses côtés.

— Et moi ? répliquais-je, fâchée de ne pouvoir mieux me contrôler. Est-ce que vous ne me devez rien ?

Son visage s'assombrissait et je craignais d'avoir dépassé la mesure. Après tout, nous étions tous les deux des adultes, et on savait depuis toujours comment cette histoire risquait de se terminer. Mais j'étais la proie d'un tel désir, d'un tel torrent d'émotions confuses que je ne savais plus où j'en étais. Il me prenait dans ses bras, me caressait les cheveux de ses longues mains, m'embrassait tendrement sur le front et me chuchotait à l'oreille de me calmer.

Mais l'arrivée de Mme Koenig avait tout changé et plus elle s'incrustait, plus mon affliction grandissait. Non seulement Pierre me manquait horriblement mais je me demandais ce qu'il faisait avec elle. Les imaginer en train de faire l'amour me rongeait le cœur. J'essayais de m'occuper l'esprit avec des livres et des journaux, mais je ne pouvais jamais finir un article, ni même une page. J'allais tous les jours prendre des bains de mer mais mon esprit était ailleurs.

La seule chose qui me réconfortait c'est que malgré tous les commérages, je n'avais pas perdu mon travail. Montgomery ordonna que les Français soient envoyés dans un poste perdu, dans le désert, et Mme Koenig décida de rester au Caire. J'osai enfin espérer passer un peu de temps seule avec le général.

Je n'ai rien vu venir. Le général me dit que nous irions visiter l'hôpital de campagne, à une heure d'ici, et qu'il prendrait le volant. Cela m'était égal. Je savais qu'il aimait conduire et je fis le tour de la voiture pour m'installer à côté de lui.

— Non ! asseyez-vous à l'arrière, dit-il d'une voix brusque. Le capitaine Thoreau vient avec nous.

Surprise par ses manières, je lui jetai un regard en coin mais il détourna la tête et mit le contact.

Assise à l'arrière, j'étudiais les contours familiers de son large cou et de ses épaules, ses cheveux blonds coupés court qui grisonnaient sur la nuque, je me rappelais ses premières visites à l'hôpital de Damas. Comme il était charmant, attentif et gentil, assis dans le soleil près de la fenêtre, une boîte de chocolats sur les genoux. Je crois que déjà à cette époque, je savais que je l'aimais.

Le capitaine Thoreau, l'officier chargé des transports, nous rejoignit et on partit sur les pistes cahoteuses du désert, vers le nord. Les deux hommes échangeaient de temps à autre des propos polis sur la situation à l'ouest de notre position, sur les succès des Britanniques en Tunisie. Les deux hommes exprimèrent leur désir de passer à nouveau à l'action. Ils étaient amers devant la façon dont Montgomery les avait traités. Puis un silence agréable envahit la voiture. Tranquillement installée à l'arrière, j'attendais que l'hôpital de campagne se matérialise à l'horizon.

Brusquement, le général brisa le silence.

— Adjudant Travers, commença-t-il d'un ton étonnamment formel, j'ai des nouvelles pour vous. On m'envoie rejoindre le général de Gaulle en Tunisie.

Je m'assis, brusquement intéressée, et me penchai pour mieux l'entendre à cause du bruit du moteur. Je me demandais quand nous partirions.

— J'ai reçu l'ordre de ne pas vous emmener avec moi, lança-t-il d'un ton aussi détaché que possible. Vu les circonstances, les Britanniques estiment que je ne peux plus avoir une femme comme chauffeur.

Je surpris le regard du général dans le rétroviseur. Nous étions inséparables depuis juin 1941 — et vu ce que nous avions vécu, il me semblait que cela faisait beaucoup plus longtemps — et maintenant il m'abandonnait. Il régla le rétroviseur de façon à ne plus voir la douleur qui se peignait sur mon visage tandis que Thoreau s'agitait sur son siège. Je comprenais maintenant pourquoi Thoreau avait été invité à nous accompagner. Ainsi, je ne pourrais pas faire de scène.

Je me renversai sur mon siège, incapable d'articuler un mot. Je ne pouvais même plus respirer et encore moins penser. Je me sentais plus désespérée que je ne l'avais été de toute ma vie. Je finis par lui demander :

— Et où m'envoyez-vous ? Chez Mme Catroux ?

Je ne pouvais rien imaginer de pire que de me trouver sous son regard de fouine.

— Non, vous serez rattachée à l'hôpital. Vous y offrirez vos services en tant que chauffeur.

Le silence entre nous était devenu intolérable. Rigide sur mon siège, je clignais des yeux pour rentrer mes larmes. Le regard de Thoreau évitait le mien et les mains du général accrochées au volant avaient blanchi aux jointures. Pendant vingt bonnes minutes, plus personne ne parla. J'avais envie de hurler, de crier à Pierre qu'il n'avait pas le droit de me traiter comme ça après tout ce que nous avions partagé. Mais je ne m'étais jamais opposée à lui pendant tout le temps de notre liaison et je n'étais certainement pas dans la position de commencer maintenant. Je savais qu'il utilisait cette situation contre moi. Pour la première fois depuis que je l'avais vu émerger de sous un camion pendant le bombardement près de Damas, j'étais vraiment en colère contre lui. Il m'avait manipulée et je méritais mieux que ça, surtout après Bir Hakeim.

Quand l'interminable trajet fut terminé, je sautai de voiture, la tête baissée, et tentai de rassembler mes affaires tandis que Thoreau battait en retraite à toute allure.

Pierre me regardait en train de m'agiter pour rassembler mon lit, ma baignoire pliante et ma valise.

— Tenez, dit-il en me tendant les clefs de la voiture. Vous pouvez venir les chercher plus tard. Je reste ce soir à l'hôpital.

Les clefs tombèrent dans ma main tendue et je refermai le coffre.

— Je vous en prie, essayez de comprendre. Les ordres viennent de très haut, dit-il d'une voix triste. Je sais que cela peut sembler très dur après... après tout ce que nous avons vécu ensemble. Mais je n'avais vraiment pas le choix... La Miss ?

Quand je me détournai, il me prit le poignet. Il le tenait si fort qu'il me faisait mal, m'obligeant à le regarder dans les yeux.

— Je vous en prie, ne partez pas comme ça.

Je libérai mon poignet avec mon autre main et m'en allai sans un mot, avançant vers l'hôpital d'un pas aussi assuré que possible, refusant de lui laisser voir les larmes qui coulaient sur mon visage.

Au cours de cette journée, je ne me souviens pas de ce que j'ai fait ni d'où je suis allée. Je me suis sans doute présentée au rapport et j'ai peut-être même travaillé comme infirmière, mais rien de tout cela ne s'est imprimé dans ma mémoire. Je flottais dans un état second.

Quelques heures plus tard, au mess, un inconnu s'approcha de moi à la table où j'étais assise, seule, fixant une tasse de café.

Il se gratta la gorge pour attirer mon attention et se présenta.

— Je m'appelle Brandt et je suis le nouveau chauffeur du général Koenig, annonça-t-il.

Je relevai la tête d'un air égaré.

— Pardon ?

Il tendit la main en se balançant d'un pied sur l'autre d'un air gêné.

— Je suis le nouveau chauffeur du général. Je vous ai cherchée partout. J'aurais besoin des clefs de la voiture. On m'a demandé de ramener le général au Caire à la première heure demain matin.

Je me levai, finis ma tasse de café, lui tournai le dos et rassemblai mes affaires.

Troublé, il posa sa main sur mon épaule.

— Adjudant Travers ? Vous m'avez entendu ? Il me faut les clefs.

Je me retournai brusquement vers lui. Je devais faire une drôle de tête car il laissa retomber sa main et recula de deux pas.

— Je vous ai entendu, lui lançai-je d'une voix sifflante. Et maintenant fichez-moi la paix !

Je me précipitai hors de la cantine, aboyai dans les oreilles d'un officier de service interdit de me dire où je pourrais trouver le capitaine Thoreau et me dirigeai droit sur sa tente. Il était assis derrière un bureau où s'entassaient des papiers.

Mon poing s'abattit sur le bureau, des papiers s'envolèrent et je hurlai :

— Mais enfin bon Dieu qu'est-ce qui se passe ? Un chauffeur m'a demandé les clefs de ma voiture !

Jusqu'à cet instant, je crois bien que je n'avais pas vraiment réalisé ce qui m'arrivait. Plongée dans un état second, j'espérais que le général contournerait les ordres qu'il avait reçus afin que nous puissions rester ensemble. N'avait-il pas toujours agi ainsi ? Rendre mes clés à un autre revenait à mettre un point final à notre relation.

— Dites-moi que ce n'est pas vrai ! Dites-moi que le général ne le pensait pas vraiment quand il m'a annoncé qu'il fallait que je parte !

Le capitaine m'écouta en silence. Puis il déclara d'une voix douce sans me quitter des yeux :

— *Sic transit gloria mundi.*

Je me passai la main dans les cheveux et secouai la tête.

— Et ça veut dire quoi ?

Ses lèvres se relevèrent en un petit sourire.

— Ainsi passe la gloire de ce monde, répliqua-t-il.

Je sus alors que j'avais perdu mon général pour toujours.

J'eus alors le sentiment aigu que ma vie était finie, au sens littéral du terme. Amilakvari avait disparu, Arad aussi, et maintenant Pierre m'abandonnait. Tout ce que nous avions partagé, la villa d'Aley, les longues expéditions — tout cela appartenait au passé. La guerre n'en finissait pas et les événements cruels qui nous accablaient sans cesse n'étaient supportables qu'avec Pierre à mes côtés. Maintenant, j'étais confrontée au vide.

Un peu plus tard, je me retrouvai seule sur le siège avant de la Ford Utility du général — la voiture de la destinée, le vaisseau qui nous avait sauvés à Bir Hakeim. Je caressai les sièges déchirés où nous avions côte à côte parcouru des milliers de kilomètres, l'énorme volant et le levier de vitesses si difficile à manier. Je me retournai, regardai le siège arrière où j'avais passé tant de nuits enveloppée dans ma peau de mouton et où le général et moi avions dormi en compagnie d'un soldat pendant cette terrible tempête de sable. Des bribes de conversation, des fragments d'images surgis de ma mémoire revenaient me hanter.

Il me semblait que cette voiture représentait toute ma vie : mon foyer, mon travail, le véhicule qui m'avait emmenée vers l'amour et la liberté. Elle m'avait sauvé la vie, protégée de la chaleur, du froid, du soleil, du sable et des tempêtes. J'en avais pris un soin extrême, je l'avais nourrie, abreuvée, protégée. En retour, elle avait reçu des balles, des éclats d'obus, elle avait été manœuvrée, accidentée, réparée et retapée. Maintenant, la pensée de la remettre à un inconnu m'était intolérable. Un autre, qui ne comprendrait rien à ses bizarreries et ses caprices, allait s'asseoir à ma place, il serait le chauffeur du général, mon Pierre adoré, et cela me semblait inconcevable.

Je rejetai la tête en arrière et clignai des yeux pour ravaler mes larmes. C'est alors que mon regard tomba sur un impact de balle dans le toit que je n'avais pas remarqué, juste au-dessus de ma tête. Elle m'avait manquée de peu. Cette voiture où j'avais failli perdre la vie me semblait maintenant mon seul sanctuaire. Je m'exclamai à voix haute :

— Pierre, comment avez-vous pu me faire ça ?

Les doigts crispés sur le volant où j'avais posé ma tête, j'éclatai en sanglots. Les larmes tombaient sur ma jupe.

Puis je m'essuyai le nez du revers de la main et essayai de reprendre pied.

— Il faut te ressaisir, Susan. Prends tes affaires, rends les clés et la vie continue.

J'inspirai profondément, ouvris la boîte à gants pour y prendre les mémentos de nos voyages, ces fragments du temps que nous avions passé ensemble et que je pouvais emporter avec moi. Le couvercle s'abaissa avec un bruit sec et je sursautai. Au beau milieu des cartes en toile que nous avions utilisées pour sillonner l'Afrique du Nord, était niché mon Beretta.

Brusquement, tout semblait clair. J'avais trouvé la solution à mes problèmes, une chance d'échapper à la douleur, l'humiliation, un avenir vide...

Je me penchai, tendis la main vers le revolver que j'avais marchandé deux ans auparavant à un aviateur au Congo, l'arme avec laquelle j'avais envisagé de me défendre quand l'ennemi finirait par s'emparer de Bir Hakeim. Luisant dans le clair de lune, elle m'invitait à la saisir.

Je la pris, la soupesai, sentis le froid du métal sur ma main. C'était très simple. Il suffisait de la poser contre ma tempe et d'exercer une légère pression sur la gâchette. Une conclusion très intime à une guerre très intime.

— Il n'y a pas d'avenir, murmurai-je.

La tiédeur de mon souffle envoya un petit nuage de vapeur dans l'air glacé. Je regardai le petit nuage s'évaporer et j'imaginai qu'il en serait ainsi avec moi, je m'évanouirais dans l'atmosphère.

Quand je levai l'arme, ma main ne tremblait pas. Personne n'entendrait le coup de feu. La voiture était garée en bordure du camp et tout le monde était allé dîner dans les tentes des cantines. On me trouverait au matin, autant que ce soit le nouveau chauffeur, un homme pour qui j'éprouvais une hostilité grandissante et totalement déraisonnable. Je posai le canon sur ma tempe, l'enfonçai dans ma peau, en appréciai la fraîcheur. Le chauffeur se mettrait à crier et irait chercher du secours, tout en sachant qu'il n'y avait plus rien à faire. On appellerait un médecin — peut-être le Dr Godou. Un seul coup d'œil et il saurait à quoi s'en tenir.

On dépêcherait quelqu'un auprès du général. Un de ses aides de camp l'emmènerait discrètement à l'écart. *Sic transit gloria mundi.* J'imaginais la figure de Pierre quand on lui annoncerait la nouvelle et me demandais comment il réagirait. Pleurerait-il comme il l'avait fait devant la tombe d'Amilakvari, essuyant ses larmes d'un geste brusque pour dissimuler son embarras ? Sans doute pas. Il assisterait à mes funérailles, prononcerait quelques mots gentils puis il poursuivrait son chemin. Dans sa voiture. La voiture où sa maîtresse s'était suicidée.

Je laissai mon index s'enrouler autour de la gâchette. J'appuyai un peu, m'arrêtai au bord du déclenchement du mécanisme.

— Une douleur vive et puis l'oubli, murmurai-je en fermant les yeux.

Je pressai le canon à me faire mal. Mon doigt se contracta convulsivement. J'étais accablée par le silence. Aucun son. Pas même ma propre respiration. Il me semblait que mon cœur s'était arrêté de battre.

Je me concentrai, craignant de manquer de courage, le canon me coupait la peau tellement j'appuyais fort pour m'encourager à poursuivre. Le général. Moi. Cette voiture. Une conclusion parfaite.

Et pourtant quelque chose me retenait. Peut-être la devise des Travers — « Sans peur ni timidité » — se frayant un chemin dans mon cerveau. Je n'étais pas le genre à abandonner la partie. Pas moi.

J'abaissai lentement le canon du revolver, ouvris les yeux et regardai autour de moi. Avec une vive acuité, je vis à quel point ma mort serait futile. Cela servirait à quoi et je voulais punir qui ? Le général n'y était pour rien : pour lui, le devoir passait avant tout et il ne faisait qu'obéir à des ordres. Le nouveau chauffeur ? Un homme que je connaissais à peine et qui méritait certainement d'aborder sa nouvelle promotion sous de meilleurs auspices. Saisie d'un brusque accès de culpabilité, je compris quel terrible gâchis provoquerait mon suicide dans ma voiture adorée. Le général serait furieux —

tellement furieux, en réalité, qu'il n'assisterait probablement pas à mon enterrement. Il emprunterait une nouvelle voiture pour aller au Caire rencontrer de Gaulle tandis que celle-ci serait nettoyée. Il m'aurait perdue, et peut-être aussi le véhicule qui lui portait chance — celui qui l'avait sorti de l'enfer à Bir Hakeim. Il serait livide. Apoplectique !

Je faillis sourire à cette pensée. Puis je secouai la tête devant ma folie, enfournai le Beretta dans ma poche, refermai la boîte à gants et m'enfuis. Je me promenai longuement dans l'obscurité, enfonçant les pieds dans le sable doux et frais, et je m'éloignai le plus possible de la voiture.

Quand la lune se leva, inondant la mer de sable devant moi de sa lumière argent, je retrouvai mon sang-froid. De toute ma vie, ce fut la seule et unique fois que j'envisageai le suicide.

Au cours des mois qui suivirent, sachant que le travail était ma seule planche de salut je m'y jetai corps et âme, transportant les médecins et les infirmières au front, faisant des heures supplémentaires, me portant volontaire pour des tâches ingrates.

Jour et nuit, mon seul compagnon était mon chien, un jeune berger allemand qui remplaçait Arad, Joséphine, pour qui j'avais une grande affection. Je l'avais achetée à un légionnaire.

Des Spearettes, au nombre de six, convoyaient l'équipe médicale et les blessés à l'arrière. J'étais la seule autorisée à monter en première ligne. Pour commencer, je pris en charge un vieux médecin français, et puis pour quelques jours bénis, je retrouvai le charmant Dr Lotte, de retour à la guerre après une longue convalescence. Il marchait maintenant avec une canne. J'étais ravie.

— Susan, ma chère petite, quelle joie de vous revoir ! s'écria-t-il quand je courus vers lui pour l'embrasser.

Il paraissait un peu plus vieux, il avait pris quelques kilos, mais il n'avait pas changé. Je regardai autour de moi et lui demandai où était passé Assab, son boy qui lui était tellement attaché.

— Il a disparu après mon accident, me dit Lotte d'un

air triste. Il a dû croire que je ne reviendrais pas et il est parti avec quelqu'un d'autre. Vous ne l'auriez pas rencontré, par hasard ?

Je songeai au grand indigène couvert de poêles et de casseroles et secouai la tête.

— Si je l'avais vu, je m'en serais souvenue.

Mais le Dr Lotte fut changé de poste et je retrouvai le Dr Godou. Ressassant mon amertume, je me barricadai de plus en plus en moi-même.

Au moins, tu es vivante, me disais-je en songeant à Amilakvari et à tous les autres.

Mais en vérité, maigre comme un clou et totalement épuisée, j'avais l'impression d'être à moitié morte.

Au cours de l'hiver, je demandai une permission et allai retrouver Eka, la belle-sœur de Dimitri, qui se trouvait au Caire. Elle me prodigua toute son affection, me fit boire du lait et manger des fruits frais.

— Je pense que vous n'êtes pas seulement éreintée et affaiblie, me dit-elle un jour dans sa jolie maison, mais malade au plus profond de vous.

Pour illustrer son propos, elle pressa la main contre son cœur.

Je ne répondis rien. J'étais trop mal pour parler de Pierre et elle respecta mon silence.

Quand elle sentit que j'étais plus dispose, elle me demanda de lui parler de la mort de Dimitri. Comme elle ne parvenait pas à se consoler de sa perte, elle avait décidé de s'installer à proximité de la Légion jusqu'à la fin de la guerre.

— En parlant avec ceux qui le connaissaient bien, en les fréquentant, j'ai la sensation qu'il est encore vivant, me dit-elle.

Grâce aux soins attentifs d'Eka, je retrouvai ma force et ma santé mentale, et décidai que le mieux était d'oublier le général.

Mais apparemment, le général, lui, ne m'oubliait pas. J'ignore si Eka l'avait contacté mais toujours est-il qu'en apprenant que j'étais malade, il vint me rendre visite... un bouquet de roses blanches à la main.

— Je retourne à Bir Hakeim, me dit-il en prenant ma main, les yeux brillants. J'ai l'impression qu'une force invisible me ramène là-bas et j'aimerais beaucoup que vous m'accompagniez, La Miss.

Je songeai à cet endroit désolé et aux nombreux fantômes qui y rôdaient. Je bégayai :

— Vous êtes sûr ?

Franchement, raviver des souvenirs de ce que nous avions vécu de plus fort était la dernière chose dont j'avais envie en ce moment. J'aurais préféré qu'il ne vienne pas.

Mais Pierre insista beaucoup. Il me présenta sa visite comme un hommage à ceux qui étaient morts et il avait besoin de moi pour reconstituer ce qui s'était passé.

— Il faut absolument que j'y retourne, je vous en prie, venez avec moi, me pressa-t-il.

Cela ne me disait vraiment rien mais j'acceptai, en partie pour savoir ce que je ressentais en sa compagnie. Pour commencer, je découvris que nous ne voyagerions pas seuls mais avec le Dr Godou et le redoutable aumônier, le père Mallec, qui s'étaient tous les deux invités.

Le général conduisait lui-même la Ford Utility, le Dr Godou était assis sur le siège du passager et, quant à moi, je me retrouvais à l'arrière avec le père Mallec. A ma grande honte et pour ma plus grande colère, j'étais ravie de me retrouver avec Pierre et incapable de le quitter des yeux.

Quand on arriva au poste désolé où nous avions passé tant de semaines, on le reconnut à peine. Il s'était déjà écoulé presque une année. La nouvelle brigade de Français libres qui en avaient la garde avaient accompli un travail formidable, remplissant les cratères des bombardements et nettoyant l'endroit. Ils étaient en train de construire un cimetière où devait s'élever un monument aux morts avec une grande Croix de Lorraine. A l'intérieur du périmètre délimité par un petit mur, s'alignaient des dizaines de nouveaux tumulus, chacun marqué d'une croix. En les voyant tous rassemblés, je me rappelai une fois de plus combien ils avaient été nombreux à laisser ici leur vie. Ma gorge se serra.

Le Dr Godou sortit pour se dégourdir les jambes et parler aux hommes, mais le général voulait retracer notre itinéraire exact la nuit de la percée, et il demanda donc à un jeune lieutenant des Français libres de monter avec nous pour nous servir de guide :

— Pouvez-vous m'emmener à la route F ? Je ne suis pas certain de retrouver mon chemin.

Un peu perdu à cause de tous les changements qui avaient eu lieu depuis l'époque où nous étions ici, le général avançait sans écouter les directives du lieutenant, nous bringuebalant sur un terrain particulièrement inégal.

Tout d'un coup, quand le jeune lieutenant comprit où nous nous trouvions, il pâlit.

— Excusez-moi, mon général, mais je crois que vous nous avez amenés dans le champ de mines, lança-t-il d'un trait.

Effectivement, pour la première fois on repéra des démineurs tout autour de nous, avec leurs détecteurs de métaux, leurs écouteurs autour du cou et de longues perches. La bande blanche supposée signaler le champ de mines avait été à moitié arrachée et déchirée au cours d'une récente tempête de sable. Elle voletait au sol. Et nous, on se retrouvait au milieu même du champ de mines où nous avions failli perdre la vie un an auparavant.

— Ah bon ? répliqua le général comme s'il s'agissait d'un détail mineur.

Il fit marche arrière, démarrant en trombe pour rebrousser chemin. On n'avait pas fait quelques mètres qu'il y eut une violente explosion, une secousse colossale, la voiture fut projetée en l'air et s'écrasa dans un formidable nuage de poussière. Je décollai de mon siège et en retombant, une vive douleur me transperça la fesse droite, comme si j'avais été frappée à toute volée par une batte de cricket. Après ses mises en garde répétées à des gens comme moi afin qu'ils évitent de rouler sur des mines, le général, désobéissant à ses propres directives, avait failli nous tuer tous les trois.

Je fus la seule personne blessée, avec une possible fracture de la hanche. J'étais extrêmement choquée. Dans le flash de l'explosion et les quelques secondes de douleur qui suivirent, je crus que mon heure était venue. En voyant Pierre ouvrir la bouche en un cri muet, je fus momentanément heureuse de mourir avec lui. Mais le temps que la voiture et moi-même revenions sur terre, je compris que j'avais bien trop mal pour être morte.

La roue arrière juste en dessous de moi s'était volatilisée. Pierre et le lieutenant me sortirent de la voiture et me déposèrent sur le sol. Je gémis et surpris le visage bouleversé de Pierre au-dessus du mien.

— Je ne suis pas encore morte, murmurai-je tandis qu'on allait chercher du secours.

A brève échéance, mon état ne risquait pas de s'améliorer car on me transporta en civière et on m'emmena à l'hôpital de campagne sur une route des plus accidentée sous la surveillance du Dr Godou. Il m'examina, un peu vite à mon avis, en appuyant fortement sur ma hanche ce qui me fit sauter en l'air, puis il annonça :

— Vous n'avez strictement rien, juste des contusions. Allez donc manger quelque chose.

Mais j'avais tellement mal que j'étais bien incapable de marcher et encore moins d'avaler quoi que ce soit.

Le général me rendit visite à l'hôpital.

— Vous êtes pâle comme un linge, mieux vaut que vous vous reposiez, me dit-il avec un sourire gêné.

Il ne pouvait manifester son émotion dans un endroit aussi public.

En réalité, il était tellement furieux après lui-même qu'il interdit que l'on mentionne cet épisode embarrassant devant lui. Mais quand on me vit quelques jours plus tard déambuler en boitant — j'avais la jambe, la hanche et les fesses toutes bleues —, la nouvelle de l'incident se répandit comme une traînée de poudre. Quand ils me voyaient, les légionnaires me montraient du doigt et se frottaient la hanche en rigolant. Moi, tout ce que je voulais, c'était me rétablir pour retrouver le général.

Le Dr Godou et l'équipe de l'hôpital usèrent et abusèrent de mes services pendant des mois avant que la

Légion ne me prenne en pitié et ne m'offre un travail comme chauffeur d'ambulance. C'était en avril 1943 et la brigade avait finalement été envoyée à Enfidaville en Tunisie. J'acceptai avec reconnaissance et parcourus deux mille kilomètres en onze jours sur un terrain des plus accidenté au volant d'une lourde ambulance difficile à manier, *via* Tobrouk, Derna, Benghazi et Tripoli. Les routes de haute montagne étaient escarpées, creusées de cratères de bombes avec des virages en épingle à cheveux à vous donner le vertige, que la boue glissante et une bruine triste et glacée rendaient encore plus dangereux.

J'étais sur place au moment du dernier affrontement avec le 43e bataillon de l'Afrika Korps, une bataille connue sous le nom de Crête 245, au Djebel Garci, où le 13e DBLE subit de lourdes pertes. Ce furent les derniers soldats français à entrer en action sur le sol africain au cours de la Seconde Guerre mondiale. Au-dessus de nous, les Britanniques lâchaient des tracts de propagande en allemand invitant les forces ennemies à se rendre.

Plus tard, je pris part à la victoire de ma division à Cap Bon, et vis la grande marée des prisonniers de guerre allemands qui avançaient, démoralisés, vers les lignes alliées. Un mois plus tard, le 12 mai 1943 à 7 h 52, l'ennemi était battu. La résistance allemande en Afrique prenait fin.

Je n'avais pas quitté la Légion depuis le début des hostilités. En 1940, je m'étais embarquée avec eux sur le bateau qui appareillait pour Dakar, et j'avais connu l'amertume de la fin de la campagne nord-africaine, où 125 000 Allemands et 100 000 Italiens avaient fini par se rendre. En mai, je pris même une part active au défilé de la victoire à Tunis. Je conduisais un des officiers supérieurs de l'état-major médical. Nous célébrions le départ de l'ennemi de la terre nord-africaine. Les quelques Français de Vichy qui restaient formaient maintenant une alliance laborieuse avec leurs anciens ennemis, les Français libres. Intégrés à la 1re brigade, ils se préparaient à poursuivre le combat contre les Allemands en Europe.

En prévision de cette prochaine étape essentielle de la

guerre, on se rendit à Zuara, une ville de Tunisie où le désert rejoint la mer, et on se prépara à monter notre campement. Des rangées de tentes blanches qui descendaient jusqu'à la plage furent érigées et la perspective d'un peu de repos et de natation après le travail épuisant de ces derniers mois n'était pas pour me déplaire. Peu de temps après notre arrivée, je me figeai en apercevant la Ford Utility et la camionnette du général, garées face à la mer.

— Ça fait longtemps que le général Koenig est arrivé ? demandai-je à un officier de service qui passait près de moi avec des caisses de provisions dans les bras. Je croyais qu'il était à l'étranger avec de Gaulle.

Il haussa les épaules.

— Un jour ou deux.

Je fis monter ma tente de façon à pouvoir épier les allées et venues du général qui se trouvait pas très loin au-dessous de moi. Je n'espérais pas d'entrevue personnelle, seulement revoir l'homme qui représentait tant de choses pour moi. Quelques heures plus tard, alors que j'étais assise dans ma tente, les bras passés autour de la robuste encolure à l'épaisse fourrure de Joséphine, il m'apparut. Il me faisait toujours autant d'effet, ce qui me déplut souverainement. Le voir entrer et sortir de la Ford Utility en compagnie de son nouveau chauffeur me mit au bord des larmes.

Pendant deux jours, je le surveillai depuis l'ouverture de ma tente. La nuit, je me tournais et me retournais sur mon lit de camp en songeant que l'homme que j'avais le plus aimé au monde n'était qu'à cinq minutes à pied. J'avais envie de me blottir dans ses bras, de respirer son odeur et de sentir son souffle régulier sur ma joue quand il glissait dans le sommeil. Son absence physique me tourmentait plus que jamais. J'aurais bien voulu trouver un moyen de renouer avec lui.

Au matin du troisième jour, alors que je prenais mon café et me préparais à me rendre à l'hôpital, j'entendis quelqu'un tousser discrètement devant ma tente.

Je relevai le rabat et me trouvai nez à nez avec My Fen, le minuscule officier de service du général, qui se balançait d'un pied sur l'autre, l'air embarrassé. En me voyant, il parut soulagé.

— J'ai quelque chose pour vous, me dit-il en me tendant timidement un exemplaire de *L'Illustration*, le journal des hommes au front que le général et moi-même lisions de la première à la dernière ligne à Aley.

Je relevai la tête et étudiai attentivement le visage de My Fen. Il était clair qu'on lui avait demandé de me remettre un message, mais il ne comprenait pas du tout de quoi il s'agissait.

— C'est de la part du général ? demandai-je en prenant le journal d'une main mal assurée.

— Oui, répliqua timidement My Fen. Il a pensé que cela vous intéresserait peut-être de le lire.

Il avait l'air impatient de repartir.

Je reconnus aussitôt l'écriture du général. Il n'avait écrit qu'un seul mot : « Koenig. »

Je baissai la tête afin que My Fen ne voie pas mon sourire et me recomposai rapidement un visage neutre.

— Remerciez le général, dis-je à l'officier de service.

Il détala, sa minuscule silhouette disparaissant sur la pente qui menait à la caravane. Je le suivis des yeux, la main en visière pour me protéger de la lumière méditerranéenne, et crus voir un rideau bouger légèrement à la fenêtre de la caravane.

La journée s'écoula avec une lenteur insupportable. J'attendais la nuit. J'emmenai Joséphine faire un tour, allai chercher du matériel médical en provenance de Bizerte, et trouvai un endroit tranquille pour prendre un bain. Puis, revêtue de mon plus bel uniforme, mes cheveux fraîchement lavés, à 10 heures je me glissai hors de ma tente et filai en direction de la mer. Quand j'approchai, je vis la lumière de la lampe à pétrole à travers les rideaux de la caravane. Je pris une profonde inspiration et frappai doucement à la porte avant d'entrer.

Assis à une table basse, des papiers et des cartes étendus devant lui, Pierre tenait un verre de vin rouge à la main.

— Entrez, La Miss, me dit-il en souriant. Je vous attendais.

Je refermai la porte derrière moi. Il m'invita à prendre un siège puis on trinqua en silence, les yeux dans les yeux, et je n'avais même pas reposé mon verre qu'il me prenait dans ses bras et je goûtais le vin sur ses lèvres.

Pendant quelques semaines bénies, Pierre et moi étions pratiquement toutes les nuits à nouveau réunis. On se retrouvait dans sa caravane, garée face à la mer. Il prenait beaucoup de risques — les Britanniques savaient, les Italiens savaient, le monde entier semblait au courant de notre liaison. La carrière de Pierre, sa réputation et son mariage étaient en jeu, mais il semblait croire que ça en valait la peine. Comme toujours, il était difficile de deviner ses pensées. Tout ce qui m'importait, c'est qu'il désirait à nouveau être près de moi et, pendant une brève période, je me sentis presque aussi heureuse qu'à Aley.

Mais mon bonheur fut de courte durée. Notre méthode de communication hasardeuse et clandestine — avec My Fen qui m'apportait *L'Illustration* les soirs où le général m'attendait — connut des ratés. Un soir, My Fen oublia de m'apporter le journal. J'attendis en vain. Je supposai que le général était occupé ou qu'il avait une réunion et je n'osai pas aller frapper à sa porte.

Contrarié et bouleversé, souffrant dans son orgueil tandis qu'il attendait près de la lampe à quelques dizaines de mètres de ma tente, le général crut que je lui signifiais la fin de notre relation.

Le lendemain matin, il fit irruption dans ma tente.

— Je suppose que vous avez agi à dessein ? me demanda-t-il, les yeux étincelants de colère. J'ai attendu comme un imbécile, j'ai regardé, espéré, tout en sachant que vous ne viendriez pas.

— Non, Pierre. My Fen n'est pas venu. Je suis restée ici à attendre de mon côté, croyant que vous aviez changé d'avis.

Malgré toutes mes protestations, je ne suis pas sûre de l'avoir convaincu. On passa une dernière nuit douce-amère dans sa caravane. Deux jours plus tard, alors que je me faufilais furtivement dans le camp pour notre dernier rendez-vous, le clair de lune luisait sur les tentes blanches. Jamais plus il ne me donna signe de vie.

En quelques jours, la nouvelle se répandit qu'il avait été promu général de division et appelé auprès de De Gaulle pour se joindre à son équipe à Alger. Il aiderait à mettre sur pied l'historique Comité français de Libération nationale, le gouvernement provisoire de la République française. Je n'eus même pas droit à un adieu. Je regardai sa voiture disparaître au loin, furieuse d'une fin aussi lamentable pour ce qui avait été la relation amoureuse essentielle de mon existence.

Je pris une fois de plus le Beretta, cette fois-ci pour tirer sur un chien sauvage dans le désert qui embêtait Joséphine. J'appuyai sur la gâchette, mais sans aucun résultat. Le revolver était enrayé, certainement depuis des années. Même si j'avais voulu me tuer avec cette arme, je n'y serais jamais parvenue. Quelle ironie.

14

Le goût de la victoire

Et pour finir on est arrivé, portant nos espoirs, dans ce petit pays
Si semblable aux rivages de chez nous ceinturés par la mer
Lors que la tête, et le cœur, et les yeux avaient enjambé
Les continents qui les séparaient....

Gwenyth HAYES, 1st Voluntary Aid
Détachement de Nouvelle-Zélande,
The Voice of War.

Pendant l'été 1943, les Français libres étaient cantonnés dans un petit village, Hammamet, où ils buvaient de l'arak et mangeaient des mezze. Le village comprenait quelques villas blanches et de très belles plages où je nageais tous les jours avec Joséphine. Enfin, je me reposais, ce qui me permit de reprendre mon souffle et de revenir sur terre. Mon cœur avait été brisé plus d'une fois au cours de ma turbulente vie amoureuse, mais cela n'était rien comparé à la souffrance que je ressentais devant la perte de Pierre. Je me demandais si je serais jamais capable d'aimer à nouveau.

Dans le monde, les événements se succédaient à une vitesse de plus en plus rapide. Les Américains s'étaient jetés dans la guerre, la Tunisie était tombée, la Sicile aussi, et la grande marche en avant s'accélérait. Insatisfaits de leur collaboration, les Français et les Britanniques estimèrent que ce serait mieux pour tout le monde si les

Français libres étaient détachés auprès de la Ve armée américaine, sous le commandement du général Alexander, et le contrôle direct du général de corps d'armée Mark Clark et du général français Alphonse Juin, qui avaient reçu l'ordre de participer à la lutte contre la résistance allemande en Italie. J'avais été un légionnaire un peu bizarre et cela ne me dérangeait pas de devenir un GI inhabituel.

En apprenant que j'allais quitter l'Afrique du Nord pour de bon, je ne versai aucune larme. Fière de servir avec mes collègues dans le grand nettoyage de l'Italie pour en chasser les Allemands qui battaient en retraite, je me préparai à la phase suivante de ma guerre personnelle. Le plus triste, c'est que je ne pouvais pas emmener Joséphine avec moi sur le bateau en partance pour l'Italie. Je pleurai en l'abandonnant à des amis en Tunisie. Je la pris dans mes bras, enfouis mon visage dans la fourrure de sa large encolure et lui murmurai à l'oreille :

— Au revoir, ma chère amie. A bientôt.

Les nouvelles d'Italie étaient bonnes. On devait prendre un cargo britannique à Bizerte, une base navale du nord de la Tunisie qui venait d'être reconquise, et on nous apprit qu'on pourrait débarquer à Naples qui venait de tomber. La rumeur courut que les femmes ne seraient pas autorisées à bord, ni à débarquer en Italie. La police militaire américaine qui nous attendait à Naples était plus scrupuleuse que son équivalent britannique. Cependant, au cours des trois années qui venaient de s'écouler, j'étais devenue une sorte de mâle honoraire et je ne prêtais aucune attention aux ordres des Américains.

En avril 1944, j'endossai le chic uniforme américain qu'on m'avait donné avec tout un arsenal d'équipements nouveaux, je fourrai mes cheveux dans mon casque et grimpai sur la passerelle à Bizerte avec le reste des Français libres. Deux rangées de sentinelles britanniques nous attendaient. Je baissai la tête, le cœur battant, et passai sans encombre. Une fois à bord, le commandant Arnault me chuchota à l'oreille :

— Vos guêtres sont à l'envers.

Je baissai la tête et réalisai à ma grande consternation

que ces couvre-chevilles peu familiers que j'étais obligée de porter n'étaient pas du bon côté. Une myriade de crochets et de boucles brillaient vers l'extérieur. Je les retournai rapidement pendant que le commandant Arnault et ses hommes m'entouraient pour me couvrir. Je remerciai ma bonne étoile que personne ne l'ait remarqué.

A bord, les officiers de toutes nationalités étaient charmants et s'occupèrent très gentiment de moi. Certains d'entre eux — Arnault, de Sairigné, Simon, Bablon et Saint-Hillier — étaient de vieilles connaissances, mais il y en avait d'autres que je n'avais jamais rencontrés. L'un d'eux, un jeune aspirant ou officier cadet, Hugo Geoffrey, était adorable et semblait me considérer comme une légende. (Il devint plus tard un général de la Légion hautement respecté.)

« Comment ça s'est passé, la sortie de Bir Hakeim ? » ne cessait-il de me demander, l'œil brillant et le visage tendu vers moi.

Il ne se fatiguait jamais des histoires héroïques.

Je répondais d'un air absent :

« Oh, pas mal, je suppose », et il s'éloignait, désappointé.

Les officiers s'arrangèrent pour que j'aie une cabine et que je dîne avec eux tous les soirs. Ils se montraient chaleureux et amicaux sans jamais m'ennuyer, et leur attitude à mon égard ne changea jamais.

Naples était pleine d'Américains frais et dispos, vêtus d'uniformes très chics, qui fumaient des Lucky Strikes et écoutaient du jazz et les airs de Glenn Miller. Leur équipement et leurs véhicules étaient tellement impeccables que notre vieux bazar de Bir Hakeim avait l'air bien vétuste. Mais ils étaient efficaces, bien organisés, et au cours de ce mois d'avril, les débarquements en Italie se déroulèrent avec une grande efficacité.

Une fois sur le sol italien, on nous dit de nous préparer pour la bataille. Je servirais à nouveau comme chauffeur d'un général, cette fois derrière le volant d'une Dodge américaine. Avec les Marocains, les Tchadiens et les légionnaires, on serait maintenant rebaptisés Corps expéditionnaire français. On formait la pointe occidentale d'une ligne ininterrompue de forces alliées qui allait d'une côte à l'autre. En remontant, on épinglait les Allemands qui choisissaient de se battre et on repoussait ceux qui battaient en retraite.

Monte Cassino se trouvait au beau milieu de la route des Alliés. Ce monastère-forteresse, hérissé de défenses au sommet d'une montagne, deviendrait légendaire. Les troupes polonaises, anglaises et indiennes qui le prirent d'assaut luttèrent jusqu'aux extrêmes limites de leurs forces. Quant à nous, on prenait part au sud-ouest à la percée qui passerait par le fleuve Garigliano, les montagnes Aurunci, avant la marche sur Rome — une ville que les Britanniques, les Français et les Américains désiraient tous atteindre les premiers.

L'heure H fut fixée au 11 mai 1944. L'offensive commença avec un violent barrage d'artillerie semblable à celui d'El Alamein. C'était un terrain montagneux, partiellement volcanique, avec des routes étroites, tortueuses et truffées de mines. Les chars américains ne passaient pas et dans de nombreuses zones clés de la bataille, seuls les hommes et les mules pouvaient franchir les obstacles. Cachés dans des abris, les Allemands utilisaient des lance-flammes qui infligèrent de terribles brûlures aux malheureux qui croisèrent leur chemin. On subit de sérieuses pertes et les tireurs isolés allemands tiraient sur ceux qu'ils n'avaient plus les moyens d'affronter autrement. Le moral était très bas. Les hommes n'avaient pas été entraînés à ce genre de combat et ils perdaient des camarades à toutes les étapes de notre progression. Le redoutable Bablon, le commandant de la DBLE qui avait défendu la réputation de Rommel dans un night-club égyptien, fut blessé par un éclat de grenade.

Ma tâche consistait à arpenter les routes, avec des blessés français et américains, et des équipes médicales que j'amenais aux hôpitaux de campagne ou remmenait ailleurs. Bablon fut un de mes premiers passagers. Il avait une blessure à la tête.

— Vous avez eu de la chance, lui dis-je en lui tendant ma gourde pleine de cognac et en examinant le tesson de métal qui l'avait frappé. C'est un truc pas beaucoup plus gros que ça qui a tué Amilakvari.

Au cours des premiers mois que je passai en Italie, je servis aussi une bonne partie du temps de chauffeur à un médecin et sa maîtresse. Je les emmenais à leurs rendez-vous clandestins. Cela ravivait de tristes souvenirs de ma liaison avec Pierre, j'étais secrètement mortifiée par le rôle qu'on me faisait jouer et la Légion aussi. Quand ils découvrirent l'indignité de ma position, ils s'arrangèrent pour que je les rejoigne en première ligne comme chauffeur d'ambulance. J'étais flattée, et pleine de gratitude d'avoir réintégré ma famille.

Cependant, mon retour à la Légion marqua pour moi la fin de la « vie facile ». Je bravais journellement des routes minées, des bombardements aériens et des conditions de vie spartiates pour aller chercher les blessés au front, les ramener aux postes de secours — ou aux hôpitaux de la base pour ceux qui étaient les plus gravement atteints. Métamorphosée en automate, je me fermais aux émotions, vivais sur mes souvenirs et priais pour revoir un jour Pierre.

Le travail était épuisant physiquement et très éprouvant moralement. Je me souviens d'un jeune Américain qui avait perdu ses deux jambes en sautant sur une mine. On me demanda d'aller le trouver. Je regardai le médecin américain, qui avait tout tenté pour arrêter l'hémorragie, s'écarter en secouant la tête. Je me penchai sur le visage plein de taches de rousseur de ce jeune homme, lui pressai la main, allumai une cigarette et la plaçai dans sa bouche.

— Et voilà, Joe, lui dis-je en utilisant le prénom américain universel.

La cigarette resta collée à sa lèvre sèche et il inspira profondément, fermant les yeux tandis que la fumée déroulait ses volutes dans l'air. Puis il fut pris d'une violente quinte de toux, s'étouffant de douleur tandis que la fumée lui remplissait les poumons.

Je lui relevai la tête, ôtai la cigarette, et pris ma gourde dans ma poche.

— Essayez ça.

Il avala une gorgée de cognac, le liquide coulait sur sa mâchoire carrée, et ce garçon qui avait à peine dépassé l'adolescence leva les yeux vers moi et me sourit.

— Merci, madame, murmura-t-il, ses yeux verts fixés sur les miens. Cigarette ?

Je la replaçai dans sa bouche.

Deux minutes plus tard, il était mort. En baissant les yeux, je vis qu'il tenait quelque chose de serré dans son poing. Je lui ouvris la main et dégageai une photo en noir et blanc de deux personnes, sans doute ses parents. Je pris la cigarette qui continuait de se consumer sur ses lèvres, l'écrasai dans la poussière et lui fermai les yeux.

En ce qui me concerne, je me rappelle l'Italie comme une période très noire. Les événements des années précédentes commençaient à prélever leur tribut. Je me sentais seule, isolée, Pierre me manquait horriblement.

Autour de nous les combats faisaient rage. Avec nos camarades de la tête de pont d'Anzio maintenant engagés dans des batailles acharnées à Monte Cassino, les Français libres remontaient vers le nord. On faisait partie d'un seul front allié qui s'étirait sur toute la largeur de l'Italie. Au volant de mon ambulance, la Dodge américaine, je conduisais dans une campagne rendue quasiment impraticable à cause des pluies. Des mines antipersonnel et antivéhicules avaient été dissimulées tout le long de la route, dans des ruines, sous des cadavres, attendant de piéger un malheureux officier de service. Ayant moi-même sauté une fois sur une mine et vu de mes yeux les ravages qu'elle pouvait causer à des membres vulnérables, je faisais très attention où je mettais les pieds et où je roulais. Je vivais avec cette hantise, qui ne me quittait jamais.

La nuit, recroquevillée à l'arrière de mon ambulance sous un ciel étoilé, je restais là, en proie à l'insomnie, accablée de tristesse. Parfois, le cafard menaçait de m'engloutir. Et puis, dans l'aube glacée, épuisée et seule, je me relevais, remettais mon uniforme et repartais pour une nouvelle journée, prête à décharger mes blessés, vite, vite, afin d'aller en chercher d'autres toujours plus vite.

Je ne tenais que grâce à mon travail. Parfois je me demandais si je retrouverais jamais le plaisir d'un lit moelleux, l'eau courante, et la certitude de vivre jusqu'au lendemain.

Bien que dépouillée de tout et parfois même de ma dignité, je ne regrettais pas grand-chose de ma vie antérieure. Mais bien sûr, je fantasmais parfois sur certains éléments du luxe et du confort perdus. L'odeur des fleurs fraîches me manquait jusqu'à l'obsession. En Syrie et en Erythrée, mon seul souci était de prendre un bain, à Bir Hakeim, je rêvais d'un repas plantureux dans un restaurant chic. Le temps que j'arrive en Italie et que je me régale, pour la première fois depuis des années, d'un œuf frais de temps à autre et je me mis en tête de satisfaire un besoin beaucoup plus modeste : manger mon œuf dans un coquetier.

Cela peut sembler ridicule, mais cet insignifiant coquetier se transforma en idée fixe et accompagnée par Philippe, un jeune légionnaire qui refusait de me laisser arpenter des zones dangereuses sans escorte, je parcourus les décombres de chaque ville italienne où j'arrivais à la recherche du maudit coquetier.

La campagne autrefois si belle était en ruine. Les ponts avaient été détruits un à un, reconstruits et détruits de nouveau. D'anciennes villes médiévales, qui regorgeaient autrefois de trésors d'architecture pré-romane, étaient devenues un désert de bâtiments abandonnés, vidés de leur contenu et truffés de mines. Des batailles acharnées, où les Alliés avaient souvent conquis le terrain pied à pied, maison par maison, dans les anciennes rues pavées, avaient réduit des communautés entières à la misère la plus effroyable. A Pico, occupée jusqu'à récemment par la 26e Panzer Division et prise au cours d'une bataille sanglante par les forces françaises et italiennes, et à Pontecorvo, les façades des maisons des principales places s'étaient effondrées, laissant les pièces à nu, comme de gigantesques maisons de poupées.

Tandis que je fouillais dans les gravats de chaque ville où l'on passait, essayant de trouver une cuisine, un magasin, une épicerie, oubliant la menace constante des mines et de la maçonnerie qui s'effondrait, ma quête se transforma en passion.

— Attention, La Miss, criait Philippe, les yeux agrandis par la crainte tandis que j'escaladais un nouveau bâtiment abandonné. Cet endroit est peut-être piégé.

Ignorant ses avertissements, je fonçais, mais au lieu de trouver ce que je cherchais, je butais sur les objets brisés d'une vie ordinaire d'avant la guerre : des poêles et des casseroles, des pots, des planches pour découper les pâtes, des passoires, tous les instruments des cuisines familiales, autrefois chaudes et remplies des parfums des plats qui mijotaient. Debout dans la poussière devant un évier cassé, le regard perdu dans ce qui autrefois avait été une paisible oliveraie mais où maintenant pourrissaient des cadavres de soldats allemands, je fermais les yeux et faisais surgir de ma mémoire une mamma italienne à la vaste poitrine, qui pelait des oignons, les yeux embués, tout en bavardant de choses et d'autres.

De temps en temps, je tombais sur un délice inattendu : un salami entier, du parmesan ou une caisse du vin blanc très léger de la région. Il y avait tellement de vin dans le coin que les hommes s'en servaient parfois pour se laver. Je préférais faire ma toilette à l'eau et boire le vin. Il était rafraîchissant, et nous changeait agréablement du café américain dont on nous abreuvait maintenant jour et nuit.

De temps à autre, je tombais sur des paysans, minés par la faim et la pauvreté, qui essayaient de sauver ce qu'ils pouvaient de leur foyer détruit. Je battais alors en retraite, honteuse, je murmurais *mi dispiace*, je leur offrais ce que j'avais trouvé et les laissais travailler. Hébétés, accablés par la guerre et le tumulte politique que leur pays avait traversés au cours des dernières années, les yeux de ces gens avaient perdu toute lumière. Leur *bambini* me regardaient d'un air morne, leur bouche maculée de saleté témoignait de leur quête de nourriture. Les quelques chiens efflanqués que je rencontrais n'avaient même plus la force d'agiter la queue.

Début juin 1944, on atteignit les environs de Rome, où l'on installa notre campement. La capitale italienne avait été prise le 4 juin, à la grande satisfaction des légionnaires qui malgré le revirement des Italiens, maintenant passés de notre côté, ne parvenaient pas à oublier leur comportement au cours des quatre années qui venaient de s'écouler. Tandis que la demi-brigade s'en allait prendre la ville de Tivoli, je me débrouillai pour me rendre à Rome avec quelques officiers des Français libres afin de savourer cet instant de gloire.

Le général Clark, assis les jambes écartées dans sa Jeep, était parvenu à arriver le premier dans la Ville éternelle, un geste symbolique majeur, sinon stratégique, car Rome était la première des capitales de l'Axe à tomber. Les chars américains roulèrent le long de la Via Appia et il n'y eut que quelques escarmouches. Les bombardiers américains patrouillaient dans le ciel en même temps que nous avancions, repéraient les poches de résistance allemande et les écrasaient. La ville était restée pratiquement intacte, grâce aux officiers allemands qui avaient désobéi aux ordres de la détruire.

Les Romains présentaient un contraste frappant avec les Italiens que nous avions rencontrés jusqu'à présent. Transportés de joie, ils étaient descendus en foule dans la rue, se rassemblaient autour des véhicules, envoyaient des baisers, des fleurs et des cadeaux. Ils nous voyaient comme des libérateurs. « *Viva la Francia !* » s'écrièrent-ils dès qu'ils virent les drapeaux tricolores qui flottaient au vent sur nos véhicules. Après des mois d'un conflit difficile et sanglant contre des troupes allemandes d'élite, cette réception fut un soulagement pour tout le monde.

Quand je retournai dans la région de Tivoli, je continuai à dormir dans l'ambulance. Je prenais mes repas avec un médecin des Français libres et un charmant dentiste, il s'appelait Celerier, de compagnie fort agréable, avec un grand sens de l'humour et un sourire magnifique : ses dents étaient une excellente publicité pour la profession qu'il exerçait. Le Corps expéditionnaire français fut envoyé vers le nord. On passa par Montefiascone, Bolsena, Acquapendente et Trevignano pour atteindre la ville fortifiée de Radicofani en haut d'un grand massif montagneux. Vers la mi-juin, après deux jours de combats sanglants, Radicofani tomba, ouvrant ainsi la Toscane aux Alliés. Plus tard, la Légion fut récompensée par la croix de guerre avec palmes pour ses vaillants efforts.

Maintenant, les Allemands fuyaient à toutes jambes. Manquant de ravitaillement et de munitions, ils réquisitionnaient les carrioles et les charrettes tirées par des chevaux pour emmener leurs hommes et leurs équipements. La victoire était à portée de main et sur la route, les longues nuits d'été nous redonnaient courage.

Mais on n'avait pas plus tôt commencé notre marche vers le nord qu'on reçut de nouvelles instructions et à la fin juin, on nous envoya au camp d'Albanova, près de Naples. Nous n'étions pas autorisés à remonter l'Italie à la poursuite des nazis. Apparemment, on nous réservait d'autres tâches.

Trois semaines auparavant, le 6 juin, les nouvelles du débarquement en Normandie avaient été reçues avec une amertume considérable par les Français libres. Les légionnaires, surtout eux, estimaient qu'ils avaient gagné le droit d'être parmi les premiers à fouler le sol français. Mais ce furent les forces américaines, anglaises et alliées, moins les Français, qui prirent part à la plus grande opération militaire de tous les temps, par voie aérienne et maritime, sous les ordres du général Eisenhower. On avait maintenant opéré de grandes incursions en France. De Gaulle souhaitait vivement que ses troupes, dispersées aux quatre vents, soient à nouveau réunies sur le sol français — ce serait la première fois qu'on y remettait les pieds depuis 1940 — pour prendre part à la dernière poussée en direction de Paris. On se prépara donc à partir pour le sud de la France et le port de Toulon, tenu par les Allemands.

Las et déprimés, on retourna à Naples. On laissait derrière nous 106 légionnaires et officiers morts et 360 blessés — presque un quart de nos effectifs. Sur le chemin du retour, on se méfiait toujours des tireurs isolés et des mines qui n'avaient pas encore été repérées. Le pays semblait encore plus désolé qu'à notre premier passage.

Naples fourmillait d'Américains, la baie était couverte de gros navires et les avions bourdonnaient dans le ciel. Pratiquement toutes les chambres étaient occupées et les tables dans les restaurants réservées. Le général de Gaulle, qui arrivait de Rome par avion, remit des médailles à ceux qui l'avaient si bien servi, à Radicofani et ailleurs.

Après les rigueurs de la campagne italienne, Naples fut un interlude très plaisant et à la perspective de retourner en France, le moral de la Légion remonta en flèche. Suivant leur exemple, je retrouvai moi aussi le sourire. Une nuit, je me fis même passer pour un homme pour entrer dans le très populaire Club Français, célèbre pour ses « hôtesses » et interdit aux femmes. Les hommes étaient ravis de mon succès et me portèrent de nombreux toasts.

— Vous êtes vraiment un loup déguisé en agneau, La Miss, me dit de Sairigné.

Sans doute jugeait-il certainement que c'était un compliment.

On campa dans un champ ombreux près d'un petit ravin. En cet été italien, il faisait une chaleur étouffante et on accueillait le vent de la mer avec gratitude. Je profitai du luxe d'une tente pour moi toute seule, mais elle était si petite qu'il était difficile de s'y habiller et de s'y laver tranquillement.

Alors qu'on se préparait à partir, on m'apprit que l'ambulance que j'avais conduite dans toute l'Italie pour le 13e DBLE ne serait pas emmenée en France avec la Légion — les véhicules de ce type et leurs chauffeurs suivraient séparément. Cette nouvelle me jeta dans un profond désespoir, car je savais trop bien que quand on était séparé d'une unité, on la retrouvait rarement.

Bien déterminée à rester avec ma famille, je tombai sur le lieutenant Blanc, un gentil Français qui était commandant d'armes de la 1re brigade de la Légion.

— S'il vous plaît, lieutenant, avez-vous du travail

pour moi afin que je puisse partir en France avec la Légion ? demandai-je d'une voix plaintive.

Le lieutenant me prit par le bras.

— Bien sûr, adjudant Travers, me dit-il. Un homme de plus, ça ne se refuse pas !

Il tomba d'accord pour me prendre comme chauffeur de camion afin que la Légion ne m'abandonne pas derrière elle. J'étais ravie mais je déchantai quand il me montra mon nouveau véhicule, un énorme camion américain GMC. Heureusement, il marchait à merveille, et les autres chauffeurs se montrèrent très gentils avec moi.

Chacun devait porter son barda et monter sur les engins de débarquement pour grimper à bord des *liberty ships* qui nous ramèneraient en France. Un sympathique caporal polonais me montra comment remplir mon sac à dos correctement, mais quand on eut fini, il pesait toujours des tonnes. Après des années de guerre, j'étais trop mince et trop faible pour transporter une lourde charge. Une fois le sac en place, j'avais du mal à me tenir debout. La police militaire américaine commençait à s'énerver. Alors que nous attentions alignés les uns derrière les autres, j'entendis un policier déclarer à un légionnaire dont le petit chien dépassait tout juste de son blouson :

— Désolé, mon vieux, pas de chiens.

Et il le repoussa.

Prétendant avoir oublié quelque chose, je laissai tomber mon barda, ce qui exaspéra les Américains, et remontai rapidement la file pour prévenir les légionnaires. Nombre d'entre eux avaient adopté de petits chiens bâtards. Certains de ces vaillants petits animaux les escortaient depuis le début de la guerre, ils avaient fait Bir Hakeim et m'étaient aussi familiers que leurs maîtres. Comme par magie, tous les petits chiens disparurent... et réapparurent miraculeusement un peu plus tard sur le bateau.

Une fois à bord, on découvrit que l'équipage était anglais et que le capitaine, un ancien membre de la vieille Royal Naval Reserve, détestait cordialement les Français. Il y avait également deux officiers américains qui nous accablaient de leur mépris, et un certain nombre de Noirs américains dont l'unique tâche était de charger et décharger. Je n'avais jamais vu une telle ségrégation depuis l'Afrique du Sud.

Au cours du voyage d'une semaine, il y eut peu de place pour le divertissement. Les Français étaient logés au-dessus des cales, les couchettes montées contre les murs et je découvris que j'étais supposée dormir avec les hommes. Pour préserver un peu d'intimité, je drapai ma couchette avec un tapis de sol comme couverture.

Les toilettes, alignées sur le pont, n'étaient pas séparées. Cela ne me disait vraiment rien de partager un siège avec mes camarades, je demandai donc au chef mécanicien si je pouvais utiliser ses toilettes. Finalement, le chef steward, un brave garçon, vint à mon secours et me permit de dormir dans une cabine que les stewards utilisaient comme cantine.

— Merci infiniment, lui dis-je, je remercie le ciel que vous soyez à bord.

Le pauvre homme se mit à rire.

— Vous ne diriez pas cela si vous connaissiez ma déveine. J'ai déjà été coulé trois fois au cours de cette guerre. A croire que les foutus Allemands me persécutent personnellement. Dans mon unité, j'ai perdu vingt hommes par la faute des bombardements et des torpilles. La prochaine fois, j'en sortirai peut-être pas vivant.

En écoutant ces histoires épouvantables, je compris ce qu'avait enduré la Navy.

Nous n'étions pas autorisés à manger dans la cantine des officiers, les Américains avaient refusé ; puis ils nous autorisèrent à regret à y prendre nos repas, mais après eux. On ne pouvait pas les sentir mais à part ça, le voyage se déroula assez tranquillement et au bout de dix jours, on arriva à Cavalaire-sur-Mer, près de Saint-Tropez, sur la Côte d'Azur, le soir du 16 août 1944. C'était la première fois depuis des années que je retournais dans le pays de mon enfance. Quand on entra dans le port, tout était tranquille et pour notre plus grande joie, on nous apporta un tonneau de rhum. (Une tradition remontant à la Première Guerre mondiale, quand on apportait du rhum aux hommes avant qu'ils partent « de l'autre côté ».)

C'était une bibine épouvantable, très alcoolisée. Même les légionnaires les plus endurcis n'arrivaient pas à l'ingurgiter, mais pendant la guerre, les bateaux n'étaient pas autorisés à transporter de l'alcool et l'homme qui nous avait apporté le tonneau distribua généreusement les verres à l'équipage et en envoya aussi au capitaine. Les Noirs qui déchargeaient aimaient beaucoup l'alcool bien qu'ils ne soient pas autorisés à en boire. Or, même s'ils n'étaient jamais autorisés à aller à terre, on leur avait remis des petits revolvers très pratiques. On effectua donc un échange rapide : les armes contre nos rations de rhum.

« S'il vous plaît, pourriez-vous dire aux hommes de ne plus rien donner à boire aux Noirs ? » intervint un des lieutenants.

Je lui expliquai qu'il était trop tard. Tout le monde était fin soûl sauf nous, et on avait gagné de jolis petits revolvers.

Le capitaine, à qui on avait envoyé plusieurs fiasques, ne savait plus où il habitait. Il n'arrivait même pas à trouver la position d'amarrage. C'est alors qu'un petit avion vola au-dessus de nous. L'équipage chargé de la défense antiaérienne était dans un tel état qu'ils ont commencé à tirer dessus en pleine nuit, couchés sur le pont. On se serait cru dans une régate démente.

Les Américains décidèrent de débarquer pendant qu'ils en étaient encore capables. Ils chargèrent toutes leurs affaires sur deux voitures amphibies qu'on appelait les *ducks*. Mais quand le premier « canard » fut mis à l'eau, il coula comme une pierre. Bien entendu, on était morts de rire.

Quand tout le monde eut retrouvé un peu de lucidité, nos camions furent chargés sur des barges et on nous dit d'y descendre par les filets spéciaux accrochés aux flancs du bateau. Un aimable sergent me donna un coup de main car si j'avais pris mon barda sur mon dos, moi aussi j'aurais disparu sous les vagues. Heureusement pour nous, les Allemands étaient partis, ils n'avaient organisé aucune résistance dans le coin et les barges atteignirent la plage sans encombre. Je pris pied sur le sol français et regardai autour de moi des dizaines de légionnaires tomber à genoux et embrasser le sable. J'en pris une poignée que je laissai glisser dans mes doigts et voler dans la brise.

« On est rentrés à la maison », dit quelqu'un derrière moi.

Cette nuit-là, on dormit sur la plage, attendant le matin que les démineurs défrichent les champs de mines autour de nous.

On se rendit à Hyères, juste à côté de Toulon, la première ville française que l'on voyait depuis 1940. On nous reçut avec sympathie et compréhension. Les habitants nous offrirent du pain, du vin et nous souhaitèrent bonne chance. Toujours attachés à la Ve armée du général Clark, nous devions prendre part à ce que les Américains avaient baptisé l'opération Anvil. Pour la première fois, les légionnaires étaient autorisés à participer à la reconquête de la France. Tout comme mes camarades, j'étais très fière de contribuer à la libération de ma patrie d'adoption, de la Méditerranée aux Vosges. Comme en Italie, je suivis le Corps expéditionnaire français au cours des batailles pour le mont des Oiseaux, Toulon, Avignon et Lyon, au volant d'un gros camion, tandis que devant moi la résistance allemande était systématiquement écrasée.

A Lyon, le capitaine Minville, un Suisse très amusant qui élevait et dressait des chevaux en Irlande avant la guerre, me vit batailler avec le camion GMC. Il me prit à part.

— Vous ne pouvez pas continuer comme ça, me dit-il en constatant mon épuisement. Si vous voulez, je vous prends avec moi.

J'entrai donc dans sa compagnie pour conduire un camion beaucoup plus petit qui remorquait un canon antichar. Le véhicule était plus facile à manier, mais ma charge signifiait aussi qu'il était plus dangereux à conduire. Mon travail consistait à mettre le canon en position, le détacher et repartir en chercher un autre. A chaque fois que j'apparaissais, les Allemands, impatients de me mettre hors d'état de nuire avant que le canon ne soit mis en position, intensifiaient les bombardements.

Au cours de mon travail, je retrouvai brièvement le lieutenant Germain, l'homme qui avait donné Arad au général, à Beyrouth. On se rappela avec émotion du beau chien blanc qu'il appelait Georges.

— Vous vous souvenez de ses oreilles si douces ? lui demandai-je.

— Oh oui. J'ai toujours pensé que ça ferait de très jolis gants pour Bollardière !

En bavardant avec lui, je regrettai amèrement la perte d'Arad, et ma nostalgie de Pierre et d'Aley s'accrut. Miss Joséphine me manquait aussi beaucoup. Quoi qu'il arrive, je me jurai qu'elle et moi serions à nouveau réunies. J'étais bien décidée à la retrouver.

Après la bataille pour la ville médiévale d'Autun, près de Dijon, le 13e DBLE reprit une ambulance anglaise et on me demanda de la conduire. Je disposais également d'une Citroën dans laquelle je transportais occasionnellement le commandant de la compagnie. L'ambulance était un véhicule difficile à manier et je devais souvent changer les roues moi-même, ce qui n'était pas facile du tout. Certains jours, il m'arrivait de ne parler à pratiquement personne de toute la journée et la nuit, je me retrouvais une fois de plus seule à l'arrière de l'ambulance, avec mes seuls souvenirs pour me tenir compagnie.

En septembre, on se retrouva dans les Vosges. Au cours des deux mois suivants, le temps se rafraîchit, les feuilles roussirent et on poursuivit notre chemin vers la frontière allemande. En novembre, quand on atteignit les villes de Belfort et Mulhouse, on passa par une période particulièrement difficile. Au cours des siècles, Belfort avait connu toutes les invasions. Un lion géant sculpté dans le grès des falaises sur le chemin de la forteresse rouge témoignait d'un précédent siège.

Au cours des combats dans les Vosges, le 13e DBLE perdit 145 hommes, il y eut 643 blessés et 200 cas de gelures sérieuses. Pendant deux mois on pataugea dans la boue, la pluie et la neige, notre approvisionnement était au plus bas, on manquait sans arrêt d'essence, et on attaqua sans répit et avec de lourdes pertes. Le seule chose qui nous permettait de tenir, c'était de savoir que Paris avait été reconquise par les Alliés, derrière la 2e division blindée du général Leclerc. La croix gammée fut arrachée de la tour Eiffel et les Parisiens se précipitèrent dans la rue pour célébrer la liberté retrouvée de leur ville.

Le général de Gaulle s'écria « Vive Paris ! » et le lendemain matin, il proclamait la IVe République.

Pour ceux d'entre nous qui étaient toujours sur la brèche, cela apporta un certain réconfort. Les Allemands se battaient pour chaque pouce de terrain, détruisant des villes entières avant de décamper, et ils disposaient des mines et des pièges à l'intention de ceux qui les poursuivaient. Je partageais mon temps entre conduire l'ambulance et manœuvrer l'artillerie, car j'appartenais à la 101e compagnie du train. Parfois, on mettait aussi à contribution mes connaissances d'infirmière pour soigner les blessés.

En octobre 1944, je fus promue au rang d'ajudant-chef pour mon rôle dans la Légion. Mon uniforme portait maintenant le galon doré avec une fine rayure rouge au milieu. J'appris d'un des hommes que les Américains qui me voyaient aller et venir toute la journée m'appelaient « la femme légionnaire ». Ce dernier titre me remplit de fierté. Quant à ma promotion, j'en étais ravie mais surtout à cause de l'augmentation de salaire que cela entraînait. Pour le moment, bien sûr, je n'avais pas beaucoup l'occasion de dépenser mon argent. Mais dès que cette folie serait terminée, j'étais bien décidée à me payer des bains chauds, quelques bons repas et un coquetier en porcelaine. Des désirs bien modestes.

Plus tard dans le mois, on nous apprit une nouvelle qui nous attrista tous. Le maréchal Erwin Rommel, le commandant légendaire, notre adversaire à Bir Hakeim, était mort. On sut beaucoup plus tard de quelle manière. Il était au courant d'un complot destiné à se débarrasser de Hitler qui avait été finalement déjoué. Hitler l'avait mis devant un choix cornélien. Soit il se suicidait et on lui accorderait les funérailles d'un héros, le déshonneur serait épargné à Lucy, sa femme adorée, et à son fils. Soit il serait traîné en justice et exécuté. Après avoir fait ses adieux à sa famille, le légendaire Renard du désert avala du poison. Le haut commandement allemand affirma qu'il était mort des suites de blessures reçues quand sa voiture avait été attaquée par les avions de la RAF, ce qui n'abusa personne.

En janvier 1945, après un jour de Noël qui n'eut pas plus de signification pour moi que les jours qui avaient précédé, on nous dirigea sur l'Alsace — Strasbourg *via* Elsenheim et Grussenheim. Dans les forêts entourant ces deux villages, les Allemands résistèrent avec acharnement et il y eut de nombreux blessés des deux côtés. Totalement épuisée, ma gourde toujours pleine pour apporter un peu de réconfort aux blessés, je passais mon temps à transporter des blessés le long de pistes étroites et sinueuses jusqu'aux postes de secours.

« C'est beaucoup mieux d'arriver sur la table d'opération avec un petit coup dans l'aile », disais-je à ceux dont j'avais la charge.

Et je les régalais d'une rasade de cognac ou de ce qui me tombait sous la main. Parmi les hommes auxquels j'offris mes services se trouvait le jeune Hugo Geoffrey, touché au bras à Elsenheim. Un prêtre, le père Hirlemann, m'aida sur le champ de bataille à le soulever et à le mettre dans mon ambulance. Il affirme jusqu'à ce jour que le temps qu'il arrive au poste de secours, il avait atteint « un point d'allégresse avancée ».

Fin janvier, début février, on participa à l'opération Nordwind pour la reconquête de Colmar, une jolie petite ville aux maisons à colombages sur la ligne Adolf Hitler. Au beau milieu de la bataille, il faisait si froid qu'on me permit de passer quelques nuits dans la salle de séjour d'une maisonnette à Illhaeusern, un hameau des environs, car l'ambulance devenait par trop inconfortable. La première nuit, je me retrouvai enfin seule avec ma lampe à pétrole dans une pièce fermée. Le reste de la maison était occupé par d'autres soldats du bataillon américain. La deuxième nuit, je fus obligée de partager ma chambre.

Juste au moment où je m'apprêtais à éteindre ma lampe, quelqu'un ouvrit ma fenêtre de l'extérieur.

— Hé ! m'écriai-je en m'enveloppant dans ma capote et en saisissant une arme tandis qu'un vent glacé s'engouffrait dans la pièce. Qui va là ?

— Ce n'est que nous.

Surgirent les visages de deux brancardiers.

— Désolés de vous déranger, adjudant-chef Travers, mais nous avons ordre d'utiliser cette chambre.

— Utiliser cette chambre ? protestai-je d'un air inquiet en m'enroulant plus étroitement dans ma capote. Mais pour quoi faire ?

Les deux têtes disparurent et réapparurent aussitôt en poussant le cadavre tout habillé d'un légionnaire par la fenêtre, le premier d'une série de cinq.

— Une morgue provisoire jusqu'à ce que l'on puisse les enterrer demain matin, m'expliquèrent-ils enfin en pénétrant à leur tour dans la pièce pour aligner bien proprement les corps près de mon lit.

— Vous ne pouvez pas me faire ça ! protestai-je, hagarde à la vue des cinq morts étendus à mes pieds, leurs yeux sans vie fixant le plafond. Mais enfin ici c'est ma chambre !

Les brancardiers reprirent le chemin par lequel ils étaient entrés et avant de prendre congé, ils pointèrent à nouveau le bout de leur nez.

— Ne craignez rien, adjudant. Cette nuit, ces hommes ne risquent pas de vous embêter, me lancèrent-ils avec un grand sourire avant de claquer la fenêtre.

Les derniers mois de la campagne comptèrent aussi parmi les plus durs. Il faisait moins vingt, on avançait dans la neige sur des routes verglacées, au milieu des chars, des mines, des barrages d'artillerie et des tireurs isolés. Alors que nous étions paralysés par le froid, les hommes s'engagèrent dans les batailles les plus brutales de la guerre en Europe. Beaucoup de soldats souffraient d'engelures, certains en moururent. Aucune des cruautés de la vie ne nous fut épargné.

Les pertes des Français libres avaient atteint de telles

proportions que deux officiers commandants s'échappèrent à Paris pour voir de Gaulle au ministère de la Guerre et se plaindre que les généraux de Vichy essayaient de détruire la 13e DBLE. Les officiers affirmèrent qu'ils nous envoyaient sans arrêt au front, retenaient les renforts et le ravitaillement, et nous utilisaient comme une « troupe de sacrifice ».

Oublieuse de la politique et des querelles en tout genre, je me recroquevillai une fois de plus sur moi-même, prenant chaque jour comme il venait. Je travaillais à rester en vie et à manger suffisamment. Les mains engourdies par le froid, je m'enfonçais mon béret sur les oreilles et conduisais des ambulances ou d'énormes engins transportant des obusiers au milieu des congères, le long de routes verglacées à trente kilomètres de la ligne de front, tandis que les troupes américaines faisaient le salut militaire sur mon passage. Je n'en oubliais pas pour autant les petites choses de la vie et m'arrangeai pour faire rassembler et traire les centaines de vaches squelettiques abandonnées dans les pâturages en altitude par des fermiers en fuite. De cette façon, les soldats avaient au moins du lait frais. Peu douée pour la traite, j'eus recours aux services d'un certain nombre de brancardiers qui apparemment connaissaient la technique beaucoup mieux que moi.

En route, on me remit l'Ordre de l'Armée, je ne me souviens plus très bien pourquoi. Voici la citation :

« Sous-officier de qualité exceptionnelle, ayant fait preuve d'une abnégation et un dévouement émérites. Elle s'est ralliée à la cause des Français libres en 1940 et a pris part, depuis cette date, à toutes les campagnes. Toujours prête pour les missions les plus risquées sans jamais songer au danger encouru, elle a manifesté un sang-froid sous le feu qui a suscité l'admiration de ses camarades légionnaires. En toutes circonstances, elle fut un exemple des plus belles qualités de la Légion. Toujours prête à se porter volontaire pour ramener les blessés des premières lignes, son courage fut une nouvelle fois salué par tous au cours des huit jours de combats très difficiles à Elsenheim, du 22 au 30 janvier 1945. Elle travailla nuit et jour dans la neige et la boue, sous le feu de l'artillerie, les mortiers et les attaques meurtrières de l'infanterie. »

Au cours des derniers mois de la guerre, on se battait toujours. Le printemps fit irruption dans les montagnes et les nouvelles des autres fronts étaient très encourageantes. Les Alliés opérèrent une profonde incursion dans le cœur de l'Allemagne et la vallée de la Ruhr. Ils se rapprochaient de Berlin. Puis, le 28 avril, Mussolini fut exécuté par les partisans italiens. Deux jours plus tard, Hitler se suicidait dans son bunker de Berlin. Les deux hommes moururent tous les deux en compagnie de leur maîtresse de longue date, Clara Petacci et Eva Braun.

A cette époque, notre séjour dans les montagnes glacées était terminé et nous étions peu à peu descendus vers le sud et le climat plus clément de la Côte d'Azur, afin d'éliminer les dernières poches de résistance allemande. Notre objectif était le massif d'Authion, à trente kilomètres au nord de Nice, où les hommes, toujours aux prises avec des Allemands récalcitrants, se battaient avec acharnement.

Le 7 mai 1945, j'attendais au pied de la montagne, espérant qu'on ne redescendrait que des blessés légers, quand je vis un caporal de l'équipe médicale descendre du village où les combats venaient de prendre fin.

— C'est fini ! C'est fini ! criait-il, en fonçant droit sur nous avec sa Jeep.

On restait là à se regarder, essayant de comprendre ce qu'il voulait dire.

— Qu'est-ce qui est fini ? lui demandai-je.

— Cette putain de guerre ! hurla-t-il en sautant de son véhicule et en courant vers nous. Ils viennent de l'annoncer. L'armistice a été signé !

Un jeune légionnaire, qui se trouvait dans mon ambulance et qui venait de se faire éclater le genou par un tireur isolé, éclata en sanglots.

Quant à moi, j'étais en état de choc. Le souffle coupé, je dus m'asseoir. Si ce qu'il disait était vrai, le but que nous poursuivions en nous battant — sauver la France et l'Europe des nazis — était enfin atteint. Nous avions réussi. Cela avait pris six ans et un nombre de vies incalculable, mais nous avions gagné.

Plus tard dans la nuit, après avoir emmené mes quelques blessés à l'hôpital, je rassemblai certains de mes amis officiers, grimpai dans mon ambulance et on prit la direction de Nice. Je les emmenai dans un endroit que j'avais très bien connu autrefois, le night-club Maxime's. On arriva en bande, sales et suants, encore imprégnés du sale business de la guerre, et on envahit le club, rempli de Niçois très chics, de serveurs et de maîtres d'hôtel, des gens qui pour la plupart avaient passé une guerre confortable.

— Nous exigeons qu'on nous serve à boire pour nos vaillants efforts en faveur des citoyens français, annonça un des officiers tandis qu'un maître d'hôtel l'observait, impassible.

Il fronça le nez comme si on puait (d'ailleurs on sentait sans doute mauvais) et il déclara :

— Je n'autoriserai aucune boisson gratuite pour qui que ce soit. Et maintenant soyez assez aimables pour quitter cet endroit.

Furieux, on repartit en maugréant que c'étaient des gens comme lui qui avaient fait de l'argent sur le dos de tout le monde pendant l'Occupation.

Plus loin, sur la Promenade des Anglais, d'autres propriétaires de bars se montrèrent plus chaleureux, nous portèrent des toasts et nous permirent de boire autant de champagne qu'on voulait. Ils auraient été bien peu à reconnaître une ancienne cliente dans la femme décharnée en tenue de l'armée américaine que j'étais devenue. Les yeux cerclés de noir, maigre à faire peur, épuisée et en treillis militaire, je ressemblais assez peu à la jeune femme portant des robes élégantes et des chapeaux-cloches, buvant des Manhattans et fumant des cigarettes avec un fume-cigarette en ivoire au bras de son dernier prétendant.

Il était difficile de croire qu'après toutes ces années la guerre était vraiment terminée. On ressentait un grand bonheur, une grande fierté. Au cours des jours qui suivirent, on fêta ça avec une folle exaltation, on s'embrassait, on dansait, on hurlait qu'on remerciait le ciel d'y être arrivés. Il y eut des défilés, des parades, des marches, des barbecues et des cérémonies en tout genre, et puis aussi une grande tristesse pour ceux qui nous avaient quittés : Amilakvari, les hommes courageux d'Erythrée, de Syrie, de Bir Hakeim et d'El Alamein, sans compter les récentes victimes en Italie et en France.

Bien sûr, j'étais extrêmement heureuse d'être encore en vie, mais je ne pouvais m'empêcher de redouter l'armistice qui sonnait le glas de ma grande aventure. Difficile de trouver un sens à ma vie après tant d'années de voyages et de luttes, après avoir participé à des événements historiques d'une aussi grande portée. J'avais irrévocablement changé. J'étais une femme radicalement différente de la créature superficielle qui avait écouté la déclaration de guerre dans un château près de Poitiers en sirotant un cocktail. J'étais devenue celle que j'avais toujours voulu être depuis ma plus tendre enfance, celle dont papa serait fier.

Si la fin de la guerre mettait un terme à tout cela, alors d'une certaine manière étrange et inexplicable je n'avais pas envie que cela cesse. Tout comme je l'avais bien compris dans ce train en revenant de Rome bien des années auparavant, je savais que je ne pouvais pas revenir à la vie que j'avais menée précédemment. J'étais célibataire, j'avais trente-cinq ans et les gens qui m'avaient connue autrefois ne m'auraient pas reconnue dans la rue. Pour de multiples raisons, je voulais tout recommencer à zéro, sous un nouveau nom, une nouvelle identité, et oublier l'ancienne Susan Travers.

Pour me donner le temps de la réflexion, je pris quelques jours de vacances et allai à Cannes jeter un coup d'œil à Casa Longa, la maison où j'avais vécu avec mes parents. Je la retrouvai très facilement mais à ma grande surprise, elle était beaucoup plus petite, plus terne que dans mon souvenir. Maintenant occupée par une autre famille, qui s'efforçait sans doute de reprendre le fil de son existence après les bouleversements de l'occupation allemande, elle appartenait à une époque révolue. Des enfants jouaient dans le jardin où je jouais avec Chipmunk et Münch, une femme se brossait les cheveux à la fenêtre de l'ancienne chambre de ma mère. Je me demandais si un homme, fumant la pipe, était assis dans le salon en train de lire le journal, tout comme mon père autrefois. J'entendais une domestique chanter quelque part dans la maison. Peut-être étendait-elle du linge ou sortait-elle des gâteaux du four. Je croisai le regard de la femme à la fenêtre et brusquement saisie d'une crise de timidité, je m'éloignai.

Puis je remontai dans ma voiture et me dirigeai vers la modeste petite maison de plain-pied de Jeanne Martin, notre ancienne gouvernante, la femme qui m'avait aidée à faire mes valises pour Florence et l'Angleterre. Par bonheur, elle habitait toujours là.

— Bonjour, Jeanne.

Je lui tendis la main. Perplexe, elle hésita, eut un mouvement de recul, méfiante devant cette étrangère sur le pas de sa porte.

— C'est moi, Susan, lui dis-je en souriant.

Elle ne me reconnaissait toujours pas.

— Susan Travers, insistai-je.

Soudain ses yeux s'éclairèrent et sa figure s'épanouit en un large sourire.

— Susan ! Susan ! s'écria-t-elle en prenant mon visage dans ses mains.

Les larmes coulaient sur ses joues, elle m'attira à elle et m'embrassa comme si elle ne voulait plus jamais me laisser partir. Elle aussi avait beaucoup changé. Ridée, le teint gris, elle avait été terriblement marquée par la guerre. Ses beaux cheveux noirs, épais, brillants étaient devenus gris et clairsemés. Pendant la guerre, elle avait eu du mal à trouver du travail et son fils unique, accusé d'être un partisan, avait été emmené par les Allemands.

— Tu sais quelque chose ? Peux-tu m'aider ? me demanda-t-elle, les yeux remplis de larmes.

Je lui promis de voir ce que je pouvais faire.

Elle était clairement choquée par mon apparence et se préoccupa de ma santé.

— Tu es si mince, me dit-elle en enfonçant un doigt dans mes côtes. Tu as été malade ?

— Je vais bien, Jeanne. Je vous assure. C'est juste que la guerre a été longue pour tout le monde.

Je fus surprise de constater à quel point j'étais bouleversée par ces retrouvailles. Ma tête fourmillait de souvenirs et de fantômes. Je me levai brusquement et m'en allai. En remontant dans la vieille ambulance, toute frissonnante de mon contact avec le passé, je pris une décision. Il fallait absolument que j'aille à Paris retrouver Pierre. Il avait été ma raison de vivre pendant une bonne partie de la guerre, et je devais savoir si tout était vraiment fini entre nous. Si oui, alors il faudrait que je trouve un moyen de rassembler les fils épars de ma vie pour recommencer à zéro.

Ce que je désirais plus que tout au monde c'était de rester avec la Légion, ma famille d'adoption, les gens avec qui je me sentais le plus à l'aise.

Dans la confusion générale qui suivit la fin de la guerre, je parvins à monter jusqu'à Paris où en mai 1945, je fus invitée par les Français libres à prendre part au défilé de la dernière victoire devant le général de Gaulle. Je les remerciai chaleureusement mais refusai de partager cet honneur.

— Seuls les braves défilent, et je ne pense pas que j'aie été aussi courageuse que cela.

Ce fut tout aussi bien parce que quand de Gaulle vit les infirmières Spears qui s'apprêtaient à prendre leur place dans la parade, il les renvoya en leur disant de retourner au travail. Les Spearettes furent profondément blessées et, pour la plupart, ne lui pardonnèrent jamais cet affront parisien.

Le défilé eut lieu et ce fut un événement qui resta gravé dans les mémoires. Des milliers de Parisiens étaient descendus dans la rue, agitant des drapeaux tricolores et criant leur enthousiasme. J'étais avec eux, un visage anonyme dans la foule en délire, j'observais mes amis et mes collègues qui marchaient fièrement devant moi. Je me mis tranquillement au garde-à-vous dans mon coin.

Au cours des semaines qui suivirent, je trouvai à me loger dans une maison réquisitionnée à Meaux, à l'est de Paris, le seul endroit où il restait une chambre de libre, et après une enquête discrète, je n'eus pas de mal à retrouver la trace de Pierre. Comme il avait été nommé commandant en chef des Forces françaises en Allemagne et en Grande-Bretagne, il appartenait maintenant à l'état-major de De Gaulle en tant que commandant des FFI, les Forces françaises de l'Intérieur. Il avait aussi été récemment nommé gouverneur militaire (on disait aussi maréchal) de Paris.

Il y vivait avec sa femme — qui était tombée malade après les épreuves de la guerre — et s'occupait entre autres choses de loger les soldats. Paris était comble mais j'avais envie d'échapper à l'environnement du camp militaire. Avec l'excuse de problèmes concernant mon ambulance, je m'arrangeai pour obtenir un rendez-vous avec lui. Ce serait la première fois que je le reverrais depuis la Tunisie.

On m'introduisit dans un bureau assez somptueux aux Invalides.

— Bonjour, mon général, lui dis-je en me mettant au garde-à-vous. Ou devrais-je dire mon maréchal ?

Je croisai les mains devant moi pour les empêcher de trembler.

Il leva la tête. Assis derrière un énorme bureau, il semblait content de me voir.

— Repos, adjudant-chef.

Une façon de m'informer qu'il était au courant de ma promotion.

Puis il me tendit la main et me sourit.

— Asseyez-vous, La Miss.

Je pris place en face de lui, tournant et retournant nerveusement mon béret entre mes doigts. Je commençai par lui parler de l'ambulance que je conduisais, des pièces dont j'avais besoin et d'autres choses sans importance. Une secrétaire entrait et sortait de la pièce tandis que je lui parlais, lui tendait des liasses de documents, à signer ou à lire. Il les prenait sans jamais me quitter des yeux.

— Vous avez trouvé où vous loger ? me demanda-t-il.

Je lui expliquai que j'habitais Meaux où je partageais une petite maison et il secoua la tête.

— Pas pratique du tout.

Il fouilla dans ses papiers sur son bureau, en tira une feuille, la signa et me la tendit.

— Vous allez emménager à cette adresse. C'est un petit hôtel confortable. Comme ça je saurai où vous trouver.

Je pris le papier et m'apprêtais à le remercier quand sa secrétaire réapparut et tapota sa montre pour me rappeler que j'avais dépassé les deux minutes qui m'étaient allouées. Je me levai de ma chaise, les jambes tremblantes, me mis au garde-à-vous, savourant quelques secondes le plaisir de me retrouver dans la même pièce que le général. Mais déjà la secrétaire me pinçait méchamment le coude et me conduisait hors de la pièce.

Pierre s'était montré très généreux. Ma chambre dans un « petit hôtel » était en réalité une suite à l'hôtel Saint-Régis, non loin des Champs-Elysées. Alors que mes compagnons d'armes faisaient la queue aux toilettes et n'étaient autorisés à prendre qu'une douche par semaine, je profitais du luxe d'une salle de bains, d'un salon et d'un grand lit double. Au cours de mes premières journées à Paris, je dormis, mangeai, me baignai et lus, passant mes journées dans les peignoirs en éponge d'une merveilleuse douceur de l'hôtel. J'avais envoyé mon uniforme éclaboussé de sang au pressing.

Après la libération, Paris ressemblait toujours à une ville en guerre. Les boutiques étaient fermées ou alors leurs devantures pratiquement vides, les coupures de courant fréquentes et le téléphone ne marchait pas. Un système de rubans adhésifs entrecroisés protégeait encore les fenêtres des bombardements, les bons d'essence et les tickets de rationnement ne seraient pas supprimés de sitôt et sur le plan économique le marché noir faisait la loi. Cette ville autrefois si gaie avait maintenant un côté misérable, elle ressemblait à une vaste garnison militaire avec des véhicules de l'armée dans toutes les rues et des postes de contrôle dans tous les arrondissements. Des hommes et des femmes en uniforme se mêlaient à la population civile qui avait souffert de grandes privations pendant l'Occupation. Quand les prisonniers réapparurent, et surtout les déportés, décharnés et méconnaissables avec leurs grands yeux tragiques, quand ils racontèrent les abominations dont ils avaient été les victimes, bien peu de personnes étaient prêtes à les écouter. La majorité des gens désirait oublier la guerre.

A Paris, Pierre se montra très gentil à mon égard. On se voyait à l'hôtel aussi souvent que possible. Je crois qu'il était sincèrement désolé pour certains épisodes de notre relation. Mais il était extrêmement occupé, tout le monde le harcelait y compris sa femme qui était sans doute gravement malade. En tout cas, les médecins se succédaient à son chevet. Cependant, on se retrouvait dès qu'il avait une minute, parfois je lui rendais visite à son bureau ou alors on volait au passage de brefs instants d'intimité.

Il avait un nouveau chauffeur, un jeune Parisien discret du service diplomatique qui conduisait une Citroën très chic. Pierre passait me chercher à l'hôtel avant de se rendre à un meeting, on bavardait un peu, puis j'attendais que le meeting soit terminé afin d'aller prendre un verre avec lui ou dîner dans un endroit où personne ne nous connaîtrait. Pour moi, c'était une époque très bizarre. Pour la première fois en six ans, j'étais oisive. Plus de véhicule, plus d'uniforme, plus de travail, aucun but à poursuivre. Confinée dans ma chambre d'hôtel ou à l'arrière de la voiture de Pierre, habillée en civil, j'attendais qu'il me consacre quelques instants et croisais de temps à autre le regard du chauffeur impassible dans le rétroviseur. On aurait dit que j'étais retournée aux jours mélancoliques de ma vie d'avant-guerre. Je me sentais inquiète, nerveuse, j'avais très peur de ce que l'avenir me réservait. Et puis surtout, j'avais honte de moi.

La direction que prenait mon existence me mettait au supplice. Depuis la fin de la guerre, j'avais l'impression de partir à la dérive. Maintenant que j'avais retrouvé l'homme qui représentait le seul point d'ancrage de mon existence, je n'étais pas certaine qu'il répondît à mes attentes.

Pierre ne me faisait jamais part de ce qu'il pensait ou de ses plans pour l'avenir. Je supposai qu'il était satisfait de cette situation. Puis, un beau jour, alors que rien ne semblait l'annoncer, il me fit une déclaration plutôt surprenante. Nous étions tous les deux à l'arrière de la voiture, on retournait à mon hôtel après un dîner tendre et détendu passé à se rappeler la guerre, quand il se tourna vers moi, brusquement solennel :

— La Miss, si ma femme meurt, j'aimerais vous épouser, me dit-il d'une voix douce en prenant ma main dans la sienne. Nous avons traversé bien des épreuves, tous les deux, et je crois qu'on s'entendrait très bien.

Je n'en croyais pas mes oreilles et restais la bouche ouverte. Cet homme, l'unique avec lequel j'avais entretenu une relation quasi conjugale, j'avais toujours espéré sans y croire qu'il m'aimait à sa façon. Je savais qu'il admirait mon obstination et ma liberté d'esprit, avait apprécié ma compagnie à Beyrouth et ailleurs, mais à Paris, rien n'était plus pareil. Ici, j'avais affaire à un général hautement respecté — un gouverneur. C'était une chose d'avoir une liaison avec une femme chauffeur étrangère, mais prendre une maîtresse pour épouse aurait été un suicide social et professionnel.

Quand je croisai son regard, je vis que pour l'instant, il parlait sérieusement. Il pensait chaque mot de ce qu'il disait, même s'il savait que le mariage n'était pas une option réaliste. Je lui pressai la main, tournai la tête et m'absorbai dans la contemplation des boulevards gris de Paris. Pour la première fois depuis tout ce temps où nous nous connaissions, j'acceptai au plus profond de moi-même qu'il m'aimât presque autant que je l'aimais. Simplement, il n'avait pas su le montrer.

Comme si elle soupçonnait de quoi son mari était capable, l'état de l'indomptable Mme Koenig s'améliora grandement au cours des semaines qui suivirent. Dès lors, Pierre fut de plus en plus occupé et je le voyais de moins en moins souvent. Sous l'aile du général de Gaulle et la surveillance de son ambitieuse épouse, mon général était sur le chemin d'une carrière météorique qui l'emmènerait toujours plus loin de mon orbite. Je sus alors que jamais il ne me reviendrait.

Je compris qu'il était temps que je prenne une décision et que je sorte de mon rêve. Mes perspectives étaient plutôt sombres : je ne pourrais plus suivre la Légion. La 13e DBLE — la seule brigade autorisée à garder son nom après la guerre grâce à la gloire dont l'avait auréolée Bir Hakeim — devait être stationnée en Tunisie. Sans doute Pierre aurait-il préféré que je reste à Paris mais malgré les sentiments profonds qui m'attachaient à lui, je n'étais tout simplement plus disposée à attendre son bon plaisir. Je sentis instinctivement qu'il fallait que je parte.

Je commençai par trouver un emploi au bureau des personnes déplacées. J'aidais à orienter les quelque 100 000 personnes appartenant à une cinquantaine de nationalités qui s'étaient déversées dans Paris. Un travail administratif ennuyeux et ingrat. En Angleterre, personne ne m'attendait. Mes parents, maintenant âgés, vivaient dans le Kent, j'avais perdu tout contact avec mon frère, et mes amis étaient dispersés aux quatre vents par la guerre. J'ignorais qui était vivant et qui était mort. De toute façon, nous n'avions sans doute plus grand-chose en commun.

Tout ce que je savais, c'est que je n'avais plus tellement envie de rester à Paris. Ce qui m'aurait plu, mais comment y parvenir, aurait été de rester avec mes amis. J'en parlai à Gabriel de Sairigné en buvant un verre avec lui au foyer du camp de la Légion.

— Dommage que vous ne soyez pas un homme, me dit-il d'un air pensif en se frottant le menton. Vous pourriez alors rejoindre officiellement la Légion.

Assise en face de lui, je fus frappée par une idée insensée :

— Pourquoi pas, après tout ?

— Hein ? Une femme dans la Légion ? s'exclama Sairigné, incrédule. Vous n'y pensez pas. C'est impossible.

— Pas n'importe quelle femme, mais l'adjudant-chef Travers, de Bir Hakeim.

J'avalai une gorgée de vin et commençai à élaborer un plan.

Je décidai de demander l'avis de mon supérieur à la Légion, l'avunculaire commandant Arnault avec qui j'avais partagé tant de voyages et d'aventures. Je pris rendez-vous avec lui au bureau de recrutement, au centre de Paris, un bâtiment gris et sinistre qui à première vue ne reflétait guère l'esprit d'aventure associé à la Légion. Je m'assis en face de lui dans son bureau lugubre et lui annonçai qu'il me trottait une idée dans la tête.

— Laquelle ? me demanda-t-il aimablement.

Arnault m'avait toujours traitée comme son égale et je lui en étais vivement reconnaissante.

— Rester avec la Légion, dis-je simplement, sachant à quel point cela devait sembler ridicule, mais j'entretenais l'espoir que l'on me trouve quelque tâche ancillaire liée à l'intendance.

Aucune femme n'était jamais entrée dans la Légion, sans compter qu'à ma connaissance aucune n'avait jamais eu l'idée de postuler. En tant que volontaire engagée auprès des Français libres pour la durée de la guerre, on attendait de moi que je quitte l'armée et la Légion à la fin des hostilités. Mais je refusais. C'était toute ma vie et je m'y accrochais désespérément.

— Allez-y, me dit alors le commandant en comprenant que je parlais sérieusement.

Il fit glisser vers moi une feuille de papier. Pour ma plus grande stupéfaction, il s'agissait du formulaire à remplir pour devenir membre de la plus noble des forces de combat françaises, la Légion étrangère.

— Maintenant que la guerre est finie et que les soldats démissionnent en masse, dégoûtés par tout ce qui s'est passé avec Vichy, la Légion cherche désespérément de nouvelles recrues, poursuivit Arnault. Au cours des prochains mois, la commission chargée de sélectionner les candidats va examiner environ trente mille nouvelles requêtes d'ex-prisonniers de guerre et de personnes déplacées. Croyez-vous qu'ils étudieront chaque candidature individuellement ? Et puis de toute façon, où sur ce formulaire vous demande-t-on de préciser votre sexe ? Ils supposent que tous les candidats sont des hommes, donc vous n'aurez même pas à mentir. Rien ne vous empêche de postuler pour être adjudant-chef en logistique.

Je le fixai, bouche bée. Je n'avais pas du tout pensé à cela. J'avais imaginé un rôle civil. Mais sa suggestion semblait si simple, si évidente, pas exactement tordue, mais astucieuse et rusée. Ça me plaisait.

On me donnait une chance inespérée et sans hésiter un seul instant, je la saisis. Avec son aide, je remplis soigneusement le formulaire et de ma plus belle écriture, je fis état de mes services : Bir Hakeim, mes médailles militaires et mes antécédents. Je sautai la partie où l'on me demandait de qui j'étais le fils, ou celle qui s'intitulait « Actes liant l'homme au service ». Le commandant Arnault me servit de parrain, il me concocta un rapport dithyrambique avec de larges extraits de ma citation pour la médaille que l'on m'avait remise pour mon comportement au cours de la campagne italienne.

J'aurais pu donner un faux nom ou modifier le mien, mais je signai « Travers, Susan Mary Gillian, nationalité anglaise ». Ce n'était pas ma faute s'ils recevaient des centaines de candidatures de la part d'étrangers avec des noms bizarres ou si la plupart des Français ne faisaient pas le rapprochement entre Susan et Suzanne. Quant à Marie, on le retrouvait souvent dans les prénoms masculins composés, d'ailleurs c'était le cas pour Pierre. A cette époque, il n'y avait pas de visite médicale pour les candidats — si vous aviez survécu à la guerre, on supposait que vous étiez en bonne santé — et donc aucun médecin ne me fit passer d'examen. Et voilà, il n'y a rien d'autre à ajouter.

Je rendis le formulaire au commandant Arnault avec un large sourire et me retins d'aller l'embrasser car pour le coup, cela aurait été tout à fait « irrégulier ».

Maintenant, il ne me restait plus qu'à attendre.

15

Une page est tournée

Bien que ce visage grenelé qui est le mien aujourd'hui disparaisse
Dans la tempête de neige qui consume mes forces,
Et que tout mon sang soit gelé dans ses conduits,
Les lumières de ma conscience ont la mémoire de la nuit.

William SHAKESPEARE, *La Comédie des erreurs.*

L'impossible eut lieu. Pour la première fois dans l'histoire de la Légion étrangère française, une femme fut admise dans ses rangs en tant qu'adjudant-chef de la division Logistique, et autorisée à avoir un numéro d'immatriculation comme n'importe quel légionnaire homme : le 22 166. Je fus officiellement acceptée le 28 juin 1945. Légionnaire de cœur — je l'avais prouvé à tous mes camarades — et maintenant de corps, j'avais un peu triché avec le système mais on m'avait choisie pour mes propres mérites. J'étais un soldat qui avait accompli son devoir pour le pays qu'il aimait.

J'ignore jusqu'à ce jour si on m'a intégrée par ignorance ou en connaissance de cause. Je sais que si le général de Gaulle avait découvert la supercherie, il aurait très certainement écarté ma candidature. Je soupçonne Pierre d'être intervenu car à l'époque, il appartenait à la commission qui examinait les dossiers. S'il a secrètement choisi de contourner une règle qui remontait à cent quarante-quatre ans et interdisait l'entrée des femmes dans la Légion, alors j'estime qu'il s'agit du plus tendre des cadeaux d'adieu, et peut-être même d'une façon de me remercier de lui avoir sauvé la vie.

En août 1945, quand je reçus l'ordre de me préparer à partir pour la Tunisie, je décidai de me rendre en Angleterre pour y voir mes parents. Six années ou presque s'étaient écoulées depuis ma dernière visite. Je passai par Londres avant de descendre dans le Kent et fus frappée par la désolation du pays. Londres avait été gravement détruite au cours de bombardements intensifs et des zones entières de la ville étaient totalement méconnaissables. Mais grâce à une obstination typiquement britannique, les trains marchaient, Big Ben carillonnait et les gens continuaient de travailler, de vivre et de lutter, selon leur habitude.

Contents de me voir, mes parents semblaient avoir été tonifiés plutôt que désemparés par la guerre. Mon père portait toujours son uniforme de la Home Guard et ma mère parlait avec entrain de ses économies domestiques lors des restrictions drastiques. Ils m'annoncèrent que Laurence avait l'intention de renouer avec le barreau dès que son service diplomatique serait terminé, quant à ma tante Hilda, elle se portait bien et avait refusé de quitter Londres pendant le Blitz.

— Comment s'est passée ta guerre, Susan ? me demanda mon père au cours du dîner, alors que nous mangions une soupe assez claire, au jambon et au chou.

— Assez tranquille, lui répondis-je avant d'avaler une cuillerée de soupe.

Mon père hocha la tête.

— Et quels sont tes plans, maintenant ? poursuivit-il en s'essuyant la bouche avec sa serviette.

Je marquai une pause.

— Je me suis engagée dans la Légion étrangère, lui dis-je en me redressant.

La cuillère en argent de ma mère chuta dans son assiette avec un tintement sonore, celui-là même dont je rêvais quand j'étais enfant dans le Devon. Je réprimai une violente envie de rire.

Mon père se redressa à son tour et m'étudia un instant.

Ma mère, dont la lèvre inférieure tremblait, attendait qu'il réagisse. Je fixai mon père droit dans les yeux, le défiant d'un regard né de l'Erythrée, la Syrie, Bir Hakeim et les campagnes d'Italie.

Comprenant enfin que j'étais parfaitement capable de mener ma vie comme je l'entendais, il eut un petit sourire.

— Pourquoi pas, répondit-il en rompant un morceau de pain noir tout sec. N'est-ce pas que c'est une bonne idée pour Susan ?

Ma mère s'était figée, elle me regardait comme si elle ne m'avait jamais vue auparavant. Je pouvais presque l'entendre s'étonner de ce qu'une personne comme moi soit autorisée à dîner à sa table.

De retour à Paris en août, je me préparai à rejoindre la Tunisie pour intégrer ma fonction de légionnaire de l'après-guerre. Comme je n'avais pas vraiment envie de me lancer à nouveau dans des voyages longue distance, je m'arrangeai pour rencontrer la femme du général Mast, le nouveau gouverneur militaire de Tunisie, et lui demandai conseil sur la meilleure façon de rejoindre le port de Sousse. Grâce à la gentillesse de Mme Mast, je fus le premier — et sans doute le dernier — soldat de la Légion fraîchement engagé à arriver à Sousse dans l'avion privé du général accompagné de son état-major.

Au cours de mon séjour en Tunisie, personne ne s'étonna que j'appartienne à la Légion, ni ne me demanda ce que je faisais là. Originaires de différents pays, les hommes avaient rejoint la Légion pour toutes sortes de raisons qui ne regardaient qu'eux : une règle non écrite que chacun respectait. Ils acceptèrent sans poser de questions que j'appartienne à leur corps d'armée. En tant qu'officier, j'avais droit à une chambre personnelle, à trois repas par jour, vin et café compris, et j'étais payée 12 livres 10 shillings par semaine.

Il n'existait pas d'uniforme de la Légion pour les femmes. Je renonçai aux pantalons et aux shorts de la guerre et adaptai ma jupe droite kaki pour l'assortir à la veste. Chargée du « foyer des légionnaires », un bar et une cantine pour les simples soldats, je dus organiser le personnel, goûter et acheter les vins et tenir les comptes. Ce n'était pas un travail particulièrement difficile, il ne m'autorisait à aucune action militaire, ni même à porter un képi, mais côté action, j'étais vaccinée jusqu'à la fin de mes jours. Le plus important, c'était mon retour dans la Légion et en Afrique du Nord, un endroit qui me rappelait tellement de souvenirs.

Sousse était un grand port très animé, avec des fortifications impressionnantes, de belles plages de sable et des collines verdoyantes. Le Vieux Port, dominé par la ville moderne, avait été gravement endommagé pendant la guerre et commençait à peine à émerger des décombres. Les avions alliés l'avaient attaqué sans relâche pendant l'occupation allemande, le laissant noirci et à moitié détruit. Même les palmiers le long de la mer s'étaient pliés en deux, las de la guerre. Comme nous faisions partie des importantes forces françaises revenues pour restaurer l'ordre et reconstruire ce port autrefois florissant, on nous accueillit à bras ouverts. Notre camp, fort agréable, était situé dans les environs de la ville. Les conditions de vie me plaisaient, j'étais très occupée, les semaines passaient, je me refis une santé et redressai la tête, prête à affronter à nouveau le monde.

Je prenais mon travail très au sérieux et goûtais le vin rouge en tenant compte des goûts particuliers des légionnaires, très exigeants dans ce domaine. D'ailleurs, quand j'arrivai à Sousse, je commençai par virer mon caporal qui trafiquait au marché noir. Je goûtais le vin tous les jours après le petit déjeuner, puis on achetait un tonneau ou deux et demandait à un vieux légionnaire de les charger sur une carriole tirée par une mule. On rentrait toujours au camp en zigzaguant sur la route.

— Ne pourriez-vous pas vous arranger pour que cette mule avance en ligne droite ? demandai-je au conducteur.

Mais le plus souvent, il avait dégusté les différents crus avec un peu trop de bonne volonté et les rênes avaient tendance à lui glisser des mains.

Mes collègues me traitaient avec la plus grande déférence. J'avais fait la guerre avec bon nombre d'entre eux. On m'aimait et me respectait, mais de loin. Vu les aventures que nous avions partagées, mes relations avec eux étaient assez étranges. Maintenant j'étais un officier et ne pouvais plus fréquenter ceux dont j'avais été le plus proche. Je me retrouvais beaucoup plus seule que ce que j'avais imaginé. Personne n'osait m'approcher. La plupart avaient entendu parler de ma liaison avec le général Koenig — maintenant une légende en France — et je crois que cela les impressionnait.

J'étais d'autant plus heureuse de la compagnie de mon chien, Rebecca, la fille de ma chère Joséphine, que j'avais retrouvée dès que j'avais posé le pied sur le sol tunisien. Rebecca ressemblait comme deux gouttes d'eau à Joséphine, maintenant très heureuse avec sa famille adoptive, « mariée » à un beau chien de chasse, et bien trop habituée à son nouveau mode de vie pour vouloir en changer.

C'est à Sousse que je fis la connaissance d'un jeune sous-officier de quatre ans mon cadet. Il s'appelait Nicholas Schlegelmilch, avait une forte mâchoire et le côté ténébreux de certains hommes d'Europe centrale. Né en Alsace d'un père maçon dans une famille catholique, Nicholas s'était engagé avant la guerre dans la Légion, et battu avec le 6e régiment (essentiellement contre les Australiens) jusqu'à la défaite de Vichy en Syrie où il changea de camp. Il était charmant, sûr de lui, et pas du tout convaincu qu'on doive m'admirer de loin. Je l'avais rencontré quelques mois auparavant dans une cantine de sous-officiers au camp des environs de Paris. Il s'était approché de moi avec un lueur de curiosité dans le regard, accompagné par un collègue plutôt anxieux.

— Je m'appelle Nicholas Schlegelmilch. J'ai cru comprendre que vous étiez la célèbre « La Miss ».

Je serrai la grande main poilue qu'il me tendait, un peu déstabilisée par son approche directe et ses yeux gris acier enfoncés sous des sourcils sombres. Je jetai un rapide coup d'œil à son épaule et vis que j'étais d'un rang plus élevé.

Rouge d'embarras, son collègue s'excusa, tira Nicholas

par le bras et l'entraîna à sa suite. Je l'entendis qui lui disait à mi-voix :

— Tu ne peux pas lui parler de cette façon. Seuls les officiers sont autorisés à l'appeler La Miss.

Nicholas se tourna vers moi et me sourit. Je remarquai qu'il avait une belle bouche et les rides d'expression de son visage indiquaient qu'il aimait beaucoup rire.

— Ravi de vous avoir rencontrée... La Miss, lança-t-il avant de s'éloigner.

Je me surpris à lui retourner son sourire.

Je l'avais complètement oublié quand il m'aborda à nouveau à Sousse. Cette fois, il était seul. Ce sont ses yeux dont je me rappelai en premier, presque noirs dans l'éblouissante lumière méditerranéenne.

— Encore vous ? me dit-il en me tendant la main. Nicholas Schlegelmilch. Vous vous souvenez, Paris ?

— Oui, bien sûr. Le garçon un peu trop familier.

Il me sourit

— C'est bien moi, admit-il, pas du tout gêné. Et puisque vous m'avez déjà sévèrement jugé, je me propose d'aggraver mon cas en invitant le seul membre féminin de la Légion à boire un verre.

Surprise et flattée par les attentions de ce jeune homme, j'acceptai son invitation, et la suivante. Cela faisait tellement longtemps qu'on ne m'avait pas fait le moindre compliment... Il semblait doux, intelligent et respectueux. Il ne me posa jamais aucune question sur ma vie ou sur mon passé, et je crois qu'il percevait ma grande tristesse intérieure.

Nicholas ne ressemblait en rien à Pierre. C'était un homme très physique, grave et attentionné. Il avait effectivement un côté joyeux, que j'avais tout de suite repéré, et puis aussi un caractère assez sombre. Son sens de l'humour différait totalement du mien mais il me faisait rire et j'appréciais beaucoup sa compagnie.

Peu à peu, je m'attachai à lui, j'attendais nos rendez-vous avec impatience et pensais souvent à lui en son absence. Et puis un beau jour je m'aperçus à ma grande surprise que j'autorisais mon cœur à l'aimer un peu.

Pierre et tout ce qu'il avait signifié pour moi appartenaient au passé. Il fallait que j'avance et avec l'aide de Nicholas, j'y parvins. Tout au long de cet hiver tunisien, il me fit une cour très agréable, et puis nous sommes devenus amants. Je dois admettre que j'éprouvais un grand plaisir à me retrouver dans les bras d'un homme, surtout un homme profond et passionné comme Nicholas.

En février 1946, le 13e DBLE fut envoyé pour deux ans en poste en Indochine, au début de ce qui deviendrait la terrible guerre du Viêt-nam. En 1940, les Japonais avaient envahi l'ancienne colonie française avant d'être battus cinq ans plus tard. Les nationalistes rebelles du Viêtminh (le Front pour l'indépendance du Viêt-nam) menés par Ho Chi-Minh proclamèrent une république indépendante et prirent les armes pour empêcher la restauration de la domination française. La Légion fut envoyée pour restaurer l'ordre. Cela se transformerait en une guerre amère et sans espoir, un combat sans merci.

Le commandant Arnault vint avec nous, accompagné du général Geoffrey (qui s'élevait rapidement dans la hiérarchie depuis notre première rencontre sur le bateau pour Naples) et de mes vieux amis Gabriel de Sairigné et Pierre Messmer, le futur Premier ministre. Mon chien Rebecca m'accompagnait. Nous formions un important bataillon, quatre compagnies en tout, et les officiers étaient autorisés à emmener leur femme. (En réalité, les légionnaires mariés étaient peu nombreux car les simples soldats n'étaient pas autorisés à se marier, seuls les sous-officiers pouvaient emmener leur femme mais après un certain temps. Plus tard, certains se mirent en ménage avec des indigènes, il arrivait même qu'ils les épousent lors de cérémonies dans des villages.) Je connaissais bien les épouses de certains officiers, par exemple mesdames Geoffrey et de Sairigné.

En arrivant à Saigon, une ville très animée, une capitale coloniale française avec ses grands boulevards et ses cafés de style parisien sur les trottoirs, on se retrouva dans un nouvel environnement tropical, avec les moustiques, la chaleur et les maladies. Nicholas se battait sans discontinuer contre les viêtminhs tandis que je m'occupais du bar pour les hommes à la base rurale de Hoc-Mon, et aussi du ravitaillement. Je passais également beaucoup de temps à rendre visite aux malades et aux blessés à l'hôpital, parce que je parlais allemand et à cette époque, de nombreux légionnaires étaient allemands.

Parfois, comme avec les colonnes Jock, on avait droit à des expéditions qui nous éloignaient de la vie monotone de la base. Les hommes partaient en groupes armés pour capturer des viêtminhs dans la forêt afin de les interroger. Vu l'expérience que j'avais acquise en Europe et en Afrique du Nord, je fut détachée pour suivre en ambulance. Cette ambulance servait souvent. Le danger avec les viêtminhs, c'est que si vous aviez une arme et qu'ils la convoitaient, vous étiez un homme mort. C'était très dangereux de se promener seul dans la forêt, ou même en dehors du camp à la nuit tombée. Au cours de ces échauffourées, j'ai ramassé beaucoup de blessés et de morts des deux camps pour les ramener à l'hôpital. D'une certaine façon, j'étais revenue aux mauvais jours.

Vu le climat éprouvant, on était perpétuellement fatigués, avec le teint jaune et des mines épouvantables. Il faisait chaud et moite. Il fallait prendre chaque jour des médicaments contre la malaria. On dormait sous des moustiquaires et on buvait du thé froid, préparé avec de l'eau bouillie. Quant aux soldats, ils ne prenaient aucune précaution et donc la malaria et la dysenterie faisaient des ravages. J'allais manger le plus souvent possible au mess des officiers et Nicholas à celui des sous-officiers. On se retrouvait après.

La seule solution pour échapper à la chaleur et aux mouches était d'aller passer le week-end à Da Lat, au nord, dans les montagnes au-dessus de la forêt tropicale, beaucoup plus fraîches. Da Lat ressemblait à une station balnéaire sur une colline indienne, et servait de refuge aux officiers et à leurs épouses épuisés. Mais la route qui y menait était périlleuse et des gardes armés escortaient les convois, par crainte des embuscades. A chaque fois que c'était possible, je m'échappais là-bas en compagnie de Rebecca, mais bien des femmes autour de moi étaient trop effrayées pour s'y rendre.

En Extrême-Orient, il était difficile de savoir ce que devenait Pierre, mais je menai des enquêtes discrètes à chaque fois que l'occasion se présentait. Comme on s'en serait douté, il faisait une très belle carrière. Devenu général de corps d'armée, puis général tout court avant d'être nommé par de Gaulle commandant en chef des troupes françaises en Allemagne, il avait personnellement aidé à négocier l'armistice à Baden-Baden avec le général Eisenhower et les Alliés. C'est mon général qui avait arrêté le maréchal Pétain pour le faire interner dans la forteresse de Montrouge.

De Gaulle l'avait nommé à la tête du comité de réception chargé d'accueillir Pétain quand ce dernier avait été reconduit à la frontière française par les Suisses. Selon une anecdote célèbre, Pétain tenta par trois fois de serrer la main à Koenig et à chaque fois, Koenig était resté au garde-à-vous, les bras collés au corps, en mémoire des Juifs, des combattants de la Résistance et de tous ceux qui étaient été tués ou remis aux Allemands par le gouvernement de Vichy durant l'Occupation. En ramenant Pétain à Paris pour son procès (le maréchal fut convaincu de trahison et condamné à mort, une sentence commuée en réclusion à perpétuité), mon Pierre était devenu un homme de premier plan, malheureusement toujours marié, et je savais que tant qu'il en serait ainsi, il ne reprendrait jamais contact avec moi.

Ma relation avec Nicholas m'était d'un grand réconfort. J'appris à l'aimer à ma façon. Pierre était perdu pour toujours, je n'aurais pu trouver meilleur compagnon que Nicholas et s'il était d'accord, j'étais prête à passer le reste de ma vie avec lui. Non seulement nous éprouvions une grande attirance physique l'un pour l'autre mais nous étions aussi d'excellents amis. Il savait calmer mes angoisses et m'aida à oublier ma tristesse.

Lui aussi avait un passé troublé. A Beyrouth, après une patrouille, il avait accidentellement tiré avec son arme et tué un camarade. On lui donna le choix entre la prison ou servir au front. Il choisit le front. Mais il ne s'était jamais pardonné, ou n'avait pu oublier, ce qui s'était passé. Ce tragique événement assombrit toute sa vie. Il y fit allusion une seule fois, au début de notre relation, et il ne le mentionna plus jamais.

« J'ai dans ma vie commis une grave erreur, me dit-il. Je ne peux pas t'en parler. »

Ce souvenir entretenait chez lui une angoisse permanente. Ce qu'il essayait de me dire, avec sa discrétion coutumière, c'est que si je trouvais la force d'enterrer les fantômes du passé, alors il ferait de même. Cet accord tacite me convenait parfaitement. Nicholas était l'homme le plus gentil que j'aie jamais rencontré — ce qui était tout aussi bien parce qu'il ne s'était pas écoulé un an que son indulgence et sa compréhension furent mises à rude épreuve.

Quelques semaines plus tard à Saigon, alors que nous nous apprêtions à traverser une rue animée, je m'arrêtai et lui pris la main.

— Je vais avoir un enfant de toi, lui dis-je tout d'une traite. Je viens de chez le médecin et il me l'a confirmé.

Je scrutai anxieusement son visage, me demandant comment il allait réagir. J'espérais ne pas l'effrayer, je craignais de le faire fuir. Il s'arrêta net, l'air très sérieux, marqua une pause de quelques secondes, puis il prit mon visage dans ses mains et m'embrassa sur les deux joues :

— Dans ce cas, ma chère, je crois que l'on ferait bien de se marier.

Je restai sans voix, enfouis mon visage contre sa poitrine et le serrai très fort contre moi. Puis, reprenant mon souffle, je relevai la tête et lui souris.

— Quelle bonne idée !

C'était l'offre d'un galant homme et ma première vraie demande en mariage en trente-sept ans d'existence.

Ce ne fut pas une mince affaire d'obtenir la permission de se marier. Les légionnaires français n'étaient pas supposés épouser des étrangères et cela fut très compliqué de rassembler tous les papiers nécessaires. Il me fallait un extrait de casier judiciaire, un genre de rapport de police, tous les Français en possèdent un : selon la vie qu'ils ont menée, il est vierge ou plus ou moins rempli. Pour les Anglais, ce papier n'existe pas mais sans ce document il m'était impossible, selon la loi, d'épouser un soldat français. Je m'adressai au consul britannique et aux plus hautes autorités de la Légion. Entre eux, ils s'arrangèrent pour que j'obtienne ce fameux extrait de casier judiciaire.

On se maria à Hoc-Mon, en avril 1947, au cours d'une cérémonie très simple. Nos « demoiselles d'honneur » étaient Rebecca et Peggy, la sœur de Rebecca, propriété du commandant Arnault. On alla à la mairie pour la cérémonie civile, puis dans une petite église catholique pour la bénédiction. Une Jeep militaire décorée d'arceaux de fleurs bleues, blanches et rouges nous attendait, les chiens assis sur les sièges arrière. Pierre Messmer, qui à l'époque occupait un poste en Indochine, vint accompagné de son épouse, ainsi que Gabriel de Sairigné, maintenant colonel et commandant de la Légion, et plusieurs amis et collègues de la Seconde Guerre mondiale qui se sentaient vaguement mal à l'aise en compagnie de tous ces officiels de haut rang.

Vêtue d'une version blanche de mon uniforme spécialement commandée pour l'occasion, je tenais à la main un gros bouquet de fleurs tropicales rouges et vertes, les couleurs de la Légion. C'est le commandant Arnault qui, très gentiment, me conduisit à l'autel. Mme de Sairigné accompagna un Nicholas magnifique, lui aussi habillé de blanc. L'aumônier, le père Hirlemann, avait servi avec nous en Italie. Nous amis légionnaires nous firent une haie d'honneur avec des baïonnettes et on quitta l'église sous le regard curieux des indigènes.

Ensuite, il y eut un grand dîner, où on nous offrit un très beau livre relié de chansons traditionnelles de la Légion, avec le célèbre emblème de la grenade, sur la couverture, en cuir repoussé. J'étais très touchée et je l'ai toujours gardé. Ce jour-là, j'étais heureuse, en paix avec moi-même. J'avais épousé un légionnaire qui me protégerait et s'occuperait de moi.

On commença notre vie en ménage dans le petit appartement d'Hoc-Mon de Nicholas, situé au-dessus d'un vieux théâtre. Il n'y eut pas de lune de miel car j'étais enceinte de quatre mois et voyager dans un pays en guerre présentait trop de dangers. Après un jour de congé, on se remit immédiatement au travail.

Au cours des quelques mois qui suivirent, je préparai la naissance de notre enfant. Je pris une femme de chambre indigène et une cuisinière chinoise, Assam, dont les talents ne pouvaient se comparer à ceux du merveilleux Selim d'Aley. En tant qu'officier, j'avais droit à un officier de service que je partageais avec Nicholas. Pendant ma grossesse, je me portais à merveille mais à cause de la chaleur et des conditions de vie difficiles, j'étais attentivement suivie par les médecins qui surveillaient ma tension et me faisaient toutes sortes d'analyses. Attendre un premier enfant à mon âge était à l'époque considéré comme inhabituel et périlleux.

Quand je ressentis les premières contractions, un des chauffeurs me conduisit à la clinique Saint-Paul de Saigon, tenue par des bonnes sœurs. Ce fut un accouchement long et difficile, le médecin dut utiliser des forceps. Quand tout fut terminé, j'étais à bout de forces. Cet après-midi du 4 septembre 1947, quand on me mit un petit paquet hurlant dans les bras, j'étais incapable de ressentir quoi que ce soit.

Quant à Nicholas, il était fou de bonheur. Il accourut à la clinique et se précipita dans ma chambre pour nous voir, moi et le bébé.

— C'est un garçon ? demanda-t-il, tout excité.

Une des bonnes sœurs hocha la tête et son visage s'illumina, il rayonnait d'un tel amour pour moi et le bébé que je ne pus m'empêcher de partager son ravissement. Pour un légionnaire, avoir un fils était considéré comme un triomphe.

Le lendemain soir, il donna une grande fête pour les sous-officiers à Hoc-Non et ils étaient tellement soûls qu'ils tirèrent au canon, réveillant le commandant Arnault.

Ce dernier les contacta aussitôt par téléphone et demanda d'une voix anxieuse :

— Vous êtes attaqués ?

— Non, répondit un Nicholas ivre mort, mais j'ai un fils.

Bébé François ne manquait de rien, on s'occupa de lui avec amour. Il avait un très beau berceau recouvert de dentelle et la femme de chambre satisfaisait ses moindres désirs. Je passais mon temps à essayer de tenir correctement ma maison pour ma nouvelle famille sans y réussir tout à fait aussi bien qu'à Aley. Assam ne parlait pas le français, j'ignorais le chinois, il était donc impossible de lui apprendre la cuisine française et nous mangions chinois. Elle finit par nous quitter et je dus me débrouiller toute seule jusqu'à notre transfert à Saigon.

Nicholas occupait un nouveau poste au bureau du colonel, ce qui représentait un grand changement pour lui. Quant à moi, maintenant mère d'un bébé sous un climat tropical, j'étais contente de me rapprocher des médecins et de l'hôpital. D'ailleurs je me faisais bien inutilement du souci car François était dans une forme éblouissante. On vivait à Jardine, un peu à l'extérieur de la ville, dans une petite villa en béton avec une véranda et un jardin, non loin du camp de la Légion.

Saigon était beaucoup plus cosmopolite que la forêt. J'y faisais mes courses, y rencontrais mes amis et appris à bien la connaître. Mme de Sairigné (la marraine de François) et Mme Geoffrey avaient toutes les deux des bébés du même âge que le mien. Avec les enfants, on se rendait toutes les trois à Da Lat pour le week-end et les brèves vacances, tandis que nos maris demeuraient en ville. Ce fut une période heureuse et tranquille, où je faisais pour la première fois l'expérience des joies de la maternité.

C'est à Saigon que je décidai de quitter la Légion afin de mieux assumer mon devoir de mère et d'épouse. L'armée m'avait offert les plus formidables opportunités de mener une vie passionnante, je les avais saisies à pleines mains, mais maintenant c'était terminé. Je n'avais aucun regret. Non seulement j'étais devenue la première femme légionnaire, mais aussi le premier légionnaire à en épouser un autre, à tomber enceinte et à avoir un bébé. Administrativement parlant, j'appartenais toujours à la Légion et j'avais touché mon traitement pendant mes mois de grossesse. Jusqu'à ce que je donne ma démission, j'étais officiellement en congé.

— Cela valait-il le coup ? me demanda le commandant Arnault quand je lui fis part de ma décision. Je veux dire, vous ne regrettez pas de vous être engagée ?

— Non, mon commandant, répliquai-je avec enthousiasme. Si c'était à refaire, je ne changerais rien.

On passa deux années en Indochine et dans l'ensemble, ce fut une époque heureuse. Nicholas et moi étions amoureux, nous avions un fils superbe et nous étions entourés d'amis. Cependant, un deuil nous frappa en mars 1948. Gabriel de Sairigné, le héros de Bir Hakeim, avait décidé d'aller à Da Lat rejoindre sa petite fille et sa jeune femme enceinte pour de courtes vacances. La mère et l'enfant avaient pris l'avion, un moyen de transport plus sûr, et lui les suivait au volant de sa Jeep. Il faisait partie d'un convoi de quatre-vingts véhicules protégés par une compagnie de légionnaires. Hugo Geoffrey, sa femme et son fils l'accompagnaient dans une autre Jeep. Ils allaient eux aussi passer quelques jours à la montagne.

Les viêtminhs bloquèrent la route avec un tronc d'arbre, puis ils s'attaquèrent d'abord aux véhicules civils. Les hommes, les femmes et les enfants furent mitraillés, on mit le feu à leurs véhicules et les tireurs isolés cachés dans la forêt tropicale tirèrent sur ceux qui s'enfuyaient. Les grenades et les mines firent le reste. Les combats se prolongèrent pendant deux heures. Des prisonniers furent emmenés pour servir de bouclier humain. Deux mille viêtminhs participèrent à l'attaque. Ils disposaient de vingt mitrailleuses. Une quarantaine de véhicules furent détruits, plus d'une centaine de Français tués et blessés, dont des femmes et des enfants, et plus d'une centaine faits prisonniers, dont le lieutenant Geoffrey, sa femme et son fils (qui plus tard réussirent tous les trois à s'échapper).

Atteint à la tête, Gabriel de Sairigné fut mortellement blessé. Un sergent le traîna jusqu'à une voiture, puis dans des buissons où il rendit l'âme. Gabriel, vieil ami de Dimitri Amilakvari et du général Koenig, était un grand soldat et un homme très aimé. Pour moi, il représentait un des derniers liens qui me retenaient à ceux de Bir Hakeim. C'est le cœur lourd que j'assistai à ses funérailles.

En 1948, après avoir servi pendant deux ans en Indochine, les hommes étaient autorisés à repartir pendant deux ans pour des climats moins éprouvants. Nicholas fut transféré à la base de Meknès, au Maroc. Je l'accompagnai avec François. Pendant la guerre, le Maroc avait été occupé par les Alliés, à l'époque où ils repoussaient les Allemands hors d'Afrique. Après la guerre, le sultan Sidi Mohammed ben Youssef prit la tête d'un mouvement d'indépendance qui menaça de tourner à la guérilla sauvage, du même genre que celle qui ravagerait l'Algérie voisine. Dans les deux pays, la Légion fut chargée de maintenir le protectorat français et de faire respecter l'ordre.

Mais avant de commencer une nouvelle vie en Afrique du Nord, j'allai en Angleterre avec mon mari et mon fils, le temps d'une brève visite à mes parents qui se faisaient vieux. Nous nous écrivions de temps à autre, je les tenais au courant de l'évolution de mon existence, mais ils n'avaient jamais rencontré François et Nicholas. En arrivant dans le Kent, où ils vivaient dans une petite maison près de Seal, je posai mon fils sur les genoux de mon père et lui dis :

— Je te présente ton premier petit-fils.

Il regarda le bébé gigotant puis, sans un mot, il tourna vers moi ses yeux larmoyants de vieillard. J'eus le sentiment que cette fois-ci, il était enfin fier de moi.

Ma mère, apparemment enchantée d'avoir un petit-fils, le prit aussitôt dans ses bras avec de grandes manifestations de tendresse. Je suppose que cela lui rappelait des souvenirs de Laurence bébé. Mais elle fut moins aimable avec Nicholas, qu'elle estimait inférieur sur le plan social.

— J'aurais cru que tu ferais un meilleur choix qu'un sous-officier, me dit-elle dans le salon tandis que Nicholas et mon père se promenaient dans le jardin.

Je la dévisageai avec un tranquille mépris et ne répondis rien. Quelques jours plus tard, on quittait l'Angleterre. J'avais « oublié » de lui annoncer que j'étais enceinte de mon deuxième enfant.

A Meknès, au Maroc, on emménagea dans le village de garnison d'El Hajeb, au-dessus de la ville. Je me préparais à passer deux années tranquilles à m'occuper de ma famille : le Maroc n'était pas entièrement pacifié mais à l'époque, ceux qui militaient pour l'indépendance n'étaient pas très actifs et j'espérais profiter de la présence de mon mari. Je m'en réjouissais d'autant plus que les personnes du camp n'étaient pas aussi accueillantes que nous l'avions espéré. En réalité, les gens se montraient assez peu amicaux à notre égard.

Le 6 avril 1949, notre second fils vint au monde. Tom était un bébé magnifique, très gai et tout le monde l'adorait. Avec l'aide de Nicholas, je supposai que nous allions nous installer un peu plus confortablement dans ce pays.

Mais il n'en fut pas ainsi. La situation en Indochine empira brutalement et les forces françaises, de plus en plus acculées par les viêtminhs, avaient désespérément besoin de légionnaires. En mai 1949, six semaines après la naissance de Tom, Nicholas fut rappelé au front avec le 4e régiment. Je restais seule avec mes enfants, entourée d'étrangers.

Assise sur les marches de notre petite maison, je regardai les convois de camions s'éloigner, serrai Rebecca contre moi et murmurai :

— Et maintenant, chérie, nous sommes vraiment seules.

Sans amis au Maroc, moi-même ayant été officier mais mariée à un sous-officier, j'étais rejetée des deux côtés. Les femmes d'officiers estimaient que je n'étais pas fréquentable et les sous-officiers se méfiaient de moi. J'étais assise entre deux chaises et les gens se montraient désagréables. Je vivais dans une petite maison avec un jardin, en bordure de la route, non loin de la garnison, avec pour toute compagnie une domestique arabe, Zena, et mon chien Rebecca. Nicholas écrivait peu et je restais souvent des mois sans un mot de lui. Mon séjour au Maroc correspond à une des périodes les plus noires de ma vie.

Abandonnée dans la chaleur et l'hostilité de l'Afrique du Nord avec deux petits enfants qui exigeaient beaucoup d'attention, je souffrais de problèmes de dos qui me suivaient depuis mon adolescence. Il fallut m'opérer et je restai à l'hôpital pendant deux semaines. Sans amis et sans famille, je laissai mes enfants aux bons soins de femmes indigènes. Les épouses d'officiers froncèrent les sourcils mais aucune ne me proposa de solution de rechange ni n'envisagea de s'occuper de mes enfants. J'entendis une femme dire « cela ne se fait pas », parlant de mes arrangements temporaires, mais je n'avais pas le choix. Ne sachant à quel saint me vouer, j'avais écrit à ma mère pour lui demander de venir m'aider. A son crédit, je dois dire qu'elle se procura tous les papiers nécessaires mais au dernier moment, elle renonça au voyage.

Quand je fus à nouveau capable de marcher, je retournai chez moi où je passai plusieurs semaines dans une chaise longue, déprimée et souffrant beaucoup. A part boire du thé à la menthe et regarder Zena s'occuper de ma turbulente progéniture, je ne pouvais strictement rien faire. François réagit très mal à l'absence de son père et quand je sortis de l'hôpital, il se détourna de moi. Il semblait en vouloir terriblement à son frère. Dans sa petite tête, il avait associé l'arrivée de Tom au départ de Nicholas et à ma maladie. Il repoussait Tom, refusait de jouer avec lui, pleurait tout le temps et ne mangeait rien. J'espérais qu'avec le retour de Nicholas, qui finirait bien par revenir un jour ou l'autre et le plus tôt serait le mieux, cet enfant retrouverait sa joie de vivre.

Mais Nicholas, après six mois à Lang Son au fin fond de la jungle indochinoise, tomba gravement malade. On commença par lui diagnostiquer une dysenterie amibienne, mais il s'avéra assez rapidement que c'était bien plus sérieux. On l'avait renvoyé beaucoup trop tôt sous les Tropiques et son corps n'avait pas eu le temps de se reconstruire des défenses immunitaires. Les lettres que je reçus signées par des médecins ne laissaient rien filtrer sur la gravité de son état : « Nous vous informons que votre mari est hospitalisé et qu'il est traité pour une dysenterie amibienne, il est très bien soigné et vous envoie toute son affection. »

On ne parlait jamais de son retour. J'appris par la suite que Nicholas avait failli mourir et qu'il avait passé pratiquement un an à l'hôpital. Finalement, dix-huit mois après qu'il m'eut laissée avec les enfants, il nous fut renvoyé.

J'étais tellement heureuse. Avec l'aide de Zena, je nettoyai la maison de fond en comble, préparai un bon repas et me fis belle. Sur le chemin du camp, au volant de ma voiture, je mourais d'impatience de le retrouver. Quand le camion s'arrêta, je m'attendais à ce qu'il soit un des premiers à sauter de la plate-forme, selon son habitude. Mais les soldats se succédaient, dont certains que je reconnus pour les avoir vus avec lui, mais pas trace de mon mari. Troublée, je m'avançai plus près et vis une infirmière aider un petit vieillard à descendre du camion. Soudain, je compris que ce « petit vieillard » était mon Nicholas.

Je le reconnus à peine. La dernière fois que je l'avais vu il était beau et en bonne santé. Aujourd'hui, pâle, jaune, très amaigri, il ressemblait à un vieil homme malade et dégageait une odeur acide. Le choc que je ressentis était impossible à dissimuler.

— Bonjour, mon chéri, lui dis-je en lui prenant la main.

Il m'adressa un regard vide.

Le Nicholas que je ramenai à la maison n'avait plus rien à voir avec l'homme à qui j'avais fait mes adieux. Couché ou alors assis dans une chaise avec une couverture sur les genoux, il était à peine capable de se nourrir tout seul. Il dormait beaucoup et avait besoin de calme et de repos. Les deux enfants bruyants le fatiguaient. François ne connaissait plus son père et pour Tom, c'était un étranger, mais ils étaient tous les deux très excités d'avoir un homme à la maison et ne cessaient de lui grimper dessus. Incapable de faire face, Nicholas se fit hospitaliser à Meknès pour y passer sa convalescence. J'y restai plusieurs semaines, lui rendant visite aussi souvent que possible, attendant que sa santé s'améliore.

« Comment te sens-tu aujourd'hui ? » lui demandais-je avec entrain en lui apportant des fruits, contente de voir qu'il avait pris un peu de poids.

Mais il détournait la tête, regardait par la fenêtre, haussait les épaules et grommelait des paroles inaudibles, refusant obstinément de communiquer avec moi.

Un jour, je me rendis dans sa chambre à l'hôpital et trouvai le lit vide. Les draps avaient été retirés. Au bord du malaise, je me précipitai vers l'infirmière-chef.

— Où est mon mari ?

— Il a été renvoyé à son régiment. Vous n'étiez pas au courant ?

Nicholas était sorti de l'hôpital et avait préféré rejoindre la caserne plutôt que de rentrer à la maison.

Je le retrouvai au mess qui remuait son café avec une petite cuillère.

— Que se passe-t-il ? lui demandai-je, remplie d'inquiétude.

— Je ne crois pas qu'entre nous cela puisse marcher, me dit froidement Nicholas. Ce serait peut-être mieux d'en rester là avant que les choses tournent mal.

Il leva la tête et pour la première fois depuis des semaines, il me regarda bien en face.

Luttant pour dissimuler mes sentiments, je croisai les doigts et les serrai avec tant de force que les jointures saillaient sous la peau.

— Pourquoi ? demandai-je après un moment de silence.

— Parce que tout a changé.

Et il recommença à remuer son café.

J'attrapai mon sac, mon manteau et quittai la pièce. Tout le long de la route, je ne cessai de m'admonester en termes vifs.

— Tu n'aurais jamais dû espérer le bonheur ! criai-je à voix haute.

Le mariage que j'avais tellement désiré semblait condamné.

Mais mon bonheur n'était pas la seule chose qui me tourmentait. Si je divorçais de Nicholas, je me retrouvais aussi sans logement, seule avec deux enfants. Je n'avais plus rien à faire dans un camp de la Légion, je restais sans le sou et je n'avais aucune solution de rechange. Je devrais retourner en Angleterre et vivre de la charité de mes parents, une éventualité que je n'osais même pas envisager.

Après plusieurs jours d'angoisse à essayer de prévoir mon avenir, je retournai voir Nicholas.

— C'est ridicule, lui dis-je d'un ton enjoué. Tu es seul et malheureux ici, et moi je suis seule et malheureuse à la maison. Tout cela ne rime à rien. Ne crois-tu pas que nous pourrions essayer à nouveau de vivre ensemble, pour les enfants ?

Nicholas admit que ses enfants lui manquaient. Penser à eux l'avait beaucoup soutenu en Indochine. Finalement, il tomba d'accord pour rentrer à la maison, essentiellement pour le bien des enfants. Je n'ai aucune idée de ce qui s'est passé en Extrême-Orient, ni des changements que sa maladie provoqua dans son esprit mais, en tout cas, notre vie de couple ne fut plus jamais la même.

En tant que parents et adultes responsables, on choisit la voix de la raison et on décida de ne pas se séparer. Mais on ne retrouva jamais l'intimité que nous avions connue.

Nicholas avait aussi perdu son amour pour la Légion. Peu de temps après, on a été transférés en Algérie afin qu'il participe à l'âpre guerre d'indépendance, mais il lui était impossible de retourner à la vie militaire ou de communiquer avec ses camarades. Au bout de quelques mois, malheureux et désillusionné, il décida de donner sa démission après dix-sept ans de service.

Il contacta un vieil ami, un officier de la Légion, qui lui trouva un travail d'archiviste chez Elf-Petroleum à Montpellier, en France. En 1950, il revêtit pour la première fois un costume et réintégra le civil. Une période qui durerait dix-huit ans.

Après dix ans d'Afrique et de Tropiques, revivre en France me causa un choc considérable. Je n'avais pas d'autre choix que de devenir femme au foyer. J'avais bien une femme de ménage mais mon nouveau rôle consistait essentiellement à rester à la maison et à prendre soin de mes deux jeunes enfants pendant que Nicholas se rendait chaque jour à son travail. J'eus beaucoup de mal à m'habituer à cette existence mais avec mes deux garçons exigeants et la compagnie de ma fidèle Rebecca, je surmontai mon ennui et ma frustration.

Quand Elf fut transférée à Villennes, puis à Paris, Nicholas suivit le mouvement. Tous les jours il prenait le train pour se rendre en ville. Plus tard, il obtint un travail d'archiviste à la banque France Allemagne. Il rentrait tous les soirs par le même train, dînait, regardait la télévision et m'aidait à faire la vaisselle. Il n'était plus qu'un visage anonyme dans la foule, quelqu'un qui portait un costume, un chapeau, partait le matin à son travail et rentrait le soir. Ceux qui ne le connaissaient pas auraient été bien en peine d'imaginer un autre homme sous l'employé de bureau.

Nicholas et moi parlions rarement de la guerre ou de notre vie passée. Je ne faisais jamais référence à ma vie antérieure devant Nicholas. Pour quoi faire ? Cela l'aurait blessé et s'il avait entendu des rumeurs sur ma liaison avec Pierre, il ne les mentionna jamais. En grandissant, les garçons apprirent eux aussi à ne pas poser de questions sur la guerre et le rôle que nous y avions joué. Ils savaient que nous avions appartenu à la Légion et vécu en Afrique du Nord mais cela n'allait pas plus loin. C'est un sujet auquel on ne faisait jamais allusion quand ils étaient jeunes.

En 1952, mon père mourut. Il avait quatre-vingt-dix ans. La dernière fois que je le vis, il était alité et encore plus grognon que d'habitude. On ne se dit rien de très marquant. Je savais qu'il mourait et lui aussi mais, entre nous, la communication était coupée depuis trop longtemps et il n'était plus temps de la rétablir.

— Au revoir, papa, lui dis-je avec une maladresse qui me rappelait ma gaucherie maladive quand j'étais enfant.

— Adieu, répliqua-t-il, tandis que l'embrassais légèrement sur la joue.

J'avais passé tant d'années de ma vie à chercher son approbation sans jamais vraiment l'obtenir que sa mort me laissa une sensation de vide. Toute chance de l'impressionner était maintenant vaine et je me sentais flouée.

Je demandai à ma mère si je devais me déplacer pour l'enterrement et elle me répondit que cela n'était pas nécessaire. Comme je ne pouvais pas pleurer, je m'étonnai moi-même devant la dureté de la femme que j'étais devenue. En réalité, je crois que depuis toute petite, j'avais appris à m'endurcir pour me protéger de la froideur de mon père.

Quelques mois plus tard, je rendis visite à ma mère et tentai d'en parler avec elle.

— Père te manque ? lui demandai-je.

— Pas tellement, avoua-t-elle.

— A moi non plus. Je ne suis pas certaine qu'il ait été un très bon père.

Je scrutai son visage.

— Peut-être n'as-tu pas non plus été une très bonne fille, me répondit ma mère avec raideur.

Les blessures entre nous ne cicatrisèrent jamais. Quelques années plus tard, elle mourut d'une crise cardiaque, pas longtemps après Hilda, sa sœur adorée. Je me rendis à son enterrement qui rassembla bien peu de monde et là aussi, je restai les yeux secs. Mon frère Laurence, vieilli, les cheveux grisonnants, s'était lui aussi déplacé. Je le revoyais pour la dernière fois.

Le temps que j'atteigne la cinquantaine, j'étais fatiguée et la vie m'avait laissée assez désenchantée. Vers cette époque, je me rendis dans la ville d'eaux de La Preste, dans les Pyrénées, pour ma cure annuelle de trois semaines. Mes parents étaient morts, mes enfants en pension et je me retrouvais seule avec Nicholas.

J'emportai avec moi mes carnets secrets, un aide-mémoire de mes aventures de l'Afrique de l'Ouest à Bir Hakeim, que j'avais rédigés peu de temps après avoir rejoint la Légion en Tunisie. Je les retrouvai au fond d'un placard alors que je faisais mes bagages pour La Preste et je décidai de les emporter avec moi. Ce printemps-là, je passai beaucoup de temps dans ma chambre d'hôtel à les récrire. J'expurgeai certains aspects de ma vie avant Nicholas et ne gardai qu'un récit chronologique mais assez impersonnel de mes expériences durant cette période extraordinaire. Je déchirai les originaux et les brûlai dans la cheminée de ma chambre d'hôtel.

Bien que Nicholas et moi n'ayons pas fait grand-chose pour garder le contact avec nos anciens collègues de la Légion, on recevait régulièrement le bulletin d'informations, *Le Képi blanc*. Nicholas s'y intéressait davantage que moi, il me lisait les dernières nouvelles, m'informait de qui faisait quoi. Il m'apprit même que Pierre avait été élu à l'Assemblée nationale et était devenu ministre de la Défense dans deux cabinets successifs. J'écoutais à peine. J'avais banni tellement de souvenirs de mon esprit. Ils étaient trop douloureux et j'estimais qu'il valait mieux ne pas regarder en arrière. J'avais mené une vie intéressante, ce n'était plus le cas aujourd'hui, et puis voilà.

Sans compter que ça aurait pu être pire. Nicholas, un homme bon et un bon père, travaillait dur et s'occupait très bien de moi et des enfants. Il nous protégeait tous les trois. Quand j'étais tombée enceinte, il m'avait épousée par sens du devoir et toujours soutenue depuis. Moi, de mon côté, je l'aimais beaucoup et je lui étais reconnaissante de ses attentions. Ce n'était plus la relation passionnée de nos débuts mais on s'entendait bien.

Le passé se rappelait parfois à moi. Quelqu'un me signala un article sur le père Mallec, l'aumônier yougoslave qui nous avait accompagnés à Bir Hakeim. Après la guerre, abandonnant le ministère catholique il s'était marié et avait eu des enfants. Il vivait en Australie et on lui avait remis la Légion d'honneur pour ses services.

Avec raison. Personne n'avait vu plus de souffrances que lui.

Et puis un beau jour, à Villennes où j'habitais — je revenais de faire mes courses, des sacs plein les mains —, je me cognai à un homme qui sortait d'un immeuble. Il s'excusa, m'aida à ramasser mes affaires et quand on se redressa, je reconnus M. Celerier, le dentiste avec qui j'avais accompli tant de kilomètres en Italie et en France.

— *Goodness gracious,* m'exclamai-je en anglais sous l'effet de la surprise. Ça par exemple !

Il lui fallut quelques secondes avant de me reconnaître, puis son visage s'illumina d'un large sourire, le même qu'autrefois, et il m'embrassa avec chaleur.

— Ça alors ! Adjudant-chef Travers ? me dit-il d'un air rayonnant. Dites-moi, ce coquetier, vous avez fini par le trouver ?

Je secouai la tête en riant et pris une boîte d'œufs dans mon sac :

— Maintenant j'en ai plusieurs à la maison.

On alla prendre un café pour rattraper le temps perdu et se raconter ce qu'on était devenus. Par le plus grand des hasards, il avait maintenant un cabinet à Villennes et vivait près de chez moi. J'étais ravie de le voir et espérais que l'on pourrait renouer notre ancienne amitié. Mais il était officier, vivait dans une magnifique maison avec sa femme et ses enfants, Nicholas et lui ne s'étaient jamais rencontrés et ils ne sympathisèrent pas vraiment. Nos relations en restèrent là. On se voyait cependant régulièrement car M. Celerier soigna mes dents pendant de longues années, jusqu'à ce qu'il se retire sur la Côte d'Azur.

Je restai aussi en contact avec Eka Dadiani, la princesse géorgienne et belle-sœur de Dimitri Amilakvari. Elle avait pris un appartement non loin des Invalides, à Paris, fidèle à son vœu de rester proche de la Légion et de son beau-frère qu'elle adorait. Pauvre Eka, elle avait perdu non seulement Dimitri mais aussi ses deux sœurs dont la femme de Dimitri, tuées dans un accident de voiture alors qu'elles allaient rendre visite à la Légion en Provence, quelques années après la guerre. Incapable de faire le deuil du passé, elle était toujours contente de me revoir et de parler avec moi de ce qu'elle appelait « les années dorées ».

Au début de l'année 1956, je reçus une lettre de la Légion m'invitant à Paris. Je l'étudiai attentivement et attendis un jour ou deux avant d'en informer Nicholas.

— On va me remettre la Médaille militaire. Pour aller avec ma croix de guerre et mes médailles de la guerre coloniale. Ils veulent que j'aille la recevoir aux Invalides.

Nicholas était ravi.

— C'est un grand honneur, me dit-il d'un air grave. Tu dois accepter.

On se rendit dans la capitale avec nos deux fils, âgés de sept et neuf ans, au cours de l'hiver particulièrement froid de l'année 1956 et on prit le métro jusqu'à la place des Invalides que je n'avais pas vue depuis une dizaine d'années. Il y avait là des centaines de personnes, dont d'anciens légionnaires du monde entier, rassemblés pour le rôle qu'ils avaient joué au cours de la Seconde Guerre mondiale.

Je portais un béret violet posé en biais sur mes cheveux et un manteau noir évasé vers le bas avec au revers du col les médailles dont j'avais déjà été décorée. Un officiel me demanda de rejoindre ma place au milieu d'une grande place carrée, la majestueuse Cour d'Honneur, une cour pavée vieille de plusieurs siècles et entourée de remparts crénelés derrière lesquels s'alignaient d'anciens canons. Depuis Napoléon, les troupes françaises ont toujours paradé dans cet endroit.

Derrière moi, une compagnie de légionnaires des temps modernes était au garde-à-vous, formés en rang, le fusil à l'épaule. Sur le côté se tenaient une fanfare militaire, les amis et les familles des récipiendaires qui attendaient, alignés tout autour de la place et remplissant les balcons. Je me sentais très embarrassée parmi tous ces gens debout sur la place carrée flanquée de grandes arcades, hérissée de canons et surveillée par une statue de Napoléon, le « Petit Caporal », dans un vieux manteau gris, coiffé de son chapeau. La fanfare de clairons attaqua les premières notes du *Boudin*, l'hymne de la Légion, et on nous demanda de rejoindre nos places, par petits groupes marchant du même pas, au centre de la place, pour se préparer à recevoir nos médailles.

Une procession émergea d'une porte latérale en dehors de la place tandis que divers officiers commandants et chefs militaires des campagnes durant la guerre avançaient lentement vers nous. Les porteurs de médailles se tenaient derrière eux avec les décorations reposant sur des coussins. Je croisai le regard de Nicholas qui se tenait sous une voûte assez loin, ses larges mains reposant sur les épaules de nos deux fils. Les Français adorent la Légion qui pour eux symbolise l'armée dans son aspect romantique et, en cet instant, Nicholas me regardait avec fierté.

Tout en écoutant la musique aux accents assez funèbres, j'attendais vivement la fin de la cérémonie car il faisait un froid terrible et je craignais d'attraper la mort. Je me mis au garde-à-vous, le regard figé. Je vis approcher une ligne d'hommes au rythme particulièrement lent de la marche de la Légion — quatre-vingts pas à la minute au lieu des cent vingt habituels. Soudain, mon cœur fit un bond dans ma poitrine. Un général isolé, en grand uniforme, s'avançait droit vers moi. C'était Pierre. Plus vieux, plus gris, la taille un peu épaissie mais parfaitement reconnaissable. Le général Marie-Pierre Koenig, héros de Bir Hakeim, ministre de la Défense, s'apprêtait à me décorer, moi et deux autres légionnaires.

Je parvenais à peine à respirer. La musique s'arrêta et on lut les citations. Bien trop occupée à me concentrer sur mon général, je ne comprenais rien de ce qu'ils racontaient. Pierre prit une médaille sur un coussin de velours bleu, la souleva doucement et s'avança vers moi, la tête baissée, les yeux fixés sur le ruban. Je me demandai si Mme Koenig se trouvait quelque part sur la place, à moins qu'elle ne regarde depuis un balcon, peut-être en compagnie des épouses des autres généraux.

— Pour sa bravoure face à l'ennemi à Bir Hakeim, disait le sergent-major, et ses paroles résonnaient contre les murs de pierre, la Médaille militaire à Mme Susan Schlegelmilch, née Travers.

Je serrai les poings, parfaitement immobile, et vis Pierre s'approcher. Je sentis ses mains qui s'agitaient maladroitement pour accrocher la médaille au revers de mon manteau. N'y tenant plus, je tournai les yeux vers lui et il soutint mon regard.

Difficile de se remémorer en ce bref instant l'amour partagé, le chemin parcouru et tout que nous avions vécu ensemble. La campagne de Syrie, Damas, Beyrouth, Aley, la Libye, Bir Hakeim. « Nous avons traversé bien des épreuves, tous les deux, et je pense qu'on s'entendrait très bien » m'avait-il dit un jour dans sa voiture, à Paris. Je n'avais jamais perdu mon temps à m'imaginer à quoi aurait ressemblé ma vie si j'étais devenue madame la maréchale, la femme du gouverneur militaire de Paris, la deuxième Mme Koenig, mais, au cours de ce bref intermède où l'on se regardait intensément, c'est pourtant ce qui arriva.

Vue à distance, notre attitude n'avait rien d'inhabituel. Un général respecté félicitait un ancien subordonné respectueux. Mais quand Pierre parvint enfin à accrocher la médaille à mon manteau et se pencha vers moi, ses yeux trahissaient son émotion, et les miens aussi. Dans ces quelques secondes de proximité, je respirai son odeur et un flot de souvenirs menaça de me submerger. Je restai figée et attendis.

— J'espère que cela vous rappellera bien des choses, me dit-il enfin d'une voix fatiguée mais avec le regard toujours aussi vif. Bravo, La Miss.

Il recula et me fit un rapide salut militaire. Je fis de même, les yeux pleins de larmes tandis qu'il s'éloignait. C'était la dernière fois que je le voyais.

Le cérémonie terminée, je me précipitai vers mon mari et mes enfants pour leur montrer ma décoration. Elle avait pris une nouvelle signification, j'étais fière et Nicholas aussi. On ne dit rien, on ne parla pas du général et alors qu'on se préparait à partir, je jetai un coup d'œil autour de moi pour emporter une dernière image de lui, mais il avait disparu.

Conclusion

En septembre 1970, le général mourut des suites d'une opération de la hanche dans un hôpital à Paris. Eka m'apprit la nouvelle. Elle avait toujours tenu en haute estime le meilleur ami de son beau-frère.

« Pierre est mort hier, me dit-elle un matin au téléphone. Je pensais que vous aimeriez le savoir. »

Je m'effondrai sur une chaise, l'écouteur pressé contre ma poitrine, et je fermai les yeux.

Je n'allai pas le voir et n'assistai pas à son enterrement. Ce n'était ma place, Mme Koenig vivait toujours et je savais que ma présence n'était pas souhaitée.

Eka alla s'incliner devant le corps qui reposait dans la pénombre d'une chapelle ardente et elle l'embrassa légèrement sur le front — pour Amilakvari, pour moi et pour elle-même. Elle sursauta quand une femme lui dit d'une voix douce :

« Merci, Eka. »

Elle releva la tête et vit Mme Koenig, assise dans un coin de la pièce, seule dans l'obscurité.

Une année après sa mort, les mémoires du général furent publiés dans un livre intitulé *Ce jour-là*. Il écrivait que j'étais « respectée et aimée par toute la division » qui m'avait adoptée en tant qu'« homme honoraire d'un courage exceptionnel ». Il me décrivait comme « plus disciplinée que certains soldats ». C'était la plus haute des accolades.

Trois ans plus tard, en 1974, je fus invitée à assister à une cérémonie en l'honneur du général : une place devait porter son nom, près du Palais des Congrès. Il avait été élevé au rang de maréchal à titre posthume. J'assistai à la cérémonie à distance, entendis des discours faisant son éloge, et me demandai ce que son nom signifiait pour les centaines de personnes qui baissaient la tête pour se protéger du vent froid sur le chemin de leur travail, trop occupées pour s'arrêter et écouter les citations d'un homme courageux maintenant disparu. La plupart des gens avaient oublié son grand moment de gloire — que j'avais partagé avec lui — trente ans auparavant. S'ils lui accordaient une pensée, ils le rangeaient probablement dans la catégorie des gaullistes émérites puisqu'on posait une plaque en son honneur. Demandez à n'importe quel Parisien pourquoi la station de métro située près du vieux pont de Grenelle, à l'ombre de la tour Eiffel, s'appelle Bir Hakeim et il vous répondra que c'est sans doute en rapport avec les colonies françaises. Ils n'y connaissent rien.

Je vécus en bonne entente avec Nicholas pendant les vingt années qui suivirent, dont dix-sept dans la même maison. On sortait peu, il n'aimait pas beaucoup voir du monde, et il ne se rétablit jamais tout à fait de la maladie contractée en Indochine. Il avait insisté pour que les enfants soient envoyés en pension à l'âge de neuf et dix ans. Il voulait qu'ils soient élevés dans la religion catholique et qu'ils connaissent l'expérience du pensionnat. A cause de leurs origines anglaises on les envoya d'abord à St Bede's, dans le Staffordshire, puis à Ampleforth, dans le Yorkshire. En conséquence de quoi, je ne voyais mes enfants que pendant les vacances scolaires.

Les enfants grandirent et après leurs études, ils nous quittèrent. Tom partit en Tasmanie où il devint journaliste, se maria et eut deux enfants. François voulut être prêtre, puis il y renonça et devint professeur de sciences dans les environs de Paris. Sa compagne est psychiatre et ils ont trois enfants. Mes petits-enfants sont beaux, intelligents et en excellente forme : tout ce qu'une grand-mère peut désirer.

En vieillissant, mon frère Laurence tomba dans la misère. Il m'écrivit à Villennes pour me demander s'il pouvait venir vivre avec nous. Nous ne nous étions pas parlé depuis la mort de ma mère et je lui répondis que non. Il finit ses jours dans un monastère dirigé par des moines orthodoxes grecs. Quand il mourut, les moines m'en informèrent et j'envoyai des fleurs.

Nicholas et moi n'avons plus jamais voyagé. On passait le plus clair de notre temps à lire en compagnie de nos chiens. Je fus une bonne épouse, fidèle, et je m en suis occupé jusqu'à sa mort, consécutive à un cancer du foie, en 1995. Vers la fin, alors qu'il était très malade et que François m'avait emmenée le voir à l'hôpital, je crois que nous avons été à nouveau très proches. Il n'avait aucune idée de son état et moi je m'attendais à le ramener à la maison.

On l'enterra dans le petit cimetière de Villennes et on mit une croix sur sa tombe. Je n'ai pas pleuré à son enterrement. La dernière fois que j'avais pleuré en public, c'était à la mort de ma chienne Rebecca. Toutes les deux, nous avions traversé tant d'aventures — la Tunisie, l'Indochine et la France. Elle représentait le dernier lien avec mon ancienne vie. Quand j'eus séché mes larmes, je me jurai de ne plus jamais pleurer et ainsi fut fait. Même pour le pauvre Nicholas je gardai les yeux secs. Bizarrement, sa mort ne me semblait pas très grave. Nous étions tous les deux âgés et je savais qu'il partirait un jour. Le temps était venu pour lui. Le mien ne tarderait pas.

Nicholas percevait une pension de la Légion mais moi je n'y avais pas droit, à cause de la nature itinérante de mes services. Nicholas n'y put rien changer malgré ses protestations répétées auprès des autorités françaises. Comme ma santé déclinait et que je ne possédais que de maigres revenus, j'emménageai dans un petit appartement dans une résidence pour personnes âgées au sud de Paris, près de François. Je vendis alors à peu près tout ce qui m'appartenait et donnai à Tom le Beretta huilé avec amour et le fusil dont on m'avait fait cadeau en Erythrée.

Pour ma chambre, je gardai mes possessions les plus

précieuses : ma belle commode incrustée de nacre, qui trônait dans la villa que je partageais avec Pierre à Aley, le coffre sculpté du Moyen-Orient qui se trouvait dans notre salle de séjour, le livre *Saïd le pêcheur* que j'avais lu un si grand nombre de fois à Bir Hakeim, et les statues de légionnaires en bronze qui avaient appartenu à mon grand-père.

En 1996, je reçus une lettre du général Hugo Geoffrey qui m'annonçait que j'avais été proposée pour une nouvelle décoration. Cette fois-ci, il s'agissait de la Légion d'honneur. J'essayai de retrouver le visage du jeune homme enthousiaste que j'avais rencontré sur le bateau pour l'Italie, et me demandai ce que j'avais bien pu faire pour l'impressionner autant. Quelques semaines plus tard, au cours d'une cérémonie très simple à ma maison de retraite, entourée de ma famille, le général procéda à la remise de la médaille.

Le journal de la Légion publia une annonce officielle : « *Le Képi Blanc* est heureux de vous annoncer la nomination au grade de chevalier de la Légion d'honneur de l'adjudant-chef Susan Travers, épouse Schlegelmilch, la seule femme à avoir appartenu à la Légion étrangère (numéro matricule 22 166). Elle servit durant la Seconde Guerre mondiale comme chauffeur du général Koenig et comme infirmière en Extrême-Orient et en Afrique du Nord. »

On donna une réception pour moi et quelques vieux amis, des gens que je n'avais pas vus depuis des années vinrent me rendre hommage : Jean Simon, président de l'Association nationale de la Légion étrangère française ; Bernard Saint-Hillier, maintenant général, qui m'avait tenue informée des émissions de propagande italiennes après El Alamein ; le lieutenant Rosenzweig ; le sous-officier avec qui je prenais mes repas du soir sous la tente pointue à Bir Hakeim : il avait fait une brillante carrière dans la Légion et s'occupait maintenant de la formation. Il y en avait d'autres, que je reconnus vaguement, dont les noms réveillaient de vieux souvenirs. Les filles de Gabriel de Sairigné me firent la surprise et le plaisir de se déplacer elles aussi. Il y eut même un joueur de clairon qui joua *Le Boudin*, une musique incongrue dans une résidence pour personnes âgées.

L'année dernière, un ami m'emmena voir les souvenirs militaires exposés aux Invalides.

Alors qu'il me poussait le long de couloirs vides dans ma chaise roulante, je me blindai pour ne pas me laisser indûment émouvoir par des réminiscences inopportunes. Pour commencer, tout se passa bien. Il y avait des cartes, des itinéraires, des photos jaunies et les souvenirs habituels. Mais alors que nous approchions de la vitrine consacrée à Bir Hakeim, je me retrouvai face à un portrait de Pierre, juste à côté de son uniforme kaki si familier exposé derrière la vitrine. Près de sa photo, celles d'Amilakvari, Sairigné et les autres, et aussi le petit lion offert à Pierre et un conteneur rempli du sable gris ramassé dans cet enfer de Libye. Des images surgies du passé m'assaillirent. Le sifflement des Stukas, le ta-ca-tac des fusils-mitrailleurs, l'odeur des cadavres et du caoutchouc qui brûlait. En étudiant de plus près l'uniforme de Pierre, je fus à nouveau transportée à Aley, je le revis accroché dans la penderie, je me rappelai que c'était moi qui avais cousu les galons. Le petit lion, échevelé et décoloré par le soleil, qui lui avait été fièrement remis par ses hommes en même temps que le lapin, me faisait signe. Sur une photo, je retrouvai Amilakvari, grand et fier, les manches relevées, donnant des instructions à ses hommes. Des souvenirs d'une puissance insoupçonnée, plus présents que jamais, m'envahirent, menaçant de m'emporter dans une vague d'émotion et de nostalgie. J'essuyai une larme et demandai que l'on m'emmène plus loin.

Je ne m'attendais pas à me retrouver dans l'exposition, et d'ailleurs je n'étais mentionnée nulle part. Cependant, tout au fond d'une des vitrines, à moitié cachée par un fanion avec la Croix de Lorraine tout déchiré, je remarquai une photographie sépia du général, la tête dépassant par le toit ouvrant de la vieille Ford Utility. Près de lui, on distinguait une silhouette, accoudée à la fenêtre. C'était moi, sur le siège du passager.

Remerciements

Ce livre a été rendu possible grâce à Richard Filon et Ted Demers, qui sont venus me rendre visite et m'ont persuadée de parler après tant d'années de silence. Je les remercie pour leur obstination et je leur suis reconnaissante d'avoir fait connaître mon histoire. Wendy Holden, qui a écrit le livre avec moi, m'a écoutée pendant des heures, en 1998 et 1999, tandis que j'égrenais mes souvenirs de façon plus ou moins désordonnée. Elle prenait des notes en me posant des questions très pertinentes. Elle a toujours été respectueuse de mon âge, de ma fatigue et de mes fréquents trous de mémoire. Sans son insistance, ses recherches extensives et son talent pour rassembler ce matériau, j'aurais été incapable de redonner vie à mon passé avant de mourir. Mon seul désir, lui ai-je expliqué, était d'apprendre à mes petits-enfants quelle vilaine grand-mère ils avaient eue. Je crois que ce vœu a été exaucé.

C'est Val Hudson qui a conduit Wendy jusqu'à moi par l'entremise d'Alan Nevins à AMG/Renaissance, à Beverly Hills. Alan élabora le projet de main de maître, avec son associé Joel Gotler et l'agent de Wendy à Londres, Mark Lucas. Je dois aussi remercier les avocats en France et à Los Angeles, Jean-Pierre Dagorne et Steven Breimer. Toute notre gratitude à Anne Gray qui aida Wendy, par sa gentillesse et son efficacité, en traduisant et en transcrivant avec enthousiasme et compétence un grand nombre de documents. Jan Rose fut aussi très efficace et positif. Je remercie également le sergent-chef Emilio Condado Madera, directeur du musée de la Légion étrangère à Aubagne, en France, pour son aide et le temps qu'il nous a consacré. John Forsey nous prêta des livres et nous fit profiter de ses connaissances dans le domaine militaire ; Brian Silk nous assura de son appui inestimable et nous recommanda des ouvrages. Je suis surtout très reconnaissante à mes chers fils, François et Tom, et à leur famille, ainsi qu'à la Légion étrangère française et au peuple de France qui m'ont accueillie comme une des leurs et m'ont permis de leur apporter mon modeste soutien en servant dans l'armée. Merci. À tous ceux que j'aurais oubliés, je leur offre mes excuses les plus sincères.

Bibliographie

Barker, A. J., *Eritrea 1941*, Faber, 1966.

Bauer, Lt Colonel E., *The History of World War Two,* Gallery Press, 1984.

Beevor, Anthony et Cooper, Artemis, *Paris after the Liberation, 1944-1949*, Penguin, 1995.

Bramall, Field Marshal Lord (ed.), *The Imperial War Museum Book of the Desert War, 1940-1942,* Sidgwick & Jackson, 1992.

Debay, Yves, *The French Foreign Legion Today,* Windrow & Greene, 1987.

Doherty, Richard, *A Noble Crusade, The History of the Eighth Army, 1941-1945,* Spellmount, 1999.

Fraser, David, *Knight's Cross, A Life of Field Marshal Erwin Rommel,* Harper Collins, 1994.

Gaulle Charles de, *Mémoires de guerre*, Paris, Plon, 1954, 1956, 1959.

Gaulle Charles de, *Discours et messages*, Paris, Plon, 1970.

Geoffrey, Hugo, *Sur le chemin des étoiles : La Légion étrangère,* Gérard Klopp, Paris, 1997.

Geraghty, Tony, *March or Die, France and the Foreign Legion,* Grafton Books, 1986.

Hamilton, Nigel, *Monty, The Making of a General,* Hamish Hamilton, 1981.

Hasey, Lieutenant John F., *Yankee Fighter,* Little Brown, Boston, 1942.

Holmes, Richard, *Bir Hakeim : Desert Citadel,* Pan/Ballantine, 1972.

Koenig, Général, *Ce jour-là : Bir Hakeim*, Robert Laffont, Paris, 1971.

McGuirk, Dal, *Rommel's Army in Africa*, Airlife Publishing, 1987.

Macksey, Kenneth et Woodhouse, William, *The Penguin Encyclopaedia of Modern Warfare*, Viking, 1991.

Majdalanay, Fred, *Cassino, Portrait of a Battle*, Longman, 1957.

Mercer, Derrik (ed.), *Chronicle of the Twentieth Century*, Longman Chronicle, 1988.

Moorehead, Alan, *African Trilogy*, Casselle, 1998.

Parker, John, *Inside the Foreign Legion*, Piatkus, 1998.

Parrish, Thomas (ed.), *Encyclopaedia of World War Two*, Secker & Warburg, 1978.

Porch, Douglas, *The French Foreign Legion*, Harper Perennial, 1991.

Robert Young, John, *The French Foreign Legion*, Thames & Hudson, 1988.

Rondeau, Daniel et Stéphane, Roger, *Des hommes libres : la France Libre par ceux qui l'ont faite*, Grasset & Fasquelle, 1997.

Seeger, Alan, *Poems*, Charles Scribner & Sons, New York, 1916.

Selwyn, Victor (ed.), *The Voice of War, Poems of the Second World War*, Penguin, 1995.

Staff, Chester, *From Salerno to the Alps*, Battery Press, 1986.

Taylor, Eric, *Women Who Went to War, 1938-1946*. Robert Hale, 1988.

Tibawi, A. L., *A Modern History of Syria*, Macmillan, 1969.

To War with Whitaker, The Wartime Diaries of the Countess of Ranfurly 1939-1945, Mandarin, 1995.

Upton, Anthony F., *Finland 1939-1940*, Davis-Poynter, 1974.

Windrow, Martin, Braby, Wayne et Lyles, Kevin, *French Foreign Legion Paratroops*, Osprey Publishing, 1985.

Windrow, Martin et Chappell, Mike, *The French Foreign Legion since 1945*, Osprey Publishing, 1996.

Les extraits des *Poèmes de la Seconde Guerre mondiale* ont été pris dans *The Voice of War*, éditée par Victor Selwyn pour le Salamander Oasis Trust (Penguin, 1995). La citation de Wilfred Owen de la page 213 est prise de « Dulce et Decorum Est », *Poems* (1963).

Table

Cet ouvrage a été composé par
Graphic Hainaut (Condé-sur-l'Escaut)
et imprimé sur presse Cameron
par **Bussière Camedan Imprimeries**
à Saint-Amand-Montrond (Cher)
pour le compte des Éditions Plon

Achevé d'imprimer en avril 2001.

Imprimé en France

N° d'édition : 13318. – N° d'impression : 012005/1.
Dépôt légal : février 2001.